魯迅文學獎作品選 *1*

短篇小說卷

人間出版社
中國作家協會 合作出版

目錄

《魯迅文學獎作品選》出版說明

　　魯迅文學獎為大陸最高榮譽的文學獎項，分七類評審，
中篇小說、短篇小說、報告文學、詩歌、散文雜文、文學理
論評論、文學翻譯。長篇小說的選拔由茅盾文學獎負責。就
文學體裁、門類而言，魯迅文學獎選拔範圍更為完整。凡評
獎年限內發表（包括在擁有互聯網出版許可證的網站上發
表）、出版的作品均可參加評選。魯迅文學獎每三年評審一
次，自 1995 年開始舉辦，至今已歷五屆。

　　大陸的文學獎跟台灣的文學獎最大的不同是，大陸的文
學獎均就已發表作品進行推薦選拔，而台灣的文學獎則由新
進作家將從未發表的作品投稿參選。台灣的文學獎重視提拔
新人，而大陸的文學獎則在眾多作家、作品中進行選拔。台
灣文學園地較小，新人出頭不易，因此台灣的文學獎均重視
新進作家的培養。反之，大陸雜誌、報刊眾多，發表作品比
較容易，在已發表作品中進行選拔，確有必要。

　　大陸文學獎還有一點跟台灣不同。魯迅文學獎和茅盾文
學獎均由中國作家協會負責，具有官方性質。另外，凡是參
與評選的作品，以及最後進入決選的作品，均先在網路上公
告，由讀者反映是否合乎資格（如有抄襲，讀者馬上可以舉

發）。決選作品尚未投票前，讀者均可在網上發表意見，供評審委員參考。

　　魯迅文學獎的評選標準重視貼近實際、貼近生活、貼近群眾，容易被大眾所接受的作品，因此，風格上與台灣的文學獎頗有差異。我們引進魯迅文學獎的作品選，一方面想讓台灣讀者了解大陸文學獎的狀況，二方面也可以透過這些作品接觸另一種型態的寫作方式。兩岸的讀者與作者如果能互相觀摩、交流，相信對於兩岸的文學發展都會產生有利的促進作用。

緩慢、悠長，世故而本真
——序《魯迅文學獎作品選—短篇小說卷》

蘇敏逸

　　本書所收錄的十篇小說有一些共同的特色：情節平鋪直敘，文字淺白質樸，穩穩當當，老老實實地說故事。由於作者都不刻意設計、安排任何炫奇或複雜的文學表現形式和技巧，因此敘述本身便成為最重要的事。當他們細細密密地將想說的故事娓娓道來，文字便呈現出一種緩慢、悠長的情調，也因此這部短篇小說集中的許多篇章，都達到中篇的長度。在這緩慢、悠長的情調中，開展出寬廣浩闊的時空感覺，而平凡百姓的生活情味和生命實感便在敘述過程中躍然紙上。

　　這些小說大多有很具體的社會感覺，描寫大陸經濟發展過程中的社會現象、城鄉差異、人口流動、人際關係及價值觀的改變等問題：例如王祥夫的〈上邊〉描寫人口外移後「上邊」山村的清冷寂寞，也寫出劉子瑞女人對兒子歸家的渴盼；孫惠芬的〈歇馬山莊的兩個女人〉描寫男人們進城上工，歇馬山莊僅剩女人後所產生的新的人際關係和生活形態；在魏微的〈大老鄭的女人〉中，大老鄭將妻兒留在鄉下，帶著幾個弟弟到小城鎮上尋求發展，並和一個半良半娼的女人同居，而這女人打理大老鄭一家兄弟的生活，如妻、如姐、如母、如傭工又如女主人，扮演所能扮演的一切角

色，而她所掙的錢則寄回鄉下讓種田的丈夫蓋瓦房、付兒子的學費，這女人的故事可以說是沈從文〈丈夫〉的當代版；田耳的〈一個人張燈結彩〉透過一個幹練的基層警察老黃的察案過程鋪展社會底層的生活情狀和人情味；而范小青的〈時間簡史〉則由一個記帳本展開城鄉差異的描寫：主人公自清因藏書過多影響居家空間，在處理書籍的過程中誤將記帳本混雜在書籍中，捐贈給甘肅貧困地區的學童，記帳本輾轉流傳到王才的家，帳本中所記「香薰精油」這個城市的時髦用品竟激起王才帶著一家人勇闖城市的決心，最後王才成為自清的鄰居，他們窩居在城市狹窄的車庫中，以收舊貨為生，感到「到底還是城裡好，電扇都有得撿」，凸顯西部內陸的貧瘠窮困與城市生活習慣的虛華浪費。

不以社會現象為主要內容的〈吉祥如意〉和〈放生羊〉則充滿濃厚的文化氛圍和抒情特質，前者以童稚的眼光描寫端午製作香包和上山採艾的習俗，後者以藏族喪妻老者溫柔憂傷的口吻，抒發對生命願望的虔誠祈禱。此外，還有諸多篇章涉及女性生命的書寫，〈歇馬山莊的兩個女人〉寫潘桃和李平生命狀態的差異，寫兩個女人之間既親密又競爭，既交揉又緊張的關係，也寫兩個女人各自與婆婆、姑婆婆的角力，展演女性柔韌又不乏破壞力的旺盛生命力，某些段落頗有王安憶女性書寫的特質。葛水平的〈喊山〉寫長期受虐的啞巴紅霞在丈夫死後，個體生命與情感的覺醒；潘向黎的〈白水青菜〉以飲食習慣來貫串外遇故事，充滿了具體的生

活實感和中國飲食文化的深厚底蘊，而小說結尾妻子對丈夫
的「懲罰」也表現女性堅實強悍的反擊力道。更為完整地書
寫女性的堅強韌性的是喬葉的〈最慢的是活著〉，透過奶奶
艱難坎坷的一生，描寫祖孫兩個「命硬」的女人從對立衝突
到體貼理解的過程，從而開展女性生命經驗綿綿不絕的延續
與傳承，體會到「生命將因此而更加簡約、博大、豐美、深
邃和慈悲」。

　　不論小說內容是對於社會現象的觀察、對於文化氛圍的
描摹或對於女性生命的書寫，在面對艱難的生存現實和複雜
的人際關係時，小說人物都不乏世故的眼光和手段，但在其
中又時時流露出本真善良的情感和人性。〈大老鄭的女人〉
中「女人」的來歷似乎一切都是謊言，但她對待大老鄭卻流
露真心實意；〈一個人張燈結彩〉中的鋼渣為了替情人小于
籌措替兒子治病的錢，犯下了搶劫殺人案，但他在落網時卻
始終記得與情人在過年時重逢的約定，請求警察老黃代他赴
約。世故而本真的人性與情感讓這些作品既真實又動人，在
緩慢悠長的敘述語調中，艱難的現實也閃爍著溫暖與寬容的
光芒。

　　也許有人會認為，這些小說的敘述方式太傳統了，但毛
姆說過，小說最重要的任務是說故事。看完這些小說後，我
們可能可以藉此反思：小說一定要寫得複雜難懂嗎？

　　　　　　　蘇敏逸，成功大學中文系副教授

王祥夫

王祥夫小傳

　　王祥夫，原籍遼寧瀋陽，現居山西大同。1984年開始文學創作，著有長篇小說《蝴蝶》、《生活年代》、《種子》、《百姓歌謠》、《咬緊牙關》。小說集《永不回歸的姑母》、《西牛界舊事》、《從良》。散文集《子夜隨筆》、《雜七雜八》等。近年來的中短篇小說代表作有《雇工歌謠》、《城南詩篇》、《兒子》、《懷孕》、《我愛臭豆腐》、《橡膠給人們的幸福》等。作品多被譯為英、法、日、德文在國外出版。中國作家協會會員，國家一級作家。《小品文選刊》雜誌主篇。

評委會評語

　　王祥夫長期致力於中短篇小說創作，善於將人生的重大主題隱匿於平常人群、平常生活和平常情態之中，謳歌人性的美好。《上邊》把關注的焦點凝聚於普通人的平淡生活及其美好情感，把世俗的人間親情傳達得細膩感人。作品描繪了一幅樸素動人的山居鄉村圖畫，作品中一些感人至深的細節表現出作者傳統文化的道德取向和觀察生活的獨到眼光。

上邊
王祥夫

外邊來的人，怎麼說呢？都覺得上邊真是個好地方，都覺著上邊的人搬到下邊去住是不可思議？這麼一來呢，就顯出劉子瑞和他女人的與眾不同，別人都搬下去了，上邊，就只剩了劉家老倆口，好像是，他們是留下來專門看守上邊的空房的。人們都知道，房子這種東西就是要人住才行，一旦沒人住就會很快破敗下來。一開始，人們搬下去了，但還是捨不得上邊的房子，門啦窗子啦都用石頭堵了，那時候，搬下去的人們還經常回來看看，人和房子原是有感情的。後來，那房子便在人們的眼裡一點點破敗掉，先是房頂漏了，漏出了窟窿。但是呢，既然不再住人，漏就漏吧，結果那窟窿就越漏越大，到後來，那房頂就會慢慢塌掉。人們一開始還上來得勤一點，到了後來，下邊的活計也忙，人們就很少上來了。有些人家，雖然搬下去了，但上邊還有一些碎地，零零星星的碎地，一開始還上來種，到了後來，連那零零星星的碎地也不上來種了。這樣一來呢，上邊就更寂寞了，人們倒要奇怪老劉家怎麼不搬下去？外邊的人來了，就更是覺

得奇怪。村子破敗了，味道卻出來了，好像是，上邊的村子要是不破敗倒沒了味道，破敗了才好看，而這好看的破敗和荒涼之中卻讓人意外地發現還有戶人家在這裡生活著，卻又是兩個老人。這就讓這上邊的村子有了一種神秘感，好像是，老劉家真是與眾不同了。這倒不單單因為老劉家的兒子在太原工作。

人們把這個村子叫「上邊」，因為它在山上，村子的後邊也就是西北邊還是山，山後邊呢，自然還是山。因為是在山裡，房子便都是石頭蓋的，石頭是那種白色的，給太陽曬得晃眼。村子裡的道路原是曲曲彎彎的，曲曲彎彎的道路也是石頭鋪的，是那種圓石頭，起起伏伏地鋪過來鋪過去，道路兩邊便是人家，人家的牆也是石頭砌的，高高低低的石頭牆裡或是一株樹，或是劉子瑞今年種的玉米，今年的雨水又勤，那玉米就長得比往年格外好，綠得發黑，年輕力壯的樣子。既然人們都不要那院子了，老劉便在那荒敗的院子裡都種上了莊稼，這樣可以少走一些路，村子外的地就可以少種一些。老劉的院子呢，在一進村不遠的地方，一進去，左手是三間矮房，窗台下就是雞窩。右手是一間牲口棚，那頭驢在裡邊站著，嘴卻在永遠不停地動。驢棚的頂子上曬滿了玉米，緊靠著牲口棚是一間放雜物的小房，房頂上堆滿了穀草，房子裡是那條狗，來了人會撲出來，卻給鐵鏈子拴著。因為給鐵鏈子拴著就更憤怒了，不停在叫，不停在叫，也不知是想咬人一口還是想讓人把牠給放開。而那些雞卻不怕

牠，照樣在牠的身邊尋尋覓覓，有時候呢，還會感情曖昧地輕輕啄一下狗，親昵中有些巴結的意思，又好像還有些安慰的意思在裡邊。老劉家養了一院子的雞，那些雞便在院子裡到處刨食，這裡刨一個坑，那裡刨一個坑，坑裡有什麼呢？真是讓人莫名其妙。有兩隻雞不知是老了還是得了什麼病，最近毛都脫光了，露出紅紅的雞皮，好像是，雞也知道好看難看，別的雞也許是嫌這兩隻雞太難看，便不停地去啄牠，你啄一下，我啄一下，這兩隻雞身上的毛便更少。雞這種東西，原來都是勢利眼，劉子瑞的女人把玉米往院子裡一撒一撒，這就是在餵雞了，而那些雞卻偏偏不讓這兩隻脫了毛的雞吃食，只要這兩隻雞一表現出要吃食的欲望，別的雞就捨棄了吃食而對那兩隻雞群起而攻之。有時候，這兩隻雞簡直就給啄暈了，就縮在土坑裡，閉著眼，像是死了，卻是活著。等別的雞吃完了，這兩隻雞才敢慢慢慢慢站起來，脫了毛的雞真是難看，紅紅的，腿又是出奇地長，每邁一步都很誇張的樣子，啄食的時候，要比別的雞慢好幾拍，好像是，那只是一種試探，看看別的雞是不是同意自己這麼做。這也是一種日子。

日子呢，是什麼意思？仔細想想，倒要讓人不明白了。比如就這個劉子瑞，天亮了，出去了，去弄莊稼去了，他女人呢，踮著小腳去餵驢，然後是餵雞，然後呢餵那條狗。日頭高起來的時候又該做飯了，劉子瑞女人便又踮著小腳去弄了柴火，把灶火點著了，然後呢，去洗山藥了，洗好了山

藥，那鍋裡的水也開了，便下了米。鍋裡的水剛好把米埋住，這你就會明白劉子瑞女人是要做稠粥了。水開了後，那米便被煮漲了，水不見了，鍋裡只有「咕咕嘟嘟」的米，這時候劉子瑞的女人便把切好的山藥片子一片一片放在了米上，然後蓋了鍋蓋。然後呢，便又去撈來一塊老醃菜，在那裡「嚓嚓嚓嚓，嚓嚓嚓嚓」地切。然後是，再用水淘一淘，然後是，往老醃菜絲裡倒一點點麻油。這樣呢，飯就快要做好了。飯做好的時候，劉子瑞的女人便會出去一回回地看，看一回，再看一回，站在院子的門口朝東邊看，因為劉子瑞總是從那邊上來。她在這院門口簡直就是看了一輩子，從前呢，是看兒子回來，現在呢，只有看自己的男人。有時候，連她自己都覺著自己有些奇怪，為什麼不搬到下邊去住？好像是，她怕這個她住了一輩子的村子寂寞，她對村子裡的一草一木太熟悉了。要是自己走了呢，她常常問自己，那莊稼，那樹，那鴿子該怎麼辦？要是兒子一下子從太原回來呢？怎麼辦？她這麼一想的時候，就好像已經看到了院子裡長了草，房頂上長了草，好像是，都已經看到了兒子站在院門口失望的樣子。兒子已經有好長時間沒回來過了。好像是，她現在已經習慣了。

當時，下村的劉澤祖就是從東邊的那條路把兒子給他送來的。兒子當時才六歲，看上去呢，像是三四歲，太瘦太小。村裡的人都說怕這孩子不好活，說不要也罷。劉澤祖呢，說這孩子也不知是哪裡的？在麻鎮走來走去跟個狗似的

已經有一個多月了，又不是麻鎮上的人。鎮上的人說天也要冷了別把這孩子凍死，誰家没孩子就把他領走也算是做了件好事。劉澤祖當時正在鎮裡開村幹會，就把這孩子給劉子瑞背了回來。這都是多會兒的事情了。人們都知道劉子瑞的女人不會生孩子，她是三十歲上抱的這孩子，這孩子來劉子瑞家的時候已經六歲，這孩子叫什麼？叫劉拴柱，意思全在名字裡了，是劉子瑞和他女人的意思。這孩子也真是爭氣，上學唸書都好。在上邊村住，要唸書就要到下邊去，多少個日子，樹葉子一樣，原是算不清的，劉子瑞的女人總是背了這個拴柱往下邊村送，劉子瑞的女人偏又是小腳，背著孩子，那路怎麼好走？下坡，又著腿，一步一步。一年級，兩年級，三年級就是這樣過來的，天天都要送下去，放學的時候，還要再下去，再把拴柱背回來，一直到上四年級那年冬天，是劉子瑞女人大病了一場，山裡雪又大，劉子瑞又正在修乾渠，劉子瑞的女人才不再接送這個孩子。人們都說生的不如養的親，這話什麼意思呢？劉子瑞的女人再清楚不過，親就是牽腸掛肚。比如，一到拴柱下學的時候，劉子瑞的女人就坐不住了，要到院子外去等，等過了時候，她便會朝外走，走到村巷外邊去，再走，走到下邊的那棵大樹那邊。再走，就走到村外了。那小小的影子呢，便也在遠遠的地方出現了，一點一點大起來也就走近了。日子呢，也就這樣不知不覺地過去又過來。就是現在，天下雪了，劉子瑞女人就會想兒子那邊冷不冷？颳風呢，劉子瑞女人就又會想兒子那邊

是不是也在颱風。兒子上中學時的筆記本子，現在還在櫃頂上放著。櫃頂上還有一個鐵殼子鬧鐘，現在已經不走了，鬧鐘是兒子上學時買的。鬧鐘上邊是兩個鏡框，裡邊是照片，兒子從小到大的笑都收在那裡邊。鏡框裡邊還有，兒子同學的照片。還有，兒子老師的照片。還有，兒子搞過的一個對象，後來吹了，那照片卻還在那裡。劉子瑞的女人有時候還會想：這姑娘現在結了婚沒？還有，一張請帖，紅紅的，什麼事？請誰呢？劉子瑞女人亦是不知道，總之是兒子拿回來的，現在，也在鏡框裡。

玉米是個好東西，玉米可以煮上吃的時候也就是說快到秋天了。今年上邊的玉米長得出奇的好。玉米棒子，怎麼說呢，用劉子瑞的話說「長得真像是驢球！」劉子瑞上縣城賣了一回驢球樣的玉米，他還想再去多賣幾回，他發愁地裡的玉米怎麼收？收回來怎麼放？房頂上都堆滿了，總不能讓玉米在地裡待著。偏巧呢，天又下開了雨，而且是下個不停。屋子又開始漏了。劉子瑞上了一回房，又上了一回，用塑料布把房子苫了一回，但房子還是漏。劉子瑞女人把柴禾抱到了東屋裡，東屋的炕上攤了些糧食，炕著。東屋也漏，炕上便也放幾個盆子。劉子瑞的女人時不時要去倒那盆裡的水，端著盆，叉著腿，一下，一下，慢慢出去，院子裡簡直就都是稀泥。那些雞算是倒了楣，在驢圈門口縮著發愁，半閉著眼，陰陽怪氣的樣子。那兩隻脫毛雞好像要把頭和翅子都重新縮回到肚子裡去，或者是，想再縮回到一個蛋殼裡去，只

是，現在沒那麼大的蛋殼。劉子瑞的女人把盆子裡的水一盆一盆都倒在院子外邊去。院子外邊的村道是個斜坡，朝東邊下去，道上的石頭都給雨淋得亮光光的，再下去就是一個小場面，劉子瑞現在就在那小場面上收拾莊稼，場面上那個黑石頭小碌碡在雨裡黑得發亮。雨下了幾天呢？足足下了兩天，地裡的玉米長得實在是太高了，雨下得地裡的玉米東倒西歪，像是喝醉了。玉米棒子太大了，一個一個都驢球樣垂了下來。雨下了兩天，然後是暴太陽，這才叫熱，房頂，院子，地裡和遠遠近近的地方都冒著騰騰的蒸氣，像是蒸鍋，只不過人們都把這種氣叫做霧。太陽也許是太足了，又過了幾天，地就全乾了。上邊村的地是那種細泥土，那土簡直要比最細的籮篩出的莜麵還要細，光腳踩上去那才叫舒服。院子裡，雞又活了，又都東風壓倒西風地互相啄來啄去。雞的爪子，就像是一把把小耙子，不停地耙，不停地耙，把院子裡的土耙得不能再鬆，土耙鬆了，雞就要在土裡洗澡了：土是那麼的乾爽，那麼的細粉，熱乎乎的，雞們是高興的，爪子把土刨起多高，然後是翅子，把土揚起來，揚起來，身子一緊，接著是一抖，又一緊，又一抖。好像是，這樣還不夠，雞們有時候也是有創意的，有的雞就飛到房上去，要在房上耙。劉子瑞的女人就不依了，罵了。房頂上能讓雞耙嗎？劉子瑞的女人就一遍遍地把雞從房頂上罵下來，那雞竟也懂，她在那裡一罵，雞就飛到了牆頭上，好像是，懂得害羞了，小冠子那個紅，一抖一抖的。但雞是沒有上過學的，

不懂得什麼是紀律，過一會兒就又飛到了房頂上。劉子瑞的女人就又出去罵，忽然呢，她愣住了，或者，簡直是嚇了一跳。是誰上了房？從後邊，上去了，「嗯哧、嗯哧」地趕房上的鷄，房上的鷄這下子可給嚇壞了，叫著從天而降：咯咯，咯咯，咯咯咯咯。好像是在說「媽呀，媽呀，媽媽媽呀！」是誰？誰上了房，劉子瑞的女人不是用眼，是憑感覺，感覺到房上是誰了。是不是拴柱？劉子瑞的女人問了一聲，聲音不大，像是怕把誰嚇著。房頂上的塑料布給從房後邊「嘩啦嘩啦」扯下去了，答應的聲音也跟著到了房後。是不是拴柱？劉子瑞的女人知道是誰了，但她還是又問了一句，聲音不大，緊張著，好像是，怕嚇著了誰。房上的塑料布子，劉子瑞早就說要扯下去了，要曬曬房皮，但劉子瑞這幾天讓玉米累得不行，一回來就躺在那兒了。劉子瑞女人繞到房後邊去了，心是那樣的跳，劉子瑞女人繞到房後去了，好像是，這又是一個夢，房後邊怎麼會沒有人？人呢？她急了。媽你站開。兒子卻又在房上說話了，他又上了房，去把壓塑料布的一塊青磚拿開。媽你站開。兒子又在房上說，塑料布子，從房上「嘩啦」一聲，落下來了。劉子瑞女人看到兒子了，叉著腿，笑著，在房上站著，穿著牛仔褲，紅圓領背心。房頂上有窟窿了。兒子在房上說，彎下了腰，把一隻手從那窟窿裡伸進去。然後呢，兒子又從房上下來，然後呢，又上去，然後呢，又下來。兒子把一塊木板補在了那窟窿上，然後又弄了些泥，把那窟窿抹平了。劉子瑞女人在下

邊看著房上的兒子，兒子每直一下身，每彎一下身，劉子瑞
女人的嘴都要隨著一張一合。兒子弄好了房上的窟窿，要從
房上下來了，先探下一條腿，踩在了牆上，劉子瑞女人的嘴
張開了，兒子站穩了，她的嘴就合上了。兒子又在牆上彎下
身子，從牆上又探下一條腿，劉子瑞女人的嘴又張開了。劉
子瑞女人站在那裡給兒子使勁兒，嘴一張一合一張一合地給
兒子使勁。忽然，她想起做飯了。她慌慌地去地裡掰了幾棒
玉米，想了想，又慌慌地弄了一個倭瓜來。倭瓜硬得簡直就
像是一塊石頭，這是多麼好的倭瓜，但還是給切開了，她一
下一下把籽掏盡了，鍋裡的水也要開了。她把玉米，先放在
鍋裡，倭瓜再放在玉米的上邊。鍋燒開後，她又去打了一碗
雞蛋。她站在那裡想了想，想哪隻雞哪隻雞該殺？雞都在下
蛋，哪隻都不該殺。公雞呢，更不該殺。劉子瑞的女人就出
去了，先是去了小場面那邊，探探頭，那邊沒有劉子瑞的人
影。她站在那裡喊了：嘿──她喊了一聲還不行，又喊了一
聲：嘿──她這麼一喊呢，劉子瑞就從玉米地裡探出頭來
了，他不知道自己女人喊自己做什麼？嘿──劉子瑞也嘿了
一聲，對他女人說自己在這兒呢，有什麼事？這下子，劉子
瑞才知道兒子回來了，並且知道自己女人是要讓自己到下邊
去買隻雞來，家裡的雞都下蛋呢。

　　劉子瑞便馬上下去了，去了下邊的村子，去買雞，下邊
村子有不下蛋的雞，他走得很急，出汗了，臉簡直比下蛋雞
的臉還紅，這是莊戶人的臉，很好看的臉，臉上還汪著汗，

在額頭上的皺紋裡。酒呢，還有兩瓶，就不用買了。劉子瑞在心裡想，還是兒子上回回來時買的。煙呢，該買一盒兒好一點的，買什麼牌子的呢？劉子瑞在心裡想。劉子瑞忽然覺得腳下不對勁兒了，下去的路和地裡不一樣，都是石頭，不像地裡的細土是那麼讓人舒服。鞋還在玉米地裡呢。劉子瑞想想，還是沒回去，就那麼光腳去了下邊。路邊的玉米長得真壯，綠得發黑，一棵挨著一棵，每一棵上都吊著一兩穗大得讓人吃驚的棒子，真像是好後生，一夥一夥地站在那裡炫耀他們的大玉米棒子。過了玉米地，又是一片高粱地，高粱也長得好，穗子頭都紅了，紅撲撲的，好像是姑娘，擠在一起在那裡站著，好像是，因為她們看到了玉米地那邊的大棒子，害羞了，臉紅了。這他媽的真是一個好秋天。

雨水這東西是個怪東西，如果下足了，那簡直就是對地裡的莊稼的一種慫恿，長吧，長吧，使勁長吧。而且呢，雨水一足，季節也好像是給慫恿的放慢了腳步，沒有那麼足的雨水，地裡的莊稼就會早早地黃了，沒信心了，秋天也會跟上來了。

兒子回來了，先是在地裡忙了一天，把收下的玉米十字披開搭在樹上。然後去了一趟下邊，去看了看他的同學。隔一天，又把同學招了上來，來做什麼？來給房子上一層泥，這麼一來呢，劉子瑞這裡就一下子熱鬧了。和劉拴柱現在是個能幹的城裡人一樣，他的同學現在都是能幹的莊稼人。以前還看不出來，現在在一起一幹活就看出來了，劉子瑞的兒

子幹活就有些吃力了。他先是去和泥，先和大籤泥，也就是，把切成寸把長的莜麥秸和到泥裡去，莜麥秸先在頭天晚上用水泡軟了，土也拉回來了，都堆在院子外窄窄的村道上，反正現在也沒人在那村道上走來走去。劉子瑞的兒子把莜麥秸先散在土堆上，然後用耙把莜麥秸和土合起來，這是個力氣活兒，規矩的做法是用腳去踩，「咕吱咕吱」地把泥和草秸硬是踩在一起。劉子瑞女人燒了水，出去看了一回兒子在那裡和泥，出去看了一回還不行，又出去看了一回，好像是不放心。兒子踩泥的時候，她站在那裡嘴一動一動地給兒子使勁。她看著兒子踩一回，又用耙子把泥再耙一回，把踩在下邊的草秸再耙上來，然後再踩。兒子用耙子耙泥的時候，先是把耙子往泥裡用力一抓，身子也就朝前彎過去，往起耙的時候，兒子的肩上的肩胛骨就一下子上去，上去，那是在使力氣，肩胛骨快要併到一起的時候，耙子終於把一大團泥草耙了起來。兒子在那裡每耙一下，劉子瑞的女人的嘴就要張開一回，泥草耙好一堆，她的嘴也就合上一回。她在那裡看了一會兒子耙泥，然後又慌慌地回去，去端開水了。拴柱，喝口水。劉子瑞女人對兒子說。兒子呢，卻說不喝不喝，現在喝什麼水？我給你把水放這兒，你咋不喝點兒水？劉子瑞女人又對兒子說。不喝不喝。兒子又耙好了一堆，直了一下腰，接著又耙。你不喝一會兒又要上火了。劉子瑞女人對兒子說。不喝不喝。兒子還是說。劉子瑞的女人聞到兒子身上的汗味兒了，她對這種汗味兒是太熟悉了，這讓她覺

得自己又像是回到了從前的日子，這讓她有些恍惚，又有些
說不出的興奮。她站在那裡又看了一會兒兒子和泥。這時候
有人從院子裡出來了，說房上要泥呢，拴柱你和好了沒？行
了行了，拴柱說，連說和好了和好了，我這就來。從院子裡
出來的人又對劉子瑞女人說，嬸子您在這兒站著做什麼？待
會兒小心弄您一身泥。劉子瑞女人便又慌慌地回到了院裡。
劉子瑞的院子裡，好像是，忽然有了某種歡快的氣氛，這種
歡快挺讓劉子瑞女人激動的。那兩個人在房上，是劉子瑞兒
子的同學，其中一個會吹笛子，叫劉心亮。小的時候就總是
和劉子瑞的兒子一起吹笛子。另一個早早結了婚，叫黃泉
瑞，人就好像一下子老了許多，現在呢，好像是因為和過去
的同學一起勞動又歡快了起來。劉子瑞的兒子這時拖了泥斗
子過來，要在下邊當小工，要一下一下把泥搭到房上去，這
其實是最累的活兒。劉子瑞的女人站在那裡，心痛地看著兒
子。她忽然衝進屋去，手和腳都是急慌慌的樣子，她去給兒
子涮了一條毛巾，兒子卻說現在幹活兒呢，擦什麼擦？兒子
把一勺泥，一下子，甩到房頂上去了。給，給，劉子瑞女人
要把手巾遞給兒子。不擦不擦。兒子說，又把一勺泥，一下
子，甩到房頂上去了。要不就喝口水？劉子瑞女人說。不喝
不喝。兒子說，聲音好像有些不滿，又好像是不這樣說話就
不像是她的兒子。仔細想想，當兒子的都是這種口氣，客氣
是對外人的，客氣有時候便是一種距離。劉子瑞女人的心裡
呢，是歡快的，人好像也一下子年輕了。她又站在那裡看了

一會兒，然後，繞到後邊去，看了一回劉子瑞在後邊一點一點補牆洞。然後她合計她的飯去了。她合計好了，要炒一個雞蛋韭菜，韭菜就在地裡，還有一個拌豆腐，還有一樣就是燴寬粉。肉昨天已經下去割好了，晚上已經在鍋裡用八角和花椒燉好了。鄉下做菜總是簡單，一是沒那麼多菜，二是為了節省些柴禾。總是先燉肉，肉燉好了，別的菜就好做了，和豆腐在一起再燉就是一個肉燉豆腐，和粉條一起做就又是一個肉燴粉條子，還要有一個山藥胡蘿蔔，也要和肉在一起燉。劉子瑞的女人在心裡合計好了，再弄一大鍋稀粥，等人們幹完活兒就讓他們先喝兩盅，酒喝得差不多的時候就蒸糕。劉子瑞女人先用大鍋熬粥，兒子從小就喜歡喝豆粥，她在鍋裡下了兩種豆子：小紅豆和綠豆，想了想，好像覺得這還不夠，又加了一些羊眼豆，想了想，又加了些小扁豆。

　　給房子上泥的活不算是什麼大活兒，但吃飯卻晚了。好像是，這頓中午飯都快要和晚上飯挨上了。人們上完了第一層大菜泥，要等它乾乾，到了明天就再上一層小菜泥，等它再乾乾，然後還要上去再壓，把半乾的泥壓平實了。人們現在都忙，第一天，劉子瑞兒子的那些同學幫著劉子瑞家幹了一天。第二天，又上來，又幫著幹了一天。晚上吃過飯，劉子瑞兒子的同學就都又下去了。第三天，是拴柱，一個人上了房，在上邊仔細地壓房皮，先從房頂後邊，一點點一點點往前趕。頭頂上的太陽真是毒，劉子瑞的女人不知什麼時候，又從後邊上了房，要給兒子身上披一件單布衫子。不要

不要不要。兒子光著膀子說，好像有些怪她從下邊上來。我要我不會下去取？誰讓您爬梯子？兒子說。過不一會兒，劉子瑞女人又從後邊踩梯子上來了。給你水。她給兒子端上來一缸子水。不要不要，我不渴。兒子一下一下地壓著房皮。你不喝你小心上火。劉子瑞女人說。我渴我不會下去喝？誰讓您爬梯子。兒子說，好像是，不高興了。劉子瑞女人這邊呢，好像是在下邊怕看不清楚兒子，所以，她偏要爬那個梯子，下去了，但她馬上又扒在了梯子上。這會兒，她就站在梯子上看兒子在那裡壓房頂。兒子把泥鏟探出去，壓住，又慢慢使勁拉回來，再把泥鏟探出去壓住，再慢慢慢慢使勁拉回來。兒子每一使勁兒，劉子瑞的女人便把嘴張開了，到兒子把泥鏟拉回來，鬆了勁，她也就鬆了勁，嘴又合上了。你喝點兒水，你不喝水上了火咋辦？劉子瑞的女人又對兒子說。您下去吧，下去吧。兒子說。你喝了水我就下。劉子瑞女人說。兒子只好喝了水，然後繼續壓他的房皮，壓過的地方簡直就像是上了一道油，亮光光的。劉子瑞的女人就那麼在梯子上站著，看兒子，怎麼就看不夠？

　　兒子壓完了房頂，又去把驢圈補了補。雞窩呢，也給加了一層泥。兒子說，做完了這些，再把廁所修修，下午就要往回趕了。他這麼一說，劉子瑞女人就又急了。急什麼？她自己也說不清，其實她昨天晚上就知道兒子今天下午就要回去了。她邁出院子去，跟著兒子，好像是，怕兒子現在就走。兒子呢，昨天和黃泉瑞說好了的，要去他那裡先弄一袋

子水泥上來，要修修廁所了。家裡的廁所不修不行了。兒子說要在走之前把廁所給再修一修。這會兒，兒子下去取水泥了。劉子瑞女人已經把雞都圈了起來，怕它們上房，怕牠們到處刨。兒子去了沒有多大工夫就把水泥從下邊扛了回來。沙子是早備下的，兒子現在做活兒就是麻利，很快，就把廁所給弄好了，弄了兩個台，還抹得光光的。正好可以蹲在上邊。兒子說可千萬等乾了再用，又囑咐他媽千萬要把雞和狗都拴好了，別把剛剛弄好的水泥弄糟了。兒子又看看天，說最好是別下雨。劉子瑞女人跟在兒子後邊就也看看天，也說是最好別下雨。兒子進屋去了，劉子瑞女人也忙跟著進屋。兒子說下午就要走了，再在炕上躺躺吧，城裡可沒有炕。兒子用手巾把臉擦了擦，又把腳擦了擦，就上了炕。劉子瑞女人知道兒子是累了，兒子上了炕，先是躺在炕頭那邊，躺了一會兒說是熱，又挪了挪，躺到了炕尾。不一會兒，兒子就睡著了，天也是太熱，和小時候一樣，兒子一睡著就出了一頭的汗，人呢，也就躺成個「大」字了。劉子瑞女人想好了，中午就給兒子吃抿麵條，接風的餃子送風的麵。她一邊揉著麵，一邊看著兒子。劉子瑞這時候去了地裡，說是要讓兒子帶些玉米去給那些城裡人吃，他去掰玉米去了。屋裡院外這時又靜了下來，雞和狗都讓關在圈裡，牠們不知道這個世界上出了什麼事，怎麼會大白天把它們關了起來？牠們的意見這會兒可大了，簡直是怨氣沖天，便在窩裡拼命地叫。「咕咕咕咕，咕咕咕咕」叫一氣，忽然又停了，好像要聽聽

外邊的反應，然後再叫。

　　坐在那裡，慢慢慢慢揉著麵，劉子瑞女人忽然傷起心來。什麼是夢呢？人活著就像個夢。兒子現在躺在炕上，忽然呢，馬上就要走了，那麼點兒，那麼點兒，當時他是那麼點兒，在自己的背上，讓他下來多走半步他都不肯，有時候要背他他偏又不讓。兩個人都在地上走就都費鞋！媽背著你就省下一個人的鞋！劉子瑞女人還記著當年自己對兒子這麼說。劉子瑞女人也不知道自己給兒子做過多少雙鞋，總是一雙比一雙大。那個豬槽子呢，劉子瑞女人忽然想起了那個褪豬的大木槽。以前總是她，把兒子按在那個豬槽子裡洗澡，左手按著右手洗，右手按著左手洗，按住上邊洗下邊，按住下邊洗上邊。以前，她還把兒子摟在一起睡，冬天的晚上，睡著睡著，兒子就會拱到自己的被子裡來了。好像是，不知出了什麼怪事，兒子怎麼就一下子這麼大了。劉子瑞女人忽然抹起眼淚來。麵揉好了，她用一塊濕布子把麵團蒙了，讓它慢慢餳。然後，她慌慌張張去了東屋，去了東屋，又忘了自己要做什麼。站了一下，又去了院子裡，兒子穿回來的衣服她都給洗了一過，都乾了。她把衣服取了下來，放在鼻子下聞聞，是兒子的味兒。兒子穿回來的那雙球鞋，她也已經給洗了一過，放在窗台上，也已經乾了。她把鞋放在鼻子下聞了聞，是兒子的味兒。還有那雙白襪子，她也洗過了，她把它從晾衣服繩上取了下來，也放在鼻子下，聞了聞，是兒子的味兒。兒子的味道讓她有說不出的難過。她把兒子的衣

服和襪子聞了又聞。

劉子瑞的兒子是下午兩點多走的，吃過了他媽給他擀的麵，麵是用井水過了一下，這就讓人吃著舒服。吃過了飯，劉子瑞女人心裡就有點受不住了，她已經，把兒子要帶的東西都收拾好了。那麼大一個蛇皮袋子，裡邊幾乎全是玉米。劉子瑞要送一送兒子，好像是，習慣了，兒子每次回來他都要送一送，送到下邊的站上去。東西都收拾好了，劉子瑞也下了地。劉子瑞女人一下子受不了啦，好像是，這父子兩個要扔下她不管了，每逢這種時候，她總是這種心情，想哭，又不敢哭泣。這時候，兒子出去了，她在屋裡看著兒子，她的眼睛現在像是中了魔道，只會跟著兒子轉來轉去，兒子去了院子西南角的廁所，但兒子馬上又出來了，然後，就像小時候那樣，叉腿站在院子裡，臉衝著廁所那邊，做什麼？在撒尿。原來廁所的水泥還沒乾呢。兒子像小時候一樣把尿撒在院子裡了。院子裡的地都讓雞給刨鬆了，又乾又鬆，腳踩上去真舒服。劉子瑞女人在屋裡看著兒子叉著腿在院裡撒尿。劉子瑞也朝外看著，他心裡也酸酸的。等乾了再用，現在一用就壞了。兒子撒完了尿，又從外邊進來了，說水泥還要乾半天，別讓雞刨了。是是是，放出來就刨了，我一輩子不放牠們。劉子瑞女人說。該走了該走了，再遲就趕不上車了。兒子又說，故意看著別處。劉子瑞女人心就「怦怦」跳開了。玉米也太多了吧？兒子說，拍拍那一大袋玉米。不多不多，要不，再掰些？劉子瑞說。兒子笑了，說又不是去賣

玉米，這麼多。不重吧？劉子瑞女人對兒子說。不重不重。兒子說，把那一袋子玉米就勢上了肩，這一上，就再不往下放了。那我就走了。兒子說，故意不看他媽，看別處。

劉子瑞女人跟在劉子瑞和兒子的後邊，踮著小腳，一直把兒子送到了村子邊，然後就站在那裡看兒子和自己男人往下走，一點一點變小，天那麼熱，日頭把周圍的白石頭照得讓人睜不開眼。兒子和自己男人一點一點變小的時候，劉子瑞女人就開始哭，眼淚簡直是「嘩嘩嘩嘩」地流。她一直站著，直到兒子和自己男人的人影兒小到一下子不見了。她再看，就只能看到莊稼，遠遠近近的莊稼。石頭，遠遠近近的石頭。還有，再遠處藍汪汪的山。這一切，原本就是寂寞的，再加上那遠遠近近螞蚱的叫聲，牠們要是不叫還好，牠們一叫呢，就顯得天地都寂寞而曠遠了。

劉子瑞的女人回去了，慢慢慢慢回去了。一進院子，就好像，一個人忽然夢醒了，才明白過來房子是重新抹過一層泥了，那泥還沒怎麼乾，濕濕的好聞。驢圈也抹過了，也還沒乾，濕濕的好聞。雞都給關在圈裡，院子裡靜靜的，這就讓劉子瑞的女人有些不習慣。好像是，自己一下子和自己的家有些生分了。她進了屋，心裡好像一下子空落落的。兒子昨天還在炕上躺著，坐著，說著，笑著，還有兒子的同學，這個在這邊，那個在那邊，現在是什麼也沒有。兒子一回來，這個家就活了，其實呢，是她這個做媽的心活了。剛才還是，兒子的鞋在炕下，兒子的衣服在繩上搭著，兒子的氣

味在屋裡瀰漫著。現在，一下子，什麼也没了。劉子瑞的女人又出了院子。好像是，屋子裡再也不能待了，不能待了！不能待了！劉子瑞的女人站在了院子裡，院子現在静了。昨天，兒子就在房檐下給房上上泥，上累了，還蹲在那塊兒地方抽了一支煙。昨天，兒子的同學在這院裡走來走去。現在呢，院子裡静得不能再静。劉子瑞女人一下子看到了什麼？嘴角抽了抽，像是要哭了，她慌慌張張地過去了，靠廁所那邊的地上，濕濕的，一小片，但已經翹翹的，是兒子臨走時撒的尿。劉子瑞女人在那濕濕翹翹的地方站定了，蹲下了，再後來呢，她把手邊的一個盆子拖過來，把那地方牢牢蓋住了，又哭起來了。

第二天呢，原來的生活又好像是一下子變回來了。劉子瑞早上起來又去了地裡，弄他的莊稼。劉子瑞女人，起來，先餵驢，然後餵那些雞。雞給關了整整一天，都好像瘋了，又是抖，又是跳，又是叫。那隻公雞，精力怎麼就會那麼旺？一個挨一個往母雞身上跳，那兩隻脫毛雞，受寵若驚了，半閉上眼睛，欲仙欲死的樣子，接受那公雞的降臨。又好像是給關了一天關好了，紅紅的雞皮上頂出了尖尖白白的毛根兒，但還是一樣的難看。劉子瑞的女人做完了這一切，便又在那倒扣的盆子邊站定了，她彎下身子去，把盆子，慢慢慢慢，掀開了，盆子下邊是一個乾乾的翹起來的泥碗樣的東西，是兒子給她留下的。没有人能夠聽到劉子瑞女人的哭聲，因為上邊的村子裡再没別人了。那些雞，牠們怎麼會懂

得主人的心事？牠們吃驚地看著劉子瑞的女人，蹲在那裡，用手掀著盆子，看著被盆子扣住的那塊地方，嗚嗚咽咽……

　　隔了半個多月，又下過幾場雨，劉子瑞兒子山下的同學黃泉瑞這天忽然上來了。來取泥鏟子，說也要把家裡的房頂抹一抹，今年好像是到了秋後雨水要多一些。黃泉瑞坐了一會兒，抽了一支煙，然後下去了。走的時候，黃泉瑞站在院子裡看看，說這下子收拾得好多了，雞窩像個雞窩，驢圈像個驢圈。黃泉瑞還看到了院子裡地上扣的那個盆子，他不知道地上扣個盆子做什麼？他對劉子瑞女人說拴柱過年回來的時候他一定會再上來，來好好喝幾口。他還說：還是拴柱好，現在是城裡人了。他還說：城裡就是比鄉下好，過幾年拴柱要把嬸子接到城裡去住。他還說：回去吧，我一個晚輩還讓您送，您看看您都送到村口了，您不能再送了。他還說：過幾天，也許，拴柱就又要回來了……

　　山上是寂寞的，遠遠近近，螞蚱在叫著，牠們為什麼不停地在那裡叫？也許，它們是嫌山裡太寂寞？但牠們不知道，牠們這麼一叫，人的心裡就更寂寞了。

孫惠芬

孫惠芬小傳

孫惠芬，1961 年生與大連莊河。曾當過農民、工人、遼寧文學院專業作家。發表作品二百餘萬字。發表的主要作品有《小窗絮語》、《變調》、《台階》、《民工》、《歇馬山莊》、《歇馬山莊的兩個女人》、《街與道的宗教》、《給我嗽口盂》等，其中短篇小說《小窗絮語》曾獲遼寧省政府獎，中篇小說《平常人家》曾獲東北文學獎佳作獎，短篇小說《台階》、中篇小說《歇馬山莊的兩個女人》，分別獲《小說選刊》1997、2002 優秀小說獎，中篇小說《春天的敘述》、《民工》曾獲當代雜誌獎，中篇小說《民工》曾入選《北京文學》2002 中篇小說排行榜。中篇小說《舞者》獲《山花》雜誌獎，中篇小說《歇馬山莊的兩個女人》曾入選 2002 中國小說學會排行榜，長篇小說《歇馬山莊》獲遼寧省第四屆「曹雪芹長篇小說獎」、「中國第二屆女性文學獎」。曾獲遼寧省第三次青年作家獎，第三屆馮牧文學獎文學新人獎，中國作家協會會員。現居大連。

評委會評語

「日子是有它的本來面目的」，《歇馬山莊的兩個女人》「結結實實夯進現實的泥坑裡」，在眾多展現現實農村日常生活作品中，避開了傳統寫作對鄉村事件的聚焦，而將筆觸深入進女性的心理變化，圍繞歇馬山莊屯街上因丈夫外

出打工而留守在家的兩個年輕女人間友誼的建立、演進與幻滅，展示了古老鄉土的自然風貌、時代變遷對農村家庭結構、生活節奏及道德觀念的衝擊，在對人與人間情誼的脆弱、隱祕力量的揭示中試圖揭開深藏在粗礪現實下的和暖而無情、冷峻又溫馨的複雜與真實；作品針腳細密、點滴入土、從容不迫，其平和寧靜沉穩卻肝腸寸斷的敘述，其清澈羞怯細密而毫無媚氣的文字，呈現出孫惠芬式的重肌裡的現實主義寫作風格，使文本呈現出以往同類作品少見的韻致和質地。

歇馬山莊的兩個女人
孫惠芬

　　李平結婚這天，潘桃遠遠地站在自家門外看光景。潘桃穿著乳白色羽絨大衣，臉上帶著淺淺的笑。潘桃也是歇馬山莊新媳婦，昨天才從城裡旅行結婚回來。潘桃最不喜歡結婚大操大辦，穿著大紅大紫的衣服，身前身後被人圍著，好像展覽自己。關鍵是，潘桃不喜歡火爆，什麼事情搞到最火爆，就意味已經到了頂峰，而結婚，只不過是女孩子人生道路上的一個轉折，哪裡是什麼頂峰？再説，有頂峰就有低谷，多少鄉下女孩子，結婚那天又吹又打披紅掛綠，儼儼是個公主、皇后、貴婦人，可是没幾天，不等身上的衣服和臉上的胭脂褪了色，就水落石出地過起窮日子。潘桃絕不想在一時的火爆過去之後，用她的一生，來走她心情的下坡路，於是，她為自己主張了一個簡單的婚禮，跟新夫玉柱到城裡旅行了一趟。城就是玉柱當民工蓋樓那個城，不小也不算大，他們在一個小巷裡的招待所住了兩晚，玉柱請她吃了一頓肯德基，一頓米飯炒菜，剩下的，就是隨便什麼兒旮小館，一人一碗蔥花麵。他們没有穿紅掛綠，穿的，是潘桃在

鎮子上早就買好的運動裝，兩套素色的白，外邊罩著羽絨服。他們樸素得不能再樸素，平常得不能再平常，然而越平常，越樸素，越不讓人們看出他們是新婚，他們的快樂就越是濃烈。他們白天坐電車逛商場只顧買東西，像兩個小販子，回到招等所，可就大不一樣。他們晚上回來，猶如兩隻製造了隱私的小獸，先是對看，然後大笑，然後就床上床下毫無顧忌地瘋。事實證明，幸福是不能分享的，你的幸福被別人分享多少，你的幸福就少了多少。這是一道極簡單的減法算式，多少大操大辦的人家，一場婚事下來，無不叫喊打死再也不要辦了，簡直不是結婚，是發婚。可是在歇馬山莊，沒有誰能逃脫這樣的宿命。潘桃這看似樸素的婚禮，其實是一種經心的選擇，是對宿命的抗拒。潘桃的樸素裡，包涵了真正的高雅。潘桃的樸素裡，其實一點都不樸素，是另外一種張揚。它真正張揚了潘桃心中的自己。有了這樣巨大的幸福，有了這樣巨大的與眾不同，從城裡回來，潘桃與以前判若兩人，見人早早打招呼說話，再也不似從前那樣傲慢。不但如此，今天一早，村東頭于成子家的鼓樂還沒響起，潘桃就走出屋子，隨婆婆一道，站在院外牆邊，遠遠地朝東街看著。

同是看光景，潘桃的看和婆婆的看顯然很不一樣。潘桃儘管在笑，但她的看是居高臨下的，或者說，是因為有了居高臨下的態度，她才露出淺淺的笑。她笑裡的目光，是審視，是拒絕與光景中的情景溝通和共鳴的審視，好像在說，

看吧，看能熱鬧到什麼程度！也好像在說，看唄，不就是熱鬧嗎！婆婆的看卻是投入的，是極盡所能去感受、去貼近那熱鬧的。她先是站在院外牆邊，當鼓樂通過長長的街脖傳過來，就三步併成兩步竄到大街對面的菜地裡。婆婆張著嘴，目光裡的游絲是順著地壟和街脖爬過去的，充滿了眼氣和羨慕。歇馬山莊多年來一直時興豆子宴，潘桃的婆婆為兒子結婚攢了多少年的豆子，小豆黃豆綠豆花生豆，偏廈裡裝豆的袋子爛了一茬又一茬，陳換新新壓陳，豆子裡的蟲子都等綠了眼睛，可是，就在臨近婚期半個月的時候，潘桃親自上門宣布了旅行結婚的計畫。大媽，俺想旅行結婚。潘桃語氣十分柔和，眼裡的笑躲在兩彎清澈的水裡，羞怯中閃著小心翼翼的波光。可是在婆婆看來，潘桃清澈的眼睛裡躲的可不是笑，而是徹頭徹尾的嚴肅；羞怯裡閃動的，也不是小心翼翼，而是理直氣壯的命令。因為潘桃說完這句話，立即又跟上一句「玉柱也同意旅行結婚。」婆婆的眼睛於是也像豆子裡的蟲子，綠了起來。潘桃婆婆嫁到歇馬山莊，真就沒怵過誰，她當然不會怵潘桃，但是她還是沒有說出自己的想法。她淡淡地說，玉柱同意旅那就旅吧。

其實潘桃婆婆最了解自己，她怵的從來都不是別人，而是自己，是自己在兒子面前的無骨。她流產三次保住一個兒子，打月子裡開始，兒子的要求在她那裡就高於一切。兒子打噴嚏她就頭痛，兒子三歲時指著大人腳上的皮鞋喊要，她就爬山越嶺上縣城買，兒子十六歲那年，書唸得好好的，有

一天放學回來，把家裡裝衣服的木箱拆了，說要學木匠，她居然會把另一只木箱也搬出來讓他拆。村裡人說，這是命數，是女人前世欠了別人的，這世要在她的兒子身上還。潘桃從她最無骨的地方下刀子，疼是陣疼，空虛卻是持久的，兒子帶兒媳出去旅行那幾天，看著空落寂寞的院落，她空虛的差點變成一只空殼飄起來。別人家的熱鬧當然不是自己家的熱鬧，但潘桃婆婆還是像看戲一樣，投入了真的感情，只要投入了真的感情，將戲裡的事想成自家的事，照樣會得到意外的滿足。

李平是十點一刻才來到歇馬山莊屯街上的。這時候人們並不知道她叫李平，大家只喊成子媳婦。來啦，成子媳婦來啦。男人女人，在街的兩側一溜兩行。冬天是歇馬山莊人口最全的時候，也是山莊裡最充閑的時候，民工們全都從外邊回來了。男人回來了，女人和孩子就格外活躍，人群裡不時的爆出一聲喊叫。紅轎子在凹凸不平的鄉道上徐徐地爬，像一隻瓢蟲，轎子後邊是一輛黃海大客，車體黃一道白一道彷彿柞樹上的豆蟲，黃海大客後邊，便是一輛敞棚車，一個穿著夾克的小伙子扛著錄像機正瞄準黃海大客的屁股。成子家在屯子東頭，女方車來必經長長的屯街，這一來，一場婚禮的展示就從屯西頭開始了。人們紛紛將目光從鼓樂響起的東頭拉回來，朝西邊的車隊看去。人們回轉頭，是怕轎車從自己眼皮底下稍縱即逝，可萬萬沒想到，領頭的紅轎車爬著爬著，爬到潘桃家門口時，會停下來。紅轎子停下，黃海大客

也停下，惟敞棚車不停，敞棚車拉著錄像師，越過大客越過紅轎開到最前邊。敞棚車開到前邊，錄像師，從車上跳下來，調好鏡頭，朝轎車走去。這時，只見轎車門打開，一對新人分別從兩側走下，又慢慢走到車前，挽手走來。山莊人再孤陋寡聞，也是見過有錄像的婚禮，可是他們確實沒有見過剛入街口就下車錄像的，關鍵這是大冬天，空氣凜冽得一哈氣就能結冰，成子媳婦居然穿著一件單薄的大紅婚紗，成子媳婦的脖子居然露著白白的頸窩，人們震驚之餘，一陣唏噓，唏噓之餘，不免也大飽了一次眼福。

　　坐轎車、錄像、披婚紗，這一切，在潘桃那裡，都是預料之中的，最讓潘桃想不到的，是車竟然在她家門口停了下來。車停下也不要緊，成子媳婦竟然離家門口那麼遠就下了車。因為出其不意，潘桃的居高臨下受到衝擊，她本是一個旁觀者的，站在河的彼岸，觀看漩渦裡飛濺的泡沫、拍岸的浪花，那泡沫和浪花跟她實在是毫無關係，可是，她怎麼也不能想到，轉眼之間，她竟站在了漩渦之中，泡沫和浪花真的就濕了她的眼和臉。距離改變了潘桃對一樁婚事的態度，不設防的拉近使潘桃一時迷失了早上以來所擁有的姿態，她臉上的笑散去了，隨之而來的是不知所措，是心口一陣慌跳。慌亂中，潘桃聞到冰冷的空氣中飄然而來的一股清香，接著，她看到了一點也沒有鄉村模樣的成子媳婦。一個經心修飾和打扮的新娘怎麼看都是漂亮的，可是成子媳婦眼神和表情所傳達的氣息，絕不是漂亮所能概括，她太洋氣了，太

城市了，她簡直就是電影裡的空姐。她的目光相當專注，好像前邊有磁石的吸引，她的腰身相當挺拔，好像河岸雨後的白楊。她其實真的算不上漂亮，眼睛不大，嘴唇略微翻翹，可是潘桃被深深震撼了，刺疼了，潘桃聽到自己耳朵裡有什麼東西響了一下，接著，身體裡某個部位開始隱隱作疼，再接著，她的眼睛迷茫了，她的眼睛裡閃出了五六個太陽。

潘桃和成子媳婦的友誼，就是從那些太陽的光芒裡開始的。

一

同樣都是新媳婦，潘桃結婚，人們還叫她潘桃，潘桃從歇馬山莊嫁到歇馬山莊，人們不習慣改變叫法。成子媳婦卻不同，她從另一個縣的另一個村嫁過來，人們不知她的名字，就順理成章叫她成子媳婦。至於成子媳婦結婚那天到底有多風光，潘桃只看那麼一眼，就能大約有所領會。那一天鼓樂聲在村東頭沒日沒夜地貫徹，村裡所有男女老少都跟了過去。一些跟成子家沒有人情來往的人家，為了追求現場感，都隨了禮錢。潘桃婆婆現跑回家翻箱底兒，她的兒子沒操沒辦沒收禮，她是可以理直氣壯不上禮的，豆子霉在倉裡本就蝕了本，再搭上人情，那是虧上加虧。可是，成子和成子媳婦在街上那麼一走，鼓樂聲那麼大張旗鼓一鬧騰，不由得不叫人忘我。那一天東頭成子家究竟熱鬧到什麼程度，成子媳婦究竟風光到什麼程度，潘桃一點都不想知道。她其實

心裡已經很是知道，她只是不想從別人嘴裡往深處知道。她本是可以往深處知道的，一早站在院牆外等待，就是抱定這樣一個姿態，誰知看那一眼使事情的性質發生了變化。可是潘桃越不想知道，她的忘我參與過的婆婆越是要講，呀，那成子媳婦，那麼好看，還溫順聽話，叫她吃蔥就吃蔥，叫她坐斧就坐斧，叫她點煙就點煙。婆婆話裡的暗弦，潘桃聽得懂，是說她潘桃太格色太不入流太傲氣。潘桃的臉一下子就紫了，從家裡躲出來。可是剛到街上，鄰居廣大嬸就喊，去看了嘛潘桃，那才叫俊，畫上下來似的，關鍵是人家那個懂事兒。潘桃的臉一下子就白了，又不能馬上調頭，只有嗯呵地聽下去。就這樣，那一天成子家的熱鬧，成子媳婦的風光，在潘桃心中不可抗拒地拼起這樣一幅圖景：成子媳婦，外表很現代，性格卻很傳統，外表很城市，性格卻很鄉村，一個徹頭徹尾的兩面派！

　　別人的好心情有時會壞掉自己的好心情，這一點人生經驗潘桃沒有，一個與自己毫不相干的別人的婚禮，一次性地壞掉了潘桃新婚之後的心情，潘桃猝不及防。以往的潘桃，在歇馬山莊可是太受寵了，簡直被人們寵壞了。潘桃的受寵有歷史的源緣，是她母親打下的基礎。她的母親曾是歇馬山莊的大嫂隊長，一個有名的美人兒。一般的情況下，女人的好看，是要通過男人來歌頌的，男人們不一定說，但男人走到你面前就拿不動腿，像蜜蜂圍著花蕊。潘桃母親既吸引男人又吸引女人。潘桃的母親被女人喜歡，其原因是她那雙眼

睛。她的眼睛溫和安靜、清澈，她的眼睛看男人，靜止的深潭一樣沒有波光，沒有媚氣，讓男人感到舒適又生不出非份之想，她的眼睛看女人，卻像一泓溪流直往你心窩裡去，讓女人停不上幾分鐘，就想把心窩裡的話都掏出來。潘桃母親當了十幾年大嫂隊長，女人心中的委屈、苦難聽了幾火車，極少有誰家女人沒向她掏心窩子，男女間的口風卻從沒有過。這是多麼難能可貴的事情呵！女人們說，是人家嫁了好男人，人家男人在鎮子上當工人，有技術又待她好，她當然安心。自以為懂一些男女之事的男人卻說，怪不得男人，風流女人嫁再好的男人該守不住照樣守不住，這是人家祖上的德性。潘桃三、四歲時，母親領到街上，就有人上來討近乎，說俺兒比桃大一歲，男大一，黃金起。也有的說，俺兒比桃小三歲，女大三，抱金磚。潘桃小時看不出有多麼漂亮，但卻比母親幸運，母親用多少年的實際行動換來了大家的寵愛，而她，頭上剛長滿細軟的頭髮，就吸來了那麼多父母的目光。潘桃六、七歲時，能在街上跑動，動輒就被人攬到懷裡，潘桃十幾歲時，上到初中，身邊男孩一群一群的圍，十幾歲的潘桃招人喜歡已經不是依靠母親的光環，潘桃到十幾歲時已經出落得相當漂亮，走到哪裡，都一朵雲一樣，早上的日光照去，是金色的，正午的日光照去，是銀色的，晚上的日光照去，是紅色的，潘桃走到哪裡，都能聽到嘖嘖的讚美聲。那些讚美聲是怎樣誤了她的學業還得另論，總之被寵的潘桃自認為自己是歇馬山莊最優秀的女子是大有

道理的。

　　女人的心裡裝著多少東西，男人永遠無法知道。潘桃結了婚，可算得上一個女人了，可潘桃成為真正的女人，其實是從成子媳婦從門口走過的那一刻開始的。那一刻，她懂得了什麼叫嫉妒，還懂得了什麼叫複雜的情緒。情緒這個尤物說來非常奇怪，它在一些時候，有著金屬一樣的份量，砸著你會叫你心口鈍疼；而另一些時候，卻有著煙霧一樣的質地，它繚繞你，會叫你心口鬱悶；還有一些時候，它飛走了，它不知怎麼就飛得無影無蹤了。從臘月初八到臘月二十三，整整半個月，潘桃都在這三種情緒中往返徘徊。某一時刻，心口疼了，她知道又有人在議論成子媳婦了，常常，不是耳朵通知她的知覺，而是知覺通知她的耳朵，也就是說，議論和她的心疼是同時開始的。某一時刻，煙霧繞心口一圈圈圍上來，叫你悶得透不過氣，需長噓一口，她知道她目光正對著街東成子家了。潘桃後來極少出門，潘桃不出門，也不讓玉柱出門，因為只有玉柱在家，她的婆婆才不會喋喋不休講成子媳婦。玉柱一天天守著潘桃，玉柱把潘桃的挽留理解成小倆口間的愛情。事實上，小倆口的愛情確實甜蜜無比，潘桃只有在這個時候，整個一個人才輕盈起來，放鬆起來。過了小年，玉柱身前身後繞著，潘桃都快把那個叫著情緒的東西忘了，可情緒這東西要多微妙有多微妙，就在玉柱被潘桃纏得水深火熱的夜裡，那莫名的東西從炕席縫鑽了出來。當時玉柱正用粗糙的手撫著潘桃細膩的小臉親吻，親著

親著，自言自語道，要不是旅行結婚，真的不會發現你是那
麼瘋的一人，看在城裡那幾天把你瘋的。潘桃突然僵在那
裡，眼盯住天棚不動了。她不知道那個東西怎麼又來了，它
好像是借著「旅行」這個字眼來的，它好像一場電影的開
頭，字目一過，眼前便浮現了一段潔白的頸窩，一身大紅婚
紗，耳邊便響起了歡快的鼓樂聲，婆婆尖銳的話語聲：看人
家，叫吃蔥就吃蔥。潘桃的眼窩一陣陣紅了，一種說不出的
委屈，被衝擊的飯渣一樣泛上來，潘桃把臉轉到玉柱肩頭，
任玉柱怎麼推揉追問，就是不說話。

　　一場婚禮成了潘桃的一塊心病，這一點成子媳婦毫無所
知。結婚第二天，成子媳婦就換了一身紅軟緞對襟棉襖下地
幹活了。成子媳婦沒有婆婆，成子的母親去年八月患腦溢血
死在山上，剛過門的新媳婦便成了家庭裡的第一女主人。成
子媳婦早上六點就爬起來，她已經累了好幾天了，前天，娘
家為她操辦了一通，她人前人後忙著，昨天，演員演戲一樣
繃緊神經，挺了一整天，夜裡，又碎掉了似的被成子揉在骨
縫裡。但新人就是新人，新人跟舊人的不同在於，新人有著
脫胎換骨的經歷，新人是怎麼累都累不垮的，反而越累越精
神。成子媳婦臉蛋紅紅的，立領棉襖更兀現了她的幾分挺
拔。她燒了滿滿一鍋水，清洗院子裡沾滿油污的碗和盆。院
子裡一片狼籍的靜，偶爾，公公和成子往院外抬木頭，弄出
一點聲響，也是唯一的聲響。這是可想而知的局面，宴席散
去，熱鬧走遠，真實的日子便大海落潮一樣水落石出。作為

這海灘上的拾貝者，成子媳婦有著充分的精神準備。她早知道，日子是有它的本來面目的，正因為她知道日子有它的本來面目，才有意製造了昨天的隆重和熱鬧，讓自己真正飄了一次，仙了一次。一個鄉下女人的道路，確實是過了這個村就沒這個店了，告別了這個日子，你是要多沉就多沉，你會結結實實夯進現實的泥坑裡。這是成子媳婦和潘桃的不同。潘桃怕空前絕後，成子媳婦就是要空前絕後，因為成子媳婦了解到，你即使做不到空前，也肯定是絕後的。成子媳婦過於現實過於老道了。成子媳婦之所以這麼現實老道，是因為她曾經不現實過。那時她只有十九歲，那時她也是村子裡屈指可數的漂亮女孩，她懷著滿腦子的夢想離家來到城裡，她穿著緊身小衫，穿著牛仔褲，把自己打扮得很酷，以為這麼一打扮自己就是城裡的一份子了。她先是在一家拉麵館打工，不久又應聘到一家酒店當服務小姐。因為她一直也不肯陪酒又陪睡，她被開除了好幾家。後來在一家叫做悅來春的酒店裡，她結識了這個酒店的老闆，他們很快就相愛了。她迅速地把自己苦守了一個季節的青春交給了他。他們的相愛有著怎樣虛假的成分，她當時無法知道，她只是迅速地墜入情網。半年之後，當她哭著鬧著要他娶她，他才把他的老婆推到前台。他的老婆當著十幾個服務員的面，撕開了她的衣服，把她推進要多骯髒有多骯髒的萬丈深淵。從污水坑裡爬出來，她弄清了一樣東西，城裡男人不喜歡真情，城裡男人沒有真情。你要有真情，你就把它留好，留給和自己有著共

同出身的鄉下男人。用假情賺錢的日子是從做起又一家酒店的領班開始的，用假情賺錢的日子也就是她尋找真情的開始。沒事的時候，她換一身樸素的衣服，到酒店後邊的工地轉。那裡面機聲隆隆，那裡全是她熟悉又親切的鄉村的面孔，可是，就像她當初不知道她的迅速墮入情網是自己守得太累有意放縱自己一樣，她也不知道她的出賣假情會使她整個人也變得虛假不真實。她在工地上，大街上，轉了兩年多，終是沒有一個民工敢於走近她。那些民工看見她，嬉皮笑臉拿眼譏諷她、挑逗她，小姐，五角錢，玩不玩？與成子相識，就是這樣一次遭到挑釁的早上。她從一幫正蹲在草坪上吃早飯的民工前走過，一個民工喝一口稀粥，向天上一噴，嗷的一聲，小姐，過來，讓俺親一下。她沒有回頭，可是不大一會，只聽後邊有人撕打起來，一個聲音摔碎了瓦片似的，粗裂地震著她的後背——她是誰她是俺妹，你耍戲俺妹就是不行。一行熱淚蕃地流出了她的眼窩。與成子的相識是她的大德，他人好，會電工手藝，是工地上的技術人員。為了她的大德，她辭掉領班，回到最初打工的那家拉麵館；為了她的大德，她在心裡為自己準備了一場隆重的婚禮，她要用她掙來所有不乾淨的錢，結束那場城市繁華夢——那哪裡是夢，那就是一場十足的禍難！

一場熱鬧的婚宴既是結束又是開始，結束的是一個叫著李平的女子的過去，開始的是一個叫著成子媳婦的未來。臘月的日子，小北風在草垛空穿行，掀動了帶有白霜的草葉，

空氣裡到處瀰漫著凍土的味道，田野、屯街，空空蕩蕩。臘月的日子，無論怎麼說都更像結束而不像開始。但是，你只要看看成子家門楣上的雙喜字，門口石柱上的大紅對聯，看看成子媳婦臉頰上的光亮，你就知道許多開始跟季節無關，許多開始是隱藏在一張紅紙和門板之間的，是隱藏在一個人的內心深處的。成子媳婦在結婚之後的第一個上午，臉頰上的光亮是從毛孔的深處透出來的，心裡的想法是通過指尖的滑動流出來的。她洗碗刷鍋，家裡家外徹底清掃了一遍，她的動作麻利又乾淨，一招一式都那麼迅捷。因為不了解歇馬山莊鄰里鄉親們的情況，她沒有參與公公和成子還桌還盆的事，到了正午，她在鍋裡熱好剩菜剩飯，門檻裡一手撫著門框，響脆的聲音飄出屋簷，爸——成子——吃飯啦——女主人的派頭已經相當的足了。

就像一隻小鳥落進一個陌生的樹林，這裡的一草一木，成子媳婦都得從頭開始熟悉，蘿蔔窖的出口，乾草垛的岔口，磨米房的地點，溫泉的方位。因為出了臘月就是正月，出了正月就是民工們離家出走的日子，成子媳婦不想忽視每頓飯的品質，包餃子，蒸豆包，蒸年糕，炸豆腐泡。成子媳婦尤其不想忽視每一個同成子在一起的夜晚，腿、胳膊、脖子、後背、嘴唇、頸窩、胸脯，組合了一架顫動的琴弦，即使成子不彈，也會自動發出聲音。它們忽高忽低，它們時而清脆悅耳，時而又吵啞蒼勁。當然成子是從不放過機會的。她的光滑她的火熱，她的善解人意，都沒法不讓他全身心的

投入，徹頭徹尾的投入，寸草寸金的投入。被一個人真心實意的愛著的感覺是多麼幸福！在這巨大的幸福中，成子媳婦對時光的流逝十分敏感，每一夜的結束都讓她傷感，似乎每一夜的結束對她都是一次告別。到了臘月二十八，年近在眼前，成子媳婦竟緊張得神經過敏，好像年一過，日子就會飛起來，成子就會飛走。於是大白天的，就讓成子抱她親她，成子是個粗人，也是一個不很開放的人，不想把晚上的事做到白天，就往旁邊推她，這一推，讓成子媳婦重聞了從前的傷痛，她趴到炕上，突然的就哭了起來。她哭得肝腸寸斷，一抽一抽的，彷彿受了天大的委屈。成子傻子一樣站在那裡，之後趴下去用力扳住她的肩膀，一句不罷一句地詢問到底怎麼啦，可越問成子媳婦越哭得厲害，到後來，都快哭成了淚人。

二

日子過到年這一節，確實像打開了一只裝著蝴蝶的盒子，撲愣愣地就飛走了。子夜一過，又一年的時光就開始了，而正月初一剛剛站定，不覺之間，準備送年的餃子餡又迫在眉睫。接著是初六放水洗衣服，是初七天老爺管小孩的日子又要吃餃子，是初九天老爺管老人的日子要吃長壽麵，是初十管一年的收成要吃八種豆的飯，當那麵乎乎的綠豆黃豆花生豆吃進嘴裡，元宵節的燈籠早就晃悠悠掛在眼前了。被各種名目排滿的日子就是過得快，這情形就像火車在山谷

裡穿行，只有有村莊樹木、河流什麼的參照物，你才會真切地感受到速度，而一下落入一馬平川無盡荒野，車再快也如靜止一般。在這疾速如飛的時光裡，潘桃沒有像成子媳婦那樣，一進婆家門就潑命忘我的幹活。潘桃旅行結婚，潘桃的婚事沒有大操大辦，沒有大操大辦的婚禮如同房與房之間沒有牆壁沒有門檻，你家也是我家。儀式怎麼說都是必要的，穿著一身素色衣服從城裡回來的潘桃，一點都不覺得跟從前有什麼兩樣，不覺得自己從此就是為人媳婦，就是人家的人了。一早醒來睜開眼睛，身邊出現的是玉柱，是公婆而不是爹媽，反而讓她感到委屈，更懶得做活。當然，潘桃不能死心塌地投入劉家日子的重要原因還在她的婆婆身上，她的婆婆對她太客氣了，一臉的謙卑。只要潘桃在堂屋出現，她就慌得不知該做什麼，對著潘桃的臉兒傻笑，好像潘桃是她的婆婆；要是潘桃想去刷碗，人還沒到就會被她連推帶拽推回屋裡。這讓潘桃一直就覺得自己是一個局外人。在這疾速如飛的時光裡，潘桃一點點從一種莫名的陰影中跋涉出來，雖然不時的，還能從婆婆嘴裡、鄰居嘴裡、娘家母親嘴裡，聽到一些有關成子媳婦的裊裊餘音，但她已經不能真切地感受那到底是一種什麼東西了。感覺這東西，是會被時間隔膜的，感覺這東西，也會在時間的流動中長出一層青苔。有時，潘桃會不由自主地想，當初那是怎麼了呢？怎麼會被俗不可耐的大操大辦搞壞了心情？再怎麼講，旅行結婚也是與眾不同的，自己要的，難道不是與眾不同嗎？！潘桃隔膜了

最初的感覺，也就不太忌諱人們怎麼談論成子媳婦了。當然人們在談論成子媳婦時，總不免要捎上她：桃，你怎麼不能大張旗鼓辦一下，讓我們看看光景？你就顧自個上城看光景，那裡就是好嗎？潘桃不會講為什麼不辦，也不會講城裡光景好不好，那一切都是自己的事，自己的事要不得別人參乎。但在這疾速如飛的時光裡，有一個東西，有一個看不見摸不著的東西，卻一直在她身邊左右晃動，它不是影子，影子只跟在人的後邊，它也沒有形狀，見不出方圓，它在歇馬山莊的屯街上，在屯街四周的空氣裡，你定睛看時，它不存在，你不理它，它又無所不在；它跟著你，亦步亦趨，它伴隨你，不但不會破壞你的心情，反而叫你精神抖擻神清氣爽，叫你無一刻不注意自己的神情、步態、打扮；它與成子媳婦有著很大的關係，卻又只屬於潘桃自己的事，它到底是什麼？

潘桃搞不懂也不想搞懂，潘桃只知道無怨無悔地攜帶著它，拜年、回娘家、上溫泉洗衣服。潘桃再也不穿旅行結婚時穿得那套休閒裝了，對於休閒的欣賞是需要品味的，鄉下人沒有那個品味。潘桃換了一套大紅羊毛套裙，外面罩上一件紅呢大衣，腳上是高腰皮靴。她走起路來腳步平推，不管路有多麼不平，都要一挺一挺。她見人時，滿臉溢笑。潘桃一旦把自己打扮起來，一旦注意起自己的舉止，喝彩聲便冬日裡的雪片一樣飄至而下，好像來了一場強勁的東風，把昔日飄蕩在村東成子媳婦家的喝彩一遭刮了過來。潘桃幾乎都

感到村東頭的空蕩和寂寞了。

如此一來，原來是潘桃自己都沒有搞清楚的想法，被人們口頭表達了出來：你說是成子媳婦好看，還是潘桃好看？當然是潘桃，那成子媳婦要是不畫妝，根本比不上咱村的潘桃。你說是成子媳婦洋氣還是潘桃洋氣？唔，怎麼說呢，在早真沒覺得潘桃洋氣，就是個俊，誰知這結了婚，那麼有板有眼打扮起來，還真的像個城裡人。人們把這些比較當著潘桃說出來，是怎樣滿足著潘桃失落已久的心情呵！潘桃臉上的笑會毫無拘束地向四處溢開。潘桃不謙虛，不否定，也不張揚，該幹什麼幹著什麼，一如既往。但是人們在這句話後面，往往還跟著另個一句話：這兩個新媳婦，還比上了。這樣的話，就沒有前邊的話含蓄，也沒有前邊的話中聽，好像一只扒苞米的錐子，一下子就穿透本質。潘桃在心裡說，誰比了，分明是你們大家比的嘛，俺自從大街上看過她一眼就再沒見過面，她長的什麼樣都記不得了，俺憑什麼跟她比。但是嘴上沒說。

不管在心裡怎麼跟別人犟，潘桃還是不得不承認，成子媳婦，已經驅之不去地深入了她的內心，深入了她的生活。她最初還是隱蔽的，神秘地繞在她的身邊，後來，她被人們揭破，請了出來。她一旦被人們揭破，請了出來，又反過來不厭其煩地警醒著潘桃——她在跟成子媳婦比著。這是一個剪不斷理還亂的事實，也是一個不容質疑的事實，許多時候，走在大街上，或上溫泉洗衣服，她都在想，成子媳婦在

家幹什麼呢，成子媳婦會不會也出來洗衣服呢，為什麼就一次也見不到她呢？

真正清楚這個事實的，還是農曆三月初六這天，這是歇馬山莊大部分民工離家的日子，這一天一大早，潘桃就把玉柱鬧醒，潘桃掀著被窩，直直的看著玉柱。潘桃看著玉柱，目光裡貯存的，不是留戀，也不是傷感，而是一種調皮。潘桃顯然覺得分別很好玩，很浪漫，她甚至迅速的穿上衣服，一高跳到地下，一邊捉迷藏似地躲著玉柱對她身體的糾纏，一邊一隻挑逗老貓的耗子似的嘰嘰笑著。潘桃真的是過於浪漫了，不知道生活有多麼殘酷，不知道殘酷才是一隻隱藏在門縫裡的老貓，一旦被它逮住，你是想逃都逃不掉。直到看著玉柱和一幫民工乘的馬車消失在山崗，潘桃還是帶著笑容的。可是，當她返回身來，揭開堂屋的門，回到空蕩蕩的新房，聞到瀰漫其中的玉柱的氣息，她一下子就傻了，一下子就受不了了。她好長時間神情恍惚，搞不清楚自己為什麼會來到這裡，來到這裡幹什麼，搞不清楚自己跟這裡有什麼關係，剩下的日子還該幹什麼。潘桃在方寸小屋轉著，一會揭開櫃蓋，向裡邊探頭，一會兒又放下櫃蓋，衝牆壁愣神，潘桃一時間十分迷茫，被誰毀滅了前程的感覺。後來，她偎到炕上，撩起被子捂上腦袋躺了下來。這時，她眼前的黑暗裡，出現了一個人，這個人不是離別的玉柱，而是成子媳婦——她在幹什麼？她也和自己一樣嗎？

　　成子媳婦第一次知道潘桃，還是聽姑婆婆說起的。成子母親走了，住在後街崗梁上的成子的姑姑，就隔三岔五過來指導工作。成子奶奶死得早，成子姑姑一小拉扯成子父親和叔叔們長大，一小就養成了當家做主說了算的習慣，並且敢想敢幹，哪裡有困難，哪裡就有她的身影。出嫁那天，正坐喜床，忽聽婆家的老母豬生崽難產，竟忽地就跳下炕，穿過坐席的人群跳進豬圈。後來媒人引客人到新房見新媳婦，就有人在屋外喊，在豬圈裡哪。這段故事在歇馬山莊新老版本翻過多次，每一次都有所改動，說于淑梅結婚那天是跟老母豬在一起過的夜。翻新的版本自然有誇張的成分，但成子的姑姑愛管閒事愛操心確名符其實。還是在蜜月裡，姑婆婆的身影就雲影一樣在成子家飄進飄出了。她開始回娘家，並不說什麼，手捲在腰間的圍裙裡，這裡站站那裡看看。成子媳婦讓她坐，她說坐什麼坐，家裡一攤子活呢。可是一攤子活，卻又不急著走。姑婆婆想擁有婆婆的權威，肯定不像給老母豬生崽那樣簡單，老母豬生崽有成套的規律，人不行，人千差萬別，只有了解了千差萬別的人，你才能打開缺口。過了年，也過了蜜月，瞅兩個男人不在家的時候，姑婆婆來了。姑婆婆再來，捲在圍裙裡的手抽了出來，袖在了胯間。姑婆婆進門，根本不看成子媳婦，而是直奔西屋，直奔炕頭，姑婆掀開炕上鋪的潔白的床單，不脫鞋就上了炕。在炕上坐直坐正後，將兩隻腳一上一下盤在膝蓋處，就衝跟進來的成子媳婦說：成子媳婦你坐，俺有話跟你講。成子媳婦反

倒像個客人似地委到炕沿，趕忙溢出笑。大姑，你講。姑婆婆說：俺看了，現在的年輕人不行，太飄！姑婆婆先在主觀上否定，成子媳婦連說是是。姑婆婆說，就說那潘桃，結了婚，倒像個姑奶奶，泥裡水裡下不去，還一天一套衣裳的換，跟個仙兒似的，那能過日子嗎？姑婆婆從別人身上開刀，成子媳婦又不知道潘桃是誰，便只好不語。姑婆婆又說，當然啦，你和潘桃不一樣，俺看了，你過門就換過一套衣裳，還死心塌地的幹活，不過，光知幹活不行，得會過日子！什麼叫會過日子，得知道節省！節省，也不是就不過了，年還得像年節還得像節，俺是說得有鬆有緊，不能一馬平川地推。姑婆婆並沒有直接指出成子媳婦的問題，但那一層層的推理，那嘎然而止的語氣，比直接指出還要一針見血，這意味著成子媳婦身上的問題大到不需要點破就可明白的程度。成子媳婦眼瞼一程程低下去，看見了落到炕席上的沉默。這沉默突然出現在她和姑婆婆中間，怎麼說也是不應該的。眼瞼又一程一程抬起來，從中射出的光線直接對準了姑婆婆的眼睛。成子媳婦開始檢討自己了，成子媳婦說，姑姑你說得對，年前年後我天天做這做那的，是有些大手大腳了，我只想到爸和成子過了年又要走，給他們改善改善，就沒想到改善也要有時有刻。話裡雖有辯解的意思，但目光是柔和的，聲調也是柔軟的，問題又找得準確，姑婆婆在侄媳婦面前的權威便從此奠定了基礎。

　　節儉，可以說是鄉村日子永恆的話題，也是鄉村日子的

精髓，就像愛情是人生永恆的話題，是人生的精髓一樣。姑婆婆由這樣的話題打開缺口，一些有關日常生活如何節儉的事便怎麼扯也扯不完了。缸裡的年糕即使想吃，也不要往桌子上端了，要留到男人離家的時候。打了春，年糕不好攔，必須在缸蓋上放一層牛皮紙，紙上面散一層乾苞米麵子，苞米麵吸潮又隔潮。圈裡的克郎豬不用餵糧食，刷鍋水上漂一層糠就行，豬不像人，豬小的時候喝混水也會瘋長……耐心而細緻的教導如何水一樣無孔不入地滲透著成子家的日子沒人知道，成子媳婦吸納著，接受著這一滴滴水珠的同時，清晰地照見了自己的過去。她十九歲以前在鄉下時，滿腦子全裝得外面的世界，就從沒留心母親怎麼過的鄉村日子，十九歲之後進了城裡，被影子樣的理想吊著，不知道節氣的變化也不懂得時令的要求，尤其見多了一桌一桌倒掉的飯菜，有時真的就不知自己從哪裡來到哪裡去，不知道自己是誰了……因為一心一意要操持好這個家，過好小日子，成子媳婦對姑婆婆百般服從百般信賴，開始一程一程用心地檢討自己。成子媳婦想到自己的大操大辦，成子原本是不太同意的，只說簡單擺幾桌，都是她的堅持。於是成子媳婦說，要是沒結婚時就跟姑姑這麼近，大操大辦肯定就不搞了，當時只圖一時高興，只想到一輩子就這麼一回，就沒想到細水常流。成子媳婦的檢討是由淺入深完全發內心的，時光的流動在她這裡，也同樣隔膜了最初的感覺，長出了一層青苔，讓她忘記了鑼鼓齊鳴張燈結綵送走一個舊李平，劃出心目中一

個嶄新的時代對她有多麼重要。然而正是成子媳婦的檢討，使潘桃的名字又一次出現在姑婆婆的話語中。不能這麼想呵成子媳婦，這一點浪費俺是贊成的，莊稼人平平淡淡一輩子，能趕上幾個好時候？有那麼一半回吹吹打打，風光一下，也展一展過日子的氣象，提一提人的精神。不都講潘桃嗎，她和你一樣，也找了咱屯子裡的手藝人，人也好看，沒過門那會兒，她在咱屯子裡呼聲最高，可就因為你操辦了她沒操辦，你一頓傢伙就把她比下去了，灰溜溜的。聽說你結婚那天從她家門口走過，看你一眼，笑都不自在了。咱倒不是為了跟誰比好看不好看，咱是說結婚操辦總是會辦出些氣象，氣象，這是了不得的。

姑婆婆的節儉經是有張有弛的，並不是一成不變的，這一點讓成子媳婦相當服氣，也對自己的盲目檢討不好意思。然而從此，讓成子媳婦格外上心的，不是如何有張有弛地過節儉日子，而是一個叫著潘桃的女子。有事沒事，她腦中總閃著潘桃這兩個字，她是誰？她憑什麼吃醋？

那是歇馬山莊莊稼人奢侈日子就要結束的一天。這一天，成子、成子父親和出民工的男人一樣，就要打點行裝離家遠行了。在成子的傳授下，成子媳婦效仿死去的婆婆，在男人們要走之前的兩天裡，菜包菜團弄到鍋裡大蒸一氣。在此之前，成子媳婦以為婆婆的蒸，只為男人們準備帶走的乾糧，當她真正蒸起來，將屋子弄出密密的霧氣，才徹底明白這蒸中的另一層機密。有了霧氣，才會有分離前的甜蜜，蒸

氣灌滿屋子看不見人的時候，平素粗心的成子，大白天裡就在她身後蹭來蹭去。霧氣的溫暖太像一個人的擁抱。往年這個日子，是母親把成子支出去，如今，公公一大早出了院門，吃飯時不找絕不回屋。霧氣裡的機密其實是一種潮濕的機密，是快樂和傷感交融的多滋多味的機密，那個機密一旦隨霧氣散去，日子會像一隻正在野地奔跑的馬駒突然闖進一個懸崖，萬丈無底的深淵盡收眼底。送走公公和成子的上午，成子媳婦幾乎沒法待在屋裡，沒有蒸氣的屋子清澈見底，樣樣器具都裸露著，現出清冷和寂寞，鍋、碗、瓢、盆、立櫃、炕沿神態各異的樣子，一呼百應著一種氣息，擠壓著成子媳婦的心口。沒有蒸氣的屋子使成子媳婦無法再待下去，不多一會兒，她就打開屋門，走出來，站在院子裡。眼前一片空落，早春的街頭比屋子好不到哪去，無論是地還是溝還是樹，一樣的光禿裸露，沒有聲響，只有身後豬圈的克郎豬在叫。這時，當聽到身後有豬的叫聲，成子媳婦有意無意地走到豬圈邊，打開了圈門。成子媳婦把白蹄子克郎豬放出來，是不知該幹什麼才幹的什麼，可是克郎豬一經跑出，便飛了一般朝院外跑去。成子媳婦毫無準備，驚愣片刻立即跟在後邊追出來。成子媳婦一傾一倒跟在豬後的樣子根本不像新媳婦，而像一個日子過得年深日久不再在乎的老女人。克郎豬帶成子媳婦跑到菜地又跑到還沒化開的河套，當牠在冰渣上撒了個歡又轉頭跑向屯街，成子媳婦發現，屯街上站了很多女人，她還發現，在屯街的西頭，有一團火紅正

孤伶伶佇在灰黃的草垛邊。看到那團火紅，成子媳婦眼睛突然一亮，一下子就認定，是潘桃——

三

大街上遙遙的一次對視，成子媳婦是否真正認出了潘桃，這一點潘桃毫不懷疑。雖然成子媳婦從外邊嫁過來，如夜空中滑過一顆行星，閃在明處，不像潘桃，在人群裡，是那繁星中的星星點點，在暗處，但不知為什麼，潘桃就是堅信，那一時刻，成子媳婦認出了自己。人有許多感受是不能言傳的，那一雙迷茫的眼睛從遠處爬過來，準確地泊進她的眼睛時，她身體的某個部位深深地旋動了一下。

在大街上遠遠地看到成子媳婦，潘桃的失望是情不自禁的。在潘桃的印象中，成子媳婦是苗條的，挺拔的，是舉手投足都有模有樣的，可是河套邊的她竟然那麼矮小、臃腫，尤其她跟著豬在河套邊野跑的樣子，簡直就是一個被日子漚過多少年的家庭婦女。與一個勢力上相差懸殊的對手比試，興致自然要大打折扣，一連多天，潘桃都懶洋洋的打不起精神。

在歇馬山莊，一個已婚女人的真正生活，其實是從她們的男人離家之後那個漫長的春天開始的。在這樣的春天裡，炕頭上的位子空下來，鍋裡的火就燒得少，火少炕涼，被窩裡的冷氣便要持續到第二天。在這樣的春天裡，河水化開，土質鬆散，一年裡的耕種就要開始，一天要有一天的活路。

這樣的春天裡，雞鴨畜類，要從蛋殼裡往外孵化，一隻隻尖嘴圓嘴沒幾天就嘰嘰喳喳把原本平整的日子嗑出一些黑洞，漏出生活斑駁零亂的質地。因為有個婆婆，種地的事，養雞的事，可以不去操心，不去細心，可是你即使什麼都不管，活路還是要幹一點的，即使你什麼都不管，時間一長，結婚的感覺和沒結婚的感覺還是大不一樣的。沒結婚的時候，潘桃一個人睡在母親西屋，被窩常常是涼的，潘桃走在院子裡，雞鴨豬腳前腳後地圍著，一不小心，會踩到一灘雞屎，但是因為潘桃的心思懸在屋子之外院子之外，甚至十萬八千里之外，從來不覺得這一切與自己有什麼關係。那時候，潘桃總覺得她的生活在別處，在什麼地方，她也不清楚。但這不清楚不意味著虛飄、模糊，這不清楚恰恰因為它太實在、太真實了。它有時在大學校園的教室裡，朗朗的讀書聲震動著牆壁；它有時在模特表演的舞台上，胯和臀的每一次扭動都掀起一陣狂潮，它有時在千家萬戶的電視裡，她並不像有些主持人那樣，一說話就把手托在胸間翻來倒去，好像那手是能夠發音的，她手不動，但她的聲音極其的悅耳動聽。這些實在且真實的場景組成的是另一個空間，它鬼魂附體一樣附在了潘桃現實的身體裡，使現實的潘桃只是一個在農家院子走動的軀殼。沒結婚時，身邊什麼都有，卻像是沒有，有的全在心裡。而結了婚，情形就大不相同，結了婚，附了體的鬼魂一程一程散去，潘桃的靈魂從遙遠的別處回到歇馬山莊，屋子裡的被窩、院子裡的雞鴨、野地裡長長的地壟，與

她全都締結了一種關係，屋子，明顯是歸宿，是永遠也逃不掉的歸宿，且這歸宿裡，又有著冰冷和寂寞；院子裡的雞鴨，明顯是指望，是一天一個蛋的指望，且這指望裡，要一瓢食一瓢糠的伺侯；野地裡的地壟，明顯是一寸一寸翻耕的日子，且這日子裡，要有風吹日曬露染汗淋的付出。結了婚，身邊什麼都有，也便真正是有，可是，因為心出不去，身邊的有便被成倍成倍放大，屋子，是夜晚的全部，冷而空；院子，是白天裡的全部，髒而曠；地壟，是春天的全部，曠而無邊。沒結婚的時候，你是一株苞米，你一節一節拔高，你往空中去，往上邊去，因為你知道你的世界在上邊；結了婚，你就變成一棵瓜秧，你一程一程吐鬚、爬行，怎麼也爬不出地面，卻是因為你知道你的世界在下邊。在這漫長的春天裡，潘桃確有一種埋在土裡的瓜秧的感覺，爬到哪裡，都覺得壓抑，都感到是在掙扎——好容易走出冰涼的夜晚，又要走進嘰嘰喳喳的畜群裡，好容易走出嘰嘰喳喳的畜群，又要走進長長的地壟裡。關鍵是，玉柱和公公走後，潘桃的婆婆完全變了一個人，她再也不衝潘桃笑了，再也不擋潘桃手中的活了，以往小輩人似的謙卑一概地被大風刮去，這且不說，她笑收了回去，話卻從嘴邊一日多似一日地淌了出來，彷彿那話是笑的另一種物質，是由笑做成的。十七歲那一年呵，俺媽找人給俺算命，說俺將來一準得兒子濟，生玉柱那回，俺肚子疼了三天三夜，都不想活了，可一想起算命先生的話，就咬緊了牙，可那時誰也想不到，養個

兒子大了會上外邊，要媳婦守著，你說俺這當媽的真能得濟？前年，俺在後腰甸子上耪地，和成子他姑耪到對面，她說二嫂呀，可不能這麼慣孩子，這麼慣早晚是禍根，沒聽說兒子上刑前把媽媽奶頭咬掉的故事嗎，你得小心，你說她這不是狗咬耗子多管閒事，俺慣俺寵有俺慣和寵的福，你說對不對潘桃。婆婆的話不管淌到哪，都跟兒子有關，婆婆的話不管淌到哪，都要潘桃表態，潘桃最初還能躲著，你在堂屋講，我躲到西屋，你在院子講，我躲到娘家——娘家成了潘桃的大後方。可是當春種開始，大田的長壟上就兩個人，空氣裡的追趕和追逼無論如何都趨之不去了。這時的婆婆，好像深知你再躲也躲不到哪去了，淌出來的水竟捲了草葉和泥沙滾滾而下。淤積在女人人生溝谷裡的水到底有多少，潘桃真是不曾知道也不想知道，它在潘桃耳畔流動時本是看不到面積也看不到體積的，可是用不了兩天，潘桃的心裡就滿滿蕩蕩了，流滿了泥沙的水庫一滿，不及時洩洪便大有決堤的危險。

潘桃洩洪的辦法之一還是回娘家。因為在一個屯子裡，前街後街的距離，以往每天都是要回的。然而這次，潘桃不是回，而是住下不走了。潘桃洩洪，不是再把那些話流淌出去，那些話，一旦變成水淌到她的心裡，就不再是話，而是一種心情了。潘桃的心情相當的壞，潘桃平素話就少，壞了心情之後，就更是什麼也說不出了。母親對潘桃要多好有多好，臉對臉地看著，眼對眼地瞅著，不讓她上灶，不讓她下

田，她變成了這裡的客人。母親懂得女兒的不快樂是因為什麼，母親因為這懂得，便有意和她說一些有關玉柱的話，目的在以毒攻毒。分明在想一個人，你就是不提，豈不掩耳盜鈴。可是潘桃的毒根不在思念，而在於自己變成了一個到處碰壁的瓜秧，是玉柱將她變成了這樣一棵瓜秧，母親的話反而讓潘桃更煩。是這時候，潘桃看到了另一個洩洪的辦法，那就是，去找成子媳婦。

經歷了豬跑人攆那個日子，成子媳婦的心情十分沮喪，屯街上遠遠看著自己的那些女人的臉，潘桃的臉，常常浮現在她眼前。她想自己那天多麼狼狽呵，簡直像瘋子。然而許多時候壞上加壞又是一種好，就像數學裡的負負得正。惦念著村裡女人怎麼看她，倒使她從萬丈無底的空虛中解脫出來。惦念，因為有那樣一個驚心動魄的場景，變成了實實在在的內容，供她在靜下來的時光裡咀嚼。儘管咀嚼的結果讓人臉紅和難堪，但總比空落著好，總比在空落時，回想這個家曾如何熱騰騰裝滿了霧氣要好。那回想的一瞬倒是美好，可是只要定睛一瞅，不免又要落到萬丈深淵。因為羞怯和難堪常常在轉念之中跳出來與她做伴，成子媳婦的心思開始往屯子女人身上轉了。她非常想在某一個時辰，換上一身好衣服，大搖大擺走到她們面前，像她結婚那天那樣，讓她們看看她還是原來那個樣子。這種想法是如何拯救了家裡徹底空下來的成子媳婦，她自己真是一點都不知道。

　　因為有姑婆婆的監督，成子媳婦没有常換衣服，但她每天早起，第一件事就是站在鏡前描眉畫眼。她在城裡學會畫一手淡妝，看似没畫，其實比畫了還叫人舒服。她脱掉了結婚時母親給她做的絮得很厚的棉襖，換上一身鏽紅色毛衣外套。這件毛衣外套是在一家叫著沃爾瑪的超市里買的，也是一次告別城市的揮霍，花了她四百塊錢。這件衣服的好處是既現代又古樸，它的領子和袖子上鑲著花邊，是白線黑線兩種，有一點不中規矩，但它的腰身卻很收，也很長，是傳統中式服裝的樣子，兩邊留著開啟。結婚之後，她一直没捨得在家裡穿，想留到開春後上集或回娘家時穿。現在，既然在家變得這麼重要，成子媳婦便慷慨地從衣櫃裡抽出它。穿了鏽紅色毛衣外套的成子媳婦，不管是在堂屋燒火，還是在院子裡餵豬，或是到大田翻地，都希望有人看她。乍暖還寒，一件毛衣風一吹就透，可是越冷越能提醒著什麼。她在灶坑燒火，她的風門是打開的，她在院裡餵豬，她的眼神是不看豬槽的，當她走出門口來到河套邊的大田，她的後腦勺便又長出一雙眼睛。事實上她確實看到了很多眼睛，門口的立柱上長著眼睛，牆頭的枯草上長著眼睛，歇馬山莊的大街到處都是眼睛，在這些眼睛中，潘桃的眼神尤其專注而投入，似要往她的心上看去的那種。事實上，在這空寂又漫長的春天裡，成子媳婦只吸來了一雙眼睛，那便是她的姑婆婆。姑婆婆的目光從敞開的大門口射進來，是藏在一條窄窄的縫隙裡，她先是眯著上下眼皮，之後抻開了眼角睜開來，是把她

推到遠處再拉近的樣子。姑婆婆把她從眼睛中推出去再拉進來，卻沒有一句批評，接著就去講買什麼樣的雞崽的事。但姑婆婆的不批評，是要告訴她她的問題已經相當嚴重。然而在這件事上，成子媳婦恰恰沒有立即檢討，她希望用時間來告訴姑婆婆，她一春天也不會換掉它的，她會用日光和泥土來弄舊它，從而告訴她，這其實就是下地幹活穿的衣服。

　　然而，成子媳婦做夢不曾想到，在她目光跳到軀體之外，常常以局外人的角度打量自己，因而很少向自己的真實生活細看時，她的家裡來了潘桃。地瓜的鬚蔓從村西爬到村東經歷了怎樣的難度成子媳婦無法知道。地瓜的鬚蔓在爬進一方孤伶的宅院時，一張蒼白的臉上嵌著兩隻葡萄一樣黑幽幽的眼睛。當時成子媳婦正在為新買的雞崽夾園子，突然轉頭，看見了潘桃。成子媳婦初見潘桃，一下子驚呆，你⋯⋯潘桃笑了，葡萄汁裡閃出兩棵靈動的核，沒有說話。

　　你是潘桃！

　　做出這樣果斷的判斷之後，成子媳婦眼睛一亮，驀地站起，扔掉手中的苞米秸子。成子媳婦在最初的一瞬，還膚淺地想到了自己身上的毛衣，以為是毛衣吸來了潘桃。後來，當看到潘桃靈動的眼仁，她的心一下子從半空落到底處。這種落，不是落到踏實的平地，而是往泥坑裡陷，因為潘桃的眼仁裡，正擴散著濛濛雨霧一樣的憂傷，成子媳婦的眼窩，一下子就潮濕了。

　　⋯⋯

你叫什麼名字？

李平。

你的毛衣挺好看的，顯得人苗條。

唔……

走在路上時，潘桃並不知道見到成子媳婦該說什麼，更不知道自己會進門就誇她，都因為潘桃心中的成子媳婦，還是河邊那個臃腫的成子媳婦。

人怕見面。這是一句顛覆不破的真理。對於一個善良的人而言，見了面，就意味著見了心，見了心底的真。而一旦見了心底的真，說了真話，局面便立即變成另一個樣子。成子媳婦十分清醒潘桃誇自己，並不是她的本意，但她也十分清醒潘桃的誇絕對是發自內心的。因為有了這樣一層感受，成子媳婦覺得自己在從泥坑往上升，往上浮，眼睛的潮濕瞬間蒸發，留下股微微的涼意。隨之，成子媳婦眼睛裡汪滿了笑，說，都說潘桃是咱村最漂亮的媳婦，果真不假。

相互道出肺腑之言，兩人竟意外地拘謹起來，不知道往下該怎麼辦。那情形，就彷彿一對初戀的情人終於捅破了窗戶紙，公開了相互的愛意之後，反而不知所措。她們不是戀人，她們卻深深地駐扎在對方的內心，然而那不是愛，也不是恨，那是一份說不清楚的東西，它經歷了反覆無常的變化，尤其在潘桃那裡。她們對看著，嘴唇輕微地翕動，目光實一陣虛一陣，實時，兩個人都看到了對方目光中深深的羞怯，虛時，她們的眼睛、鼻子、臉，統混做了一團，夢幻一

般。一陣迷亂之後，成子媳婦終於笑出聲來，說，看我，還不請你到家裡坐。

屋子一如所有鄉村人家的屋子，寬大的灶台寬大的餐桌，公公的屋是兩間屋連著的，長長的炕能睡十幾個人的樣子。炕與櫃之間，便是一個長長的空間，猶如城市裡的客廳。這是歇馬山莊新時期裡最時尚的房屋結構，有沒有客人來並不重要，重要的是要有客廳的感覺。潘桃娘家、婆家、全是這個樣子。與潘桃的娘家婆家不同的是，成子媳婦家客廳裡的餐桌上，蒙的不是塑料布而是米色台布，櫃子上放的，不是塑料花而是一株灰蓬蓬的乾草，炕上鋪的，不是地板革而是雪白的床單，這一點不經意間勾起了潘桃某種感覺，是早已被時光掩埋起來的疼。應該承認，成子媳婦家裡的樣子與她結婚那天留給潘桃的印象相當一致，是靜靜中有著一種洋氣和高雅的。然而，昔日的潘桃可以躲避，今天的她無法躲避，今日的潘桃也根本不想躲避，因為她看到，縱有天大的差別，天大的不同，獨一種東西她們是相同的──她們都是新媳婦，她們的新房裡都是空落的，沒有男人。她是因為這相同才來的，她們有著相同的命！潘桃說：李平，你真行，還能用心過日子，玉柱一走，我的心一下子就空了，我就像掉了魂，還心煩。

成子媳婦看著潘桃，臉一層層熱起來，是那種通電般的脹熱。潘桃一句話直通她的心窩。成子媳婦不由得靠到潘桃身邊，握住她的手。潘桃，我其實也一樣，你心空，還有

煩，我心空，連煩都沒有。

四

潘桃主動上門──這是多麼重要的舉動呵！為了答謝潘桃，李平在一週以後，鎖了家裡的風門和大門，帶上一條黑底白點的紗巾從街東走到街西，來到潘桃家。因為潘桃在成子家喊了自己的名字，成子媳婦在往潘桃家走時，覺得自己不是成子媳婦而是李平。潘桃無意中把李平從以往的歲月中發掘出來，對李平並非什麼好事，但李平並不計較，潘桃是無辜的，這恰恰看出潘桃對她這個人的尊重。其實，那一天她們由心煩開始的許多話題，都是關於結婚前的，都是屬於李平而不是成子媳婦的。她們講她們曾經有過多麼美好的理想，為那些理想走了一圈才發現她們原來原地沒動。潘桃說，剛下學那會兒，一聽到電視播音員在電視裡講話，就渾身打顫，就以為那正在講話的人是自個兒。李平說，我和你不一樣，光聽，對我不起作用，我得看，一看見有汽車在鄉道上跑，最後消失到遠處，就激動得心跳加速，就以為那離開地平線的車上正載著自個兒。潘桃說，我這個人心比天大膽卻比耗子小，就從來不敢出去闖，有一年鎮上搞演講，我準備了兩個月，結果，還是沒去。李平說，我和你不一樣，我想做什麼就敢去做，剛下學那年，背著二十塊錢就離家上了城裡，找不到活竟挨了好幾天的餓。潘桃說，所以到最終我連歇馬山莊都沒離開，空有了那麼多理想。李平說，其

實，離開與不離開也沒有什麼不同，離又怎麼樣，到頭來不
也一樣嫁給歇馬山莊。咱倆的命其實是一樣的，只不過我比
你多些坎坷多些經歷而已。李平在打開自己過去歲月時，儘
管和潘桃一樣，採取了審視自己的姿態，但終歸是一種抽象
的、宏觀的審視，是只看見山而沒有看見岩石，只看見水而
沒有看見水裡的魚的審視，而一個抽象的李平，十九歲出
門，在城裡闖蕩五年，掙了一點錢，又遇到了厚道老實的手
藝人，並不是太壞的命運。那一天，與潘桃談著，李平有好
長時間轉不過方向，彷彿又回到了從前。潘桃讓她又回到了
從前，不是因為她們談起從前，而是她們談話那種氛圍，太
像青春期的女伴了。

　　李平能在幾日之後就來潘桃家，是在潘桃預料之中的。
地瓜的鬚蔓爬到另一壟地之後爬了回來，帶回了另一棵鬚
蔓，這是一份極特殊的感覺。那天離開李平，從街東往街西
走著，潘桃就覺得有條線樣的東西拴在了手中，被她從屯東
牽了回來；或者說，她覺得她手上有把無形的鉤針，將一條
線樣的物質從李平家鉤到了自己的家，只要閑下來，她就在
心裡一針一針織著。看上去，織的是李平，是李平的人和故
事，而仔細追究，織的是自己，是漫長的時光和煩燥的心
緒。從李平家回來，時光真的變得不再漫長，潘桃也能夠老
老實實待在家裡了，也能夠忍受婆婆隨時流淌的污泥濁水了
——婆婆不管講什麼，她都能像沒聽見一樣。這時節，潘桃
確實覺得那股煩燥的心緒已被自己織決了堤，隨之而來的，

是近在眼前的、實實在在的盼望。

盼望李平登門的日子，潘桃把自己新房、堂屋、婆婆的房間好一頓打掃，那蒙被的布單，那茶几上的蒙布，還有門簾，從結婚到現在，已經四五個月了，就一直沒有洗過，尤其臉盆盆架，門窗框面，上邊沾滿了灰塵。等待李平登門的日子，潘桃發現，她結婚以來，心一點也沒往日子上想，飄浮得連家裡的衛生都不講究了，這讓潘桃有些不好意思。等待李平登門的日子，潘桃心中彷彿裝進一個巨大的汽球，它壓住她，卻一點也不讓她感到沉重，它讓她充實、平靜，偶爾，還讓她隱隱地有些激動、不安。她時常獨自站在鏡前，一遍遍衝鏡子裡的自己笑，把鏡子裡的自己當成李平。這是多麼美妙的時光呵，它簡直有如一場戀愛！

李平如期而至。李平走到潘桃家門口時，潘桃正在院子裡晾曬衣服。潘桃聽到大鐵門吱忸一聲響，血騰一下升上腦門，之後李平李平叫個不停。李平與潘桃兩手相握，都有些情不自禁。潘桃細細地看著李平，一臉的能夠照見人影的喜氣。李平還穿那件鑲紅毛衣，李平的臉比前幾天略黑了些，上邊生了幾顆雀斑，這又有什麼關係呢。李平先是跟潘桃一樣，認真端詳對方，可沒一會兒，她就把目光移到另一個人身上——潘桃的婆婆。潘桃的婆婆此時正在園子裡打芸豆架，看見李平，趕忙放下手中的槐條。李平背過潘桃，走向她的婆婆。李平隔著院牆，喊了聲大嬸——潘桃婆婆立即三步併成兩步，從園子裡跑出來，一聲不罷一聲地喊著，成子

媳婦怎麼是你？

被潘桃冷了多日的婆婆見了李平，會熱情到什麼程度是可想而知的，在媳婦都是人家的好，姑娘都是自己的好這鐵的事實面前，整整有二十分鐘是潘桃的婆婆跟李平說話，而潘桃只好一動不動站在一邊。二十分鐘之後，實在有些忍不住，潘桃開口，潘桃說，李平，快到屋裡坐吧。

在潘桃房間，潘桃有兩三分鐘一直不說話，任李平怎麼誇她的衣櫃實用窗簾好看，就是不接言。李平愣住了，毫不設防的愣住了。李平知道潘桃著急，但她想不到潘桃會生氣。她也不願意和老人說話，但這是禮節。結婚前，李平的母親曾告訴過她，必須放下為姑娘時的架子，尤其在村裡的女人面前，她們的嘴要是沒遮攬就能一口一口吃了你。李平直直地盯著潘桃，好像在問，你怎麼啦？潘桃哪裡知道自己怎麼了，她就是不想說話。潘桃起初是知道自己怎麼了的，可是不想說話這種現實，讓她越發地有些迷失，越發地不知道自己怎麼了。潘桃的迷失造成了李平的迷失，李平看著潘桃的目光裡，幾乎都流露出痛苦了。

不知過了多久，潘桃終於說話，潘桃說，李平，你太會做人了，你可給我婆婆弄住了。

李平將目光裡的痛苦眨巴了一下，說，你這是……

潘桃說，你千萬別以為我和我婆婆之間有矛盾，不是的，我是說，咱倆真的不一樣，我知道該對她們好，可是我做不到，我一見她們就煩……

李平不語，李平沒有想過這個問題，在這一點上，她們有什麼不一樣嗎？

潘桃說，你看上去很洋氣，像似很浪漫，實際你很現實，我和你正好相反。

李平終於警醒過來，是被現實和浪漫這樣的字眼警醒的。她想，她並不是沒有想過這個問題，這個問題在她還沒有變成成子媳婦的時候早已經想透了，她是因為想透了，才要那樣大張旗鼓地結婚，她那樣結婚，就是要告別浪漫，要跟鄉村生活打成一片。李平目光中的痛苦淡下去，有一些明亮映出來。潘桃，你說對了，咱倆確實不一樣，你是因為沒有真正浪漫過，所以還要當珠寶戴著它，我不行，我浪漫得大發了，被浪漫傷著了，結了婚，怎麼都行，就是不想再浪漫了，現實對我很重要。

不管是李平還是潘桃，都沒有想到，她們在熱切地盼著的第二次見面裡，會一開場，就談起這麼深刻的話題。關鍵是，這話題搞壞了她們之間的感情，這話題，好像王母娘娘畫在牛郎織女之間的那條河，把她們不經意間隔了開來。

潘桃被罩在五里霧中。在她心裡，浪漫是一份最安全的東西，它裝在人的思想裡，是一份輕盈的感覺，有了它，會讓你看到烏雲想到彩虹，看到雞鴨想到飛翔，看到莊稼的葉子想到風，它能把重的東西變輕，它是要多輕就有多輕的物體，它怎麼會傷人？

現實、浪漫、傷人，李平在開始說這些話時，還以為找

到了一些能夠說清楚自己的寶貝，可是說著說著，就覺得這些寶貝變了臉，變成了一根陰險狠毒的細針，向她心口的某個部位刺去，它們後來還不光是針，而是鐵器，是砸到心上的鐵器，讓她感到一種麻麻的疼。

是怎麼從潘桃家走出的，李平一點都不知道，她只知道，潘桃在門口送她時，眼裡流動著深深的疑惑和失望，她還知道，她經心備好的送給潘桃的紗巾，又被她揣了回來。

從潘桃家回來，成子媳婦把黑底白點的紗巾掖到箱子底下，轉身就拿起鋤頭朝大田走去。其實大田裡的苞米苗已經間完，草也已經除掉，她是將這一些活做完才上潘桃家的。可是此時此刻，她就是要上大田，只有上大田才能離開什麼甩掉什麼，那東西好像只有距離才能解決。成子媳婦往大田走時，故意拐了好幾個彎，並且脫了入春以來一直穿在身上的毛衣。在大田邊坐著，曬著烈烈的日光，看著綠油油的莊稼，成子媳婦一點點看到自己內心的疼痛成了除掉的麻蚱菜一樣的乾屍。

成子媳婦決定，再也不去找潘桃了。潘桃倒沒什麼不好，只是潘桃能夠照見自己的過去，這比一般的不好還要不好，她不要過去，她要的只是現在，是一個山村女人的日子，是圈裡的豬，院子裡的雞，地裡的莊稼，是屋子裡的空蕩和寂寞。經歷了一次揭疼的成子媳婦，在後來很長一段時間裡，都忘了在那空落日子中走進一個潘桃曾讓她多麼高

興，忘了成子和公公剛離家時自己空落成什麼樣子。經歷了
一次揭疼的成子媳婦，在後來很長一段時間裡，覺得屋子裡
的空蕩和寂寞是她最想要的，只要走進屋子，就覺得日子是
殷實的充實的。倒是姑婆婆要時常走進這空蕩裡，給她的寂
寞撒一點露帶一點風，不過這沒什麼，姑婆婆的露和風都是
現在的露現在的風，即使有過去，那過去也不跟她發生關
係，是關於歇馬山莊的過去，是關於公公婆婆舅公舅婆的過
去，而在成子媳婦那裡，凡是她不知道的事情，不管是誰
的，都是她的現在。

　　可是，成子媳婦怎麼也不會想到，正是因為現在，她才
再一次想起潘桃。現在，時光進入了夏季，大量的農活已經
結束，山莊裡的人閑成了一灘泥。現在，李莊一個叫張福廣
的養車人從城裡捎回了成子和公公脫下來的棉衣棉褲，棉衣
的內兜裡，夾了一封成子寫來的信。成子的信，使早已散去
的蒸氣又在屋子瀰漫了起來。成子媳婦讀著讀著，就掉進了
一汪迷霧裡。那伸腿撸胳膊的字跡，彷彿節日裡杵在鍋底的
木棒，將她的心燒得嘎巴嘎巴直響的同時，蒸出她一身一身
潮濕。讀成子來信之後的日子，成子媳婦即不願離開屋子又
怕離開屋子，不願離開，是因為屋子裡的霧氣有成子汗津津
的手和熱乎乎的嘴唇，怕離開屋子，是因為成子的手和嘴唇
只要你一用心去體會，就悄沒聲地離她而去，扔下她彷彿掉
進油鍋的小獸，撲愣掙扎。不知是第幾次撲愣、掙扎，正眼
睜睜地追著成子遠去的背影，視線裡，走來了潘桃，她眼睛

黃黃的，一臉憔悴。潘桃朝她正面走來，潘桃一看見她眼窩
就紅了起來，潘桃說，想死人啦！

　　想念的本是成子，走來的卻是潘桃。事實上，當廝守和
見面都不能成為事實，想念變成一種熬煎時，成子媳婦看到
了她跟潘桃相同的命運。潘桃走來，不是因為她想她，而是
因為她們相同的命運。可是，一旦因為同命相連想起潘桃，
想見潘桃的願望比任何時候都更強烈。

　　成子媳婦毫不顧忌的就走上了通往潘桃家的路。而只要
走向通往潘桃家的路，成子媳婦就知道自己不是成子媳婦而
是李平。不過這沒有關係，李平又怎麼樣呢，她本來就是李
平嘛。歇馬山莊的屯街有多短促真是只有李平知道。她邁著
碎步，沒用五分鐘就來到了潘桃家。可是，潘桃的婆婆卻告
訴她，潘桃上鎮燙頭去了。

　　歇馬山莊的屯街有多麼漫長真是只有李平知道，從街西
通往街東的路她走了整整一個世紀。

　　掌燈時分，潘桃一個新鋥鋥的人走進了成子媳婦家。這
也是成子媳婦預料之中的事。成子媳婦由街頭拐進院子，剛
剛打開風門，她的腦中就出現了這樣的信息。因而，成子媳
婦過了一個充實又有奔頭的下午，她先是把黑底白點的紗巾
從箱底再一次翻出來，放到炕梢最顯眼的地方；然後打一盆
涼水放到進台邊曬，當水在盆子裡被烈日滋滋地烤著的時
候，她趴到炕上踏踏實實睡了一覺。好幾天了，她都白天也
是晚上晚上也是白天，睏死了。下半晌，成子媳婦醒來，把

曬好的水端進偏廈，坐到裡邊洗了個透澡，好像要洗掉所有的煎熬。洗著洗著，姑婆婆來了，姑婆婆一進院就大聲吵叫，怎麼大敞著門不見人，死到哪裡去了。姑婆婆自從在成子媳婦跟前找到做婆婆的感覺，用詞越來越講究，什麼話都要流露點罵意。成子媳婦細細的聲音從偏廈飄出來，姑姑，在這，洗澡那。姑婆婆一聽，語氣更潑，男人不在家洗給哪個死鬼看嘛，再說大夏天的幹嘛不上河套？成子媳婦趕忙說，就不興為女人洗。這是一句即興的玩笑話，可是說完，成子媳婦美滋滋地笑了。

潘桃進門時，成子媳婦的姑婆婆已經走了，堂屋裡，成子媳婦正在扒土豆，眼睛不時的瞅著門外。當挎著紅色皮包、穿著紫格呢套裙的潘桃在視野裡出現，成子媳婦眼眶裡突然的就湧滿淚花。她從灶坑徐徐站起，她站起，卻不動，定定地看著潘桃，任潘桃在她的淚花中碎成萬紫千紅。

見李平眼淚在腮上滾動，潘桃一攏就將李平攏進懷裡，低吟道，真想你。

潘桃的一攏，攏進了太多太多，攏進了從春到夏她們之間所有的罅隙。潘桃緊緊攏著李平，許久，才鬆開來，開始自己的訴說。她說自從上次分手，她一直很後悔，後悔那天不該生李平的氣；她說像她婆婆那樣的人，即使你不理她她也不會放過你，先和她把話說盡了反而更清靜，當時都因為太盼李平太想李平，一時間昏了頭腦；她說這些日子天天都想過來看李平，向她賠不，可是天天都下不了決心，不是放

不下面子，而是怕李平不給面子；她說她三天一趟河套兩天一趟河套，以為能在那裡遇上，可後來有人說，李平根本不上河套洗澡；她說今天回家來，聽說李平來過，門都沒進就過來了。

潘桃不停地訴說，每一句話，每一個字都是真實的，可是說著說著，被自己的真實嚇住了。她低下頭，打開身上的包，從中取出一個髮夾，往李平剛剛洗過的頭上別。李平戴上髮夾，抹一把眼淚，把潘桃拽進裡屋，拿起放在炕上的紗巾，打開，給潘桃繫上。李平說，上次去你家就帶去了，結果……兩個人說著，同時來到鏡前，見她們的雙眼皮都有些紅腫，都禁不住孩子似地笑了起來。

第二天，潘桃一早起來，梳洗完畢，吃罷午飯，繫上李平給的紗巾，就朝李平家走去。紗巾的位置看上去是在脖子上，而實際這是朋友友情在心目中的位置——紗巾的位置有多顯赫，朋友在你心中的位置就有多顯赫。潘桃朝李平家走去，可是剛剛走出門口不遠，就見李平戴著她送的髮夾款款走來。她們會意地向對方走近，臉上洋溢著喜悅——既為看到對方喜悅，又為看到對方的積極喜悅。因為離潘桃家近，她們就勢返回潘桃家，而這一次，在院中看到潘桃婆婆，李平禮節性地笑笑，一步不停地朝屋裡走，好像一旦停下就傷害了潘桃。

因為第一次的任性導致了不該有的熬煎，友誼伊始，兩個人都小心翼翼，彷彿那友誼是只雞蛋，不能碰，一碰就會

碎掉。就這樣，她們今天你家明天我家，後來，為了減輕沒有必要的負擔，她們乾脆就上李平家，或者就到門口的樹蔭下，或者，找一個理由到鎮子上逛。

夏天的美好是用水做成的。白日裡樹下的傾談是那山裡小溪的水，有著潺緩的、晶瑩的形態，去往鎮子的公路上，肩並著肩的傾談是那渠道裡的水，有著豐滿然而規則的勢頭，夜晚裡，一鋪炕上頭對頭的傾談是那湖裡的水，有著深不見底幽暗無邊的模樣。水的流動推動了時光的流動，時光的流動全然就是水的流動，霞光滿天的早上流走的是每日一小別之後各自細瑣的經歷，蟬聲嘶啞的午間流走的是身邊一些女伴和同學的故事，寂靜無聲的夜晚流走的，卻是她們自己的故事。有時，她們就那麼靜靜的，誰也不說話。她們眼睛看著路上的行人，遠處的山脊，燈光下的天棚，任時光流成一眼深井裡的水。但更多的時候，她們心中的水和時光的水還是要同時流淌的。她們有時是平鋪直敘，沒有選擇，遇到什麼講什麼。路上看到青蛙跳到水裡，潘桃就說，小時候看到青蛙，常常想要是托生個青蛙多麼不幸，一輩子就壩上壩下地跳，有什麼意思，誰想到自個長大了，也和青蛙差不多，只在街東街西地走。李平說，還說你浪漫，浪漫的人是絕不會悲觀的，人怎麼能和青蛙一樣，人街東街西地走，是為了尋找知音，有知音的人和只知哇啦哇啦叫的青蛙能一樣嗎，有知音的人和沒有知音的人都不能一樣。講到青蛙和

人，自然就講到了命，講到命，自然就講到了那個決定她們
命運是這樣而不是那樣的戀愛。而講到戀愛，她們卻要講一
點技法，要倒敘或者插敘，要搞一點懸念賣一點關子。潘桃
說，你知道我是怎麼愛上玉柱的嗎？李平說，還不是他答應
你把你的戶口辦到城裡到城裡安家，好多做美夢的女孩都是
這麼被人騙到手的。潘桃說才不是呢，有條件在先那叫什麼
愛情？李平說，你難道沒有條件？潘桃說，要不怎麼說我浪
漫，那時候我高中畢業，在鎮上開理髮店，到理髮店裡追我
的人相當多，鎮長的兒子廠長的侄子都有，可是我沒一個往
心裡去。那時我正迷戀孫國慶《走四方》那首歌，其實也說
不清是迷孫國慶還是迷《走四方》，有一天下班，往家走的
路上，正唱著，就發現前邊有一個人背著行李，大步溜星地
走在夕陽裡的山崗上，那山崗就是歇馬山莊的山崗，因為是
下坡，那個人走起路來一衝一衝，簡直就跟ＭＴＶ中的孫國
慶一模一樣。我放開車閘，快速衝下山崗，撞上那個人，我
喊了一聲孫國慶，你猜聽到我的喊他怎麼樣？怎麼樣？他聽
我喊，頓了一下，接著，嗷地一聲就唱了起來，「走四方，
水迢迢路長長，迷迷茫茫一村又一莊——」當天晚上，我們
就在小樹林裡約會了。李平靜靜地看著潘桃，羨慕地說，你
真是愛情的寵兒，夠浪漫的。

她們有時盡量給對方一些機會，讓對方說，自己靜靜地
聽，似乎多說了，就多佔了便宜，而她們都寧願對方多佔便
宜。但有時，卻是需要交換的，是需要你一段我一段的，比

如潘桃講了自己的戀愛，李平就必須講她的戀愛。這種時候，不用潘桃逼，一個靜場，李平就知道該自投羅網了。在進入夏季之後，在與潘桃有了密切交往之後，李平發現，她一點也不在乎提起過去了，這並非因為只有過去，才能解決她們的現在，而是她已經擁有了挑選和省略某些過去的能力，擁有了虛構過去的能力。這其實一點都不難，只要你略微的謹慎稍微的用心。李平說，你知道我是怎麼愛上成子的嗎？潘桃說，我當然知道，肯定是他答應你在城裡給你蓋棟高樓，要不一個在城裡打工的小姐哪肯嫁他。李平說，你真聰明，我這人確實和你不同，我開始是有條件的，我把條件看得很重，我從進城打工那天，就沒想再回鄉下，所以我的眼光就從來沒想看什麼民工。與成子相識，完全是個偶然，他跟他的包工頭到酒店吃飯，我給上茶倒酒，一下撞了他的手，後來就老來糾纏我，我開始反感他反感得要命，覺得是癩哈蟆想吃天鵝肉，可是有一天，他給我送來一封信，信上說，我不是一般的民工，我是我們包工頭的侄子，我在城裡不但有房子，還可以給你找工作。我看完信就約了他。就這麼的，我被騙回了歇馬山莊。李平在說自己戀愛過程時，沒有講出屬於愛情肌理那一部分，但這一點潘桃並不追究，她不追究，不是相信李平就是那樣功利的人，而是把這看成是李平對自己的一份情誼——故意用自己的不好襯托別人的好，潘桃說，好你個李平！

李平和潘桃好上了，這在歇馬山莊兩個新媳婦中間，既

是心理的，又是身外的。心理上，她們誰也離不開誰了，她們一早醒來，只要睜開眼睛，就看到對方的笑臉。她們的好，即像是戀愛中的女孩，又有別於戀愛中的女孩。像的是，她們都因為生活中有著另一個人，才有了交談的內容和熱情，不像的是，戀愛中的女孩沒有敞在院子裡漫長的日子，而她們有日子。現在，她們發現，她們彼此就是對方的日子。有一回，她們正趴在牆頭，彼此眼對眼地看著，李平突然說，潘桃，你想沒想過，一個人一生中，面對的和感興趣的，其實就一個人。潘桃懵懂，輕輕地眨巴眼睛，你什麼意思？李平說，我上小學時，有一個叫蘭子的女伴，她皮筋跳得好，我倆只要離開課堂，天天在一起；上中學，又有個叫遲梅的同學，她媽是知青，我被她頭上的紅髮卡吸引，上學放學，總要一起走；進城，在第一家飯店，有一個比我小一點的同鄉，普通話說的好，有事沒事，我總願去找她，聽她講話；結了婚，有了成子，就誰都不在心上了，誰知，成子一走，心裡空了，老天就派來了你。有了你，我都快把成子忘了。潘桃不語，似在琢磨。李平說，細想想，女人的世界其實沒多大，就兩個人，兩個人就是世界；細想想，世界多大都跟你沒關係，玉柱是你丈夫，可是現在，此時此刻，你能說他跟你有什麼關係嗎？潘桃終於琢磨出頭緒，說，李平，你很深刻。潘桃一邊佩服地看著李平，一邊用手撫著李平肩上的頭髮，那樣子好像她與李平的關係，因為李平深刻的提示而更加深入了一層。地瓜蔓爬到這一程，真的是不可

只用長度來度量。

心裡的東西，無疑要溢到身外，就像瓜熟了總要裂出溝痕。潘桃和李平相好之後的那個秋天，動輒就肩並肩地穿過屯街穿過田野向鎮上走去。潘桃一直是注重打扮，現在則更加地注重了，不過她再也不畫濃妝，不穿艷麗衣服，而像李平那樣畫淡妝，穿灰調子的衣服。隨著與李平友情的加深，她認識到，李平的洋氣，是從對色彩的選擇開始的。李平自從那件穿了一個春天的毛衣外套脫掉，再也不守一件衣服只要穿就穿髒穿舊的原則了，不換衣服其實是對自己青春時光美好時光的作賤，她開始由最初的半月一換到後來的一週一換。隨著與潘桃友情的加深，李平漸漸認識到，結了婚就逼迫自己進入一種鄉下女人的日子是多麼大的錯誤，人生不會有幾度青春，在青春裡要毫不氣餒地挽住，青春這東西，你抓住一百，才能留住五十，你如果只抓五十，就連二十都留不住。潘桃身上那種不向現實就犯的孩子氣，確實喚醒了李平一段時間來極力用理性包裹的東西。事實上，理性永遠是理性，理性包不住熱情，就像紙包不住火。兩個人由友情的加深開始了相互的欣賞，由相互欣賞開始了形影不離，好像只有這樣，才能使她們有一種相加的力量——她們在大街上走時，心底裡感到的是一種相加的力量。

潘桃和李平好上，這是大家有目共睹的事實。入秋之後，一些不很中聽的議論便像秋雨後的蘑菇一樣長了出來。現在的年輕人，學好不能，學壞可是太快了，那成子媳婦，

剛來時還本本份份的，現在可倒好，日子都不想過了，地裡的莊稼十天半月也不去看一回。要俺看，不是潘桃把成子媳婦帶壞，而是成子媳婦把潘桃帶壞，她在城裡待過，再說，潘桃她媽在咱村子裡，誰不知道是最會過日子的人，根兒在那呢。

對於誰帶壞誰的問題，潘桃婆婆和李平的姑婆婆都表現得比較謙虛，潘桃婆婆一再說是讓她的兒媳婦帶壞了，成子媳婦剛結婚時，並沒這樣，人家一春天就穿一件衣服。李平姑婆婆卻說，還是讓她的侄子媳婦帶壞了，怎麼說潘桃是天天上她的侄子媳婦家，而不是她的侄子媳婦上潘桃家，要是她的侄媳婦不拿什麼引逗她，她怎麼能老去，再說，潘桃早先搞過燙髮，也沒變過髮型，現在可倒好，幾天一變幾天一變，絕對是她的侄媳婦帶壞了潘桃。然而，不管誰帶壞了誰，不管有多少議論，潘桃和李平是不在乎的。對於不在乎的人，議論，就像肥料對於一株已死的稻苗，不會起半點作用。相反，有村裡人的議論，有兩個婆婆的議論，潘桃和李平不向山莊女人就範的理想更清晰起來。

好是真好，但是偶爾的，一點微妙的不快，也還是時有發生。有一次，在鎮子一家理髮店燙頭，一個曾經追過潘桃的小伙一邊梳理潘桃的頭髮，一邊開玩笑說，有一種辦法可以叫你們燙頭不花錢。李平說，什麼辦法？小伙子說，親一口。李平說，這可是個不錯的交易，我看行。小伙子分明是撩人，李平也分明是迎合了這種撩，潘桃一下子就生氣了，

從理髮店出來，潘桃繃著臉，一路上不跟李平說話。見潘桃生氣，李平知道不經意間，露出了自己在城裡學壞的小尾巴，快到家門口時，就主動邀請潘桃，說，今晚到我家睡吧。其實，走到半路，潘桃已經不生氣了，可是一時又拉不回來，聽李平邀她，便趕緊答應，好，不回家了，就讓婆婆痛痛快快講去吧。一場不快，引出的就是這樣一個結果，往友情的深度再走一步，像贖罪，更像獎賞，且這獎賞又往往是你給一寸我給一尺，你給一尺我給一丈。潘桃背著在婆婆面前夜不歸宿的風險住了下來，李平便毫無疑問要掏自己最最真摯的東西。然而那東西是什麼，一時並不清楚，還需一點點留心一點點尋找。關門之後，屋子一下變得溫馨起來，寧靜起來，以往，潘桃也在晚飯後到李平家坐過，但因為沒有想不走，感覺還是很不一樣。要走的夜晚，溫馨和寧靜往往浮在表面，與人的肌膚和喘息離得很近，讓你時刻耽心它會一瞬之間溜走；而決定不走的夜晚，溫馨和寧靜卻是沉在牆壁裡和天棚上，是那種曠遠的、與人隔著距離的凝視，專注而深情。關了屋門，拉了窗簾，洗了腳，放了褥子和被，鑽進被窩的潘桃和李平，第一次萌生了孤獨的感覺。村莊的山野，黑夜，萬事萬物都離她們那麼遠，它們注視著她們，卻離她們那麼遠。或者，它們是因為注視，才讓她們覺得遠，覺得孤獨，孤單。有了孤獨的感覺，同病相憐的感覺尤其重了，看著潘桃黑幽幽熟透了葡萄一樣的眼睛，黑裡透紅的瓜子臉，豐滿的小豬一樣蜷在被子裡的身體，李平突然的

就知道該給潘桃什麼東西了。李平說，潘桃，咱倆好是不是？潘桃說，這還用問！李平說，要好，就該像姐妹那樣掏心窩子，不能說謊是不是？潘桃翹起腦袋，警覺道，我跟你說什麼謊了嗎？李平笑了，說，你覺什麼驚嘛，我是說我自個兒。潘桃翹起的腦袋又陷下去。你說謊了嗎？李平收回笑，目光裡有一泓清澈的水霧噴出來。潘桃。李平說，語調十分的輕也十分的親：我其實騙了你，我和成子的戀愛，其實並不是我上次講的那個樣子。潘桃說，這你不說我也知道，你是故意把自個說得很壞。李平說，不，不，你不知道，你不可能知道，我其實嫁給成子時，已經不是女兒身了。潘桃愣住，眼睛直直瞅著李平。李平說，十八九歲時，我比你浪漫，我那時太幼稚，以為只要有真心，城裡肯定有我的份，實際上完全不是那麼回事。城裡狼虎成群，你有真心，只能是餵狼餵虎。進城第二年，我愛上一個酒店經理，也確實是因為他的身份吸引了我，可是他騙了我，他有老婆，他和我好只是為佔便宜。後來，他讓他老婆當著眾人的面寒慘我……受了傷害，墮落兩年，賺了些錢，那時我以為自己從此就完了，那時我對男人充滿仇恨，對人生十分絕望，也想不到還會有什麼真情。算是老天可憐我，讓我遇到成子……遇到成子，我就發誓，我要把自己最真的東西給他，一生一世……李平說的十分平靜，彷彿在說別人的故事，可是，淚卻從她的眼眶漫了出來。潘桃伸出手，抹了李平眼角的淚，緊緊攥住李平的手，說不出話。李平說，那些

男人，没一個好東西，越是知道你是假的，越是要上，真的，他們反而嚇得往後退，就不知道這是為什麼。潘桃往李平身邊挪了挪，靠得更近了。潘桃说，李平，不能想像那是什麼樣的日子，真的不能想像，不過，有些經歷，並不是壞事，不管好經歷壞經歷，我其實很羨慕一個人有經歷，經歷是財富。潘桃说著，趕緊揭開被子，鑽到李平被窩。李平感激地摟住潘桃，说，你真的是這麼想嗎，你不覺得我髒嗎？潘桃说——氣哈在了李平臉上，當然是真的，在我眼裡，你是世界上最最乾淨的人。

這樣的夜晚，你一尺，我一丈，你一丈，我十丈，她們一步步往前走，走出一片沼澤，一片湖泊，走出一條康莊大道。她們没走進時，根本不知道那裡有什麼，會怎麼樣，她們一旦走進去，便看到了無窮無盡的景色——她們不管穿過的是什麼，最終的結果，都是看到了無窮無盡的景色。

六

有了伴的日子要多快有多快，轉眼之間，夏天過去，秋天也過去了，整個歇馬山莊苞米都收光了，只剩成子家的苞米還在地裡獨立寒秋。見再不收已經说不過去，李平便攜了潘桃來到自家苞米地裡。這一天，聽到樹葉嘩啦啦響，從另外的空間感受了時光的流逝，李平想起，自己居然四五個月没有回一趟娘家了。她於是告訴潘桃，苞米收完，她要回趟娘家，住個三天五天。李平正说著，潘桃砍苞米的手不動

了。許久，她轉過臉，對李平說，娘家這麼遠，看不看其實都一樣，全是形式，我都不怎麼回。李平說，這可不是形式，是牽掛，你不回，隔三岔五總能望見，能聽見。潘桃明知道李平的話是在理的，可是偏偏不往理上說。她說你總改不了你的面面俱到，把自己搞得不像自己，你要走，我就上城裡去看玉柱。不叫有你，我不知去了幾千回了。這一回，彷彿一顆子彈打中了李平。潘桃上城看玉柱，這和李平沒有一點關係，可是這話卻像一顆子彈，一下子就制服了李平，她長時間不語。事情弄到這步田地，這麼你一尺我一丈地往深處走，她們都看到，等在前邊的，絕不是什麼美好景色，誰就此打住誰才是聰明的。李平當然不是傻子，再也不提回娘家的事了。她不提回娘家，潘桃也不說上城，兩個人便一心一意地砍著地裡的苞米。

然而，這一事件之後，無論是李平還是潘桃，都隱隱地感到，她們之間，有了一道陰影。那道陰影跟她們本人無關，而是跟她們所擁有的生活有關，但又不是她們眼下的生活，而是在她們眼下的生活之外，是她們的更大一部分生活，只是她們暫時忘了它們而已。還好，她們並沒有就此想得更多，她們也根本沒往深處想，她們只是希望在她們暫時的生活中發生一些什麼事情來驅走陰影。

事情確實發生過。是在第一場霜落到歇馬山莊山野地面那天發生的。那一天，李平姑婆婆天還沒亮，就來到成子家拽開了屋門。姑婆婆顯然沒有洗臉，眼角滯留著白白的眼

屎。姑婆婆進到屋裡，不理李平，兩手揎著腰間的圍裙，氣哼哼直奔李平新房。當她站在新房地中央，看到了炕上被窩裡確如她預料的那樣，還躺著一個人，嘴唇一瞬間哆嗦起來。你⋯⋯你⋯⋯姑婆婆先是指著炕上的人，然後彷彿這麼指不夠準確，又轉向了從後面跟進來的李平。姑婆婆的臉青了，如一張茄子皮，之後，又白了，如乾枯的苞米葉。姑婆婆看定她眼中的成子媳婦，眼裡有一萬枝箭往外射。姑婆婆終於說出話來：我告訴你成子媳婦，我們于家說的可是一個媳婦，不是兩個！看你把日子過成什麼樣子，弄那麼一個妖不妖仙不仙的人在身邊，這是過日子嗎?!李平起初還決定忍讓，讓姑婆婆盡情抖威風，可是見出語傷人，又傷的是潘桃，便說，大姑，別這麼說話，不好是我不好。這時，潘桃從炕上翻了起來，嗷地一聲，李平你沒有錯你憑什麼認錯，要錯是你大姑的錯，她嫁出去的姑娘潑出去的水，憑什麼回來管你于家的事！于家的日子怎麼過，跟她有什麼關係！然而潘桃剛說完話，堂屋裡就衝出了另一個人的聲音：潘桃你是誰家媳婦，你能說你不是老劉家的媳婦嗎，誰允許老劉家的媳婦住到老于家？

進門的是潘桃的婆婆。顯然，李平的姑婆婆和她早已串通好；顯然，兩個年輕媳婦形影不離時，兩個老媳婦也早就形影不離劍拔弩張了。見兩個婆婆一齊指向潘桃，李平終於忍不住，李平說，這確實是我的家，你們這麼一大早闖進別人家吵架，是侵犯人權，都什麼時候了，都新世紀了。李平

的聲音相當平靜，語調也很柔和，但誰都能聽出其中的不平靜，其中的凌厲。這一點潘桃很感意外，似乎終於從李平身上看到了對浪漫的維護。

李平能説出這樣的話，自己也毫無準備。但那話一旦出口，就有了一種理直氣壯的感覺，站穩站直的感覺。這感覺對此刻的她，要多重要就多重要。有了這感覺，可以從骨子裡輕視姑婆婆們的尖刻話語，可以衝她們笑，可以聽了就像沒聽到一樣。説出那樣的話之後，李平轉身就離開屋子，到院子裡打水洗臉。潘桃也跳下炕，隨她來到院子裡，留下兩個婆婆在屋子裡狂瘋地自言自語。

人與人之間的關係，説來也是非常奇妙，你硬了，她反而軟了，兩個婆婆從屋裡走出來時，居然徹底地改過臉色，好像剛才滿臉烏紫的她們從後門走了，現在走出來的是她們的影子。她們在院中央停了下來，潘桃的婆婆説：桃，我都是為了你好，都是村裡人在説。李平的姑婆婆説：侄媳婦，就算俺狗咬耗子多管閒事，你可千萬別生氣，你倆可要好長遠點。説罷，她們飄出院子，剩下潘桃李平四目相對。

一場勝利不但將潘桃和李平的友誼往深層推了一步，抹去了陰影，且讓她們深刻地認識到，她們的好，絕不是一種簡單的好，她們的好是一種堅守、一種鬥爭，是不向現實屈服的合唱。她們的友誼有了這樣的昇華，真讓她們始料不及，有了這樣的昇華，夜裡留在李平家睡覺的意義便不再是説説話而已，睡覺的意義變得不同凡響了。因為睡覺的意義

有了這樣重大的不同凡響，後來的日子，她們即使沒有話講，也要在一起。她們在一起，看一會電視，就進入睡夢，彷彿是個簡單的睡伴。

然而，她們的未來生活，潛伏著怎樣的危機，姑婆婆那句意味深長的話，到底有著怎樣的寓意，她們一點都不曾知道。

那個山莊女人現有的生活之外的生活，那個屬於她們的更大一部分生活，是在什麼時候又轉回山野，轉回村莊，轉回家家戶戶的，誰也說不清楚。它們既像地球和太陽之間的關係，是公轉的結果，又像地球和自己的關係，是自轉的結果。說它公轉，是說它跟季節有著緊密的聯繫，說它自轉，是說它跟鄉村土地的瘠薄留不住男人有著直接聯繫。它最初磕動山莊女人們的心房，是從寒風把河水結成冰渣那一刻開始的。其實是那日夜不停的寒風扮演了另一部份生活的使者，讓它們一夜之間，就鋪天蓋地的襲擊了鄉村，走進了鄉村女人等待了三個季節的夢境。它們先是進入鄉村女人夢境，而後在某個早上，由某個心眼直得像燒火棍一樣的女人挑明——上凍啦，玉柱好回來啦——她們雖然心直，挑明時，卻不說自家男人，而要從別人家的男人打開缺口。而這樣的消息一經挑明，家家戶戶的院子裡便有了朗朗的笑聲，堂屋裡便有了霍剌霍剌的鏟鍋聲。潘桃，正是從婆婆用鏟子在鍋灶上一遍一遍翻炒花生米時，得知這條消息的。到了冬天，在外做民工的男人們要打道回府，這是早就展現在她們

日子裡的現實，可一段時間以來，她們被一種虛妄的東西包圍著，她們忘掉了這個現實之外的現實，或者說，她們進入了一個近在眼前的現實。那個屬於山莊每一個女人的巨大的現實向潘桃走近時，潘桃竟一時間有些惶悚，不知所措。那情景就彷彿當初玉柱離她而去那個早上。潘桃將這個消息轉告李平，李平的反應和潘桃一樣，一下子愣在那裡。她倆長時間地對看著，將眼仁投在對方的眼仁裡。看著看著，眼睛裡就同時飛出了四隻鷗鳥。它們開始，還羞羞答答，不敢展翅，沒一會兒，就亮開了翅膀，飛向了眼角、眉梢，飛向了整個臉頰。對另一部分生活的接受不需要太多的時間，它們原本就是她們的，它們原本是她們的全部，她們曾為擁有這樣的生活苦苦尋覓，她們原以為一旦覓到就永遠不會離開，可是，它們離開了她們，它們毫不留情，它們一走就根本不管她們，讓她們空落、寂寞，讓她們不知道幹什麼好，竟然把豬都放了出去，讓她們困在家裡覺得自己是一個四處亂爬的地瓜蔓子。一程一程想到過去，李平感激地看著潘桃，潘桃也感激的看著李平。李平說，真不敢想像，要是不遇到你，我這一年怎麼打發？潘桃說，我也不敢想像，要是你也旅行結婚，不在大街走那麼一回，讓我看見你就再也放不下，我的生活會是什麼樣子。李平說，其實跟怎麼結婚沒有什麼關係，主要是緣分，還是命運，誰叫我們都是歇馬山莊的新媳婦。潘桃說，我同意緣分，也同意命運，但有相同命運的人不一定能走到一塊兒，就說你姑婆婆家的兩個閨女，

結婚當年就生了孩子，就乳罩都不戴了，整天晃著髒乎乎的前胸在大街上走，你能跟那樣的人交往？潘桃説完，兩人竟咯咯地笑起來，最後，李平説，潘桃，看來我們需要暫時地分開了。潘桃説可不是，真討厭，他們倒回來幹什麼？！

矯情歸矯情，盼望還是一點點由表及裡地進入了她們的日常生活。潘桃不再動輒就往李平家跑了，而是在家裡裡外外收拾衛生。李平不但地下棚上家裡家外掃了個遍，還到鎮子上買來天藍色油漆，重新漆了一遍門窗。盼望在她們做完了這一切之後，又由表及裡地進入了她們身體，在夜深人靜的時候，在她們分別從內心裡趕走對方，一個人在新房裡默默地等待一個如膠似漆的擁抱的時候，一種刻骨銘心的身體裡的饑渴竟山塌地陷般率先擁抱了她們。

冬月初三，歇馬山莊的民工們終於有回來的了。他們先是由後街的王二兩帶頭，然後山路那邊，就出蘑菇一樣，一個一個鑽出來。他們由小到大，由遠到近，幾乎兩三天裡，就一股腦湧進村子。他們背著行李，大步溜星走在山路上的樣子，就像電影裡的土八路，他們進村之後每家每戶攆雞攆鴨的樣子又像鬼子進村。歇馬山莊，一夜之間，瀰漫了雞肉的香味燒酒的香味。這是莊戶人一年中的盛典，這樣日子中的歡樂流到哪裡，哪裡都能長出一棵金燦燦的臘梅。

然而，歡樂不是鄉村的土地，不可以平均分配。在歡樂被擱淺在大門外的人家，臘梅是一棵只長刺不開花的枝條。當捎口信的人説，玉柱和他的父親，和一家裝修公司臨時簽

了合同，要再幹兩月。空氣裡頓時就長出了有如梅花瓣一樣同情的眼睛。在外邊，誰能攬到額外的活誰就是英雄好漢，最被人羨慕，可回到家裡，就完全不同，捎信人倒變成了英雄好漢。捎口信的人剛走，潘桃就晃晃悠悠回到屋子，一頭栽到炕上。

在婆婆眼裡，潘桃的表現有些誇張了，無非是晚回來幾天，又不是遇到什麼風險，是為了賺錢，大可不必那個樣子。再說了，就是真的想男人想瘋了，人面上也得裝一裝，那個樣子，太丟人現眼了。但是，婆婆沒有說出對潘桃的不滿。自從寒風把男人們要回來了的消息吹了回來，婆婆也變了樣子，變回到年初潘桃剛結婚時那個樣子，一臉的謙卑，好像寒風在送回山莊女人丟失在外的那一部分生活時，也帶回了溫和。潘桃的婆婆不讓潘桃幹活，不停地衝潘桃笑，當天晚上，還做了兩個荷包蛋端到西屋，小心翼翼說，桃，起來吃呵，總歸會回來的嘛。

一連好幾天，潘桃都足不出戶，她的母親聞聲過來叫過她，要她回娘家住幾天，潘桃沒有答應。父親回來了，娘家的歡樂屬於母親而與她無關。婆婆勸她上外邊走走，散散心，或到成子媳婦家串串，潘桃也沒有理會。山莊的女人一旦被男人摟了去，說話的聲調都變得懶洋洋了，她不想聽到那樣的聲音。李平倒不至於那麼膚淺，會當她的面藏著掖著，故意說男人回來的不好，甚至會說多麼想她，可是，好是藏不住也掖不住的，相反，越藏越掖越露了馬腳。冬月，

臘月，兩個月的時光橫亙在潘桃面前，實在是有些殘酷了，它的殘酷，不在於這裡邊積淤了多少煎熬和等待，而在於這煎熬和等待無人訴說，而在於這煎熬和等待裡，抬頭低頭，都必須面對一個人——婆婆。

女人的世界其實沒多大，就兩個人。李平實在了不起，李平的總結太精闢了。李平的男人回來了，就有了她的又一個世界，李平有了那樣男人女人兩個人的世界，便拋下她，撇下她，婆婆便成了她唯一的世界。最初的日子，潘桃對婆婆是拒絕的，不接受的，婆婆衝她笑，她不看她，婆婆把飯做好，喊她吃飯，她愛理不理，即使吃，也要等著婆婆的喊停下十幾分鐘之後，那樣子好像是婆婆得罪了她，是婆婆導演了這天大的不公。結婚以來，她一直拒絕著與婆婆交流，她將一顆心從李平那裡收回來，等待的本是玉柱那巨大的懷抱，現在，那懷抱不在，卻出現了躲避大半年的婆婆，這哪裡是什麼不公，簡直就是老天爺冥冥之中對她的懲罰，那意思好像在說，這一回看你怎麼辦？

老天爺對潘桃的懲罰自然就是對潘桃婆婆的獎賞，老天爺把兒媳婦從成子媳婦那裡奪回來，又不一下子送到兒子懷抱，潘桃婆婆真是不敢相信這是真的。十幾年來，男人一直在外邊，獨自守日子慣了，男人早回來晚回來，已不是太在乎，換一句話說，在乎也沒用，你再在乎，為過日子，他該出去還得出去，該什麼時候回來，還是什麼時候回來，凡是

命中註定的事，就是順了它才好。而兒媳婦就不一樣，命中註定兒媳婦要守在你身邊，如何與她相處，做婆婆的可是要當一回事的。潘桃婆婆也知道，這新一茬的媳婦心情飄得很，跟那秋天的柳絮差不多，你是難能捉到的，尤其一進門男人又扔下她們走了。但她抱定一個想法，她們總有孤寂的時候，她們孤寂大發了，她們那顆心在天空中飄浮得累了、乏了，總要落下來，落到草垛裡和牆頭上。她們一旦落下來，便要多纏綿有多纏綿，有時候，都可能纏綿得為一句話、一個眼神爭得臉紅或吵起架來。歇馬山莊新媳婦不到半年就鬧分家，就跟婆婆打得不可開交的實在太多了，為了能和兒媳處好，潘桃婆婆在潘桃孤寂下來那段日子，拼命和她說話，恨不能把自己大半生裡心裡的事都敝給她，有時說得自己都不知為的哪一齣，可是想不到這反而把兒媳說遠了，把兒媳推給了成子媳婦。她怎麼也想不到，村子裡居然出了個成子媳婦。那段日子，做婆婆的心底下翻騰得什麼似的，都快成一塊岩漿了，飄飛的柳絮沒落到自家的牆頭落進了人家，實在叫她想不通，這且不說，忽而的進進出出，她看她都不看，把這個家當成了一個旅館，飯店，這也可以不說，關鍵是，她從來就沒叫她一聲媽！這就等於她們還沒纏綿就吵了起來，等於她們壓根就沒有好過。她們為什麼要這樣呢？這樣子其實兩邊不討好，人們會說，一邊沒娶上好媳婦，一邊沒遇上好婆婆，這實在是丟了劉家祖宗的臉。也是的，拉不近兒媳，心裡氣不過，就和成子媳婦的姑婆婆好上

了，也是同病相憐的好，她們原來一點都不好。成子媳婦的姑婆婆曾苦天哀地的買了潘桃婆婆家一隻老母雞，說是娘家老爹得了風濕病，要殺給老爹吃，結果，潘桃婆婆在讓利十塊錢賣給的第二天，就聽人說她拿到集上賣了十五塊。為此她們三四年沒說話。兩個被兒媳婦和侄媳婦拋棄的女人不得不又好上，把各自的媳婦講得一塌糊塗，然而潘桃婆婆無論怎麼講，唯一點是清醒的，那就是，只要兒媳婦回到她身邊，她是肯定不會再講她的。現在，這樣的機會終於來了，雖然做婆婆的還弄不清楚，兒媳婦人在身邊，心是否也在，可是她的心不在這又能在哪呢，人家成子媳婦拋了她。人在自信時總會變得聰明，兒媳的心從外邊收回來了，潘桃婆婆為了這個收，盡量找一些合適的話來說。婆婆知道說別人潘桃不會感興趣，就說成子媳婦。她當然不能說她好，成子媳婦現在已經夠好的了，好得都把潘桃忘了，再說她好她就該飛上天了；也當然不能說她的不好，畢竟她是潘桃的朋友，她們好時差不多穿了一條腿褲子。婆婆的話是那些不好也不壞的中間性的話。這有些不好把握，如履薄冰，但自信有時候還給人勇氣，潘桃婆婆是一步步試探著往前走的。婆婆說，成子媳婦也不容易，爹媽都不在身邊兒，又沒有婆婆。這話的潛台詞是，哪裡像你，爹媽在身邊又有婆婆，你該知足。婆婆說，成子媳婦倒挺隨和，可怎麼隨和，那臉上都有一些冷的東西，叫人不舒坦。這話的潛台詞是，你儘管不隨和，格色一些，但面相上還是看不出的。婆婆說，成子媳婦

看上去老實本分，其實村裡人都說她很風流，是那種不顯山不露水的風流，她臉上那一點冷，就是遮蓋著她的風流。這句話的潛台詞是，你儘管看上去很浪，但其實骨子裡是本分的。婆婆所有的話，都是要從潘桃和成子媳婦的比較中找到潘桃的優勢，從而巧妙地達到安慰的效果。然而，這些話恰恰是最致命的。安慰本身，就是一種照鏡子，婆婆實際上是搬了成子媳婦這面鏡子來照自己，自己無論怎麼樣，都在這面鏡子裡。自己難道是要成子媳婦來照的嗎?! 當然，最致命的，還不是這個，而是那些關於誰最風流的話，風流，在歇馬山莊，並不是歌頌，是最惡毒的貶斥，這一點沒有人不清楚，可是此時此刻，在潘桃心中，它經歷了怎樣的化學反應，由惡性轉為了良性，潘桃一點都不知道。她只知道在聽到婆婆強調李平的風流時，她的心一瞬間疼了一下，就像當初在街門口，看到成子媳婦與成子挽手走過時，心疼了一下那樣，她想我潘桃怎麼就不風流呢？她的眼前出現了李平被成子擁在懷中的場景，出現了李平被許多城裡男人擁在懷裡的場景。李平被成子擁在懷中，被一些城裡男人擁在懷中，並不是在歇馬山莊裡與自己廝守了大半年的那個李平，而正如婆婆說的，是風流的，是從眼睛到眉梢，從脖子到腰身，通通張狂得不行了的李平。堂屋裡的空氣一層層凝住了，有如結了一層冰。這讓潘桃婆婆有些意外，她說的話在她看來是最中聽的話。潘桃婆婆先是從潘桃眼中看到了冰楞一樣刺眼的東西，之後，只聽潘桃說，當然成子媳婦風流，你們哪

裡知道，她結婚之前，做過三陪，跟過好多男人了。

說出這樣的話，潘桃自己沒有防備。她愣了一下，日光中婆婆的眼睛也瞬間瞪大，愣了一下。但是話剛出口，她就覺出有一股氣從肺部竄了出來。多日來，那股氣一直堵著她，在她的胸腔裡肺腑裡鼓脹，現在，這股氣變成了一縷輕煙，消失在堂屋裡，潘桃感到了從未有過的輕鬆。

七

在與成子團聚的時候，李平並沒有像潘桃想像那樣多麼放縱多麼恣肆，李平十分收斂，新婚時毫無顧忌的樣子一點都不見了，好幾次，成子從院裡走進堂屋，順手往她的胸上摸一把，她都沒好氣地說，你──粗魯！晚上，成子不顧一切，把炕上的石板弄出聲響，也希望李平有點動靜，可李平就是不出聲。成子著急，咯吱她笑，李平惱怒著說，怎這麼沒臉皮。李平不夠放鬆，有意收斂，激起了成子的惱火，你，剛分手不到一年就變了心，為什麼？見成子惱火，李平直直看著他，目光憂鬱著說，成子，你才變了，年初你還是個孝子，怎麼不到一年就變得這麼粗，你不想想，咱們是兩個人，可爸在外幹了一年回來，還是一個人，你不為他想想。見媳婦的拘謹是出於一份善良，成子的惱火轉成感動，熱烈的親密便只縮到被窩深處，並且，一場酣暢淋漓的親密之後，兩個人往往看著天棚，看著窗外寂靜的夜聲，會立即陷入一種靜默，好像他們做了什麼不該做的事，有了罪過。

剛進于家，因為不能設身處地，李平並沒有這麼深入地體會公公，那天，成子和公公從外面回來，她做了一桌好菜，她和成子有說有笑，可是公公吃了幾口就放下筷子出去了，公公出院，李平也放下筷子跟了出去，見公公直奔西山頂婆婆墳地，那一刻，李平知道這個春節、這個團聚的日子該怎麼過了。她絕不讓成子在大白天走近她，而且有的活，比如殺雞，她和成子追上抓著，卻要一手拿刀一手拿雞走到公公跟前，要公公殺。而幹活時，又總是跟公公無話找話，說夏天的乾旱，說村長收了幾回水利費和農業稅，說克郎豬不知為什麼有幾個月不愛吃食，說養了十隻母雞結果就三隻下蛋。李平所說的一切，都是鄉下人一年當中最最關心的事情，是鄉村日子在一年中的重要部分。李平說這些，單單沒提潘桃。在過去的一年中，潘桃是李平日子中最最重要的部分，可是李平沒說。李平沒說，絕不是有意回避，而是當著公公，她根本想不起潘桃。和公公說話，過去生活中那些被忽視的、不重要的事情，你方唱罷我登場似的，紛紛湧到她的眼前，而與她朝朝夕夕在一起，險些讓她忘了雞鴨豬狗的潘桃，卻雲一樣，轉眼間無影無蹤了。

壓抑著團聚的歡樂，每時每刻替公公著想，是李平目前面臨的最大的現實，這樣的現實又牽連出過去生活中另外一部分現實，使潘桃變成了與現實對立的一個虛無。此刻，潘桃確實成了李平生活中的一段虛無，她已把她忘了，她的每一時刻都是有著緊湊的具體的安排的，比如什麼時候磨米磨

麵，什麼時候殺雞殺豬，什麼時候漿洗衣服，什麼時候買布料做衣服。唯有上集時，李平才想起了潘桃，想應該喊她一塊兒去，可是在家裡一直放不開手腳與媳婦親密的成子早就騎車等在村西路口了。

這一天，與成子上集採買年貨的這一天，李平還真的一程一程想起了潘桃，因為李平順便在鎮上燙了頭。李平在燙頭時，想起了潘桃曾跟她講過的跟玉柱戀愛的故事，那故事因為有著黃昏的背景，有著音樂的旋律，極其的浪漫美麗，李平從理髮店出來，與成子肩挨肩往百貨店轉，心裡突然起了一份傷感，為潘桃——直到現在，她還沒有跟玉柱見面，她一定是很苦的。李平真實地感受到了潘桃的痛苦，真實地同情潘桃，一路上都在想著潘桃的事，可是，回村路過潘桃家門口，卻沒有拐進去。非旦如此，李平在潘桃家門口走過時，還格外加快了步伐，好像生怕潘桃看見。李平確實是怕潘桃看見的，尤其是跟成子一起。就像在家裡不願意讓公公看到他們在一起一樣。

一轉眼，臘八到了，臘月初八是吃八樣豆做的米飯的日子，但是，成子父親和成子商量，這一天殺年豬。成子父親要成子提前一天到村裡請幾個人喝酒。姑姑姑夫，村長和會計，還有和他們在一個工地幹活的于慶安，單進奎。這一天成子家每個人都有了自己的活路，成子請客，父親劈柴，李平切蘿蔔和酸菜準備殺豬菜。劈柴活累，要動力氣，請客活輕，只動動嘴，但成子還是不願父親一個人挨門挨戶走。一

個孤單的人在街上串，總有一種流落街頭的感覺。這一天裡，于家家裡家外都充滿了活絡的氣息，院外，有劈劈啪啪的劈柴聲，屋裡，有哐當哐當的切菜聲，鍋底，有忽忽忽忽火苗的竄動聲，鍋上，有咕嚕咕嚕水的翻開聲。李平的臉粉裡透紅，紅裡透著燦爛的微笑。公公臉上儘管沒有笑容，但也是平展的，安祥的。成子中午回來吃飯向父親回報時，語速很快，聲調很高，透著壓抑不住的自滿自足：我先去了黃村長那，他一聽就答應了，說誰請我不到，你爸請我不能不到。成子的回報，自然讓父親和李平都憑增了士氣。日子在這樣的節骨眼上，該是它最有滋味的時候。下午，成子再一次離家時，李平破例喊住他，說，你該把棉襖穿上，外邊起風了。成子回屋穿棉襖時，李平抿住嘴，朝成子狠狠看著，看上去面無表情，但成子一下子就看出來那滿得快要溢出來的幸福。其實它已經溢了出來，只是他不點破而已。

日子在這樣的節骨眼上，若說有滋味，也是一種農家裡極其平常的滋味，若說它平常，其實是說它沒有什麼波瀾不是什麼奇蹟，是日子正常運行中必該有的事情。然而，這滋味因為一年當中並不多見，因為難得，它也便是農家裡最不平常的滋味，是那平靜中的波瀾，平實中的奇蹟。擁有這樣波瀾和奇蹟的于家人，統統表現了一份知足，一份安定，他們一點也不知道他們的生活裡還潛藏著什麼。

事情是在下半晌露出水面的。事情在露出水面時，沒有半點前兆。下半晌，公公劈完柴，到街外的草垛邊抽煙去

了。李平從鍋裡撈出鮮綠的蘿蔔片，正要往熱水裡切海帶，成子從外邊大步溜星回來。李平因為有了中午時分跟成子的分別，以為這大步溜星裡攜帶的是興奮，是欣喜，忙抬頭迎住他。這一迎可把李平嚇壞了，成子的臉扭曲得彷彿一隻苦瓜，粗重的喘息從鼻腔傳出時，頂出一股李平從沒見過的憤怒。應該說，他臉上的憤怒和鼻腔裡的憤怒呈一種你爭我搶的趨勢，把成子整個一個人都改變了，變成了一副窮兇極惡的樣子。成子逮住李平目光後，擒小雞一樣把李平從灶台邊擒到裡屋。成子威逼的目光和手中的力氣，讓李平感到自己一瞬間變成了一粒塵屑，渺小、輕飄，而成子卻彷彿一座山一樣高大、威嚴。李平不知道發生了什麼，李平目不轉睛地盯著成子，心懸到嗓眼，堵得她喘不過氣息。這時，成子哆嗦的嘴唇中吐出了幾個字，是石頭，但落了地。你騙了我，你跟了城裡人，你騙了我。他是希望李平把石頭揀起來，扔掉它，可是，李平不但沒有揀起來扔掉它，反而將它夯實——迷亂之中，李平也從哆嗦的嘴唇中吐出幾個字：是的，我是騙了你，我是跟過城裡人，可是，我確是愛著你的。字是石頭一樣沉重，落地有聲，可是在成子聽來，不是石頭，而是一枚炮彈，它落在他與李平之間，轟然滾起萬丈濃煙，瀰漫了他的視線，瀰漫了他的生活。成子一鬆手，將李平推到牆邊，後腦勺與牆壁康地一聲撞響之後，成子大喊，你給我滾——

　　李平當天下午就夾包離開于家，離開歇馬山莊，回娘家去了。李平走時，用圍巾把自己出過血的後腦勺包紮得很嚴，從走出門檻的第一步，就再也沒有回頭。

　　成子家的豬沒有殺成，父子倆關門三天三夜沒有起炕。

　　潘桃是在李平離村的第五天才從婆婆口中得知消息的。她得知消息，異常震驚，立即清醒是誰搬弄的是非，眼睛直直地盯住婆婆，目光中含著質問。可是盯著盯著，想起自己在說出那樣一個事實時的痛快，不由得低下了頭。

　　玉柱和他的父親在臘月十三那天回來了。玉柱沒有得到想像那樣熱烈的擁抱，潘桃也抱他親他，但總好像心中有事。玉柱一再追問到底發生了什麼，潘桃堅決不說。潘桃不說，卻要時而地歎息，眼神的顧盼之間，有著難以掩飾的惆悵。那惆悵蠶絲似的，一寸一寸纏著日子，從臘月到正月一直到二月。二月底的一天，潘桃婆婆在外面喊，看，李平回來啦——潘桃立時扯斷眼中的惆悵，一高跳下炕，跑出屋子，跑到大街。李平確實回來了，正和成子倆走在街上。然而他們卻不是結婚那天那樣，一左一右，而是一前一後。李平臉色相當蒼白，眼窩深陷著，原來的光彩絲毫不見。李平看見潘桃，立即扭過臉，仰起頭，向前方看去。脖頸上，聳立著少見的、但潘桃並不陌生的孤傲。

　　潘桃本是要同李平說句什麼，可是李平沒給機會。

　　三月底，歇馬山莊的民工又都離家出走了，李平家常去的，不再是潘桃，而是李平的姑婆婆。潘桃已經懷孕，每天

握著婆婆的手，大口大口嘔吐，像說話。婆婆聽著，看著，目光裡流露出無限的幸福與喜悅。

2001 年 9 月 28 日於大連鵬程家園

魏　微

魏微小傳

　　魏微，女，1970 年生，江蘇人，1994 年開始寫作，1997 年在《小說界》發表作品，迄今已在《人民文學》、《花城》、《收獲》等刊，發表小說隨筆近 100 萬字，小說曾登 2001 年、2003 年中國小說排行榜，2003 年獲人民文學獎，2004 年獲中國作家大紅鷹文學獎。部分作品譯介海外。

評委會評語

　　小說對複雜而又與傳統道德交叉衝突的社會現實懷著善意的寬容和人道的理解，同時不無困惑。作品因此有了一種似乎與作者實際年齡難以相符的成熟與練達，有一種洞察人性的滄桑之感。作品在文本上也有新意，為讀者提供了審美層面的新鮮體驗。大處著眼，細處落墨，一唱三嘆，令人感懷。時代變遷，歷史演進，每個人都身處其中，變化似乎觸手可及。作品對小城氛圍的渲染，看似閒筆，卻反映出作者平淡細膩的敘述追求。

大老鄭的女人（小城系列之一）
魏微

一

　　算起來，這是十幾年前的事了。

　　那時候，大老鄭不過四十來歲吧，是我家的房客。當時，家裡房子多，又是臨街，我母親便騰出幾間房來，出租給那些來此地做生意的外地人。也不知從哪一天起，我們這個小城漸漸熱鬧了起來，看起來，就好像是繁華了。

　　原來，我們這裡是很安靜的，街上不大看得見外地人。生意人家也少，即便有，那也是祖上的傳統，習慣在家門口擺個小攤位，賣些糖果、乾貨、茶葉之類的東西。本城的大部分居民，無論是機關的，工廠的，學校的……都過著閒適、有規律的生活，上班，下班，或有週末領著一家人去逛逛公園，看場電影的。

　　城又小。一條河流，幾座小橋。前街，後街，東關，西關……我們就在這裡生活著，出生，長大，慢慢地衰老。

　　誰家沒有那些陳芝麻爛穀子的事，說起來都不是什麼新

鮮事，不過東家長西家短的，誰家婆媳鬧不和了，誰離婚了，誰改嫁了，誰作風不好了，誰家兒子犯了法了……這些事要是輪著自己頭上，就扛著，要是輪著別人頭上，就傳一傳，說一說，該歎的歎兩聲，該笑的笑一通，就完了，各自忙生活去了。

這是一座古城，不記得有多少年的歷史了，項羽打劉邦那會兒，它就在著，現在它還在著；項羽打劉邦那會兒，人們是怎麼生活的，現在也差不多這樣生活著。

有一種時候，時間在這小城走得很慢。一年年地過去了，那些街道和小巷都還在著，可是一回首，人已經老了。——也許是，那些街道和小巷都老了，可是人卻還活著：如果你不經意走過一戶人家的門口，看見這家的門洞裡坐著一個小婦人，她在剝毛豆米，她把竹筐放在膝蓋上，剝得飛快，滿地綠色的毛豆殼子。一個靜靜的瞬間，她大約是剝累了，或者把手指甲掙疼了，她抬起頭來，把手摔了摔，放在嘴唇邊咬一咬，哈哈氣……可不是，她這一哈氣，從前的那個人就活了。所有的她都活在這個小婦人的身體裡，她的剝毛豆米的動作裡，她抬一抬頭，摔一摔手……從前的時光就回來了。

再比如說，你經過一條巷口，看見傍晚的老槐樹底下，坐著幾個老人，有一搭無一搭地聊著什麼。他們在講古誡。其中一個老人，也有八十了吧，講著講著，突然抬起頭來，拿手朝後頸處撓了幾下，說，日娘的，你個毛辣子。

多少年過去了，我們小城還保留著淳樸的模樣，這巷口，老人，俚語，傍晚的槐樹花香……有一種古民風的感覺。

另一種時候，我們小城也是活潑的，時代的訊息像風一樣地刮過來，以它自己的速度生長，減弱，就變成我們自己的東西了。時代訊息最驚人的變化首先表現在我們小城女子的身上。我們這裡的女子多是時髦的。不記得是哪一年了，我在報紙上看到，廣州婦女開始化妝了，塗口紅，撑眼影，一些窗口單位如商場等還做了硬性規定，違者罰款。廣州是什麼地方，可是也就一年半載的功夫，化妝這件事就在我們這裡流行起來了。

我們小城的女子，遠的不說，就從穿列寧裝開始，到黃軍服，到連衣裙，到超短裙……這裡橫躺了多少個時代，我們哪一趟沒趕上？

我們這裡不發達，可是信息並不閉塞。有一陣子，我們這裡的人開口閉口就談改革，下海，經濟，因為這些都是新鮮辭彙。

後來，外地人就來了。

外地人不知怎麼找到了我們這個小城，在這裡做起了生意，有的發了財，有的破了產，最後都走了，新的外地人又來了。

最先來此地落腳的是一對溫州姐妹。這對姐妹長得好，白皙秀美，説話的聲音也溫婉曲折，聽起來就像唱歌一樣。

她們的打扮也和本地人有所區別，談不上哪有區別，就比如說同樣的衣服穿在她們身上，就略有不同。她們大約要洋氣一些，現代一些；言行淡定，很像是見過世面的樣子。總之，她們給我們小城帶來了一縷時代的氣息，這氣息讓我們想起諸如開放，沿海，廣東這一類的名詞。

也許是基於這種考慮，這對姐妹就為她們的髮廊取名叫做「廣州髮廊」。廣州髮廊開在後街上，這是一條老街，也不知多少年了，這條街上就有了新華書店，老郵局，派出所，文化館，醫院，糧所……後來，就有了這家髮廊。

這是我們小城的第一家髮廊，起先，誰也沒注意它，它只有一間門面，很小。而且，我們這裡管髮廊不叫髮廊，我們叫理髮店，或者剃頭店。一般是男顧客占多，隔三差五地來理理髮，修修面，或者叫人捏捏肩膀、捶捶背。我們小城女子也有來理髮店的，差不多就是洗洗頭髮，剪了，左右看看就行了。那時，我們這裡還沒有燙髮的，若是在街上看見一個自來捲的女子，她的波浪形的頭髮，那真是能艷羨死很多人的，多洋氣啊，像個洋娃娃。

廣州髮廊給我們小城帶來了一場革新。就像一面鏡子，有人這樣形容道，它是一個時代在我們小城的投影。僅僅從頭髮上來說，我們知道，生活原來可以這樣，花樣百出，爭奇鬥艷。是從這裡，我們被告知關於頭髮的種種常識，根據臉形設計髮型，乾洗濕洗，修護保養，拉絲拉直，更不要說燙髮了。

　　等我知道了廣州髮廊，已經是兩三年以後的事了。有一天放學，我和一個女同學過來看了，一間不足十米見方的小屋子裡，集中了我們城裡最時髦漂亮的女子，她們取號排隊，也有坐著的，也有站著的，或者手裡拿著一本髮型書，互相交流著心得體會……我有些目眩，到底因為年紀小，膽怯，踅在門口看了一下就跑出來了。

　　我聽人說，廣州髮廊之所以生財有道，是因為不單做女人的生意，就連男人的生意也要做的。做男人的生意，當然不是指做頭髮，而是別的。這「別的」，就有人不懂了，那懂的人就會詭秘一笑，解釋給他聽：這就是說，白天做女人的生意，夜裡做男人的生意。聽的人這才似懂非懂，恍然大悟，因為這類事在當時是破天荒的，人的見識裡也是沒有的。因此都當做一件新奇事，私下裡議論得很有勁道。

　　倘若有人懷疑道，不可能吧？派出所就在這條街上……話還沒說完，就會被人「嘻」的一聲打斷道，派出所？怎見得派出所裡就沒她們的人？說著便一臉的壞笑。或者由另外的人接話道，你真是不靈通，現在都什麼年代了，這事在廣東那邊早盛行了。

　　大老鄭是在後些年來到我們小城的，他是福建莆田人，來這裡做竹器生意。當時，我們城裡已經集聚了相當規模的外地人，就連本城人也有下海做生意的，賣小五金的，賣電器的，開服裝店的。

廣州髮廊不在了,可是更多的髮廊冒出來,像溫州髮廊,深圳髮廊⋯⋯這些髮廊也多是外地人開的,照樣門庭若市。那溫州兩姐妹早走了,她們在這裡待了三四年,賺足了錢。關於她們的傳言沒人再願意提起了,彷彿它已成了老黃曆。總之,傳言的真假且不去管它,但有一點卻是真的,人們因為這件事被教育了,他們的眼界開闊了,他們接受了這樣一個現實。一切已見怪不怪。

大老鄭租的是我家臨街的一間房子。後來,他三個兄弟也跟過來了,他就在我家院子裡又加租了兩間房。院子裡憑空多了一戶人家,起先我們是不習慣的,後來就習慣了,甚至有點喜歡上他們了,因為這四兄弟為人正派乖巧,個性又各不一樣,湊在一起實在是很熱鬧。關鍵是,他們身上沒有生意人的習氣,可什麼是生意人的習氣,我們又一下子說不明白了。

就說大老鄭吧,他老實持重,長得也溫柔敦厚,一看就是個做兄長的樣子。平時話不多,可是做起事來,那真是既有禮節,卻又不拘泥於禮節,這大概就是常人所說的分寸了。當年,我家院子裡結了一株葡萄,長得很旺盛,一到夏天,成串的葡萄從架子上掛下來,我母親便讓大老鄭兄弟摘著吃。或者她自己摘了,洗淨了,放到盤子裡,讓我弟弟送過去。大老鄭先推讓一回,便收下了;可是隔一些日子,他就瓜果桃李地買回來,送到我家的桌子上。又會說話,又能體貼人,說的是:是去鄉下辦事,順便從瓜田裡買回來的,

又新鮮，又便宜，不值幾個錢的，吃著玩吧……一邊說，一邊笑，彷彿占了多少便宜似的。

他又是頂勤快的一個人。每天清晨，天濛濛亮就起床了，開門第一件事就是掃院子，又為我家的花園澆澆水，除除草……就像待自己家裡一樣。我奶奶也常誇大老鄭懂事，能幹，心又細，眼頭又活……哪個女人跟了他，怕要享一輩子福呢。

大老鄭的女人在家鄉，十六歲的時候就嫁到鄭家了，跟他生了一雙兒女。我們便常常問大老鄭，他的女人，還有他的一雙兒女。大凡這時候，大老鄭總是要笑的，不說好，也不說不好……總之，那樣子就是好了。

我們說，大老鄭，什麼時候把你老婆孩子也接過來吧，一起住一段。

大老鄭便說好，說好的時候照樣還是笑著的。

有很長一段時間，我們都信了大老鄭的話，以為他會在不經意的某天，突然帶一個女人和兩個少年到院子裡來。尤其是我和弟弟，整個暑假慢而且昏黃，就更加盼望著院子裡能多出一兩個玩伴，他們來自遙遠的海邊，身體被曬得黝黑發亮，身上能聞見海的氣味。他們那兒有高山，還有平原，可以看見大片的竹林。

這些，都是大老鄭告訴我們的。大老鄭並不常提起他的家鄉，我們要是問起了，他就會說一兩句，只是他言語樸實，他也很少說他的家鄉有多好，多美，但是不知為什麼，

我的眼前總浮現出一幅和我們小城迥然不同的海邊小鎮的圖景，那兒有青石板小路，月光是藍色的，女人們穿著藍印花布衣衫，頭上戴著斗笠，背上背著竹筐……和我們小城一樣，那兒也有民風淳樸的一瞬間，總有那麼一瞬間，人們善良地生活著，善良而且安寧。

我不知道，我為什麼會有這樣的想像，也許這一切是緣於大老鄭吧。一天天的日常相處，我們慢慢對他生出了感情，還有信任，還有很多不合實際的幻想。我們喜歡他。還有他的三個弟弟，也都個個討人喜歡。就說他的大弟弟吧，我們俗稱二老鄭的，最是個活潑俏皮的人物，又愛說笑，又會唱歌。唱的是他們家鄉的小調：

　　姑娘啊姑娘

　　你水桶腰　水桶腰

腔調又怪，詞又貧，我們都忍不住要笑起來。有一次，大老鄭以半開玩笑的口吻，托我母親替他的這個弟弟在我們小城裡結一門親事，我母親說，不回去了？大老鄭笑道，他們可以不回去，我是要回去的，是有老婆孩子的人呢。

大老鄭出來已有一些年頭了，他們莆田的男人，是有外出跑碼頭的傳統的。錢掙多掙少不說，一年到頭是難得回幾次家的，我母親便說，不想老婆孩子啊？大老鄭撓撓腮說道，有時候想。我母親說，怎麼叫有時候想？大老鄭笑道，我這話錯了嗎？不有時候想，難道是時時刻刻想？我母親說，那還不趕快回去看看。大老鄭說，不回去。我母親說，

這又是為什麼？大老鄭笑道，都習慣了。他又朝他的幾個兄弟努努嘴，道，這一攤子事丟給他們，能行嗎？

大老鄭愛和我母親叨嘮些家常。這幾個兄弟，只有他年紀略長，其餘的三個，一個二十六歲，一個二十歲，最小的才十五歲。我母親說，書也不唸了？大老鄭說，不唸了。都不是唸書的人。我母親說，老三還可以，文弱書生的樣子，又不愛說話，又不出門的。大老鄭說，他也就悶在屋子裡吹吹笛子罷了。

老三吹得一手好笛子，每逢有月亮的晚上，他就把燈滅了，一個人坐在窗前，悠悠地吹笛子去了。難得有那樣安靜愜意的時刻，我們小城彷彿也不再喧鬧了，變得寂靜，沉默，離一切好像很遠了。

有一陣子，我們彷彿真是生活在一個很遠的年代裡，尤其是夏天的晚上，我們早早地吃完了飯，我和弟弟把小矮凳搬到院子裡，就擺出乘涼的架式了。我們三三兩兩地坐著，在幽暗的星空底下，一邊拍打著蒲扇，一邊聽我父母講講他們從單位聽來的趣聞，或者大老鄭兄弟會說些他們遠在天邊的莆田的事情。

或有碰上好的連續劇，我們就把電視機搬到院子裡，兩家人一起看；要是談興甚濃的某個晚上，我們就連電視也不看的，就光顧著聊天了。

我們說一些閒雜的話，吃著不拘是誰家買來的西瓜，睏了，就陸續回房睡了。有時候，我和弟弟捨不得回房，就賴

在院子裡。我們躺在小涼床上，為的就是享受這夏夜安閒的氣氛，看天上的繁星，或者月亮光底下梧桐葉打在牆上的影子；聽蛐蛐、知了在叫，然後在大人切切的細語中，在鄭家兄弟悠揚的笛聲和催眠曲一樣的歌聲中睡去了。

似乎在睡夢之中，還能隱隱聽到，我父親在和大老鄭聊些時政方面的事，關於經濟體制改革，政企分開，江蘇的鄉鎮企業，浙江的個體經營……那還了得！——只聽我父親歎道，時代已發展到什麼程度了！

我們兩家人，坐在那四方的天底下，關起院門來其實是一個完整的小世界。不管談的是什麼，這世界還是那樣的單純，潔淨，古老……使我後來相信，我們其實是生活在一場遙遠的夢裡面，而這夢，竟是那樣的美好。

二

有一天，大老鄭帶了一個女人回來。

這女人並不美，她是刀削臉，卻生得骨骼粗大。人又高又瘦，身材又板，從後面看上去倒像個男人。她穿著一身黑西服，白旅遊鞋，這一打眼，就不是我們小城女子的打扮了。說是鄉下人吧，也不像。因為我們這裡的鄉下女子，多是老老實實的莊稼人的打扮，她們不洋氣，可是她們樸素自然，即便穿著碎花布襖，方口布鞋，那樣子也是得體的，落落大方的。

我們也不認為，這是大老鄭的老婆，因為沒有哪個男人

是這樣帶老婆進家門的。大老鄭把她帶進我家的院子裡，並不作任何介紹，只朝我們笑笑，就進屋了。隔了一會兒，他又出來了，踅在門口站了會兒，仍舊朝我們笑笑。

我們也只好笑笑。

我母親把二老鄭拉到一邊說，該不會是你哥哥雇的保姆吧。二老鄭探頭看了一眼，說，不像。保姆哪有這樣的派頭，拎兩只皮箱來呢。

我母親說，看樣子要在這裡落腳了，你哥哥給你們找了個新嫂子呢。二老鄭便吐了一下舌頭，笑著跑了。

說話已到了傍晚，天色還未完全暗下來，從那半開著的門窗裡，我們就看見了這個女人，她坐在靠床的一張椅子上，略低著頭，燈光底下只看見她那張平坦的臉，把眼睛低著，看自己的腳。她大約是坐得無聊了，偶爾就抬起頭來朝院子裡睃上一眼，沒想到和我們其中一個的眼睛碰個正著，她就又重新低下了頭，手不知往哪放，先拉拉衣角，然後有點局促的，就擺弄自己的手去了。

她的樣子是有點像做新娘子的，害羞，拘謹，生疏。來到一個新環境裡，似乎還不能適應。屋裡的這個男人，看上去她也不很熟悉，也許見過幾次面，留下一個模糊美好的印象，知道他是個老實人，會待她好，她就同意了，跟了他。

那天晚上，她給我們造成了一種婚嫁的感覺，這感覺莊重，正大，還有點羞澀，彷彿是一對少年夫妻的第一次結合，這中間經過媒妁之言，一層層繁雜的手續……終於等來

了這一天。而這一天，院子裡的氣氛是冷淡了些，大家都在觀望。只有大老鄭興興頭頭的，在屋子裡一刻不停地忙碌著，他先是掃地，擦桌子……當這一切都做完的時候，他猶豫了一下，在離她有一拳之隔的床頭坐下了。他搓著手，一直微笑著，也許他在跟她說些什麼，她抬起頭來看他一眼，就笑了。

他起來給她倒了一杯水。

再起來給她搬來一只放杯子的凳子。

那麼下面還能做些什麼呢？想起來了，應該削個蘋果吧，於是他就削蘋果了。他把蘋果削得很慢很慢，像在玩一樣技藝。有時他會看她，但更多的還是看我們，看我和弟弟，還有他家的老四。我們這幾個半大不小的孩子，就站在院子正中的花園裡，一邊說著玩著笑著，一邊裝做不經意地探頭看著……隔著花園裡的各種盆盆罐罐，兩棵冬青樹，我們看見大老鄭半惱不惱地瞪著我們，他伸出一隻腿來把門輕輕地擋上了。

那天晚上，這女人就在大老鄭的房裡住下了。原先，大老鄭是和老四住一間房，後來，老四被叫進去了，隔了一會兒，我們看見他捲著鋪蓋從這一間房挪到另一間房，他又嘟著嘴，好像很不情願的樣子，我們就都笑了。

那天的氣氛很奇怪，我們一直在笑。按說，這件事本沒有什麼特別可笑的地方，因為我們小城的風氣雖然保守了些，可是在男女之事上，也有它開通豁達的一面。大約這類

事在哪裡都是免不了的，一個已婚男子，老婆又常不在身邊，那麼，他偶爾做些偷雞摸狗的事也是正常的。我父親有一個朋友，我們喚做李叔叔的，最是個促狹的人物，因常來我們家，和大老鄭混熟了，有一次他就拿他開玩笑說，大老鄭，給你找個女朋友吧？

大老鄭便笑了，囁嚅著嘴巴，半晌沒見他說出什麼來。李叔叔說，你看，你長得又好，牙齒又白，還動不動就臉紅——

我母親一旁笑道，你別逗他了，大老鄭老實，他不是那種人。

可是那天晚上，我母親也不得不承認道：這個死大老鄭，我真是沒看出來呢。她坐在沙發上，很篤定地等大老鄭過來跟她談一次。她是房主，院子裡突然多出來一個女人，她總得過問一下，了解一些情況吧。

原來，這女人確是我們當地的，雖家在鄉下，可是來城裡已有很多年了。先是在麵粉廠做臨時工，後來不知為什麼辭了職，在人民劇場一帶賣葵花籽。我母親說，我們也常去人民劇場看電影看戲的，怎麼就沒見過你？

女人說，我也常回家的。——當天晚些時候，大老鄭領女人過來拜謁我母親，兩人坐在我家的客廳裡，女人不太說什麼，只是低著頭，拿手指一遍遍地劃沙發上的布紋，她劃得很認真，那短暫的十幾分鐘，她的心思都集中到她的手指和布紋上去了吧？大老鄭呢，只是一個勁地抽著煙，偶爾，

他和我母親聊些別的事，常常就沉默了。話簡直沒法說下去了，他抬頭看了一眼燈下的蛾蟲，就笑了。我母親說，你笑什麼？

大老鄭說，我沒笑啊。

這麼一說，禁不住女人也笑了起來。

女人就這樣來到我們的生活裡，成為院子裡的一個成員。這一類的事，又不便明說的，大家也就睜一隻眼閉一隻眼的，就此混過去算了。我母親原是極開明的，可是有一陣子，她也苦惱了，常對我父親嘀咕道，這叫什麼事啊！家妻外妾的，還當真過起小日子來了。——又是歎氣，又是笑的，說，別人要是知道了，還不知該怎麼嚼舌呢，以為我這院子是藏污納垢的——

其實，這是我母親多慮了。時間已走到了1987年秋天，我們小城的風氣已經很開化了。像暗娼這樣古老的職業都慢慢回頭了，公安局就常下達「掃黃」文件，我父親所在的報社也做過幾次跟蹤報導。當然了，我們誰也沒見過暗娼，也不知她們長什麼樣子，穿什麼樣的衣裳，有著怎樣的言行和作派，所以私下裡都很好奇。我母親因笑道，再怎麼著，大老鄭帶來的這個也不像。我奶奶說，不像，這孩子老實。再則呢，她也不漂亮，吃這行飯的，沒個臉蛋身段，那股子浪勁，那還不餓死！我父親笑道，你們都瞎說什麼呢？

總之，那些年，我們的疑心病是重了些，我們是對一切都有好奇、都要猜忌的。那的確是個與眾不同的年代吧，人

心總是急吼吼的，好像睡覺也睡不安穩。一夜醒來，看到的不過還是那些舊街道和舊樓房，可是你總會感覺到，有什麼東西變了，它正在變，它已經變了，它就發生在我們的生活裡，而我們是看不見的。

無論如何，女人就在我家的院子裡住了下來。起先，我們對她並不友善，我母親也有點忌諱她和大老鄭的姘居關係，可是她又不能趕的，一則和大老鄭的交情還不錯，二則呢，這女人也著實可憐，没家没道的。鄉下還有個八歲的男孩，因離了婚，判給前夫了。

她待大老鄭又是極好的，主要是勤快，不惜力氣。平時漿洗縫補那是免不了的，幾個兄弟回來，哪次吃的不是現成飯？還換著花樣，今天吃魚明天吃肉的，逢著大老鄭興致好了，哥幾個呷二兩小酒也是有的。他們一家子人，圍著飯桌坐著，在日光燈底下，剛擦洗過的地面泛著清冷的光。

有時候，飯是吃得冷清了些，都不太說話，偶爾大老鄭會搭訕兩句，女人坐在一旁靜靜地笑。有時卻正好相反，許是喝了點酒的緣故吧，氣氛就活躍了起來。老二敲著竹筷唱起了歌，他唱著哩哩啦啦的，不成腔調，女人抿嘴一樂道，是喝多了吧？

老三說，別理他，他一會就好了。

兩人都愣了一下，可不是，話就這麼接上了，連他們自己都不提防。鄭家幾個兄弟都是老實人，他們對她始終是淡

淡的，淡不是冷淡，而是害羞和難堪。就比如說她姓章，可是怎麼稱呼呢，又不能叫嫂子或姐姐的，於是就叫一聲「哎」吧，「哎」了以後再笑笑。

女人很聰明，許是看出我們的態度有點睥睨，所以輕易不出門的。白天她一個人在家，她把衣服洗了，飯做了，衛生打掃了，就坐在沙發上嗑嗑瓜子，看看電視。看見我們，照例會笑笑，抬一下身子，並不多說什麼。從她進駐的那一天起，這屋子就變了，新添了沙發、茶几、電視……她還養了一隻貓，秋天的下午，貓躺在門洞裡睡著了，下午三四點鐘的太陽照下來，使整個屋子洋溢著動物皮毛一樣的溫暖。

有一次，我看見她在織手套，棗紅色的，手形小巧而精緻，就問，給誰的？織給兒子的嗎？她笑道，兒子的手會有這麼大？是老四的。她放下手裡的活，找來織好的那一隻放在我手上比試一下，說，我估計差不多，不會小吧？

幾個弟弟中，她是最疼老四的，老四嘴巴甜，又不明事理，有一次就喊她做「姐姐」了，她愣了一下。一旁的老二老三對了對眼色，竟笑了。沒人的時候，老四會告訴她莆田的一些事情，他的嫂子，兩個侄兒。他們鎮上，很多人家都住上小樓了，她就問，那你家呢？老四說，暫時還沒有，不過也快了。

她又問，你嫂子漂亮嗎？這個讓老四為難了，他低著頭，把手伸進脖頸處摳了摳，說，反正是，挺胖的。她就笑了。

　　她並不太多問什麼的，說了一會兒話，就差老四回房，看看他二哥三哥可在，老四把頭貼在窗玻璃上說，你待會來打掃吧，他們在睡覺。她笑道，誰說我要打掃，我要洗被子，順帶把你們的一塊洗了。

　　她雖是個鄉下人，卻是極愛乾淨的，和幾個兄弟又都處得不錯，平時幫襯著替他們做點事情。她說，我就想著，他們挺不容易的，到這千兒八百里的地方來，也沒個親戚朋友的，也沒個女人。說著就笑了起來。她的性格是有點淡的，不太愛說話，可是即便一個人在房間裡坐著，房間裡也到處都是她的氣息。就像是，她把房間給撐起來了，她大了，房間小了。

　　也真是奇怪，原來我們看見的散沙一樣的四個男人，從她住進來不久，就不見了，他們被她身上一種奇怪的東西統領著，服從了，慢慢成了一個整體。有一次，我母親歎道，屋裡有個女人，到底不一樣些，這就像個家了。

　　而在這個家裡，她並不是自覺的，就扮演了她所能扮演的一切角色，妻子，母親，傭工，女主人……而她，不過是大老鄭的萍水相逢的女人。

　　她和大老鄭算得上是恩愛了。也說不上哪恩愛，在他們居家過日子的生活裡，一切都是平平常常的，不過是在一間屋子裡吃飯，睡覺。得空大老鄭就回來看看，也沒什麼要緊事，就是陪陪她，一起說說話。她坐在床上，他坐在床對面的沙發上。門也不關。——門一不關，大方就出來了，就像

夫妻了。

慢慢地，我們也把她當做大老鄭的妻了，竟忘了莆田的那個。我們說話又總是很小心，生怕傷了她。只有一次，莆田的那個來信了，我奶奶對大老鄭笑道，信上說什麼了？是不是盼著你回去呢？我母親咳嗽了一聲，我奶奶立刻意識到了，訕訕的，很難為情了。女人像是沒聽見似的，微笑著坐在燈影裡，相當安靜地削蘋果給我們吃。

也許我們不會意識到，時間怎樣糾正了我們，半年過去了，我們接受了這女人，並喜歡上了她。我們對她是不敢有一點猜想的，彷彿這樣就褻瀆了她。我母親曾戲稱他們叫「野鴛鴦」的，她說，她待他好，不過是貪圖他那點錢。後來，我母親就不說了，因為這話沒意思透了，在流水一樣平淡的日子裡，我們看見，這對男女是愛著的。

他們愛得很安靜，也許他們是不作興海誓山盟的那一類，經歷了很多事情了，都不天真了。往往是晚飯後，如果天不很冷的話，他們就出去走走，我母親打趣道，還軋馬路？怎麼跟年輕人似的。他們就笑笑，女人把圍巾掛在大老鄭的脖子上，又把他的衣領立起來。有時候他們也會帶上老四，老四在院子外玩陀螺，他一邊抽著陀螺，一邊就跟著他們走遠了。

或有碰上他們不出去的，我們兩家依舊是要聊聊天的，說一說天氣，飲食，時政。老二依在門口，說了一句笑話，我們便「嗔」地一聲笑了，也是趕巧了，這時候從隔壁的房

間裡傳來了一聲清亮的笛音,試探性的,斷斷續續的,女人說,老三又在吹笛子了。我們便屏住了聲息,老三吹得不很熟練,然而聽得出來,這是一首憂傷的調子,在寒夜的上空,像雲霧一樣靜靜地升起來了。

我家的院子似乎又恢復了從前的樣子,甚至比從前還要好的。一個有月亮光的晚上,人們寒縮,久長,溫暖。靜靜地坐在屋子裡,知道另一間屋子裡有一個女人,她坐在沙發上織毛線衣,貓蜷在她腳下睡著了。冬夜是如此清冷,然而她給我們帶來了一種歲月悠長的東西,這東西是安穩,齊整,像冬天裡人嘴裡哈出來的一口熱氣,雖然它不久就要冷了,可是那一瞬間,它在著。

她坐在哪兒,哪兒就有小火爐的暖香,烘烘的木屑的氣味,整間屋子地瀰漫著,然而我們真的要睡了。

有一陣子,我母親很為他們憂慮,她說,這一對露水夫妻,好成這樣子,總得有個結果吧?然而他們卻不像有「結果」的樣子,看上去,他們是把一天當做一生來過的,所以很沉著,一點都不著急。冬天的午後,我們照例是要午睡的,這一對卻坐在門洞裡,男人在削竹片,女人搬個矮凳坐在他身後,她把毛線團高高地舉起來,逗貓玩。貓爬到她身上去了,她跳起來,一路小跑著,且回頭「喵喵」地叫喚著,笑著。

這時候,她身上的孩子氣就出來了,非常生動的,俏皮的,像一個可愛的姑娘。她年紀並不大,頂多有二十七、八

歲吧。有時候她把眼睛抬一抬，眼風裡是有那麼一點活潑的東西的。——背著許多人，她在大老鄭面前，未嘗就不是個活色生香的女人。

逢著這時候，大老鄭是會笑的，他看她的眼神很奇怪，是一個男人對女人的，又是一個長者對孩子的，他說，你就不能安靜會兒。

她重新踅回來坐在他身後，或許是拿手指戳了戳他的腰，他回過頭來笑道，你幹什麼？她說，沒幹什麼。他們不時地總要打量上幾眼，笑笑，不說什麼，又埋頭幹活了。看得多了，她就會說，你傻不傻？大老鄭笑道，傻。

這時候，輪著他做小孩子了，她像個長者。

三

第二年開春，院子裡來了一個男人。這男人大約有四十來歲吧，一身鄉下人的打扮，穿著藏青褲子，解放鞋。許是早春時節，天嫌冷了些，他的對襟棉襖還未脫身，袖口又短，穿在身上使他整個人變得寒縮，緊張。

按說，我們也算是見過一些鄉下人的，有的甚至比他穿得還要隨便，不講究的，但沒有像他這樣邋遢、落伍的……他又是一副渾然無知的樣子，看上去既愚鈍又迂腐，像對一切都要服從，都能妥協的。那些年，我們這裡的鄉下人也多有活絡的，部分時髦人物甚至膽敢到城裡來做買賣的，開口閉口就談錢，經濟、回扣，十足見過世面的樣子。可這個男

人不是，看得出來，他是屬於土地的，他固守在那裡，擺弄擺弄莊稼⋯⋯這大概是他第一次進城吧？

他像是要找人的樣子，有點怯生生的，先是站在我家院門外略張了張，待進不進的。手裡又攢著一張皺巴巴的紙條，不時地朝門牌上對照著。那天是星期天，院子裡沒什麼人，吃完了午飯，大老鄭攜女人逛街去了，其餘的人，或有出去辦事的，到澡堂洗澡的，串門的⋯⋯因此只剩下我和母親在太陽底下閑坐著。老四和我弟弟伏在地上打玻璃球。

這時候，我們就看見了他，生澀地笑著，瑟縮而謙卑，彷彿怕得罪誰似的。我母親因勾頭問道，你找誰？他低下頭，微微彎著身子，把手抄進衣袖裡說道，我來找我的女人。我母親說，你女人叫什麼？並向他招招手，他滿懷感激地就進來了，輕聲說了一個名字，我母親扭頭看了我一眼，噢了一聲。

他要找的是大老鄭的女人，這就是說，他是女人的前夫了？

我們再也不會想到，這輩子會見到女人的前夫，因此都細細地打量起他來。他長得還算結實，一張紅膛臉，五官怕比大老鄭還要精緻些，只是膚質粗糙，明顯能看出風吹日曬的痕跡，那痕跡裡有塵土，暴陽，田間勞作的種種辛苦⋯⋯也不知為什麼，這鄉下人身上的辛苦是如此多而且沉重，彷彿我們就看見似的，其實也沒有。

他一個人站在我家的院子裡，孤零零的，顯得那樣的

小，而且蒼茫。春天的太陽底下，我們吃飽了飯，溫暖，麻木，昏沉，然而看見他，心卻一凜，陡地醒過來了。我母親說，要麼，你就等等？他笑笑。我母親示意我進屋搬個凳子出來，等我把凳子搬出來時，他已貼著牆壁蹲下了，從懷裡取出煙斗，在水泥地上磕了磕。

無庸諱言，我們對他是有一點好奇的。就比如說，我們不知道他為什麼來找女人，是想重修舊好嗎？他們現在還有密切的聯繫嗎？他們又是怎麼離的婚？我們對女人是一點都不了解的，只知道她的好，他也是好的……可是兩個好人，怎麼就不能安安生生的過日子呢？

起先，他是很拘謹的，不太說什麼。可是也就一袋煙的工夫，他就和我母親聊上了。原來，他是極愛說話的，他說話的時候有一種沉穩又活潑的聲色，使我們稍稍有些驚詫，又覺得他是可愛的。他說起田裡的收成，他家的一頭母豬和五頭小豬，屋後的樹……總之加起來，扣除稅和村上的提留，他一年也能掙個幾百塊錢呢！——不過，他又歎道，也沒用處，這幾百塊錢得分開八瓣子用，買化服和農藥，孩子的書學費，他寡母的醫藥費……所以，手裡不但落不下什麼錢，反倒欠了些債。

我母親說，這如何是好呢？

他沒有答話，把手伸進腋窩裡撓了幾下，拿出來嗅嗅，就又說起他們村上，有兩家萬元戶的，他們憑什麼？不就因著手裡有點餘錢，承包個果園，魚塘……他哼了一聲，看得

出有點不屑了。他們丟了田，他咕噥道，天要罰的。他說這話時有一種平靜的聲氣，很憂傷，而且悲苦。

我母親打趣道，依我看，你要解放思想，那田不種也罷。

他打量了我母親一眼，嗡聲嗡氣說道，種田好。

我母親笑道，怎麼好了？種田你就當不上萬元戶。

他的臉都漲紅了，急忙申辯道，種田踏實。自從盤古開天以來，哪有農民不種田的，你倒跟我說說！也就是這些年——可這些年怎麼了，他一下子又說不出來了——再說，我不當萬元戶，也照樣有飯吃，有衣穿，也能住上新瓦房。不過——他想了想，把手肘壓在膝蓋上，突然羞澀地笑了。他承認道，造瓦房的錢主要是女人的，她在城裡當幹部，每月總能掙個三四百，夠得上他半年的收入了。

我們都愣了一下，我母親疑惑道，當幹部？當什麼幹部？我一個月都掙不了三四百，問問這城裡，除了做生意的——再說，不是離婚了嗎？

離婚？他扶著膝蓋站起來了，睜大眼睛說道，你聽誰說的？

看他那眉目神情，我們都有點明白了，也許……我們應該懷疑了，什麼地方出問題了，我們被蒙蔽了。他不是女人的前夫，他是她的男人。我母親朝我努努嘴，示意我把老四和弟弟領到院外去，她又笑道，瞧我說的這是哪門子胡話，因不常見著你，小章又一個人住，就以為你們是離了婚的。

男人委屈地叫道，她不讓我來呀。再說了，家前屋後的
也離不開人，要不是細伢子的書學費……這不，都欠了一個
月了。老師下最後通牒了，說是再不交就甭上學了。也是趕
巧了，那天二順子進城，在這門口看見了她，要不我哪找她
去？

他絮絮地說著，抱怨起這些年他的生活，又當爹又當媽
的，家也不像家了；但凡手裡寬綽些，他也不會放她出來。
當什麼幹部？——他哧地一聲笑了，我還不知道她那點能
耐？雙手捧不動四兩的，也就混在棉織廠，當個臨時組長罷
了。

我和母親面面相覷。麵粉廠，棉織廠，人民劇場賣葵花
籽……這麼一說，都是假的了。我母親且不敢聲張，又拐彎
抹腳的問了他一些別的。總之，事情漸趨明朗了，它被撕開
了面紗，朝我們最不願意看到的那個方向轉彎了。

男人一說竟滑了嘴，收不住了。那天晌午，我們耳旁嗡
嗡的全是他的聲音。那是怎樣的聲音啊……一說起他的婆
娘，他顯得那樣的囉唆，親切而且憂傷。他時常想她嗎？夜
深人靜的時候，他是否常常就醒過來，看窗格子外的一輪月
亮。一天中難得有這樣的時刻，能靜下來想點事情吧？白天
下田勞作，晚上鍋前灶後地忙碌，一年年地，他侍候老母，
撫養幼子……這簡直要了他的命！他的女人在哪？這當兒，
她也睡了吧？一想起她在床上的熊樣子，他就想笑。想得要
命。她是顧家的，哪次回來沒給他捎上好的煙葉，給兒子買

各式玩具，給婆婆帶幾樣藥品？可他不如意，也不知為什麼，有時簡直想哭。他就想著，等日子好了，他要把她接回來，安派她做份內的事，讓家裡重新燃起油煙氣。

呵，讓家裡燃起油煙氣。那一刻，他坐在正午的太陽底下，慢慢地眯起了眼睛。

他停頓了一下，許是說累了，不願再說下去了。在那空曠的正午，滿地白金的太陽影子，我家的院子突然變得大了，聽不到一點聲音，人身上要出汗了。——再也沒有比這更寂寞、荒涼的一瞬間，我們一點點地沉了下去，在太陽地裡坐得久了，猛地抬起頭來，陽光變成黑色的了。

丈夫最終沒能等來他的女人，他興高采烈的回去了。他知道，隔幾天他的女人就會把工資如數上交，他要用這筆錢給細伢子交書學費。他又從門洞裡拖出半袋米，托我們轉交，說，這是好米，在城裡能賣不少的價錢呢，留著她吃吧；我們在家裡的，能省些則省些。

女人是在晚上才回的家，她跟在大老鄭的後頭，手裡提著大包小包的。我母親趨前問道，都買了什麼？大老鄭笑道，隨便給她買了些衣服。女人立在床頭，把東西一樣樣地抖出來，皮鞋，衣裙……又把一件衣料放在膀子上比試一下，問我母親道，也不知好看不好看？我就嫌它太花哨了，都是他主張要買。大老鄭笑道，這幾樣當中，我就看中這一件，花色好，穿上去人會顯得俏麗。

　　憑心而論，女人的作派和先前沒什麼兩樣，可是我們都看出一些別的來了。就比如說她是細長眼睛，大老鄭說話的當兒，她把眼睛稍稍往上一抬，慢慢的，又像是不經意的……反正我是怎麼也描述不出來，學不出來的。——就這麼一抬，我母親拿手肘抵抵我，耳語道，真像。

　　原來，我母親早就聽人說過，我們城裡有兩類賣春的婦女，說起來這都是廣州髮廊以後的事了。就有一次，有人指著沿街走過的一個女子，告訴她說這是做「那營生」的。那真是天仙似的一個人物，我母親後來說，年輕且不論，光那打扮我們城裡就沒見過；我母親因問道，不是本地人吧？那人淡淡笑道，哪有本地人在本地做生意的？她們敢嗎？人有臉，樹有皮，再不濟也得給親戚朋友留點顏面，萬一做到兄弟、叔伯身上怎麼辦？

　　還有一類倒真是我們本地人，像大老鄭的女人，操的是半良半娼的職業。對於類似的說法，我母親一向是不信的，以為是謠言，她的理由是，良就是良，娼就是娼，哪有兩邊都沾著的？殊不知，這一類的婦女在我們小城竟是有一些的，她們大多是鄉下人，又都結過婚，有家室，因此不願背井離鄉。

　　這類婦女做的多是外地人的生意，她們原本良善，或因家境貧寒，在鄉下又手不縛雞，吃不了苦，耐不了勞；或有是貪圖富貴享樂的；也有因家庭不和而離家出走的……凡此種種，不一而足。她們找的多是一些未帶家眷的生意人，手

裡總還有點錢，又老實持重，不寒磣，長得又過得去，天長日久，漸漸生了情意，戀愛上了。

她們用一個婦人該有的細心、整潔和勤快，慰籍這些身在異鄉的遊子，給他們洗衣做飯，陪他們說話；在他們愁苦的時候，給他們安慰，逗他們開心，替他們出謀劃策；在他們想女人的時候，給他們身體；想家的時候，給他們製造一個臨時的安樂窩……她們幾乎是全方位的付出，而這，不過是一個婦人性情裡該有的，於她們是本色。她們於其中雖是得了報酬的，卻也是兩情相悅的。

若是脾性合不來的，那自然很快分手了，絲毫不覺得可惜；若是感情好的，那男人最終又要回去的，難免就有麻煩了，總會痛哭幾場，纏綿難分，互留了信物，相約日後再見的，不過真走了，也慢慢好了，人總得活下去吧？隔一些日子，待感情慢慢地平淡了，她們就又相中了一個男子，和他一起過日子去了。

做這一路營生的婦人，多由媒人介紹來的，據說和一般的相親沒什麼兩樣，看上兩眼，互相滿意了，就隨主顧一起走了。而這一類的婦人，天性裡有一些東西是異於常人的，就比如說，她們多情，很容易就憐惜了一個男子；她們或許是念舊的，但絕不癡情。她們是能生生不息、換不同男子愛著的……或許，這不是職業習性造就的，而是天性。

和我們一樣，她們也瞧不起娼妓，大老鄭的女人就說過，那多髒，多下流呀！而且，也不衛生。她吃吃地笑起

來，那是早些時候，她的「前夫」還未出現。她們和娼妓相比，自然是有區別的，和一般婦女比呢，就有點說不清楚了。照我看來，惟一的區別就在於，在通過戀愛或婚嫁改善境遇方面，她們是說在明處的，而普通婦女是做在暗處的。因此，她們是更爽利，坦白的一類人，值不值得尊敬是另一說了。

我們家對過，有一戶姓馮人家的老太太，我們都喚做馮奶奶的，最是個開朗通達的人物。長得又好，皮膚白，頭髮也白，夏天若是穿上一身白府綢衣褲，真是跟雪人一般。這老太太是頗有點見識的，大概因她兒子在監察局做局長、女兒在人民醫院做護士長的緣故吧，她說起天文地理來，那是能讓人震一震的。常常是坐在自家門口剝毛豆米，隔著一條馬路就朝我奶奶喊過來，你家今天吃什麼？兩個老太太一遞一聲地說著話，末了她端著一個竹筐子，一路顛顛地就跑過來了。看見我，就笑道，阿大下學堂了？看見我弟弟，就說，小二子，今天挨沒挨先生批？她是很得人緣的一個，凡是認識她的沒有不尊敬她的。她的風流事在我們這一帶是傳遍了的，年輕時因男人跑台灣，單單丟下她娘兒三個，兩張嗷嗷待哺的嘴，怎麼活呀？就找相好唄，也不知找了多少個，才把這兩個孩子拉扯大，出息了，成家了。倘若有人跟她做媒，她大凡是回絕的，說的是，她男人一天不死，她就要等他回來。有人背地裡取笑她，這叫什麼等？比她男人在時還快活。無論如何，她是撫養了兩個孩子，不是含辛茹

苦，而是快快樂樂。

我們無論如何也說不清，在大老鄭的女人和馮奶奶之間，到底有何不同，可是我們能諒解馮奶奶，而不能諒解大老鄭的女人。我母親很快下了逐客令，當天晚上，她就找大老鄭過來攤牌了，大老鄭如實招供，和我們了解的情況沒什麼出入，不過他說，她是個好人。我母親通情達理地說，我知道。你也是好人，可是這跟好人壞人沒關係，我們是體面人家，要面子，別的都好說，單是這方面……你不要讓我太為難。

我母親又說，你是生意人，凡事得有個分寸，別讓外人把你的家底給扒光了。大老鄭難堪地笑著，隔了一會兒，他搓搓手道，這個，我其實是明白的。

大老鄭攜女人走了，為眼不見心不煩，我母親讓他的幾個兄弟也跟著一起走了。從那以後，我們再也沒見過他們，也沒聽到過他們的任何訊息了。

這一晃，已是十五年過去了，我們也不知道，大老鄭和他的女人，他們過得還好嗎？他們是不是早分開了？各自回家了？在他們離開院子的最初幾個年頭，每到夏天，我們乘涼的時候，或是冬天，我們早早縮在被子裡取暖的時候，就會想起他們，那是怎樣安寧純樸的時光啊，像我們幻想中的莆田的竹林，在月光底下發出靜謐的光……現在，它已經遙不可及了；或許，它壓根兒就沒存在過？

　　而這些年來，我們小城是一步步往前走著的，這其中也不知發生了多少事；有一次，我父親因想起他們，就笑道，這叫怎麼說呢，賣笑能賣到這種份上，還搭進了一點感情，好歹是小城特色吧，也算古風未泯。我母親則說，也不一定，賣身就是賣身，弄到最後把感情也賣了，可見比娼妓還不如。

　　唉，這些事誰能說得好呢？我們也就私下裡瞎議論罷了。

2002/12/17

葛水平

葛水平小傳

　　葛水平，女，山西沁水縣人。中國作家協會會員，一級作家。現為山西長治市戲劇研究院編劇，創作有詩集《美人魚與海》、《女兒如水》，散文集《心靈的行走》，小說集《喊山》、《守望》、《官煤》、《陷入大漠的月亮》等。

評委會評語

　　作者通過詩意的語言、鮮活的細節和耐心的敘述，彰顯了一個與尊嚴和自由相關的主題，給人留下美好的印象。

喊山
葛水平

一

太行大峽谷走到這裡開始瘦了，瘦得只剩下一道細細的梁。從遠處望去赤條條的青石頭兒懸壁上下，繞著幾絲兒雲，像一頭抽乾了力氣的騾子，瘦得肋骨一條條掛出來，掛了幾户人家。

這梁上的幾户人家，平常說話面對不上面要喊，喊比走要快。一個在對面喊，一個在這邊答，隔著一條幾十米直陡上下的深溝聲音倒傳得很遠。

韓沖一大早起來，端了碗吸溜了一口湯，咬了一嘴黃米窩頭衝著對面口齒不清地喊：「琴花，對面甲寨上的琴花，問問發興割了麥，是不是要混插豆？」

對面發興家裡的琴花坐在崖邊上端了碗喝湯，聽到是岸山坪的韓沖喊，知道韓沖想過來在自己的身上歡快歡快。斜下碗給雞們潑過去碗底的米渣子，站起來衝著這邊喊：「發興不在家，出山去礦上了，恐怕是要混插豆。」

這邊廂韓沖一激動，又咬了一嘴黃米窩頭，喊：「你没有讓發興回來給咱弄幾個雷管？獾把玉茭糟害得比人刨得還乾淨，得炸炸了。」

對面發興家裡的喊：「礦上的雷管看得比雞屁眼還緊，休想摳出個蛋來。上一次給你的雷管你用没了？」韓沖咽下了黃米窩頭口齒清爽地喊：「收了套就没有下的了。」

對面發興家的喊：「收了套，給我多拿幾斤獾肉來啊！」

韓沖仰頭喝了碗裡的湯站起來敲了碗喊：「不給你拿，給誰？你是獾的丈母娘呀。」

韓沖聽得對面有笑聲浪過來，心裡就有了一陣緊一陣的高興。哼著秧歌調往粉房的院子裡走，剛一轉身，迎面碰上了岸山坪外地來落戶的臘宏。臘宏肩了擔子，擔子上繞了一團麻繩，麻繩上綁了一把斧子，像是要進後山圪梁上砍柴。韓沖説：「砍柴？」臘宏説：「呵呵，砍柴。」兩個人錯過身體，韓沖回到屋子裡駕了驢準備磨粉。

臘宏是從四川到岸山坪來落住的，到了這裡，聽人説山上有空房子就拖兒帶女的上來了。岸山坪的空房子多，主要是山上的人遷走留下來的。以往開山，煤礦拉坑木包了山上的樹，砍樹的人就發愁没有空房子住，現在有空房子住了，山上的樹倒没有了，獾和人一樣在山脊上掛不住了就遷到了深溝裡，人尋了平坦地兒去，獾尋了人不落腳蹤的地兒藏。臘宏來山上時領了啞巴老婆，還有一個閨女一個男孩。臘宏

上山時肩上挑著落戶的家當，啞巴老婆跟在後面，手裡牽著一個，懷裡抱著一個，啞巴的臉蛋因攀山通紅透亮，平常的藍衣，乾淨、平展，走了遠路卻看不出旅途的塵跡來。山上不見有生人來，落得岸山坪的人們稀罕得看了好一陣子。臘宏指著老婆告訴岸山坪看熱鬧的人，說：「啞巴，你們不要逗她，她有羊羔子瘋病，瘋起來咬人。」岸山坪的人們想：這個啞巴看上去寡腳利索的，要不是有病，要不是啞巴，她肯定不嫁給臘宏這樣的人。話說回來，臘宏是個什麼樣的人——瓦刀臉，乾巴精瘦，豆豆眼，乾黃的臉皮兒上有害水痘留下來的窩窩。韓沖領著臘宏轉一圈子也沒有找下一個合適的屋，轉來轉去就轉到韓沖餵驢的石板屋子前，臘宏停下了。

　　臘宏說：「這個屋子好。」韓沖說：「這個屋子怎麼好？」臘宏說：「發家快致富，人下豬上來。」韓沖看到臘宏指著牆上的標語笑著說。標語是撤鄉併鎮村幹部搞口號讓岸山坪人寫的，當初是韓沖磨粉的粉房，磨房主要收入是養豬致富。韓沖說：「就寫個養豬致富的口號。」寫字的人想了這句話。字寫好了，韓沖從嘴裡唸出來，越唸越覺得不得個勁，這句話不能細琢磨，細琢磨就想笑。韓沖不在裡磨粉了，反正空房子多，就換了一個空房子磨粉。韓沖說：「我餵著驢呢，你看上了，我就牽走驢，你來住。」韓沖可憐臘宏大老遠的來岸山坪，山上的條件不好，有這麼個條件還能說不滿足人家？臘宏其實不是看中了那標語，他主要是看中

了房子，石頭房子離莊上遠，他不願意抬頭低頭的碰見人。

住下來了，岸山坪的人們才知道臘宏人懶，腿腳也不勤快。其實靠山吃山的莊稼人，只要不懶，哪有山能讓人吃盡的。但臘宏常常顧不住嘴，要出去討飯。出去大都是臘月天正月天，或七月十五八月十五，趕節不隔夜，大早出去，一到天黑就回來。臘宏每天回來都背一蛇皮袋從山下討來的白饃和米團子，山裡人實誠，常常顧不上想自己的難老想別人的難，同情眼前事，栖惶落難人。啞巴老婆把白饃切成片，把米團子挖了裡邊的豆餡，擺放在有陽光的石板上曬。雪白的饃、金黃的米團子曬在石板地上，走過去的人都要回過頭咧開嘴笑，笑啞巴聰明，知道米團子是豆餡，容易早壞。

臘宏的閨女沒有個正經名字，叫大。臘月天和正月天，岸山坪的人會看到，臘宏閨女大端了豆餡吃，紫紅色的豆餡上放著兩片酸蘿蔔。韓沖說：「大，甜餡兒就著個酸蘿蔔吃是個什麼味道？」大以為韓沖笑話她就翻他一眼，說：「龜兒子。」韓沖也不計較她罵了個啥，就往她碗裡夾了兩張粉漿餅子，大扭回身快步摟了碗，進了自己的屋裡，一會兒拽著啞巴出來指著韓沖看，啞巴乖巧的臉蛋兒衝韓沖點點頭，咧開的嘴裡露出了兩顆豁牙，吹風露氣地笑，有一點感謝的意思。

韓沖說：「沒啥，就兩張粉漿餅子。」

韓沖給岸山坪的人解釋說：「啞巴不會說話，心眼兒多，你要不給她說清楚，她還以為害她閨女呢。」

挖了豆餡的米團子，曬乾了，煮在鍋裡吃，米團子的味道就出來了。啞巴出門的時候很少，岸山坪的人覺得啞巴要比臘宏小好多歲，看上去比臘宏的閨女大不了幾歲，也拿不準到底小多少歲。啞巴要出門也是在自己的家門口，懷裡抱著兒，門墩上坐著閨女，身上衣服不新卻看上去很乾淨，清清爽爽的小樣兒還真讓青壯漢們回頭想多看幾眼睛。兩年下來，靠門墩的牆被抹得亮旺旺的，太陽一照，還反光，打老遠看了就知道是坐門墩的人磨出來的。

岸山坪的人不去臘宏家串門，臘宏也不去岸山坪的人家裡串門。有時候人們聽見臘宏打老婆，打得很狠，邊打還邊叫著：「你敢從嘴裡蹦一個字兒出來，老子就要你的命！」岸山坪的人說，一個啞巴你倒想讓她從嘴裡往出蹦一個字兒？

有一次韓沖聽到了走進去，就看到了臘宏指著哆嗦在一邊的啞巴喊著「龜兒子，瓜婆娘」，看著韓沖進來了，反手捏了兩個拳頭對著他喊起來：「誰敢來管我們家的事情，我們家的事情誰敢來管！」臘宏平常見了人總是笑臉，現在一下黑了臉，看上去一雙豆豆眼聚在鼻中央怪兇的。韓沖扭頭就走，邊走邊大氣不出地回頭看，怕走不利索身上粘了什麼晦氣。

現在韓沖駕了驢準備磨粉，他先牽了驢走到院子一角讓驢吧嗒兩粒驢糞，然後又給驢套上嘴護捂了眼罩駕到石磨

上，用漏勺從水缸裡撈出泡軟的玉茭填到磨眼上。韓沖拍了一下驢屁股，驢很自覺地繞著磨道轉開了。

韓沖因為家境窮，三十歲了還沒有說上媳婦，想出去當女婿，出去幾次也沒有找到合適的家戶，反覆幾年下來就這麼耽擱了。也不是說韓沖長得不好，總體看上去比例還算勻稱，主要問題還是山上窮，山下的哪個閨女願意上來？次要問題是他和發興老婆的事情，天下沒有不漏風的牆，這種事情張揚出去就不是落到了塵土深處，而是落入了人嘴裡，人嘴裡能飛出什麼好鳥嗎？

頭一道粉順著磨縫擠下來流到槽下的桶裡，韓沖提起來倒進漿缸，從牆上摘下籮，舀了粉，一邊籮，一邊擦著濺在臉上的粉漿，白糊糊的粉漿像梨花開滿了衣裳。韓沖想：都說我身上有股老漿氣，女人不喜歡挨，我就聞著這個味道好，琴花也聞著這味道好。一想到琴花，想到黑裡的歡快，他就鳥兒一樣吹了兩聲口哨。他籮下來的粉叫第二道粉，也是細粉，要裝到一個四方白布上，四角用吊帶拎起來吊到半空往外冷水，等水冷乾了，一塊一塊瓣下來，用專用的荊條筐子架到火爐上烤。烤乾了打碎就成了粉麵，和白麵豆麵搭配著吃，比老吃白麵好，也比老吃玉茭麵細，可以調換一下口胃。

甲寨和溝口附近的村子，都拿玉茭來換粉麵。韓沖用剩下來的粉渣餵豬，一窩七八頭豬，單純用糧食餵豬是餵不起的，韓沖磨粉就是為了賺個餵豬的粉渣。做完這些活兒，韓

沖打了個哈欠給驢卸了眼罩和護嘴，牽了出來拴到院子裡的蘋果樹上，眯了眼睛望了望對面，想找一個人。沒想到他想找的人現在也在崖邊上往這邊看，他趕緊三步併兩步，用手摳著衣服上的白粉漿往崖頭上走，遠遠地他就看見了他現在最想要找的人——發興的老婆琴花。

「韓沖，傍黑裡記著給我舀過一盆粉漿來。」

琴花讓韓沖舀粉漿過去，韓沖就最明白是咋回事了，心裡歡快地跳了一下，他知道這是叫他晚上過去的暗號。還沒等得韓沖回話，就聽得後山圪梁的深溝裡下的套子轟的響了一下，韓沖一下子就高興了起來，對著對面崖頭上的琴花喊：「日他娘，前晌等不得後晌，崩了，吃什麼粉漿，你就等著吃獾肉吧！」

韓沖扭頭往後山跑，後山的山脊越發的瘦，也越發的險，就聽得自己家的驢應著那一聲爆炸，驚得「哥哦哥，哥哦哥」地叫。

韓沖抓著荊條往下溜，溜一下屁股還要往下坐一下。韓沖當時下套的時候，就是沖著山溝裡人一般不進去，獾喜歡走一條道，從哪裡來到哪裡去，一點彎道都不繞。獾拱土豆，拱過去的你找不到一個土豆，拱得乾乾淨淨，獾和人一樣就喜歡認死理。韓沖溜下溝走到了下套的地方，發現下套的地方有些不對勁，兩邊有兩捆散開了的柴，有一個人在那裡躺著哼哼。韓沖的頭霎時就大了，滿目金星出溜出溜地往出冒。

炸獾炸了人了！炸了誰了？

韓沖腿軟了下來問：「是誰？」

「韓沖，你個龜兒子，你害死我了。」

聽出來了，是臘宏。

韓沖奔過去，看到套子的鐵夾子夾著臘宏的腳丟在一邊，臘宏的雙腿沒有了。人歪在那裡，兩隻眼睛瞪著比血還紅。韓沖說：「你來這裡幹啥來了？」臘宏抬起手指了指前面，前面灌木叢生，有一棵野毛桃樹，樹上掛了十來個野毛桃果，有一個小松鼠鬼鬼祟祟朝這邊瞅。韓沖回過頭，看到臘宏歪了頭不說話了，他忙把臘宏背起來往山上走，臘宏的手裡捏了把斧頭，死死地捏著，在韓沖的胸前晃，有幾次灌木叢掛住了也沒有把它拽落。

韓沖背了臘宏回到村裡，山上的男女老少都迎過來，看背上的臘宏黃繡的臉上沒有一絲兒血色。把他背進了家放到炕上，他的啞巴老婆看了一眼，緊緊地抱了懷中的孩子扭過頭去，彎下腰嘔吐了一地。聽得臘宏輕輕地咳嗽了一聲，啞巴抬起身迎了過來，韓沖要啞巴倒一碗水，啞巴端過來水，突然臘宏的斧頭照著啞巴砍了過去。臘宏用了很大的勁，嘴裡還叫著：「龜兒子你敢！」韓沖看到啞巴一點也沒有想躲，臘宏的勁兒看見猛，實際上斧頭的重量比他的勁兒要衝，斧頭「吭當」垂直落地了。啞巴手裡的一碗水也落地了。臘宏的勁兒也確實是用猛了，背過一口氣，半天那氣絲兒沒有拽直，張著個嘴歪過了腦袋。韓沖沒敢多想跑出去緊

著招呼人綁擔架要抬著臘宏下山去鎮醫院，岸山坪的人圍了一院子伸著脖子看，對面甲寨崖邊上也站了人看，琴花喊過話來問：「炸了誰了？」

這邊上有人喊：「炸了討吃了！」

他們管臘宏叫討吃。

琴花喊：「炸沒人了，還是有口氣？」

這邊上的說：「怕已經走到奈何橋上了。」

韓沖他爹扒開眾人走進屋子裡看，看到滿地滿炕的血，捏了捏臘宏的手還有幾分柔軟，拿手背兒探到鼻子下量了量，半天說了聲：「怕是沒人了。」

「沒人了。」話從屋子裡傳出來。

外面張羅著的韓沖聽了裡面傳出來的話，一下坐在了地上，驢一樣「哥哦哥，哥哦哥——」地嚎起來。

二

炸獾會炸死了臘宏，韓沖成了岸山坪第二個惹出命案的人。

這兩三年來，岸山坪這麼一塊小地方已經出過一樁人命案了。兩年前，岸山坪的韓老五出外打工回來，買了本村未出五服的一個漢們的驢，結果驢牽回來沒幾天，那驢就病死了。兩人為這事麻纏了幾天，一天韓老五跟這漢們終於打了起來。那韓老五性子烈，三句話不對，手裡的鐮刀就朝那漢子的身子去了，只幾下，就要了人家的命。山裡人出了這樣

的事，都是私下找中間人解決，不報案。山裡人知道報案太麻纏，把人抓進去，就是斃了腦瓜，就是兩家有了仇恨，最終頂個屁用？山裡的人最講個實際，人都死了，還是以賠為重。村裡出了任何事，過去是找長輩們出面，說和說和，找個都能接受的方案，從此息事寧人。現在有了事，是幹部們出面，即使是出了命案，也是如此，如法炮製。韓老五不是最終賠了兩萬塊錢就拉倒了事？

如今臘宏死了，他老婆是啞巴，孩子又小，這事咋弄？岸山坪的人說，人死如燈滅，活著的大小人兒以後日子長著呢，出倆錢買條陽關道，他一個討吃又是外來戶，價碼能高到哪兒去？

這天韓沖把山下住的村幹部一一都請上來，幹部們隨韓沖上了岸山坪，一路上聽事情的來龍去脈，等走上岸山坪時，已了解得八九不離十了。

看了現場，出門找了一個僻靜的地方站下來，商量了一陣子，認為最好的辦法是按這裡的規矩來辦。他們責成會計王胖孩來當這件事情處理的主唱：一來他腿腳勤；二來這種事情不是什麼好事，一把二把手不便出面；三來這王胖孩的嘴比腦子翻轉得快。

返進屋裡坐下，王胖孩用手托著下巴頦對啞巴說：「你們住的這房是韓沖原來的吧？韓沖對你家臘宏應該是不錯吧？他倆沒仇沒恨吧？臘宏因為砍柴誤踩了韓沖的套子，這種事誰也沒有料到吧？」咳嗽了一聲，旁邊的一個突然想起

了什麼，有些摸不著深淺地問：「你是啞巴？都說啞巴是十啞九聾，不知道你是聽得見還是聽不見？要是聽見了就點一下頭，要是聽不見說也白說。」村幹部和韓沖的眼光集體投向啞巴，就看到那啞巴居然慌秫秫地點了一下頭。

幹部們驚訝得抬直身體嗷了一聲，王胖孩舔了舔發乾的嘴片子，儘量擺正態度把話說普通了：「這麼說吧，你男人的確是死了……不容質疑。」

說到這裡就看到臘宏老婆打了個激靈。王胖孩長歎一聲繼續說：「真是生死由命，富貴在天啊。你說罵韓沖炸獾炸了人了吧，他已經炸了，你說罵臘宏福薄命賤吧，他都沒命了。這事情的不好辦就是活的人活著，死的人他到底死了，活的人咱要活，死的人咱要埋，是吧？這事情的好辦是，你不是一個不講道理的婦女，你心明眼亮可惜就是不會說話。我們上山來的目的，就是要活的人更好地活著，死的人還得體面地埋掉。你一個啞巴婦女，帶了兩個孩子，不容易啊。現在男人走了，難！咱首先解決這個難中之難的問題，你相信我這個村幹部，就讓韓沖埋人，不相信我這個村幹部，你就找人寫狀紙，告。但是，你要是告下來，韓沖不一定會給臘宏抵命，我們這些村幹部因為你不是岸山坪的，想管，到時候怕也不好插手，說來你娘母們還是個黑戶嘛！」

臘宏的啞巴老婆驚訝得抬起頭瞪了眼睛看。王胖孩故意不看啞巴扭頭和韓沖說：「看見這孤兒寡母了嗎？你好好的炸球什麼獾？炸死人啦！好歹我們幹部是遵紀守法愛護百姓

一家人的，看你鑿頭鑿腦咋回事兒似的，還敢炸獾？趕快把賣豬的錢從信用社提出來，先埋了人咱再商量後一步的賠償問題！」

啞巴像是丟了魂兒似地聽著，回頭望望炕上的人，再看看屋外屋內的人，啞巴有一個間歇似的默想，稍頃，抽回眼睛看著王胖孩笑了一下。

這一笑，讓有一種強烈的表現欲望的王胖孩沉默了。啞巴的神情很不合常理，讓幹部們面面相覷不知道她到底笑個啥。

幹部們做主讓韓沖把他爹的棺材抬出來裝了臘宏，事關重大，他爹也沒有說啥。韓沖又和他爹商量用他爹的送老衣裝殮臘宏。韓沖爹這下子說話了：

「你要是下套子炸死我了倒好了，現成的東西都有，你炸了人家，你用你爹的東西埋人家，都說是你爹的東西，但埋的不是你爹，這比埋你爹的代價還要大，我操！」

韓沖的臉兒埋在胸前不敢答話，他爹說：「找人挖了墳地埋臘宏吧，村幹部給你一個台階還不趕快就著下，等什麼？你和甲寨上的娘們混吧，混得出了人命了吧？還搭進了黃土淹沒脖子的你爹。你咋不把腦袋埋進褲襠裡！」說完，韓沖爹從木板箱裡揣出大閨女給她做好的送老衣，摔在了炕上。

把臘宏裝殮好，棺材準備起了，四個後生喊：「一二，起！」抬棺材的鐵鏈子突然斷了，抬棺材的人說：「日怪，

半大個人能把鐵鏈子拉斷，是不是家裡不見個哭聲？」

啞巴是因為哭不出聲，女兒兒子是因為太小，還不知道哭。王胖孩說：「鑼鼓點兒一敲，大幕兒一拉，弄啥就得像啥！死了人，不見哭聲叫死了人嗎？這還是咱們的工作沒有做好，這樣吧，去甲寨上找幾個女人來，村裡花錢。」

馬上就差遣人去甲寨上找人，哭婦不是想找就能找得到，往常有人不在了，論輩分往下排，哭的人不能比死的人輩分大。現在是哭一個外來的討吃，算啥？

女人們就不想來，韓沖一看只好一溜兒小跑到了甲寨上找琴花。進了琴花家的門，琴花正在做飯。聽了韓沖的來意後，琴花坐在炕上說：「我哭是替你韓沖哭，看你韓沖的面，不要把事情顛倒了，我領的是你韓沖的情，不是沖村幹部的面子。」

韓沖說：「還是你琴花好。」

看到門外有人影兒晃，琴花說：「這種事給一頭豬不見得有人哭。這不是喜喪，是凶喪。也就是你韓沖，要是旁人我的淚布袋還真不想解口繩呢。」

門外站著的人就聽清了──琴花要韓沖出一頭豬，這可是天大的價碼。

琴花見韓沖哭喪個臉，一笑，從箱子裡拽了一塊枕巾往頭上一蒙，就出了門。

走到岸山坪的坡頂上看了一眼黑壓壓的人群，就扯開了喉嚨：「你死得冤來死得苦，討吃送死在了後梁溝──」

　　村幹部一聽她這麼樣的哭，就要人過去叫她停下來——這叫哭嗎？硬邦邦的沒有一點兒情感。

　　琴花馬上就變了一個腔：「水流千里歸大海，人走萬里歸土埋，活歸活啊死歸死，陽世咋就拽不住個你？呀餵——呵呵呵。」

　　琴花這麼一哭把岸山坪的空氣都抽拽得麻秫起來，有人試著想拽了琴花頭上的枕巾看她是假哭還是真哭，琴花手裡拄著一根乾柴棍輪過去敲在那人的屁股蛋上，就有人捂了嘴笑。琴花乾哭著走近了啞巴，看到啞巴不僅沒有淚蛋子在眼睛裡滾，眼睛還望著兩邊的青山。琴花哭了兩聲不哭了，你的漢們你都不哭，我替你哭你好歹也應該裝出一副喪夫的樣子吧。

　　埋了臘宏，王胖孩叫來幾個年長的坐下商量後事，一干人圍著石磨開始議事。比如，這啞巴和孩子誰來照顧，怎麼個照顧法，都得立個字據。韓沖說：「最好一次說斷了，該出多少錢我一次性出夠，要連帶著這麼個事，我以後還怎麼樣討媳婦？」大夥研究下來覺得是個事情，明擺著青皮後生的緊急需要，事兒是不能拖泥帶水，得抽刀斬水。

　　一個說：「事情既出由不得人，也是大事，人命關天，紅嘴白牙說出來的就得有個道理！」

　　一個說：「啞巴雖然啞巴，但啞巴也是人。韓沖炸了人家的男人了，畢竟不是他有意想炸，既然炸了，要咱來當這

個家，咱就不能理偏了啞巴，但也不能虧了韓沖。」

一個說：「畢竟和韓老五打架的事情不是一個年頭了，怕不怕老公家怪罪下來？」

一個說：「現在的大事小事不就是倆錢嗎，從光緒年到現在哪一件不是私了？有直道兒不走，偏走彎道兒。老公家也是人來主持嘛，要說活人的經驗不一定比咱懂多少，舌頭沒脊梁來回打波浪，他們主持得了這個公道麼？」

王胖孩說：「話不能這麼說，咱還是老公家管轄下的良民嘛！」

王胖孩要韓沖把啞巴找來，因為啞巴不說話，和她說話就比較困難。想來想去想了個寫字，卻也不知道她是否認字。王胖孩找了一本小學生的寫字本和一根鉛筆，在紙上工工整整寫了一行字，遞過來給啞巴看。

啞巴看了看，取過筆來，也寫了一行字遞過去。韓沖因為心裡著急伸過去脖子看，年長的因為稀罕也伸過脖子，發現上面的第一行是村幹部寫的：「我是農村幹部，王胖孩，你叫啥？」後一行的字歪歪扭扭寫了：「知道，我叫紅霞。」

所有的人對視了一下，稀罕這個啞巴不簡單，居然識得倆字。

「紅霞，死的人死了，你計畫怎麼辦？要多少錢？」

「不要。」

「紅霞，不能不要錢。社會是出錢的社會，眼下農村裡

的狗都不吃屎了，為什麼？就因為日子過好了啊，錢是啥？是個膽兒，膽氣不壯，怕米團子過幾天你娘母們也吃不上了。」

「不要。」

「紅霞婦女，這錢說啥也得要，只說是要多少錢？你說個數，要高了韓沖壓，要少了我們給你抬，叫人來就是為了兩頭兒取中間主持這個公道。」

「不要。」

小學生寫字本上三行字歪歪扭扭看上去很醒目，大夥兒覺得這個紅霞是氣糊塗了，哪有男人被人搞死了不要錢的道理？要知道這樣的結果還叫人來幹啥？寫好的紙條遞給韓沖，要他看了拿主意，使了一下眼兒，兩個人站起來走了出去。收住腳步，王胖孩說：「她不是個簡單的婦女，不敢小看了，她想把你弄進去。」韓沖嚇了一跳，腳尖踢著地面張開嘴看王胖孩。王胖孩歪了一下頭很慎重地思忖了一下說：「哪有給錢不要的道理，你說。她不是想把你弄進去是什麼？」韓沖越發不知道該說什麼了。王胖孩指著韓沖的臉說：「要暖化她的心，打消她送你進去的念頭，不然你一輩子都得背著個污點，有這麼個污點你就甭想說上媳婦。」韓沖閉上嘴，咽下了一口唾沫，唾沫有些劃傷了喉嚨，火辣辣地疼。

「這幾天，你只管給啞巴送米送麵。你知道，我也是為你好，讓老公家知道了，弄個警車來把你帶走了，你前途毀

了，以後出來怎麼做人？趁著對方是個啞巴，咱把這事情就
啞巴著辦了，省了官辦，民辦了有民辦的好處。明白不？」
韓沖點了頭說：「我相信領導幹部！」

　　兩個人商量了一個暫時的結果，由韓沖來照顧她們娘母
仨。返進屋子裡，王胖孩撕下一張紙來，邊念邊寫：

　　「合同。甲方韓沖，乙方紅霞。韓沖下套炸獾炸了臘
宏，鑒於目前臘宏媳婦神志不清的情況，不能夠決定賠償問
題，暫時由韓沖來負責養活她們母子仨，一日三餐，吃喝拉
撒，不得有半點不耐煩，直到紅霞決定了最後的賠償，由村
幹部主持，岸山坪年長的有身份的人最後得出結果才能終止
合同。合同一方韓沖首先不能毀約，如紅霞對韓沖的照顧有
不滿意之處，紅霞有權告狀，並加倍罰款。」

　　合同一式兩份，韓沖一份，啞巴一份。立據人互相簽了
字，本來想著要有一番爭吵的事情，就這麼說斷了，岸山坪
人的心裡有一點盼太陽出來陰了天的感覺，心裡結了個疙
瘩，莫名地覺得啞巴真的是傻，互相看著都不再想說話了。

　　送走王胖孩，韓沖折好條子裝進上衣口袋，啞巴前腳
走，韓沖後腳卸了爐上的粉走進了啞巴家。

　　進了啞巴家韓沖看到啞巴的房樑上吊下來兩個籮筐，籮
筐下有細小的絲線拉拽著一條一條的小蟲，韓沖知道那籮筐
裡放的是討來的曬乾了的米團子和白饃。啞巴沒有停下手裡
的活，她手裡正拿了一捧米團子放在鍋台邊，一塊一塊往下
磕上面生的小蟲，磕一塊往鍋裡煮一塊，鍋台上的小蟲伸展

了身子四下跑，啞巴端下鍋，拿了笤帚，兩下子就把小蟲子掃進了火裡，坐上鍋，聽得噗噗的響。

韓沖眯縫著眼睛歪著脖子說：「這哪是人吃的東西。」提下了籮筐走出去倒進了自己的豬圈裡，豬好久沒有換口味了，哐巴著乾邦硬的米團子，吐出來吞進去，嘴片子錯得吧唧吧唧響。韓沖給啞巴提過來麵和米，啞巴拉了閨女和孩子笑著站在牆角看他一頭汗水地進進出出。韓沖想，你這個啞巴笑什麼，我把你漢們炸了你還和我笑，但他不敢多說話，只顧埋頭幹他的活。

這時候就有人陸續走上岸山坪來看啞巴的孩子，有的想收留啞巴的孩子，有的乾脆就想收留啞巴。韓沖裝作沒看見，他想要是真有人把啞巴收留了才好，她一走我就啥也不用賠了。但啞巴這時候面對來人卻很決絕地把門關上了。

王胖孩又來到了岸山坪，要韓沖叫了年長的和有些身份的人走進了啞巴的家。王胖孩坐下來看著啞巴說：「今天我來是給你做主，有啥你就說。」韓沖坐到門墩上琢磨著這個事情該怎麼開頭，說什麼好。就聽得王胖孩說：「咱打開天窗說亮話，不繞彎子了，這理說到桌面兒上是欠了人家一條命，等於蓋屋你把人家的大樑抽了，屋塌了。現在，你一個孤寡婦女，又是啞巴，帶著倆孩子，容易嗎？要我說就一個字——難。紅霞，老話重提，你說出個數字來，要多少？」

啞巴抬起頭拿過一根點火的麻竿來在石板地上寫了兩黑

字——不要。村幹部接過麻竿來，大大的在地上寫了兩個字
——兩萬。韓沖低下頭看，請來的也低下頭看，抬起頭互相
點了點頭，大意是有了韓老五的事情在前面做樣板，這樣的
處理結果也是說得過去的。韓沖說話了：「胖孩哥，兩萬塊
暫時拿不出，能不能分期付？如果不行，就得給我政策，讓
我貸。」

王胖孩想了半天說：「上頭的政策主要是鼓勵農民貸款
致富，哪有讓你貸款用來買命的？這事要說也沒有個啥，擺
到桌面上就是個事。你是不是到對面的甲寨上找一找發興，
他兒在礦上，煤炭現如今效益不錯，他家裡想來是有貨的，
借一借嘛。琴花雖然是出了名的鐵公雞，畢竟是喝過你的粉
漿，吃過你的獾肉，還是你的相好，你炸死的這個人用的雷
管還是她提供的，咱嘴上不說，她是脫不了干係的。」

韓沖不好意思地低下了頭。

事情說到這裡，王胖孩和啞巴紅霞說：「按我的意思
來，你不要，不等於我們不懂，我們不懂就是欺負你了，這
不符合山裡人的作風。等韓沖湊夠了錢，我再到這山上來親
手遞給你。咱這事情就算結束，你也好準備你的退路。一個
婦道人家沒有漢們幫襯，哪能行啊！韓沖，話說回來大家是
為了你辦事，光跑腿我就跑了幾趟，你小子懂個眼色不
懂？」

韓沖大眼兒套小眼兒看著王胖孩，王胖孩舉起手裡的麻
竿說：「這，縮小了像個啥？」韓沖想，像個啥？啞巴從王

胖孩手裡拿過麻竿來掰下前面點黑了的一小截，叼在嘴上咂巴了兩口，韓沖明白了，他是想要煙哩。稀罕得岸山坪的長輩們放下手中的旱煙鍋子看啞巴，啞巴看得不好意思了低下了頭。

韓沖趕緊出去到代銷點上買了兩條煙遞給了王胖孩。王胖孩說：「這是啥意思？鄉里鄉親的弄這？」說罷，掰開一條煙給坐著的長輩一人發了一包，自己把剩下的夾在腋窩下起身走了。

長輩們看著手裡的煙，咧開嘴笑著，心裡卻不是個滋味，啥也沒表態走了兩步路就賺了一包煙，很是有點不好意思。韓沖說：「算個啥嘛，都是德高望重的人，就是沒事我韓沖也應該孝敬你們！」

三

借錢的事情很簡單，也很複雜，簡單得就像天上的一顆太陽，無際藍天，沒有鳥兒飛翔，看上去空曠；複雜得突然就亂雲飛渡，飛渡的雲不是瓦片和撓鈎狀兒，是黑雲壓山，兜頭澆得韓沖涼刷刷的。

韓沖去對面的甲寨上，要下了溝，繞出山，再轉回來上對面，大約要一個半鐘點。

這地方的人叫吃虧不叫吃虧，叫吃家死，韓沖這一回借錢就吃了大家死。

走上甲寨人們就說：「韓沖，還敢不敢下套子了？膽子

大啊，那訝吃下那深溝做啥去了，活該要他的命。」韓沖撓了撓頭髮，「呵呵」笑了一下，很不舒展。不斷有人問，韓沖就不斷很不舒展的「呵呵」。

走進發興的院子裡，看到發興坐在小馬扎上抽旱煙，煙鍋子在地上磕了一下子，說：「你來了，稀客。有啥事不喊要過溝來說？我可是頭一回見你大白天來。也是的，炸獾咋就炸了人了？」

韓沖說：「話不能這樣兒說，大白天不來搭黑來幹啥？老哥你就不要瞎猜了，人倒楣了放個屁都砸腳後跟。我也思謀著他下那溝做甚了，兩捆柴好好的摔在一邊，手裡握著一把斧頭不丟，看見我眼睛瞪得快要出血，恨不能把我吃掉，我操。不過話說回來，咱是斷了人家啞巴的疼了。」

琴花撩開碎布頭拼成好看的門簾出來，說：「韓沖，以後不要下套子了，那獾又不是光吃你的玉茭，你把人炸了，虧得他是外來的，要是本地的，不讓你抵命才怪。」

韓沖低下頭看著自己的腳尖，鞋是一雙解放球鞋，因為舊了，剪了前邊和後邊，當涼鞋穿。韓沖看著看著就想把過來的意思挑明。韓沖說：「我過來是有個事情想求你們倆口幫忙。」

琴花返進去從屋子裡端出一罐頭瓶水來遞給他說：「幫啥忙？跑腿找人的事，發興能幫得上就一定幫。這兩天架轤磨粉了？你不要因為這事把豬餓了，該做啥還做啥，臘月裡我大兒要訂婚，還想借你一頭豬下酒席呢。你要趕不上餵，

趕過來我餵，秋口上賣了咱二一添做五分。」

韓沖抬起頭看琴花，琴花臉上掛著笑，嘴角角上的一顆黑土眼（痣）翹起來頂在鼻子邊。韓沖想，琴花臉上的這個黑土眼壞了她好幾分人才。

發興說：「事情最後怎麼處理了，說了個甚解決辦法？聽說有人上來說啞巴，女人要是沒有了男人，小腰就斷了，就拖不動腿了，也怪可憐的。」

琴花說：「傻啞巴不知道哭，看來是真有病，山下有人要她，收拾走算了，省了你來照顧。」

韓沖鼓了鼓勇氣說：「不瞞你們倆口說，我今兒過來這甲寨上就是想和你們打湊倆錢，給啞巴。救個急，誤不了你娶媳婦，我韓沖是說話算話的。」

一聽說是借錢，琴花就示意發興閉嘴。琴花走到韓沖的面前看著他說：「說起來是應該幫忙，出了這麼大的事情，啊呀，我當時就不敢過去看那死鬼，聽人說，下半截整個都沒了？嚇死了。事情是出了，有事說事，按道理是得賠人家，是不是？按道理誰能幫上忙就幫忙，鄉里鄉親的，抬頭不見低頭見，誰家不出個事？古話說了，有啥別有事，沒啥別沒錢，兩件事都讓攤上了。可有些事情攤上了，還真是幫不上你這個忙。我給你說吧，臘月裡要給大兒訂婚正月裡不娶，明年秋口上也得娶，如今說個媳婦容易嗎，屁股後捧著人家還要脫落，敢鬆口氣？我要是真有錢我還真捨得借你，不怕你不還，可就是沒有錢，活了個人帶了個窮命，難

啊！」

　　韓沖看著琴花的嘴一張一合的，想自己還親過這張嘴，嘴裡的舌頭滑溜溜，有時候也咬一下韓沖的下嘴片子，到韓沖的忘情處會說，人家都穿七分褲了，你也給我買一條穿穿，我是二尺四的腰，要小方格子的面料。韓沖會說，穿那幹啥，不好看，憋得屁股和兩瓣瓣蒜一樣。琴花說，你不買，你就給我下來，我看你哪頭難受！韓沖在她身上正忙著，只好忙說，買買。

　　韓沖你給我買一盒舒膚佳香胰子，韓沖你給我看看我的肚皮是不是鬆得厲害了，我也想買條裹腹褲。韓沖，我除了不和你住一個屋子，住一個屋子裡幹的事，咱都幹了，也就等於是一家人了，你賺了錢就給我花，我從心裡疼你⋯⋯

　　韓沖看著琴花心想你身上穿的從裡到外哪一樣不是我買的，你琴花疼我了？疼我什麼了？關鍵的時候，說到錢的時候，你就不和我二心了。

　　發興說：「這事情不是幫忙不幫忙的事情，是幫不了這忙，是人命關天。小老弟，都怪你炸球什麼獾嘛！」

　　韓沖想，也就是啊，炸球什麼獾嘛！

　　琴花的短腿直著一條，斜著一條，直著的硬邦邦地站著，斜著的抖抖地閃，閃得人心中想生氣。韓沖說：「看在以往的面子上，你們就幫我一回吧，我炸死人，要不是你給我雷管，我拿什麼炸他？」

　　琴花一下把斜著的那條腿收了回來指著韓沖說：「以往

怎麼啦，以往就吃了你幾次粉漿，當是什麼好東西啊，給豬吃的東西，從崖下吊給我吃，討你什麼便宜了？韓沖，不是說不借給你錢，是沒有東西借給你，你當是清明上墳托鬼洋，八月十五打月餅，找個模子就現成？我是給你雷管了，我叫你韓沖炸人了？你炸死人怨我的雷管，笑話！既然說到這個份上了，我哭討吃的那頭豬不要了，落得送你給人情。」

韓沖說：「我多會兒說要送你一頭豬了？」

發興說：「裝傻，誰都知道你要給一頭豬！要說討便宜，你是討了大便宜了，別說是一頭豬，十頭豬你也不吃家死。別人不知道，我是心知肚明。」

琴花打斷了發興的話：「你心知個啥，肚明個啥？不會說不要搶著說。」

韓沖端起罐頭瓶一口喝了瓶裡的水說：「我也就是到了困難的時候了吧，才找你們來張嘴，張一回嘴容易嗎？張開了難合住，給個面子，沒多總有個少吧？這溝裡就你們還有倆錢，我也是屎憋到屁股門上了，我要有二指頭奈何也不會張嘴求人，琴花求你了！」

琴花說：「韓沖，我是真想幫你這個忙，可就是心有餘而力不足，十塊八塊的又不頂個事情辦，三千兩千的我還真沒有見過，要有就借你了，醜話說到頭了，你走吧，甲寨上的人在大門外看咱的笑話哩。」

韓沖站了起來要走，琴花又說話了：「你欠我多少，不

是一頭豬能還得了的，走歸你走，但你得記清楚了。」這一句話說得不是時候，琴花的本意是想說，要是還想著我，你就來，來就得帶零花兒來。可說這話兒不是個地方，韓沖都快急得火燒眉毛了他哪裡能繞過這個彎。

韓沖一下站住了說：「兩清了。這錢我不借了，你有本事繼續耍你的本事，隔著崖，你是甲寨上的，我是岸山坪的，井水不犯河水。發興，你老婆本事大啊。」

琴花的臉霎時就青了，這叫人話嗎？得了便宜賣乖，不借你錢，舌頭就長刺了，這就讓琴花難咽這口氣。

琴花說：「站住，韓沖！」一下就撲過去跳起來照著韓沖的臉摑了一個巴掌，韓沖沒有防備，一下就怔住了。

韓沖說：「不借錢就算了，你還打我，我打你吧，我不君子，不打你吧你太張狂了，跳起來打，不夠三尺高的人就是毒。我拿雷管炸了人，那雷管我有嗎？還不是你給的！」

發興站起來拖住了琴花，琴花兜頭給了發興一巴掌，跳著腳跑出院外，甲寨上看熱鬧的人自動讓了個場地看琴花表演：「你給缺德鬼，你害了死人害活人，你炸獾咋就不炸了你，討吃哪天說不定就來勾你命了，你等著吧，不在崖下在崖上，不在明天在後天，你死了也要狼拖狗拽了你，五黃六月蛆轟了你！」

韓沖聽著身後的叫罵聲，踢著地上的石頭蛋走，腦子裡轟轟響，石頭蛋掀了腳指甲蓋，也不覺得疼，自己說得好好的，這個傻逼就翻了臉，真是人小鬼大難招架。我操！

四

　　這是啞巴第一次出門，她把孩子放到院子裡，要「大」看著，她走上了山坡。熏風温軟地吹著，她走到埋著臘宏的地壠頭上，墳堆有半人多高，她一屁股坐到墳堆堆上，墳堆堆下埋著臘宏，她從心裡想知道臘宏到底是不是真的去了？一直以來她覺得臘宏還活著，臘宏不要她出門，她就不敢出門。今兒，她是大著膽子出門了，出了門，她就聽到了鳥雀清脆的叫聲從山上的樹林子裡傳過來。

　　啞巴繞著墳堆走了好幾圈，用腳踢著墳上的土，嘴裡喃喃著一串兒話，是誰也聽不見的話。然後坐到地壠上哭。岸山坪的人都以為啞巴在哭臘宏，只有啞巴自己知道她到底是在哭啥。啞巴哭夠了對著墳堆喊，一開始是細腔兒，像唱戲的練聲，從喉管裡擠出一聲「啊」，慢慢就放開了，嗩吶的沖天調，把墳堆都能撕爛，撕得四下裡走動的小生靈像無頭的蒼蠅一樣亂往草叢裡鑽。啞巴邊喊邊大把抓了土和石塊砸墳頭，她要砸出墳頭下的人問問他，是誰讓她這麼無聲無息地活著？

　　遠遠地看到啞巴喊夠了像風吹著的不倒翁回到了自己的院子裡，人們的心才放到了肚子裡。啞巴取出從不捨得用的香胰子，好好洗了洗頭，洗了臉，找了一件乾淨的衣服換上出了屋門。啞巴走到粉房的門口，沒有急著要進去，而是把頭探進去看。看到韓沖用棍攪著缸裡的粉漿，攪完了，把袖

子挽到臂上，拿起一張大籮開始籮漿。手在籮裡來回攪拌著，落到缸裡的水聲嘩啦啦，嘩啦啦的響，啞巴就覺得很溫暖。啞巴大著膽子走了進去，地上的驢轉著磨道，磨眼上的玉荾塌下去了，啞巴用手把周圍的玉荾填到磨眼裡，她跟著驢轉著磨道填，轉了一圈才填好了磨頂上的玉荾。啞巴停下來抬起手聞了聞手上的粉漿味兒，是很好聞的味兒，又伸出舌頭來舔了舔，是很甜的味道，啞巴咧開嘴笑了。

這時候韓沖才發現身後不對勁，扭回頭看，看到了啞巴的笑，水光亮的頭髮，白淨的臉蛋，她還是個很年輕的女人嘛，大大的眼睛，鼓鼓的腮幫，翹翹的嘴巴。韓沖把地裡看見的啞巴和現在的啞巴做了比較，覺得自己是在夢裡，用圍裙擦著手上的粉漿說：「你到底是不是個傻啞巴。」啞巴吃驚地抬起頭看，驢轉著磨道過來用嘴頂了她一下，她的腰身嗆了一下驢的鼻子，驢打了個噴嚏，她閃了一下腰。啞巴突然就又笑了一下，韓沖不明白這個啞巴的笑到底是羊羔子瘋病的前兆，還是她就是一個愛笑的女人。

大攄著弟弟在門上看粉房裡的事情，看著看著也笑了。

啞巴走過去一下抱起來兒子，用布在身後一繞把兒子裹到了背上走出了粉房。

岸山坪的人來看啞巴，覺得這啞巴倒比臘宏活著時更鮮亮了。韓沖籮粉，啞巴看磨，孩子在背上看著驢轉磨咯咯咯笑。來看她的人發現她並沒有發病的跡象，慢慢走近了互相說話，說話的聲音由小到大。誰也不知道啞巴心裡想著的

事，其實她心裡想的事很簡單，就是想走近她們，聽聽她們說話。

　　啞巴的小兒子哼嘰嘰的要撩她的上衣，啞巴不好意思抱著孩子走了。邊走孩子邊撩，啞巴打了一下孩子的手，這一下有些重了，孩子哇的一聲哭了起來。孩子的哭聲擋住了外面的吵鬧聲音，就有一個人跟了她進了她的屋子，啞巴沒有看見，也沒有聽見。孩子抓著她的頭髮一拽一拽的要吃奶，啞巴讓他拽，你的小手才有多重，你能拽媽媽多疼。啞巴把頭抬起來時看到了韓沖，韓沖端著好攤的粉漿餅子走過來放到了啞巴面前的桌子上。說：「吃吧，斷不得營養，斷了營養，孩子長得黃寡。」

　　啞巴指了一下碗，又指了一下嘴，要韓沖吃。韓沖拿著鐵勺子邦邦磕了兩下了鍪蓋，指著啞巴說：「你過來看看怎麼樣攤，日子不能像臘宏過去那樣兒，要來啥吃啥，要學著會做飯，麵有好幾種做法，也不能說學會了攤餅子就老攤餅子，你將來嫁給誰，誰也不會要你坐吃，婦女們有婦女們的事情，漢們種地，婦女做飯，天經地義。」

　　啞巴站起來咬了一口，夾在筷子上吹了吹，又在嘴唇上試了試燙不燙，然後送到了孩子的嘴裡。啞巴咬一口餵一口孩子，眼睛裡的淚水就不爭氣的開始往下掉。韓沖把熟了的粉漿餅子鏟過來捂到啞巴碗裡，就看到了樑上有蟲子拽著絲拖下來，落在啞巴的頭髮上，一粒兩粒，蟲子在她烏黑的頭髮上一聳一聳地走。孩子抬起手從她的頭上拽下一個蟲子

來，噗的一下捏死了牠，一股黃濃的汁液塗滿了孩子的指頭肚，孩子「呵呵」笑了一下抹在了她的臉上。啞巴抹了一下自己的臉，摟緊孩子捏著嗓子哭起來。

啞巴一哭，韓沖就沒骨頭了，眼睛裡的淚水打著轉說：「我把糧食給你劃過一些來，你不要怕，如今這山裡頭缺啥也不缺糧食。我就是炸獾炸死了臘宏，我也不是故意的，我給你種地，收秋，在咱的事情沒有了結之前，我還管你們。你就是想要老公家弄走我，我思謀著，我也不怪你，人得學會反正想，長短是欠了你一條命啊！你怕什麼，我們是通過村幹部簽了條子的。」啞巴搖著頭像撥浪鼓，嘴裡居然還一張一合的，很像兩個字：「不要！」

岸山坪的人啞巴不認識幾個，自打來到這裡，她就很少出門。她來到山上第一眼看到的是韓沖，韓沖給他們房子住，給他們地種，給大粉漿餅子吃，臘宏打她韓沖進屋子裡來勸，韓沖說：「衝著女人抬手算什麼男人！」女人活在世上就怕找不到一個好男人，韓沖這樣的好男人，啞巴還沒有見過。啞巴不要韓沖錢的另一層意思就是想要他管她們母女仨。

韓沖背轉身出去了，啞巴站起來在門口望，門口望不到影子了，就抱了兒子出來。她這時看到了韓沖的粉房門前站了好多人，手裡拿著布袋，看到韓沖走過去就一下圍住了他。韓沖粉房前亂哄哄的，先進去的人扛了粉麵急匆匆地出來，後邊的人嚷嚷著也要擠進去。一個女人穿著小格子褲也

拿著一個布袋從崖下走上來，女人走起路來一擺一擺的，布袋在手裡晃著像舞台上的水袖。啞巴看清楚是甲寨上的琴花，琴花替她哭過臘宏，她應該感謝這個女人。

琴花上來了，韓沖他爹在家門口也看見了。昨天韓沖去借錢受了她的羞辱，今日裡她倒舞了個布袋還好意思過來，這個不要臉的娘們。一個韓沖怎麼能對付得了她，好好的三門親事都荒了，為了啥，還不是為了她。人家一聽說韓沖跟甲寨上的琴花明裡暗裡的好著，這女人對他還不貼心，只是哄著想花倆錢兒，誰還願意跟韓沖？名聲都搭進去了，韓沖還不明白就裡，我就這麼一個兒，難道要我韓家絕了戶！韓沖爹一想到這，火就起來了，他從粉房裡把韓沖叫出來，問他：「你欠不欠你小娘的粉麵？」韓沖說：「不欠。」韓沖爹說：「那你就別管了，我來對付這娘們。」

琴花過來一看有這麼多人等著取粉麵，她才不管這些，側著身子擠了進去。琴花看著韓沖爹說：「老叔，韓沖還欠我一百五十斤玉茭的粉麵，時間長了，想著不緊著吃，就沒有來取。現在他出事了，來取粉麵的人多了，總有個前後吧，他是去年就拿了我的玉茭的，一年了，是不是該還了？」

韓沖爹抬頭看了一眼琴花就不想再抬頭看第二眼了，這個女人嘴上的土眼跳躍得歡，歡得讓韓沖爹討厭。韓沖爹頭也不抬地說：「人家來拿粉麵是韓沖打了條子的，有收條有欠條，你拿出來，不要說是去年的，前年的大前年的欠了你

了照樣還。」

琴花一聽愣了，韓沖確實是拿了她一百五十斤玉茭，拿玉茭，琴花說不要粉麵了，要錢。韓沖給了琴花錢。琴花說：「給了錢不算，還得給粉麵。」韓沖說：「發興在礦上，你一個人在家能吃多少，有我韓沖開粉房的一天，就有你吃的一天。」琴花隔三差五取粉麵，取走的粉麵在琴花心裡從來不是那一百五十斤裡的數，一百五十斤是永遠的一百五十斤。孩子馬上要訂婚了，不存上些粉麵到時候吃啥，說不定哪天他要真進去了，我和誰去要！

琴花說：「韓沖和我的事情說不清楚，我大他小，往常我總擔待著他，一百五十斤玉茭還想到要打條子？不就是百把斤玉茭，還能說不給就不給了？老叔，你也是奔六十的人了，韓沖他現在在哪兒，叫他來，他心裡清楚。他要是真有個三長兩短，你說這粉麵還真想要眛了我的呢。」

韓沖爹說：「我是奔六十的人了，奔六十的人，不等於沒有七十八十了，我活呢，還要活呢，粉房開呢，還要開呢！」

看著他們倆的話趕得緊了，等著拿粉麵的人就說：「不緊著用，老叔，緩緩再說，下好的粉麵給緊著用的人拿。」說話的人從粉房裡退出來，覺得自己在這個時候來拿也沒有個啥，要這女人一點透似乎真有些不大合適，不就是幾斗玉茭的粉麵嘛。

琴花覺得自己有些丟了面子了，她在東西兩道梁上，甚

時候有人敢欺負她，給她個難看？沒有！她來要這粉麵，是因為她覺得韓沖欠她的，不給粉麵罷了，還折醜人哩？

琴花說：「沒聽說還有活千年的蛤蟆萬年鱉的，要是真那樣兒，咱這圪梁上真要出妖精了。」

韓沖爹說：「現在就出妖精了還用得等！哭一回臘宏要一頭豬，旁人想都不敢想，你卻說得出口，你是他啥人呢？」

琴花說：「我不和你說，古話說，好人怕遇上個難纏的，你叫韓沖來。我倒要看他這粉麵是給啊不給？」

韓沖爹說：「叫韓沖沒用，沒有條子，不給。」

琴花想和他爹說不清楚，還不如出去找一找韓沖。

琴花用手兜了一下磨頂上放著粉麵的篩子，篩子嘩啦一下就掉了下來。琴花沒有想那篩子會掉下來，她原本只是想嚇唬一下老漢，給他個重音兒聽聽，誰知道那篩子就掉了下來。滿地上的粉麵白雪雪地淌了一地，琴花就台階下坡說：「我吃不上，你也休想吃！」

韓沖爹從缸裡提起攪粉漿的棍子叫了一聲：「反了你了！」

琴花此時已經走到院子裡，回頭一看韓沖爹要打她，馬上就坐在地上喊了起來：「打人啦，打人啦，兒子炸死討吃了，老子要打婦女啦！打人啦，打人啦！岸山坪的人快來看啦，量了人家的玉茭不給粉麵還要打人啦，這是共產黨的天下嗎?!」

　　韓沖爹一邊往出撲一邊說：「共產黨的天下就是打下來的，要不怎麼叫打江山，今兒我就打定你了！」

　　啞巴不明白發生了什麼事，剛才她回家為琴花做了張粉漿餅子，端了碗站在院邊上看，碗裡的粉漿餅子散發出蔥香味兒，有幾絲兒熱氣繚繞得啞巴的臉蛋水靈靈的，啞巴看著他們倆吵架，啞巴興奮了。她愛看吵架，也想吵架，管他誰是誰非，如果兩個人吵架能互相對罵，互相對打才好。平日裡牙齒碰嘴唇的事肯定不少，怎麼說也碰不出響兒呀？日子跑掉了多少，又有多少次想和臘宏痛痛快快吵一架，吵過嗎？沒有，長著嘴卻連吵架都不能。啞巴笑了笑，回頭看每個人的臉，每個人看他們吵架的表情都不同，有看笑話的，有看稀罕的，有什麼也不看就是想聽熱鬧的，只有啞巴知道自己的表情是快樂的。

　　琴花還在韓沖的粉房門前嚎，看的人就是沒有人上前去拉她。琴花不可能一個人站起來走，她想總有一個人要來拉她，誰來拉她，她就讓誰來給她說理，給她證明韓沖該她粉麵，該粉麵還粉麵，天經地義。可是現在沒有一個人來拉，她眯著眼睛哭，瞅著周圍的人，看誰來伸出一隻手。她終於看到了一個人過來了，這一下她就很踏實地閉上了眼睛——過來的人是啞巴。啞巴端了碗，碗裡的粉漿餅子不冒熱氣了。啞巴走到琴花的面前坐下來，兩手捧著碗遞到埋著頭的琴花臉前，啞巴說：「吃。」

　　這一個字誰也沒有聽見，有點跑風漏氣，但是，琴花聽

見了。

　　琴花嚇了一跳，止住了哭。琴花抬起頭來看周圍的人，看誰還發現了啞巴會說話了。周圍的人看著琴花，不知道這個女人為什麼突然噤了聲！

　　琴花木然地接過啞巴手裡的碗，碗裡的粉漿餅子在陽光下透著亮兒，蔥花兒綠綠的，粉餅子白白的，琴花的眼睛逐漸瞪大了，像是什麼燙了她的手一下，她叫了一聲「媽呀」，端碗的手很決絕地撒開了。地上有幾隻閒散的走動的覓食的雞，嚇得「撲棱」了幾下翅膀跑開了，扭頭看了看發現了地上的粉漿餅子，又很小心地走過來，快速叼到了嘴裡，展開翅膀跑了。琴花站起身，看著啞巴，啞巴咧開嘴笑，用手比劃著要琴花到她的屋裡去。琴花又抬起頭看周圍的人群，人們發現這琴花就是不怎麼樣，連啞巴都懂得情分，可她琴花卻不領情，連啞巴的碗都摔了。

　　琴花彎下腰撿起自己的麵口袋想，是不是自己聽錯了？卻覺得自己是沒有聽錯，她突然有點害怕了，一溜兒小跑下了山。岸山坪的人想，這個女人從來不見怕過什麼，今兒個怕了，怕的還是一個啞巴。真的沒明白。看著琴花那屁股上的土灰，隨著琴花擺動的屁股蛋子，一蕩一蕩的在陽光下泛著土黃色的亮光，彎彎繞繞地去了。

五

　　炕上的孩子翻了一下身子蹬開了蓋著的被子，啞巴伸手

給孩子蓋好。就聽得大從外面蹦蹦跳跳地進來了。大說：
「我有名了，韓沖叔起的，叫小書。他還說要我念書，人要
是不念書，就沒有出息，就一輩子被人打，和娘一樣。」啞
巴抬起頭望了望窗外，幽黑的天光吊掛下來，她看到大手裡
拿著一包蠟燭，她知道是韓沖給的。

　　用麻杆點燃了蠟燭找來一個空酒瓶子把蠟燭套進去，有
些鬆。她想找一塊紙，大給她拿過來一張紙，她準備捲蠟燭
往裡塞時，她發現了那張紙是王胖孩給她打的條子，上面有
她的簽字。她抬起手打了大一下，大扯開嗓子哭，把炕上的
孩子也嚇醒了。啞巴不管，把捲在蠟燭上的紙小心纏下來，
又找了一張紙捲好蠟燭塞進酒瓶裡，放到炕頭上。拿起那張
條子看了半天撫展了，走到破舊的木板箱前，打開找出一個
幾年前的紅色塑膠筆記本，很慎重地壓進去。啞巴就指望這
條子要韓沖養活她娘母仨呢，啞巴什麼也不要！啞巴反過來
摸了大的頭一下，抱起了炕上的孩子。這時候就聽得院子裡
走進來一個人，是韓沖。韓沖用籃子提著秋天的玉米棒子放
到屋子裡的地上，說：「地裡的嫩玉米煮熟了好吃，給孩子
們解個心焦。」

　　韓沖說完從懷裡又掏出半張紙的蠶種放到啞巴的炕上，
說：「這是蠶種，等出了蠶，你就到埋臘宏的地壟上把桑葉
摘下來，用剪刀剪成細絲兒餵。」

　　蠶種是韓沖給琴花訂下的。琴花說：「韓沖，給我訂半
張秋蠶，聽說蠶繭貴了，我心裡癢，發興不在家，你給我訂

了吧。」韓沖因為和琴花有那碼子事情，韓沖就不敢說不訂。琴花就是想討韓沖的便宜，人說討小便宜吃大虧，琴花不管，討一個算一個，哪一天韓沖討了媳婦了，一個子兒也討不上了，韓沖你還能想到我琴花？現在秋蠶下來了，韓沖想，給你琴花訂的秋蠶，你琴花是怎麼樣對我的，還不如啞巴，我炸了臘宏，啞巴都不要賠償，你琴花心眼小到想要我豬啦，粉麵啦，我見了豬，豬都知道哼兩哼，你琴花見了我咋就說翻臉就翻臉了呢？

韓沖說：「一半天蠶就出來了，你沒有見過，半張蠶能養一屋子，到時候還得搭架子，蠶見不得一點兒髒東西。啞巴，你愛乾淨，蠶更愛乾淨，好生伺候著這小東西。」

啞巴想，我哪裡還知道什麼叫乾淨呀，我這日子叫愛乾淨嗎？

夜暗下來了，把兩個孩子打發睡下，啞巴開始洗涮自己。木盆裡的水氣冒上來，啞巴脫乾淨了坐進去，坐進木盆裡的啞巴像個仙女。標標緻緻的啞巴躬身往自己的身上撩水，蠟燭的光暈在啞巴身體上放出柔輝。啞巴透過窗玻璃看屋外的星星，風踩著星星的肩膀吹下來，天空中白色的月亮照射在玻璃上，和蠟燭融在一起，啞巴就想起了童年的歌謠：

> 天上落雨又打雷，
> 一日望郎多少回，
> 山山嶺嶺望成路，

路邊石頭望成灰。

蠟燭的燈捻嗶剝爆響，啞巴洗淨穿好衣服，找出來一把剪刀剪掉了蠟燭捻上的岔頭，燈捻不響了。搖曳的燈光黃黃的滿鋪了屋子，倒出去木盆裡的髒水，看到戶外夜色深濃，月亮像一彎眉毛掛在中天上，半明半暗的光影加上闃寂的氛圍，讓啞巴有點嗒然傷心，潛沉於被時間流走的世界裡，啞巴就打了個顫抖，覺得臘宏是死了，又覺得臘宏還活著，驚驚的四下裡看了一遍，她的思維在清明和混沌中半醒半夢著。走回來脫了衣裳，重新看自己的皮膚，發現烏青的黑淡了，有的地方白起來，在燈光下還泛著亮，就覺得過去的日子是真的過去了。啞巴心頭亮了一下，有一種新鮮的震驚，像一枚石頭蛋子落入了一潭久漚的水池子，泛了一點水紋兒，水紋兒不大，卻也總算擊破了一點平靜。

現在的季節是秋天，剛入秋，天到晚上有點涼，白天還是悶熱的。摸索著從窗台上找到一塊手掌大的鏡子來，舉起來看，看不清楚，鏡子上全部是灰。下地找了塊濕布子抹了兩下，越發看不清楚了。一著急就用自己的衣裳抹，抹到舉起來看能看到眉眼了，走過去舉到燈影下仰了看。慢慢地舉了鏡子往上提，看到了自己的臉，好久了不知道自己長了個啥樣，好久了自己長了個啥樣並不重要，重要的是挨了上頓打，想著下頓打，眼睛盯著個地方就不敢到處看，哪還敢看鏡子呀。

突然聽得對面的甲寨上有人篩了銅鑼喊山，邊敲邊喊：

「嗚叱叱叱──嗚叱叱叱──」

山脊上的人家因為山中有獸，秋天的時候要下山來糟蹋糧食兼或糟蹋牲畜，古時傳下來一個喊山。喊山，一來嚇唬山中野獸，二來給靜夜裡給遊門的人壯膽氣。當然了，現在的山上獸已經很少了，他們喊山是在嚇唬獾，防備獾趁了夜色的掩護偷吃玉茭。

啞巴聽著就也想喊了。拿了一雙筷子敲著鍋沿兒，迎著對面的鑼聲敲，像唱戲的依著架子敲鼓板，有板有眼的，卻敲得心情慢慢就真的騷動起來了，有些不大過癮。起身穿好衣服，覺得自己真該狂喊了，衝著那重重疊疊的大山喊！找了半天找不到能敲響的家什，找出一個新洋瓷臉盆。這個臉盆兒是從四川挑過來的，一直不捨得用。臉盆的底兒上畫著紅鯉魚嬉水，兩條魚兒在臉盆底兒上快活地等待著水。啞巴就給它們倒進了水，燈暈下水裡的紅鯉魚扭著腰身開始晃，啞巴彎下腰伸進去手攪啊攪，攪夠了掬起一捧來抹了一把臉，把水潑到了門外。啞巴找來一根棍，想了想覺得棍兒敲出來的聲音悶，提了火台邊上的鐵疙瘩火柱出了門。

山間的小路上走著想喊山的啞巴，滾在路面上的石頭蛋子偶爾磕她的腳一下；偶爾，會有一個地老鼠從草叢中穿過去；偶爾，栖惶中的疲憊與掙扎，讓啞巴想愜意一下，啞巴仰著臉笑了。天上的星星眨巴了一下眼睛，天上的一勾彎月穿過了一片兒雲彩，天上的風落下來撩了她的頭髮一下，這麼著啞巴就站在了山圪梁上了。對面的銅鑼還在敲，啞巴舉

起了臉盆，舉起了火柱，張開了嘴，她敲響了：

「當！」

新臉盆兒上的瓷裂了，啞巴的嘴張著卻沒有喊出來，「當！」裂了的碎瓷被火柱敲得濺起來，濺到了啞巴的臉上，啞巴嘴裡發出了一個字「啊！」接著是一連串的「當當當──」「啊啊啊──」從山圪梁上送出去。啞巴在喊叫中竭力記憶著她的失語，沒有一個人清楚她的傷感是抵達心臟的。她的喊叫撕裂了濃黑的夜空，月亮失措地走著、顛著，跌落到雲團裡，她的喊叫爬上太行大峽谷的山骨把山上的植被毛骨悚然起來。只到臉盆被敲出了一個洞，敲出洞的臉盆兒喑啞下來，一切才喑啞下來。

啞巴往回走，一段一段地走，回到屋子裡把門關上，啞巴才安靜了下來，啞巴知道了什麼叫輕鬆，輕鬆是幸福，幸福來自內心的快樂的芽頭兒正頂著啞巴的心尖尖。

六

韓沖趕了驢幫啞巴收秋地裡的糧食。驢脊上搭了麻繩和布袋，韓沖穿了一件紅色球衣牽了驢往岸山坪的後山走。這一塊地是韓沖不種了送給臘宏的，地在莊後的孔雀尾上，臘宏在地裡種了穀。齊腰深的黃綠中韓沖一縱一隱地揮舞著鐮刀，遠遠看去風騷得很。看韓沖的人也沒有別的人，一個是啞巴，一個是對面甲寨上的琴花。琴花自打那天聽了啞巴説話，琴花回來幾天都沒有張嘴。琴花想，啞巴到底不是啞

巴，不是啞巴她為啥不説話？琴花和發興説。

發興説：「你不説没有人説你是啞巴，啞巴要是會説話，她就不叫啞巴了，人最怕説自己的短處，有短處由著人喊，要麼她就是個傻子，要麼就像我一樣由了人睡我自己的老婆，我還不敢吭個聲。」

琴花從床上坐起來一下摟了發興的被子，琴花説：「説得好聽，誰睡我了？我還不是為了這個家，你少啥了？倒有你張嘴的份了！你下，你下！」琴花的小短腿小胖腳三腳兩腳就把發興蹬下了床。發興光著身子坐在地上説：「我在這家裡連個帶軟刺兒的話都不敢説，旁人還知道我是你琴花的漢們，你倒不知道心疼，我多會兒管你了？啥時候不是你説啥就是啥，我就是放個屁，屁眼兒都只敢裂開個小縫，眼睛看著還怕嚇了你，你要是心裡還認我是你男人你就摟我起來，現在没有別人，就咱倆，我給你胳臂你摟我？」

琴花伸出腳踢了發興的胳臂一下，發興趕緊站了起來往床上爬，琴花反倒賭氣摟了被子下了床到地上的沙發上睡去。琴花憋屈得慌就想見韓沖，想和韓沖説啞巴的事情。

琴花有琴花的性格，不記仇。琴花找韓沖説話，一來是想告訴他啞巴會説話，她裝著不説話，説不定心裡慪著事情呢，要韓沖防著點；二來是秋蠶下來了，該領的都領了，怎麼就不見你給我訂的那半張？站在崖頭上看韓沖粉房一趟，啞巴家一趟，就是不見韓沖下山。現在好不容易看到韓沖牽了驢往後山走了，就盯了看他，看他走進了穀地，想他一時

半會也割不完，進了院子裡挎了個籃子，從甲寨上繞著山脊往對面的鳳凰尾上走。

韓沖割了五個穀捆子了，坐下來點了根煙看著五個穀捆子抽了一口。韓沖看穀捆子的時候眼睛裡其實根本就看不見穀捆子，看見的是臘宏。臘宏手裡的斧子，黃寡樣，啞巴，大和他們的小兒子。這些很明確的影像轉化成了一沓兩沓子錢。韓沖想不清楚自己該到哪裡去借？村幹部王胖孩說：「收了秋，鐵板上定釘。」韓沖盤算著爹的送老衣和棺材也搭裡了。給不了人家兩萬，還不給一萬？啞巴夜裡的喊山和狼一樣，一聲聲叫坐在韓沖心間，韓沖心裡就想著兩個字「虧欠」。啞巴不哭還笑，她不是不想哭，是憋得沒有縫兒，昨天夜裡她就喊了，就哭了。她真是不會說話，要是會，她就不喊「啊啊啊」，喊啥？喊琴花那句話：「炸獾咋不炸了你韓沖！」咱欠人家的，這個「欠」字不是簡單的一個欠，是一條命，一輩子還不清，還一輩子也造不出一個臘宏來。韓沖狠狠掐滅煙頭站起來開始準備割穀子。站起來的韓沖聽到身後有沙沙聲穿過來，這山上的動物都絕種了，還有人會來給我韓沖幫忙？韓沖挽了挽袖管，不管那些個，往手心裡吐了一口唾沫彎下腰開始割穀子。

韓沖割得正歡，琴花坐下來看，風送過來韓沖身上的汗臭味兒。琴花說：「韓沖，真是個好勞力啊。」韓沖嚇了一跳抬起身看地壟上坐著的琴花。琴花說：「隔了天就認不得我了？」韓沖彎下腰繼續割穀子，倒伏在兩邊的穀子上有螞

蚱蹦起蹦落。琴花揪了幾把身邊長著的豬草不看韓沖，看著身邊五個穀捆子說：「啞巴她不是啞巴，會說話。」韓沖又嚇了一跳，一鐮沒有割透，用了勁拽，拽得猛了一屁股閃在了地上。韓沖問：「誰說的？」琴花說：「我說的。」韓沖拾起屁股來不割穀子了，開始往驢脊上放穀捆。韓沖說：「你怎麼知道的？」琴花說：「你給我訂的半張蠶種呢？你給了我，我就告訴你。」韓沖說：「胡球日鬼我，你不要再扯蛋！咱倆現在是兩不欠了。」

韓沖捆好穀子，牽了驢往岸山坪走。琴花坐下來等韓沖，五個穀捆子在驢脊上聳得和小山一樣，琴花看不見韓沖，看見的是穀捆子和驢屁股。看到地裡掉下的穀穗子，揀起來丟進了籃子裡。想了什麼站起來走到韓沖割下的穀穗前用手折下一些穀穗來放進籃子裡，籃子滿了，看上去不好看，四下裡拔了些豬草蓋上。琴花想穀穗夠自己的六隻母雞吃幾天，現在的土雞蛋比洋雞蛋值錢，自己兩個兒，比不得一兒一女的，兩個兒子說一說媳婦，不是個小數目，得一分一厘省。

韓沖牽了驢牽到啞巴的院子裡，啞巴看著韓沖進來了，趕快從屋子裡端出了一碗水，遞上來一塊濕手巾。韓沖摸了一把臉接過來碗放到窗台上，往下卸驢脊上的穀捆。這麼著韓沖就想起了琴花說的話：啞巴會說話。韓沖想試一試啞巴到底會不會說話。韓沖說：「我還得去割穀穗，你到院子裡

用剪刀把穀穗剪下來，你會不會剪？」半天身後沒有動靜。
韓沖扭回頭看，看啞巴拿著剪刀比劃著要韓沖看是不是這樣
兒剪。韓沖說：「你穿的這件魚白方格秋衣真好看，是從哪
裡買來的？」啞巴不好意思地低下頭，抬起來時看到韓沖還
看著她，臉蛋上就掛上了紅暈，低著頭進了屋子裡半天不見
出來。韓沖喝了窗台上的水，牽了驢往鳳凰尾上走。韓沖胡
亂想著，滿腦子就想著一個人，嘴裡小聲叫著：「啞巴——
紅霞。」就聽得對面有人問：「看上啞巴啦？」

　　一下子壞了韓沖的心情。韓沖說：「你咋沒走？」琴花
說：「等你給我蠶種。」韓沖說：「你要不害丟人敗興，我
在這鳳凰尾上壓你一回，對著驢壓你。你敢讓我壓你，我就
敢把豬都給你琴花趕到甲寨上去，管她啞巴不啞巴，半張蠶
種又算個啥！」

　　琴花一下子臉就紅了，彎腰提起放豬草的籃子狠狠看了
韓沖一眼扭身走了。

　　韓沖一走，啞巴盤腿裸腳坐在地上剪穀穗，穀穗一嘟嚕
一嘟嚕脫落在她的腿上，腳上，啞巴笑著，孩子坐在穀穗上
也笑著。啞巴不時用手刮孩子的鼻子一下，啞巴想讓孩子叫
她媽，首先啞巴得喊「媽」，啞巴張了嘴喊時，怎麼也喊不
出來這個「媽」。

　　啞巴小的時候，因為家裡孩子多，上到五年級，她就輟
學了。她記得故鄉是在山腰上，村頭上有家糕團店，她背著

弟弟常常到糕團店的門口看。糕團子剛出蒸籠時的熱氣罩著掀籠蓋的女人，蒸籠裡的糕團子因剛出籠，正冒著泡泡，小小的，圓圓的，尖尖的，泡泡從糕團子中間噗地放出來，慢吞吞地鼓圓，正欲朝上滿溢時，掀籠蓋的女人用竹鏟子拍了兩下，糕團子一個一個就收緊了，等了人來買。弟弟伸出小手說要吃，她往下嚥了一口唾沫，店鋪裡的女人就用竹鏟子鏟過一塊來給她，糕團子放在她的手掌心，金黃色透亮的糕團子被弟弟一把抓進了嘴裡燙得哇哇喊叫，她舔著手掌心甜甜的香味兒看著賣糕團子的女人笑。女人說：「想不想吃糕團子？」她點了一下頭。女人說：「想吃糕團子，就送回弟弟去，自己過來，我管包你吃個夠。」她真的就送回了弟弟，背著娘跑到了橋頭上。

橋頭上停著一輛紅色的小麵包車，女人笑著說：「想不想上去看一看？」她點了一下頭。女人拿了糕團子遞給她，領她上了麵包車。麵包車上已經坐了三個男人。女人說：「想不想讓車開起來，你坐坐？」她點了一下頭。車開起來了，瘋一樣開，她高興得笑了。當發現車開下山，開出溝，還繼續往前開時，她臉上的笑凝住了，害怕了，她哭，她喊叫。

她被賣到了一個她到現在也不清楚的大山裡。月亮升起來時一個男人領著她走進了一座房子裡，門上掛著布門簾，門檻很高，一隻腳邁進去就像陷進了坑裡。一進門，眼前黑乎乎的，拉亮了燈，紅霞望著電燈泡，想盡快叫那少有的光

線將她帶進透亮和舒暢之中，但是，不能。她看到幽暗的牆壁上有她和那個男人拉長又折斷的影子。她尋找窗戶，她想逃跑，她被那個男人推著倒退，退到一個低窪處，才看到了幾件傢俱從幽暗處突顯出來，這時，火爐上的水壺響了，她嚇了一跳，同時看到了那個男人把幽暗都推到兩邊去的微笑，那個男人的眼睛抽在一起看著她笑。她哆嗦地抱著雙肘縮在牆角上，那個男人拽過了她，她不從，那個男人就開始動手打她——紅霞後來才知道臘宏的老婆死了，留下來一個女孩——大。大生下來半年了，小腦袋不及男人的拳頭大，紅霞看著大想起了自己的弟弟。在這個被禁錮了的屋子裡她百般呵護著大，大是她最溫暖的落腳地，大喚醒了她的母性。紅霞知道了人是不能按自己的想像來活的，命運把你拽成個啥就只能是個啥。她一腳踏進去這座老房子，就出不來了，成了比自己大二十歲的臘宏的老婆。

一個秋天的晚上，她晃悠悠的出來上廁所，看到北屋的窗戶亮著，北屋裡住著臘宏媽和他的兩個弟弟。北屋裡傳出來哭聲，是臘宏媽的哭聲，她看不見裡面，聽得有說話聲音傳出來。

臘宏媽說：「你不要打她了，一個媳婦已經被你打死了，也就是咱這地方女娃兒不值錢，她給咱看著大，再養下來一個兒子，日子不能說壞了，下邊還有兩個弟弟，你要還打她，就把她讓給你大弟弟算了，娘求你，娘跪下來磕頭求你。」果真就聽見跪下來的聲音。

紅霞害怕了，哆嗦著往屋子裡返，慌亂中碰翻了什麼，北屋的房門就開了，臘宏走出來一下揪住了她的頭髮拖進了屋子裡。

臘宏說：「龜兒子，你聽見什麼了？」

紅霞說：「聽見你娘說你打死人了，打死了大的娘。」

臘宏說：「你再說一遍！」

紅霞說：「你打死人了，你打死人了！」

臘宏翻轉身想找一件手裡要拿的傢伙，卻什麼也沒有找到，看到櫃子上放著一把老虎鉗，順手摳了過來扳倒紅霞，用手捏開她的嘴揪下了兩顆牙。紅霞殺豬似的叫著，臘宏說：「你還敢叫？我問你聽見什麼了？」紅霞滿嘴裡吐著血沫子說不出話來。

還沒有等牙床的腫消下去，臘宏又犯事了。日子窮，他合夥和人用洛陽鏟盜墓，因為搶一件瓷瓶子，他用洛陽鏟鏟了人家。怕人逮他，他連夜收拾家當帶著紅霞跑了。賣了瓷瓶子得了錢，他開始領著她們打一槍換一個地方。臘宏說：「你要敢說一個字兒，我要你滿口不見白牙。」

從此，她就寡言少語，日子一長，索性便再也不說話了。

啞巴聽到院子外面有驢鼻子的響聲，知道是韓沖割穀穗回來了。站起身抱著睡熟了的孩子放回炕上，返出來幫韓沖往下卸穀捆。韓沖說：「我褲口袋裡有一把桑樹葉子，你掏

出來剪細了餵蠶。」啞巴才想起那半張蠶種怕孩子亂動放進了篩子裡沒顧上看。掏出葉子返進屋子裡端了篩子出來，把剪碎的桑葉撒到上面，看到密密的蠶蛹心裡就又產生了一種難以割捨的心癢。游走在外，什麼時候啞巴才覺得自己是活在地上的一個人兒呢？現在才覺得自己是活在地上的一個人！心裡深處汩汩奔著一股熱流，與天地相傾、相訴、相容，她想起小時候娘說過的話：天不知道哪塊雲彩下雨，人不知道走到哪裡才能落腳，地不知道哪一季會甜活人呀，人不知道遇了什麼事情才能懂得熱愛。

啞巴看著韓沖心裡有了熱愛他的感覺。

七

蠶脫了黑，變成棕黃，變成青白，蠶吃桑葉的聲音——沙沙，沙沙，像下雨一樣，席子上是一層排泄物，像是黑的雪。

日子因蠶的變化而變化。眼看著一概肉乎乎蠕動的蠶真的發展起來，就不是篩子能放得下了。韓沖拿來了葦席，搭了架子，韓沖有時候會拿起一隻身子翻轉過來的蠶嚇唬啞巴，啞巴看著無數條亂動的腿，心裡就麻抓而慌亂，繞著葦席輕巧快樂地跑，笑出來的那個齜著牙的咯咯聲一點都不像一個啞巴。韓沖就想琴花說過的話：「啞巴她不是啞巴。」啞巴要真不是啞巴多好，可是她現在卻不會說話，不是啞巴她是啥！

　　韓沖端了一鍋粉漿給啞巴送。送到啞巴屋子裡，啞巴正好露了個奶要孩子吃。孩子吃著一個，用手拽著一個，看到韓沖進來了，斜著眼睛看，不肯丟掉奶頭，那奶頭就拽了多長。啞巴看著韓沖看自己的奶頭不好意思的背了一下身子。韓沖想：我小時候吃奶也是這個樣子。韓沖告訴啞巴：「大不能叫大，一個女娃家要有個好聽的名字，不能像我們這一代的名字一樣土氣，我琢磨著要起個好聽的名字，就和莊上的小學老師商量一下，想了個名字叫「小書」，你看這個名字咋樣兒？那天我也和大說了，要她到小學來唸書，小孩子家不能不唸書。我爹也說了，餓了能當討吃，沒文化了，算是你哭爹叫娘討不來知識。呵呵，我就是小時候不想唸書，看見字稠的書就想起了夏天一團一蛋的蚊子。」

　　韓沖說：「給你的錢，我盡快給你湊夠，湊不夠也給你湊個半數。不要怕，我說話算數。你以後也要出去和人說說話，哦，我忘了你是不會說話的。琴花說你會說話，其實你是不會說話。」

　　啞巴就想告訴韓沖她會說話，她不要賠償，她就想保存著那個條子，就想要你韓沖。韓沖已經走出了門，看到凌亂的穀草堆了滿院，找了一把鋤來回摟了幾下說：「穀草要收拾好了，等幾天蠶上架織繭時還要用。」

　　說完出了大門，韓沖看到大爬在村中央的碾盤上和一個叫濤的孩子下「雞毛算批」。這種遊戲是在石頭上畫一個十字，像紅十字協會的會標，一個人四個子兒，各擺在自己的

長方型橫豎線交叉點上。先走的人拿起子兒，嘴裡叫著雞毛算批，那個「批」字正好壓在對方的子上，對方的子就批掉了。雞毛算批完一局，大說：「給？」濤說：「再來，不來不給。」大說：「給？」濤說：「沒有，你不下了，不下了就不給。」大說：「給？」濤學著大把眼睛珠子抽在一起說：「給？」說完一溜煙跑了。韓沖走過去問大：「他欠你什麼了？我去給你要。」大翻了一眼韓沖說：「野毛桃。」韓沖說：「不要了，想要我去給你摘。」大一下哭了起來說：「你去摘！」韓沖想，我管著你娘母仁的吃喝拉撒，你沒有爹了我就是你的臨時爹，難道我不應該去摘？韓沖返回粉房揪了個提兜溜達著走進了莊後的一片野桃樹林。野桃樹上啥也沒有，樹枝被害得躺了滿地。韓沖往回走的路上，腦裡突然就有一棵野毛桃樹閃了一下，韓沖不走了仄了身往後山走。拽了荊條溜下去，溜到下套子的地方，用腳來回量了一下發現正前方正好是那棵野毛桃樹。韓沖坐下來抽了一棵煙，明白了臘宏來這深溝裡幹啥來了。

　　來給他閨女摘野毛桃來了。韓沖想：是咱把人家對閨女的疼斷送了，咱還想著要山下的人上來收拾走她們娘母仁。韓沖照臉給了自己一巴掌，兩萬塊錢賠得起嗎？搭上自己一生都不多！韓沖抽了有半包煙，最後想出了一個結果：拼我一生的努力來養你母女仁！就有些興奮，就想現在就見到啞巴和她說，他不僅要賠償她兩萬，甚至十萬，二十萬，他要她活得比任何女人都快活。

天快黑的時候，從山下上來了幾個警察，他們直奔韓沖的粉房。韓沖正忙著，抬頭看了一眼，從對方眼睛裡覺出不對。韓沖下意識地就抬起了腿，兩個警察像鷹一樣地撲過來掀倒了他，他聽到自己的胳臂的關節咔叭叭響，然後就倒栽蔥一樣被提了起來。一個警察很利索地抽了他的褲帶，韓沖一隻手抓了要掉的褲子，一隻手就已經帶上了手銬。完了完了，一切都他媽的完蛋了。

審問在韓沖的院子裡，韓沖的兩隻手拷在蘋果樹上，褲子一下子就要掉下來，警察提起來要他肚皮和樹挨緊了。韓沖就挨緊了，不挨緊也不行，褲子要往下掉。一個男人要是掉了褲子，這一輩子很可能和媳婦無緣了。蘋果樹旁還拴了磨粉的驢，驢扭頭看著韓沖，驢想不知道因為什麼主人會和自己拴在　起。驢嘴裡嚼著地上的草，嘴片兒不時還打著很有些意味的響聲。

警察問了：「你叫臘宏？」

韓沖說：「我叫韓沖，不叫臘宏。我炸獾炸死了臘宏。」

警察說：「這麼說真有個叫臘宏的？他是從四川過來的？」

韓沖說：「是四川過來的。」

警察說：「你只要說是，或者不是。你炸獾炸死了人？」

韓沖說：「是。」

警察説：「為什麼不報案？」

韓沖看著警察説：「是或者不是，我該怎麼説？」

警察説：「如實説。」

韓沖説：「獾害糧食，我才下套子炸獾。炸獾和網兔不一樣，獾有些分量不下炸藥不行，我下了深溝裡。那天我聽到溝裡有響聲泛上來，以為炸了獾，下去才知道炸了人。把他背上來就死了。人死了就想著埋，埋了人就想著活人，沒想那麼多。況且説了，山裡的事情大事小事沒有一件見官的，都是私了。」

警察説：「這是刑事案件，懂不懂？要是當初報了案，現在也許已經結了案，就因為你沒有報案，我們得把你帶走。你這愚蠢的傢伙！」

韓沖傻瞪了眼睛看，看到岸山坪的幾位長輩和警察在理論。

韓沖斜眼看到岸山坪的人圍了一圈，看到他爹拄了拐棍走過來，韓沖爹看到韓沖，臉上霎時就掛下了淚水，韓沖一看到他爹哭，他也哭了，淚水掉在濺滿粉漿的衣裳上。韓沖説：「爹，我對不住你，用你的棺材埋了人，用你的送老衣送了葬，臨了，還要讓老公家帶走，我對你盡不了孝了。爹呀，你就當沒有我這個兒子算了。」

韓沖爹用拐杖敲著地説：「我養了你三十年，看著你長了三十年，你娘死了十年，我眼看著養著個兒，説沒有養就沒有養，説沒有長就沒有長了？你個畜牲東西！」

　　韓沖看到王胖孩大步走小步跑地迎過來，邊走邊大聲問：「哪個是刑警隊長同志，哪個是？」

　　看到韓沖旁邊站著的警察趕快走過來一人遞了一根煙，點了點腰說：「屋裡說，屋裡說。」一干人就進了韓沖的粉房。

　　韓沖摟著蘋果樹，看身邊的驢，耳朵卻聽著屋子裡。屋門口圍了好多大人小孩，屋外的警察走過來把他們驅散開，韓沖不敢扭頭看，怕一下子扭不對了褲子會掉下來。就聽得屋子裡的人說：「我們是來抓臘宏的，你把臘宏的具體情況說一下。」村幹部說：「這個臘宏我不大清楚，畢竟他不是我的村民，我給你們找一個人進來說。」村幹部王胖孩走出來，掂著腳尖瞅了一圈岸山坪的人，指著韓沖爹很是神秘地說：「你，過來。」韓沖爹就走了過來。王胖孩小聲說：「不是抓韓沖，誤會了，是抓臘宏。逃亡在外的大殺人犯，炸死了，韓沖說不定還要立功。你進去反映一下臘宏的情況，如實的基礎上不妨帶點兒色。」重重拍了拍韓沖爹的脊背。

　　兩人走了進去，接下來的話就有些聽不大清楚。隔了一會兒又聽得有話傳出來：「真要是說上邊查下來，你這個代表一級政府的村幹部也得玩完。」「是是是！」外面的人吵得亂哄哄的，有說臘宏是在逃犯，有說韓沖炸他炸對了，就把屋裡的說話壓了下去。聽不見說話聲，韓沖就看驢，驢也看他，互看兩不厭。

　　韓沖想：驢就是安分，人就不如驢安分，驢每天就想著轉磨道，太陽落了太陽升，太陽拖著時間從窗戶上扔進來，驢傻傻地轉著磨道想太陽閃過磨眼了，落下磨盤了，驢蹄踩著太陽了，摘了捂眼就能到蘋果樹下吃料了，青草兒青，青草兒嫩啊。驢也想韓沖，別看他平日裡噓呼我，現在和我一樣兒拴在樹上了，我的四條蹄子還可以動一動，他連動都不敢動，他一動旁邊的那個人就用他的褲帶抽他。哈哈，人和驢就是不一樣，驢不整治驢，人卻整治人，以前你韓沖噓呼我，可算是有人要噓呼你了，替我出了惡氣。驢這麼著想著就想叫，就想喊了。

　　「哥哦哥，哥哦哥，哥哦哥——」

　　驢不管不顧不看眼色的喊叫，帶動著萬山回應，此起彼伏，把人的說話聲壓了下去，良久方歇。

　　不大一會兒，粉房裡的人都出來了。警察遞給村幹部韓沖的褲帶，村幹部王胖孩走過去給韓沖塞到褲襠裡，緊了褲，韓沖才離開了緊靠著的蘋果樹。一個警察過來打開了韓沖的手銬，並沒有放韓沖，而是讓他從樹上脫下手來，又銬上了，要韓沖走。韓沖知道自己是非走不行了。走到爹面前停下來，腿不由自主的跪了下來，安頓了幾句粉房的事情，最後說：「啞巴的蠶眼看要上架了，上不去的要人幫助往上揀，她一個婦女家，平常清理蠶屎都害怕，爹，就代替我幫她一把，咱不管他臘宏是個啥東西，咱炸了人家了，咱就有過。」

韓沖爹說：「和爹一樣，嘴硬骨頭軟，一輩子脖子根上就缺個東西，啥東西？軟硬骨頭。」

韓沖抬了腳要下岸山坪的第一個石板圪台的時候，身後傳來一聲喊：「不要！」

岸山坪的人齊刷刷把小腦袋瓜扭了過來，看到了啞巴抱著孩子，牽著小書往人跟前跑。

警察不管那個女人是誰，只管帶了人走。韓沖任由推著，腦海裡就想著一句琴花的話：啞巴她會說話！啞巴她真會說話！

<h2 style="text-align:center">八</h2>

啞巴手裡拿著那張條子，走過去拽住村幹部王胖孩。

啞巴比劃著的意思是：你打了條子的，怎麼說把人帶走就帶走了，要你這村幹部做啥？

王胖孩說：「說，說！你明明會說話，要我拐著彎子辦事，你要是早說話，咱還用打條子？」

啞巴半天憋得臉兒通紅了才憋出一個字：「不。」

王胖孩說：「那你現在是哪裡在發聲兒？」

啞巴哭了，低著頭看著自己的腳尖尖，十年了，失語十年了，很難面對一張嘴巴迎出一句話來，她的話被切斷了，十年來過的日子可以用兩個字來概括：疼痛和絕望。韓沖爹走過去拉了小書的手和王胖孩說：「要她跟著個殺人犯逃命，還要說話，絕了話好！」

外面傳得啞巴會說話，但啞巴還是不說話。

韓沖爹找來村上的一個人要他來看一天粉房，他想進城裡去看看韓沖。

韓沖爹說：「你只用把火看好，不要讓火滅了，火好粉才好乾透，下來的粉麵才不怕老漿臭，老漿臭的粉麵不出貨，還不夠精到，誰也不想要。午後餵一次豬，七八頭豬要吃三桶粉渣，你做好這兩項就好了，我搭黑就會回來。」

韓沖爹第二天就進了城裡。在看守所裡見到了韓沖，知道還在調查中。韓沖的雷管從哪裡來的？琴花給的。琴花的雷管從哪裡來的，發興從礦上取回來的。發興從礦上哪裡拿的，從他的保管兒子的倉庫裡找的。這樣下來一件事情就拉長了戰線。現如今才調查到了礦上，發興的兒也被看守起來了。

韓沖問他爹粉房的事情，他爹說：「好好，都好。那啞巴是真會說話。」

韓沖說：「會說話就好。」

韓沖爹瞅了韓沖一眼沒吭聲。

韓沖覺得有一句話憋在嘴裡想說，卻又不知道該怎麼說，就說了：「回去安頓啞巴，就說我要她說話！」

韓沖爹啥話也沒有說，點了一下頭扭身走了。

回到岸山坪，看到家戶都黑了燈了，唯有粉房亮著燈，村人正把火上烤的粉往下卸，一塊一塊的打碎。村人的身影映在牆上像個小山包。一伸一縮的，在黑黝黝的山梁上看著

這麼點兒光亮，這麼點兒晃動的影子，心裡酸酸的，那個人就是我啊，我在替我兒子還債哩。

韓沖爹掏出兩盒煙走進門放到磨頂上，說：「小老弟，舀一鍋漿拿兩包煙，我搭黑了，你也辛苦了。」村人說：「誰家裡不遇個難事，說啥客氣話嘛。」

韓沖爹覺得門外有個東西晃，反身走出去，看到是啞巴。韓沖爹看著啞巴半天說了一句：「韓沖要你說話。」

月光下，啞巴的嘴唇蠕動著，她感到了一種前所未有的東西撞擊著她的喉管，她做了一個噩夢，突然被一個人叫醒了，那種生死兩茫茫的無情的隔離隨即就相通了。

秋天的尾聲是悄無聲息的。蠶全部上了架，蠶在穀草上織繭，啞巴看蠶吐絲看累了想到外面走走。因為長年閉門在家，很少到山間野地晃蕩，深秋是個什麼樣子她還真是不怎麼樣知道。山頭上的陽光由赤紅褪成了淡黃，抱了孩子站在崖頭上望，看到所有在地裡勞作的農民臉上掛了喜悅色彩。啞巴想，在地裡勞動真好啊。四處看去，但見天穹明淨高遠，少許白雲似有若無，望過去顯得開闊而清爽。之後山風湧動涼意漸生。她在粉房裡看著驢磨著泡軟的玉茭從磨眼裡碎成漿磨下來，就是看不到韓沖。看到岸山坪的人們一挑一挑的往家挑糧食，就是沒有韓沖。啞巴的心裡顫顫地有說不出來的東西梗在喉頭。啞巴回頭教孩子說話。

啞巴說：「爺爺。」

孩子說：「爺爺。」

秋雨開始下了，綿綿密密地下個不停，泥腳、牆根、屋子裡淤滿霉味和潮氣。天晴的時候，屋外有陽光照進來，啞巴不叫啞巴了叫紅霞，紅霞看到屋子外的陽光是金色的。

田　耳

田耳小傳

　　田耳，本名田永，湖南鳳凰縣人，1976 年 10 月生。
1999 年開始寫小說，2000 年開始發表，2003 年開始在家自
由寫作，賣文為生。迄今已在《人民文學》、《收穫》、《鍾
山》、《芙蓉》、《天涯》、《大家》、《青年文學》、《聯合文
學》等雜誌發表小說三十餘篇，多次被各種選刊、年選選
載。曾獲第十八屆、二十屆台灣聯合文學新人獎。現就讀於
首屆上海作家研究生班。

評委會評語

　　各色底層人物的艱辛生活在老警察的盡職盡責中一一展
現，理想的持守在心靈的寂寞中散發著人性的溫情。

一個人張燈結彩
田耳

老黃每半月理一次頭，每星期刮兩次臉。那張臉很皺，像酸橘皮，自己刮起來相當麻煩。找理髮師幫著刮，往靠椅上一躺，等著刀鋒柔和地貼著臉上一道道溝壑遊走，很是受用。合上眼，聽鬍茬自根部斷裂的聲音，能輕易記起從前在農村割稻的情景。睜開眼，仍看見啞巴小于俊俏的臉。啞巴見老客睜開了眼，她眉頭一皺，嘴裡咿咿呀呀，彷彿詢問是不是被弄疼了。老黃哂然一笑，用眼神鼓勵啞巴繼續割下去。這兩年，他無數次地想，老天爺應是個有些下作的男人——這女人，這麼巧的手，這麼漂亮的臉，卻偏偏叫她是個啞巴。

又有一個顧客跨進門了，揀張條椅坐著。啞巴嘴裡冒出嘁嘁的聲音，像是空氣中躥動的電波。老黃做了個殺人的手勢，那是說，利索點，別耽擱你生意。啞巴搖搖頭，那是說，沒關係。她朝後腳跨進店門的人呶了呶嘴，顯露出親密的樣子。

老黃兩年前從外地調進鋼城右安區公安分局。他習慣性

地要找妥一家理髮店，以便繼續享受刮鬍鬚的樂趣。老黃到了知天命的年紀，除了工作，就喜歡有個巧手的人幫他刮鬍鬚。他找了很多家，慢慢選定筆架山公園後坡上這個啞巴。這地方太偏，老黃頭次來，老遠看見簡陋的木標牌上貼「啞巴小于理髮店」幾個字，心生一片栖惶。他想，在這地方開店，能有幾個人來？沒想到店主小于技藝不錯，回頭客多。小于招徠顧客的一道特色就是慢工細活，人再多也不敷衍，一心一意修理每一顆腦袋，刮淨每一張臉，像一個雕匠在石章上雕字，每一刀都有章有法。後面來的客人，她不刻意挽留，等不及的人，去留自便。

小于在老黃臉上撲了些爽身粉，再用毛巾揮淨髮渣，捏著老黃的臉端詳幾眼，才算完工。剛才進來的那年輕男人想接下家，小于又呶呶嘴，示意他讓另一個老頭先來。

老黃踱著步走下山去，聽見一陣風的躥響，忍不住扭轉腦袋。天已經黑了。天色和粉塵交織著黑下去，似不經意，卻又十分遒勁。山上有些房子亮起了燈。因為挨近鋼廠，這一帶的空氣裡粉塵較重，使夜色加深。在輕微的黑色當中，山上的燈光呈現猩紅的顏色。

辦公室裡面，零亂的擺設和年輕警員的腳臭味相得益彰。年輕警員都喜歡打籃球，拿辦公室當換衣間。以前分局球隊輸多贏少，今年有個小崔剛分進來，個頭不高司職後衛，懂得怎麼把一支球隊盤活，使全隊勝率增多。年輕人打

籃球就更有癮頭了。老黃一進到辦公室，就會不斷抽煙，一不小心一包煙就燒完了。他覺得煙癮是屋子裡的鞋臭味熏大的。

那一天，突然接警。分局好幾輛車一齊出動，去鋼都四中抓人。本來這應是年輕警員出警，都去打球了，於是老黃也得出馬。四中位於毗鄰市區一個鄉鎮，由於警力不夠，仍劃歸右安區管理。那是焦化廠所在地，污染很重，人的性子也烈，發案相對頻多。報案的是四中幾個年輕老師，案情是一個初三的學生荷爾蒙分泌太多，老去摸女學生。老師最初對其進行批評教育，要其寫檢討，記過，甚至留校察看。該學生性方面早熟，腦袋卻如同狗一樣只記屎不記事，膽子越摸越大。這天中午，竟爬進單身女教師宿舍，摸了一個在床上打瞌睡的女老師。女老師教音樂的，長相好，並且還沒結婚。這一摸就動了眾怒，男老師直接報了警。

人算是手到擒來。一路上，那小孩畏畏葸葸，看似一個好捏的軟蛋蛋。帶到局裡以後，他態度忽然變得強硬，說自己什麼也沒幹，是別人冤枉他。他嚷嚷說，證據呢，有什麼證據？小孩顯然是港產片泡大的，但還別說，港產片宣揚完了色情和暴力，又啟發一些法律意識，像一個神經錯亂的保姆，一勺砂糖一勺屎地餵養著這些孩子。小孩卻不知道，警察最煩的就是用電影裡薅來的破詞進行搪塞。有個警察按捺不住，攏過去想給小孩一點顏色。老黃拽住他說，小坤，你還有力氣動手呵，先去吃吃飯。

老黃這一撥人去食堂的時候，打球的那一幫年輕警員正好回來。來之前已經吃過飯的，他們去了鋼廠和鋼廠二隊打球，打完以後對方請客，席間還推杯換盞喝了不少。當天，老黃在食堂把飯吃了一半，就聽見開車進院的聲音，是那幫打球的警員回來了。老黃的神經立時繃緊，又說不出個緣由。吃完了回到辦公室，他才知道剛才擔心的是什麼。

但還是晚了些。那幫喝了一肚子酒的警察，回來後看見關著的這孩子身架子大，皮實，長得像個優質沙袋，於是手就癢了。那小孩不停地喊，他是被冤枉的。那幫警察笑了，說看你這樣就他媽不是個好東西，誰冤枉你了？這時，小孩腦子裡蹭地冒出一個詞，不想清白就甩出來，說，你們這是知法犯法。那幫警察依然是笑，說小孩你懂得蠻多嘛。小孩以為這話奏效了，像是黑暗中摸著了電門，讓自己看見了光，於是逮著這詞一頓亂嚷。

劉副局正好走進來，訓斥說，怎麼嘻嘻哈哈的，真不像話。那幫警察就不作聲了。小孩誤以為自己的話進一步發生了效用，別人安靜的時候，他就嚷得愈發歡實。劉副局掀著牙齒說，老子搞了幾十年工作，沒見過這麼囂張的小毛孩，這股邪氣不給他摁住了，以後肯定是安全隱患。說著，他給兩個實習警察遞去眼神。那兩人心領神會，走上前去就抽小孩耳光。一個抽得輕點，但另一個想畢業後分進右安區分局，就賣力得多，正反手甩出去，一溜連環掌。小孩的腦袋本來就很大很圓。那實習警察胳膊都掄酸了，眼也發花。小

孩腦袋越看就越像一只籃球，拍在上面，彈性十足。那實習警察打得過癮，旁邊掠戰的一幫警察看著看著手就更癢了，開始挽袖子。小崔也覺得熱血上湧，兩眼潮紅。

這時老黃跨進來了，正好看見那實習警察打累了，另幾個警察準備替他。老黃扯起嗓門說，小崔小許王金貴，還有小舒，你們幾個出來一下，我有事。幾個正編的警察礙於老黃的資歷，無奈地跟在後面，出了辦公室向上爬樓梯。老黃也不作聲，一直爬到頂層平台。後面幾個人稀稀拉拉跟上來。老黃仍不說話，掏出煙一個人發一枝，再逐個點上。幾個年輕警察抽著煙，在風裡晾上一陣，頭腦冷靜許多，不用說，也明白老黃是什麼意思。

星期六，老黃一覺醒來，照照鏡子見鬍茬不算長，但無事可做，於是又往筆架山上爬去。到了小于的店子，才發現沒開門。等了一陣，小于仍不見來。老黃去到不遠處南雜店買一包煙，問老闆，理髮那個啞巴小于幾時才會開門。南雜店的老闆嘿嘿一笑，說小啞巴蠻有個性，個體戶上行政班，一週上五天，星期六星期天她按時休息，雷打不動。老黃眉頭一皺，說這兩天生意比平時還好啊，真是沒腦筋。南雜店老闆說，人家不在乎理髮得來的幾個小錢，她想掙大錢，去打那個了。老闆說話時把兩手攤開，向上托舉，做出像噴泉湧動的姿勢。老黃一看就明白了，那是指啤酒機。啤酒機是屢禁不絕的一種賭法，在別的地方叫開心天地——拿 32 個寫號的乒乓球放在搖號機裡，讓那些沒學過數學概率的人懵

數字。查抄了幾回，抄完不久，那玩藝又捲土重來，像腳氣一樣斷不了根。

小崔打來電話，請老黃去北京烤鴨店吃烤鴨。去到地方，看見店牌上面的字掉了偏旁，烤鴨店變成「烤鳥店」，老闆懶得改過來。小崔請老黃喝啤酒，感謝他那天拽自己一把，沒有動手去打那小孩。小孩第二天說昏話，發燒。送去醫院治，退燒了，但仍然滿口昏話。實習的小子手腳太重，可能把小孩的腦袋進一步打壞了。但劉副局堅持說，小孩本來就傻不啦唧，只會配種不會想事。他讓小孩家長交罰款，再把人接回去。

烤鳥店裡的烤鴨味道不錯，老黃和小崔胃口來了，又要些生藕片蘸滷汁吃。吃差不多了，小崔說，明天我和朋友去看織錦洞，你要不要一塊去？我包了車的。那個洞，小崔是從一本旅遊雜誌上看到的。老黃受小崔感染，翻翻雜誌，上面幾幀關於織錦洞的照片確實養眼。老黃說，那好啊，搭幫你有車，我也算一個。

第二天快中午了，小崔和那台車才緩緩到來，接老黃上路。進到車裡，小崔介紹說，司機叫于心亮，以前是他街坊，現在在軋鋼廠幹扳道軌的活。小崔又說，小時候一條街的孩子都聽于哥擺佈，跟在他屁股後頭和別處的孩子打架，無往不勝。于心亮扭過腦袋衝老黃笑了笑。老黃看見他一臉憨樣，前額髮毛已經脫落。之後，小崔又解釋今天怎麼動身這麼晚──昨天到車行租來這輛長安五鈴，新車，于心亮有

證，但平時不怎麼開車。他把車停在自家門口時，忘了那裡
有一堆碎磚，一下子撞上了，一只車燈撞壞，還把燈框子撞
凹進去一大塊。于心亮趕早把車開進鋼廠車間，請幾個師傅
敲打一番，把凹陷那一塊重新敲打得豐滿起來。

　　老黃不由得為這兩個年輕人擔心起來，他説，退車怎麼
辦？于心亮説，沒得事，去到修車的地方用電腦補漆，噴厚
一點壓住這條縫，鬼都看不出來。但老黃通過後視鏡看見小
崔臉上的尷尬。車是小崔租來的。于心亮不急著開車出城，
而是去了鋼廠一個家屬區，又叫了好幾個朋友擠上車。他跟
小崔説，小崔，都是一幫窮朋友，難得有這樣的機會，搭幫
有車子，捎他們一起去。小崔嘴裡説沒關係，臉色卻不怎麼
好看。到織綿洞有多遠的路，小崔並不清楚。于心亮打電話
問了一個人，那人含糊地説三小時路程。但這一路，于心亮
車速放得快，整整用了五個半小時才到地方。天差不多黑
了。一問門票，一個人兩百塊。這大大超過了小崔的估計。
再説，同行還有六個人。于心亮説，沒事沒事，你倆進去看
看，我們在外面等。小崔老黃交流一下眼神，都很為難。把
這一撥人全請了，要一千多塊。但讓別人在洞口等三個小
時，顯然不像話。兩人合計一下，決定不看了，抓緊時間趕
回鋼城。路還很遠。

　　幾個人輪番把方向盤，十二點半的時候總算趕回鋼城。
于心亮心裡歉疚，執意要請吃羊肉粉。悶在車裡，是和走路
一樣累人的事，而且五個半小時的車程，確實也掏空了肚裡

的存貨。衆人隨著于心亮，去到了筆架山的山腳。羊肉粉店已經關門了，于心亮一頓拳腳拍開門，執意要粉店老闆重新生爐，下八碗米粉。

老黃吃東西嘴快，七幾年修鐵路時養成的習慣。他三兩口連湯帶水吸完了，去到店外吸煙。筆架山一帶的夜晚很黑，天上的星光也死眉爛眼，奄奄一息。忽然，他看見山頂上有一點燈光還亮著。夜晚辨不清方位，他大概估計了一下，啞巴小于的店應該位於那地方。然後他笑了，心想，怎麼會是啞巴小于呢？今天是星期天，小于要休息。

鋼渣看得出來，老黃是膠鞋幫的，雖然老了，也只是綠膠鞋。鋼城的無業閒雜們，給公安局另取了一個綽號叫膠鞋幫，並且把警官叫黃膠鞋，一般警員叫綠膠鞋。可能這綽號是從老幾代的閒雜嘴裡傳下來的。現在的警察都不穿膠鞋了，穿皮鞋。但有一段歷史時期，膠鞋也不是誰都穿得起，公安局發勞保，每個人都有膠鞋，下了雨也能到處亂踩不怕打濕，很是威風。鋼渣是從老黃的腦袋上看出端倪的。雖然老黃的頭髮剪得很短，但他經常戴盤帽，頭髮有特別的形狀。戴盤帽的不一定都是膠鞋，鋼渣最終根據老黃的眼神下了判斷。老黃的眼神乍看有些慵懶，眼光虛泛，但暗棕色的眼仁偶爾躥過一道薄光，睨著人時，跟剃刀片貼在臉上差不多。鋼渣那次跨進小于的理髮店撞見了老黃。老黃要走時不經意瞥了鋼渣一眼，就像超市的掃瞄器在辨認條型碼，迅速

讀取鋼渣的信息。那一瞥，讓鋼渣咀嚼好久，從而認定老黃是膠鞋。

在啞巴小于的理髮店對街，有一幢老式磚房，瓦簷上掛下來的水漏上標著 1957 年的字樣。牆皮黢黑一片。鋼渣和皮絆租住在二樓一套房裡。他坐在窗前，目光探得進啞巴小于的店子。鋼渣臉上是一派想事的模樣。但皮絆說，鋼腦殼，你的嘴臉是拿去拱土的，別想事。

去年他和皮絆租下這屋。這一陣他本不想碰女人，但坐在窗前往對街看去，啞巴小于老在眼前晃悠。他慢慢瞧出一些韻致。再後來，鋼渣心底的寂寞像喝多了劣質白酒一樣直打腦門。他頭一次過去理髮，先理分頭再理平頭最後刮成禿瓢，還刮了鬍子，給小于四份錢。小于是很聰明的女人，看著眼前的禿瓢，曉得他心裡打著什麼樣的鬼主意。

多來往幾次，有一天，兩人就關上門，把想搞的事搞定了。果然不出所料，小于是欲求很旺的女人，床上翻騰的樣子彷彿剛撈出水面尚在網兜裡掙扎的魚。做愛的間隙，鋼渣要和小于「說說話」，其實是指手劃腳。小于不懂手語，沒學過，她信馬由韁地比劃著，碰到沒表達過的意思，就即興發揮。鋼渣竟然能弄懂。他不喜歡說話，但喜歡和小于打手勢說話。有時，即興發揮表達出了相對複雜的意思，鋼渣感覺自己是有想像力和創造力的。

皮絆吭地一聲把門踢開。小于聽不見，她是聾啞人。皮絆背著個編織袋，一眼看見棉絮紛飛的破沙發上那兩個光丟

丟的人。鋼渣把小于推了推，小于才發現有人進來，趕緊拾起衣服遮住兩隻並不大的乳房。鋼渣很無奈地説，皮腦殼，你應該曉得敲門。皮絆嘻哈著説，鋼腦殼，你弄得那麼斯文，聲音比公老鼠搞母老鼠還細，我怎麼聽得見？重來重來。皮絆把編織袋隨手一扔，退出去把門關上，然後篤篤篤敲了起來。鋼渣在裡面説，你抽枝煙，我的妹子要把衣服穿一穿。小于穿好了衣服還賴著不走，順手抓起一本電子類的破雜誌翻起來。鋼渣用自創手語跟她説，你還看什麼書咯，認字嗎？小于嘴巴嗫了起來，拿起筆在桌子上從一寫到十，又工整地寫出「于心慧」三字。鋼渣笑了，估計她只認得這十三個字。他把她拽起來，指指對街，再拍拍她嬌小玲瓏的髖部，示意她回理髮店去。

皮絆打開袋整子，裡面有銅線兩捆，球磨機鋼球五個，大號制工扳手一把。鋼渣睨了一眼，嘴角咧開了擠出苦笑，説，皮腦殼你這是在當苦力。皮絆説，好不容易偷來的，現在鋼廠在抓治安，東西不好偷到手。鋼渣説，不要隨便用偷這個字。當苦力就是當苦力嘛，這也算偷？你看你看，人家的破扳手都撿來了。既然這樣了，你乾脆去撿撿垃圾，辛苦一點也有收入。皮絆的臉唰地就變了。他説，鋼腦殼，我曉得你有天大本事，一生下來就是搶銀行的料。但你現在沒有搶銀行，還在用我的錢。我偷也好，撿也好，反正不會一天坐在屋裡發呆——竟然連啞巴女人也要搞。鋼渣説，我用你的錢，到時候會還給你。那東西快造好了。皮絆説，你造個

土炸彈比人家造原子彈還難。不要一天泡在屋裡像是搞科研的樣子，你連基本的電路圖都看不懂吧？鋼渣說，我看得懂。那東西能炸，我只是要把它搞得更好用一些。這是炸彈，不是麻將，這一圈摸得不好還可以摸下一圈。皮絆就懶得和鋼渣理會了，進屋去煮飯，嘴裡嘟嘟囔囔地說，飯也要我來煮，是不是解手以後屁股也要我來擦？

天黑的時候兩人開始吃飯。皮絆說，我飯煮得多，你把啞巴叫來一起吃。鋼渣走到陽台上看看，小于的店門已經關了。皮絆弄了好幾盆菜。皮絆炒菜還算裡手，比他偷東西的本事略強一點。他應該去當大廚。鋼渣吃著飯菜，腦殼裡考慮著諸如此類的事情。

鋼腦殼，你能不能打個電話把啞巴叫來？晚上，借我也用用。皮絆喝了兩碗米酒，頭大了，開始胡亂地想女人。他又說，啞巴其實蠻漂亮。鋼腦殼你眼光挺毒！

你這個豬，她是聾子，怎麼接電話？鋼渣順口答一句，話音甫落，他就覺得不對勁。他嚴肅地說，這種鳥話也講得出口？講頭回我當你是放屁，以後再講這種話，老子脫你褲子打你。皮絆自討沒趣，還犟嘴說了一句，你還來真的了，真稀見。你不是想要和啞巴結婚吧？說完，他就埋頭吃飯喝湯。皮絆打不贏鋼渣，兩人試過的。皮絆打架也狠，以前從沒輸過，但那時他還沒有撞見鋼渣。在這堆街子上混的人裡頭，誰打架厲害，才是硬梆梆的道理。

另一個薑黃色的下午，鋼渣和小于一不小心聊起了過

去。那是在鋼渣租住的二樓，臨街面那間房。小于用手勢告訴鋼渣，自己結過婚，還有兩個孩子。鋼渣問小于離婚的原因，小于的手勢就複雜了，鋼渣没法看得懂。小于反過來問鋼渣的經歷。鋼渣臉上湧起惺忪模樣，想了一陣，才打起手勢說，在你以前，我没有碰過女人。小于哪裡肯信，她尖叫著，撲過去亮出一口白牙，做勢要咬鋼渣。即便是尖叫，那聲音也很鈍。天色說暗便暗淡下去，也没個過渡。兩人做出的手勢在黑屋子裡漸漸看不清。小于要去開燈，鋼渣卻一手把她攬進懷裡。他不喜歡開燈，特別是摟著女人的情況下。再黑一點，他的嘴唇可以探出去摸索她的嘴唇。接吻應當是暗中進行的事，這和啤酒得冰鎮了以後才好喝是一個道理。

　　對面，在小于理髮店前十米處有一顆路燈，發神經似地亮了。以往它也曾亮過，但大多數時候是熄滅的。鋼渣見一個人慢慢從坡底踅上來。窗外的那人使鋼渣不由自主靠近了窗前。他認出來是那個老膠鞋。老膠鞋走近理髮店，見門死死地閂著。小于也看見了那人，知道是熟客。她想過去打開店門為那個人理髮，刮鬍子。但鋼渣拽住她。不需捂她的嘴，反正叫不出聲音。那人似乎心有不甘，他站在理髮店前抽起了煙，並看向不遠處那盞路燈。

　　……是路燈讓這個人誤以為小于還開著店門。鋼渣做出這樣的推斷。

　　那人走後，小于把鋼渣摁到板凳上。她拿來了剪子和電推，要給他理髮。鋼渣的頭髮只有一寸半長，可以不剪，但

小于要拿他的頭髮當試驗田，隨心所欲亂剪一氣。她在雜誌或者別的地方看到一些怪異的髮型，想試剪一下，卻不能在顧客頭上亂來。現在鋼渣是她情人了，她覺得他應該滿足自己這一願望。鋼渣不願逆了她的意思，把腦殼亮出來，說你隨便剪，只要不刮掉我的腦殼皮。當天，小于給鋼渣剪了一個新款「馬桶蓋」，很是得意。

那一天，老黃出來溜街，走到筆架山下，看見理髮店那裡有燈光。他走了上去，想把鬍子再刮一刮。到地方才發現，是不遠處一盞路燈亮了，小于的理髮店關著門。他站一陣，聽山上吹風的簌簌響聲。這時，又是小崔打來電話，問他在哪裡。他說筆架山，過不了多久小崔便和于心亮開一輛的士過來了，把老黃拉下山去喝茶。

鋼城的的士大都是神龍富康，後面像皮卡加蓋一樣渾圓的一塊，內艙的面積是大了些，但鋼城的人覺得這車型不好看，有頭無尾。于心亮的臉上有喜氣。小崔說，于哥買斷工齡了，現在出來開出租，跑晚上生意。于心亮也說，我就喜歡開車。在鋼廠再扳幾年道軌，我即使不窮瘋，也會憋瘋。于心亮當晚無心載客，拉著老黃小崔在工廠區轉了幾圈，又要去一家茶館喝茶。老黃說，我不喝茶，喝了晚上睡不好覺——到我這年紀，失眠。你有心情的話，我們到你家裡坐坐，買瓶酒，買點滷菜就行。他是想幫于心亮省錢。于心亮不難揣透老黃的心思，答應了。他家在筆架山後面那座矮小的坡頭，地名叫團灶，是鋼廠老職工聚居的地方，同樣破蔽

不堪。于心亮的家在一排火磚房最靠裡的一間，一樓。再往
裡的那塊空隙，被他家私搭了個板棚，板棚上覆蓋的油毛氈
散發出一股臭味。

　　鋼廠工人都有改造房屋的嗜好。整個房子被于心亮改造
得七零八亂，隔成很多小間。三人穿過堂屋，進到于心亮的
房裡喝酒。老黃剛才已經把這個家打量了一番，人口很多，
擠得滿滿當當。坐下來喝酒前，老黃似不經意問于心亮，家
裡有幾口人。于心亮把滷菜包打開，歎口氣說，太多了，有
我，我老婆，我哥，我父母，一個白癡舅舅，還有四個小
孩。老黃覺得蹊蹺，就問，你家哪來四個小孩？于心亮說，
我哥兩個，我一個，我妹還有一個。老黃又問？你妹自己不
帶小孩？

　　那個騷貨，怎麼跟你說呢？于心亮臉色稀爛的。于心亮
不想說家裡的事，老黃也不好再問。三個人喝酒。老黃喝了
些酒，又忘了忌諱。老黃說，小于，你哥哥是不是離了？于
心亮歎著氣說，我哥是啞巴，殘疾，結了婚也不牢靠，老婆
根本守不住……他打住了話，端起杯子敬過來。當天喝的酒
叫「一斤多二兩」，是因為酒瓶容量是 600 毫升。鋼城時下
流行喝這個，實惠，不上頭。老黃不讓于心亮多喝，于心亮
只舔了一兩酒，老黃和小崔各自喝了半斤有多。要走的時
候，老黃注意到堂屋左側有一間房，門板很破。他指了指那
個小間問于心亮，那是廁所？于心亮說，解手是吧？外面有
公用的，那間不是。老黃的眼光透過微暗的夜色杵向于心

亮,問,那裡誰住。于心亮説,我妹妹。老黃明白了,説,
她也離了?

離了。那個騷貨,也離了。幫人家生了兩個孩子,男孩
歸男方,她帶著個女兒。

老黃又問,怎麼,她還沒回來?于心亮説,沒回來。她
有時回來,有時不回來,小孩交給我媽帶著。我媽欠她的。
老黃心裡有點不是滋味。于心亮家裡人多,但只于心亮一人
還在上班。囿於生計,他家板棚後面還養著豬,屋裡瀰漫著
豬潲水的氣味,豬的氣味,豬糞的氣味。現在,除了專業
戶,城裡面還養著豬的人家,著實不多了。天熱的時候,這
屋裡免不了會孳生蚊子、蒼蠅,甚至還有臭蟲。

那件事到底鬧大了。由此,小崔不得不佩服老黃看事情
看得遠。鋼都四中那小孩被打壞了。實習警察都是劉副局從
公專挑來的。劉副局有他自己的眼光,看犯人看得多了,往
那幫即將畢業的學生堆裡瞟幾眼,就大概看得出來哪些是他
想要的人。他專挑支個眼神就曉得動手打人的孩子。劉副局
在多年辦案實踐裡得來一條經驗:最簡便易行的辦法,就是
打。——好漢也捱不住幾悶棍!劉副局時常開導新手説,犯
了事的傢伙不打是撬不開口的。但近兩年上面發下越來越多
的文件,禁止刑訊。正編的警察怕撞槍口上,不肯動手。劉
副局只好往實習警察身上打主意。這些毛孩子,腦袋裡不想
事,實習上班又最好表現,用起來非常合心。

　　四中那小孩被揍了以後，第二天通知他家長拿錢領人。小孩的老子花一萬多才把孩子取回去，帶到家裡一看，小孩有點不對勁，哭完了笑，笑完了又哭。老子問他怎麼啦怎麼啦，小孩反來覆去只曉得說一句話：我要噓噓。

　　小孩噓了個把星期，大都是謊報軍情，害得他老子白忙活。有時候嘴裡不噓了，卻又把尿拉在襠裡。他老子滿心煩燥，這日撇開兒子不作理會，掖一把菜刀奔鋼都四中去了。他要找當天報案的那幾個年輕老師說理，但那幾個老師閃人了。一個副校長，一個教導主任和兩個體育老師出來應付局面。這老子提出索賠的要求，說是兒子打壞了，學校有責任。分局罰了一萬二，他要求學校全部承擔。校方哪肯應承，他們只答應出於人道，給這小孩支付一千塊錢的醫藥費。兩邊報出的數額差距太大，沒有斡旋的餘地。這老子一時鼻子不通，抽出菜刀就砍人。兩個體育老師說是練過武術，卻沒見過真場面，三下兩下就被砍翻在地上。這老子一時紅了眼，見老師模樣的就追著砍，一連砍傷好幾個。分局的車開到時，兇手已經跑出校區。坐車趕往案發現場的時候，劉副局還罵罵咧咧，說這狗日的，專揀軟殼螺螄捏。他兒子是我們打壞的，有種就到分局來砍人嘛。劉副局鼻孔裡哧哧有聲，扭過頭跟後排的老黃說，人吶，都是憋著尿勁充硬吊，都是軟的欺硬的怕。

　　兇手捉到後，劉副局吩咐讓當地聯防牽頭，拎著人在鋼都四中及焦化廠周邊一帶遊街。這一帶的小青年太愛尋釁滋

事，借這個機會，也殺鷄子給猴看，讓他們明白，分局裡的
警察可不是只曉得打籃球。

再後來，上面調查從鋼都四中捉來的那學生被打壞的
事，劉副局果不然把兩個實習警察拋出來擋事。那天，老黃
看見兩個實習警察哭了，一把鼻涕一把淚。雖然有些惋惜，
但老黃知道，這號誰拽著就給誰當槍的愣頭青，不栽幾回跟
頭是長不大的。這次情形著實嚴重，捂不住了。動手狠的那
個，這幾年警校算是瞎讀了。

小崔拽著老黃走在路上，正聊得起勁，後面響起了車喇
叭聲。于心亮就是這樣的人，只要看見小崔老黃，他就把生
意甩脫，執意要送他們一程。于心亮雖然日子過得緊巴，卻
不把生意看得太重，喜歡交朋結友。認准了的人，他沒頭沒
腦地對你好。有兩次，老黃獨自走在街上，于心亮見到了，
一定要載他回家。老黃自己都覺得不好意思，他和于心亮不
是很熟。但于心亮說，黃哥，我一見到你，就覺得你是最值
得交的朋友。這次，于心亮硬是把小崔拽上了車，問兩人要
去哪。小崔隨口就說，去烤鳥店。于心亮也曉得那家店──
「鴨」字掉了半邊以後，名聲竟莫名其妙躥響了。三個人在
烤鳥店裡等到一套桌椅，坐下來喝啤酒。老黃不停地跟于心
亮說，小于，少喝點，等下你還要開車。于心亮卻說，沒
事，啤酒不算酒，算飲料。說著，于心亮又猛灌一口。幾個
人說來說去，又說到于心亮的家事。那天在于心亮家裡，老
黃不便多問，之後卻又好奇。于心亮真要說起話來，也是滔

滔不絕。他日子過得憋悶，悶在肚皮裡發酵了，漚成一籮筐一籮筐的話，不跟別人傾倒，會很難受。先說到他自己。于心亮覺得自己倒沒有什麼好說的，無非日子過得緊巴點。年輕十歲的時候，他敢打架，不想事，抓著什麼就拿什麼砸向對方。現在不敢打了，因為坐過牢，也怕花錢賠別人。他拿不出這錢。接下來于心亮說起了自己的哥哥，是打鏈黴素導致兩耳失聰的。又說起了妹妹，也是被該死的鏈黴素搞聾的。老黃就不明白了，說既然你哥已經打那針打壞了，妹妹怎麼還上老當？于心亮拽著酒杯說，這要怪我媽，她腦袋不靈便，幹傻事。算好我小時候身體好，從來不打針，要不然我這一家全是聾啞。說到這裡，于心亮臉上有了苦笑。他繼續說自己妹妹：她蠻聰明，比我聰明，但是聾了。我爸嫌她是個女的，聾了以後不讓她去特校學手語，費錢。她恨老頭子。十幾歲她就跟一個師傅學理髮，後來……後來那個師傅把她弄了，反賴是她勾引人家。她嘴裡咿哩哇啦說不清楚。後來生了個崽，白花花一大坨，生下來就死掉了……為什麼要講這些屁事呢？不說了。

老黃順著話說，好的，不說了。他驀地想到在筆架山公園後門開店的小于。但是，小于和于心亮長得實在太不像了，若兩人是兄妹，那其中肯定有一個是基因突變。

不說了不說了……哎，說說也沒關係。于心亮自個憋不住，要往下說。……後來她結了婚，但那男的喜歡在外面亂搞，到家還拿她的錢。她的理髮店以前就在團灶，手藝好人

性子也好，所以店面一天到晚人都不斷客。她男人拿著她的錢去外面弄女人。有一次，有個野女人還鬧到家裡來。我趕過去，女人曉得我厲害，掉頭就跑。我覺得這事我應該管管。誰叫我是她哥哥，而她又聾啞了呢？我過去把她男人收拾幾回，她男人正好找這藉口離婚。所以，她恨我。但這能怪我麼？你再怎麼離不開男人，也得找個靠得住的啊。說她聰明，畢竟帶了殘疾，想事情愛鑽牛角尖。于心亮歇嘴的時候老黃說，你那妹妹，是不是在筆架山上開理髮店？于心亮眼珠放亮了，說你認識啊？老黃說，她刮鬍子真是一把好手。于心亮咧嘴一笑，說，是的咧，那就是我妹妹，人長得蠻漂亮，不像我，長得像一個萵苣。老黃說，今天別開車了，等下你回去休息。于心亮說沒事，又撮了個響框子，要了三瓶啤酒。各自喝完一杯，于心亮眼裡明顯有些泛花。老黃只有提醒自己少喝，等下幫他把車開回去。

于心亮又說，黃哥，聽崔老弟說你離婚了，現在一個人單過？老黃眼皮跳了起來，預感到這渾人要借酒勁說渾話，趕緊支開話題想說些別的。于心亮說，別打岔哥哥，你真是個聰明人，一下就聽出苗頭了。你人穩重，我知道你是好人。我妹妹雖然兩隻耳朵配相，但她年輕，懂味。你對她好，她就會滿心對你好……

……哎，亮腦殼我得講你兩句，玩笑開大了啊。也不看看我什麼年紀。我女兒轉年就結婚了。老黃趕緊板起臉說，小于你喝多了，講酒話哩。于心亮說，我怎麼講酒話了？小

崔說，于哥，你確實講酒話哩。于心亮酒醉心明，覷了一眼，見老黃的臉板了起來，舌頭趕緊打了個轉，說，不是酒話咧，今天搭幫你們請，吃多了烤鳥，一口的鳥話。

鋼渣這一陣很充實，把造炸彈的事先放一放，轉而去跟啞巴老高學手語。啞巴老高是賣手切煙絲的。鋼渣喜歡買他切的白肋煙，抽著勁大，一來二去算是熟人了。老高認字，鋼渣翻著新華字典，要問哪個詞，就指給老高看，老高便把相應的手語做出來。鋼渣覺得手語比較好學，因為形象啊。他甚至懷疑，手是比舌頭更能表義的東西。從老高那裡回來，鋼渣就把手語現買現賣地教給小于。小于樂意學。她自創的手勢表意畢竟有限，比如說，小于指一指鋼渣，鋼渣就知道是在叫自己；但如果小于想親昵一點，想拿他叫「親愛的」呢？若不學正規手語，這就很麻煩。鋼渣教小于兩種手勢，都可以表達這意思。其一：雙手握拳拇指伸直併作一起，繞一個圈；其二：右手伸開，輕撫左手拇指的指背。小于有她的選擇，覺得第二種曖昧了，不像是說親愛的，倒像暗示對方上床做愛。小于傾向於使用第一種手勢。一個拇指代表一個人，兩個有情的人挨得近了，頭腦必然會有發暈的感覺——這真是很形象呵。

鋼廠有個電視台，除了每兩天播放十分鐘的新聞，其餘時間都在播肥皂劇和老電影。鋼廠台片源有限，一個片子會反覆播放。小于記性特別好，片子裡的情節即使再複雜，她

看一遍就全記下來了，下次有重播，她搶著給鋼渣描述下一步的劇情。她最喜歡看年代久遠的香港武打片，看裡面的人死得一塌糊塗。她要表達殺人的意思，就化掌為刀作勢抹自己的脖子，然後一翻白眼。鋼渣從老高那裡學來的標準手語，「殺人」應該是用左手食指伸長，右手做個扣扳機的動作。但小于嫌那動作麻煩，她寧願繼續抹脖子。她對鋼渣教給她的手語，都是選擇接受。鋼渣越來越喜歡這個啞巴女人了。她身上有一些說不清道不明的東西，使得他對她迷戀有加。他時常覺得不可思議，再怎麼說，他鋼渣也不是沒見過女人的人，到頭來卻是被一個啞巴惹得魂不守舍。

　　小于仍時不時拿鋼渣的腦袋當試驗田，剪成在破雜誌上看到的任何髮式。每回見面，她總是瞅瞅鋼渣的頭髮長得有多長了，要是覺得還行，就把鋼渣摁在板凳上一陣亂剪。這天，電視裡播了一部外國片子，《最後的莫希干人》。小于看了以後，兩條蚯蚓一樣的目光又往鋼渣的頭皮上蠕動了。鋼渣頭髮只長到寸多長，按說不適合打理莫希干頭，但小于手癢，一定要剪那種髮型。髮型很容易弄，基本上像是刮禿瓢，中間保留三指寬的一線頭髮。沒多久，大樣子就出來了。髮型改變了以後，鋼渣左腦半球上有一塊疤，右邊有兩塊，都暴露出來了。這是許多年前被人敲出來的。算好還留有一線頭髮，要不然他頭皮中縫上的那顆紅色胎記也會露出來。鋼渣正這麼想著，小于又攏過來了。她覺得這個髮型很不好看，乾脆一不做二不休，給鋼渣刮個禿瓢了事。

　　鋼渣遞給小于五十塊錢，要她給自己買一頂帽子和一副墨鏡。她下到山腳，買來這兩樣東西。帽子有很長的鴨舌狀的帽檐，但並非鴨舌帽；墨鏡是地攤貨，墨得厲害，隨便哪個時候架在鼻樑上，就看見夜晚了。

　　皮絆進屋的時候，看見鋼渣正在整理帽子。皮絆說，捂痱子啊。鋼渣沒有做聲。皮絆又看見那副墨鏡，彷彿明白了。鋼渣當然不會是去旅遊。皮絆恍然大悟地說，鋼哥，炸彈弄出來了？要動手了？鋼渣只得掀開帽子，讓他看看光頭。鋼渣說，又被刮了光頭，腦殼皮冷，戴戴帽子。皮絆很失望地睨他一眼，說你怎麼老往後面拖啊？要是不想幹了，跟我明說，別搞得我像傻婆娘等野老公一樣，一輩子都等個沒完。

　　鋼渣也挺無奈。他時不時去回憶，身上捆炸藥包去銀行搶錢的想法是怎樣形成的，又是怎樣固定下來並付諸實施的呢？一開始無非是酒後講講狠話，皮絆聽後卻認真了，說要給他打下手，還老問他幾時動手。鋼渣又不好意思說我這是講酒話。多扯幾次，造炸彈搶銀行的事竟然越來越清晰，從酒話嬗變成了具體的行動。而鋼渣，他感覺自身像是被扭緊發條一樣。扭發條的人顯然不是皮絆，那又是誰呢？皮絆這一根筋的傢伙好幾次對他說，鋼渣，你莫不是故意講狠話嚇別人吧？你打架厲害，但打架厲害的，未必個個都不要命。鋼渣嘴是很犟的，面對皮絆的質疑，依了他的性子，只會死爭到底。他說，炸藥還沒造出來，他媽的，造炸藥總比種雙

兩大更要技術吧？要不然你來弄，我等著。你哪時造好我們哪時動手。皮絆就沒話說了。他雖然老嫌鋼渣的手腳慢，但換是他，肯定一輩子也造不出比鞭炮更具殺傷力的炸彈。

　　炸彈過不多久就會弄好。雖然有幾個技術點需要攻關，那也是指日可待的。鋼渣心裡很明白。

　　那天清早，小于主動過來和鋼渣親熱了一回。然後她告訴他，自己要出去幾天。離婚後判給前夫的那個孩子病了，要不少錢。她手頭的錢不多，得全部送過去。她自己也想守著孩子，照看幾天。畢竟那是自己身上掉下來的肉呵，離婚這事也割不斷。

　　以後幾天，鋼渣果然沒看見小于開店門。他一直坐在窗前，看面馬路對面的理髮店。他很想手頭有一筆錢，幫幫小于。錢也許不算怎麼東西，但很多時候，錢的確要比別的任何東西更管用。鋼渣看武俠小說長大的，那書看多了，使他誤以為只要打架厲害，就會相當有錢，走南闖北肆意揮霍，過得很瀟灑。現在成年了，他才知道根本不是那麼回事。

　　皮絆又拖了一袋東西回來，解開繩繫，裡面叮叮噹噹地滾落出許多小件的物品，竟然還夾雜著一兩個空啤酒瓶。鋼渣本來想揶揄兩句，卻沒能張開口。他心裡忽然湧起一陣難過。

　　炸彈造得怎樣了？皮絆扔來一本書，竟是七十年代初出版的「青年自學叢書」中的一本，基層民兵的國防知識教材。封面上還拓著一個章：發至下鄉知識青年小組。皮絆

說，你看看有沒有用。裡面印得有炸彈的圖，從中間切開了。炸彈能從中間切開麼？

　　皮腦殼，那叫解剖圖。哪撿來的？這書沒用，就好比把《地雷戰》看上二十遍，你同樣造不出地雷。摸著這本年代久遠的書，鋼渣心情愈加黯淡。他真想揪著皮絆的耳朵灌輸他說，現在人類跨入二十一世紀了，凡事要講科學，講技術，就是造土炸彈，也需要很高的工藝水平。但是皮絆這號人，他如果能理解，還至於在撿啤酒瓶的同時揣著一堆發財夢嗎？最後，鋼渣總結而得一個認識：如果以後和小于生了一個孩子，定要讓他好好學習天天向上。

　　皮絆坐下來，剝開一包軟裝大前門，抽了一口，打商量地說，鋼哥，也不一定要造炸彈，我們先從小事做起……那口煙霧很飽滿，皮絆說的每一個字，都拌和著煙霧往外蹦。他接著說，除了搶銀行，別的事也可以幹。比如說去鐵路割電纜，去搞空調機外機，去貨站搞鋅錠。雖然一手搞不到很多，但還算安全，可以聚少成多。鋼渣皺了皺眉頭。他從來沒想過去做這些小事，現在也提不起興趣。皮絆繼續往下說，要不然，我們可以去搞的士司機的，這些傢伙，身上一般都揣千把塊錢，搞得好，拿刀子一比，他們就老老實實把錢交出來。李木興得手好幾次，小范那苕人也幹這事。鋼渣覺得這事稍微靠譜一點。再說他不能老是對皮絆說不，說得多了，皮絆會以為他膽怯。鋼渣問，皮腦殼你會開車嗎？皮絆說，我會，只是還沒搞駕駛證。鋼渣笑了說，你這豬，開

搶來的車還要什麼駕駛證？不如現在我們就開始做準備？

拿定主意以後，鋼渣來到窗前，看看窗外的午後天光。他很想見見小于。小于的店門閂得鐵緊。過了不久，雨就開始下起來了。

案發現場在右安區和大碇工業園之間的一段，四車道公路旁斜逸而出一條窄馬路，傍溪流往下走。沿這路前行兩里，現出一片河灘。屍體被拋在河灘一處凹槽裡。被警戒線一勾勒，案發現場有了更多的沉重感。車頂燈還在忽閃著。這樣的早晨，空氣尤其黏稠。老黃坐的車半路拋錨，慢了十來分鐘。到地方，老黃瞥見小崔的臉上有淚水淌過的痕跡。一個男人一旦流淚，即使擦拭再三，臉上也現出大把端倪。這跟女人不同。

怎麼了？隔著三五步的距離，老黃開口問話。小崔被老黃的詢問再次觸動，眼窩子又潤起來，沒有說話。老黃攏過去看。屍體保持著被發現時的狀態，臉朝上面翻，表情和肢體都凝固成挺彎扭的樣子。老黃感受到這人死得憋屈。死者的面相，看著熟悉。因為死亡，人的臉會乍然陌生起來。老黃再走近幾步，才確認死者就是于心亮。

現場勘驗有條不紊地進行著，一撥人呈篦狀梳理這片河灘，仔細尋找著指印、足跡、遺留物以及別的痕跡。老黃發覺自己有些多餘，走到近水的地方，在一塊卵石上坐下來，摸出煙捲。他看見一輛警車頂燈打著旋，晃進眼目。霧氣正

從河灘一堆堆灌木叢中升起，並散逸開去。他點了煙，隨意
地瞟幾眼，就大聲招呼就近的那個警員過來拍照。再一想，
光拍照還不夠，老黃補充說，把石膏粉取來，要做個模。在
他身邊不遠的一塊鬆軟的土皮上，遺留有單個足印。在辦案
方面，老黃輕易不開口表態，一旦說了話，年輕警員會攏過
來按他意思辦。在足印勘驗方面，老黃稱得上是專家。分局
調他過來，看中的也是這一點。

　　接下來，老黃在一叢骨節草裡發現兩枚煙蒂，一併取
走。水邊有一溜臉盆大小的卵石，是專讓人坐著休憩的。他
想，屁股的坐痕沒什麼價值，否則應顯個影。他能斷定，案
犯在這裡坐過——把屍體拋棄以後，案犯在河中洗去血跡，
感到累了，就坐著抽煙。殺人之後，兇手通常會感到前所未
有的疲累。河面寬泛，但河水相當淺，要不然屍體不會擱置
在河灘上。

　　老黃用石膏做模時，好些年輕警員圍了上來。一開始做
模，總不得要領，能看到老黃這號專家現場操作，自然要多
留些心眼。老黃把可調圍帶圍著足跡繞幾圈，並清理其中的
細小雜物。對於足跡不清晰之處的輕微整理，只能是老手憑
經驗把握的事。老黃把石膏漿徐徐灌注進去，偏著腦袋看年
輕警員繃緊的臉，心裡淌過些許得意。適當縱容心裡那份得
意，能獲得上佳的工作狀態。

　　緊接著的現場分析會，劉副局首先發言。刑事重案基本
上由劉副局主抓。他的辦法老舊，不計物力人力，搞大規模

的查緝戰，但總是能收到效果。死者的身份得到確認以後，劉副局就認定這是一樁搶車殺人案。去年以來，鋼城的搶車、盜車案頻發，背後肯定隱藏著一個團夥。市局已經做了整盤的戰略佈署，重點抓這案子，目前處於搜集線索篩查信息階段。網張開了，收口尚待時日。劉副局把這起案件歸口併入盜車團夥的案件，看上去也是順理成章的。再者出租車是搶盜的重點，因為款式常見，價位不高，有利於盜車團夥成批地賣出去。搶車盜車團夥經過若干年發展，零售生意做起來不過癮，喜歡打批發，整躉。

在此之前，搶車盜車案裡沒有伴發命案。劉副局既然把這起殺人案併入其中，就有理由認定盜車團夥的案情正在升級，市局的全盤佈署有必要做出相應調整，應多抽調警力，加大盤查力度。劉副局把他的意思鏗鏘有力地說了出來。他說話時，習慣性把手中純淨水膠瓶捏來捏去，使之不斷地癟下去又鼓起來，發出碎裂的聲音。

有時老黃想跟劉副局討論討論辦案成本的問題，話到嘴邊又憋住了。他知道，劉副局的腦袋裝滿既定經驗，這輩子也不會理解諸如「辦案成本」之類的概念。抓得住老鼠才是好貓，但抓鼠的時候撞碎了一櫃子碗碟，那是主人家考慮的事情。

現場分析會，正是坐在那一圈卵石上召開的，石面沁涼，冷氣幽幽躥進肛腸。這次老黃站起來發了言，陳述個人觀點。他認為，把這案子併入搶車、盜車系列案件為時過

早。劉副局不吱聲，眼神杵了過來。老黃說，這起案件和以往團夥盜車案件，特徵上有明顯的不同。首先，以前的搶車案，從未併發命案，頂多只是用鈍器敲擊車主，致使車主昏厥以便實施搶奪。那個集團的案犯主觀上一直不存在殺人動機。但這起案件，兇犯持銳器作案，一動手就直逼要害，取人性命⋯⋯

年輕人都聽得認真。劉副局眼光掃了一遍，撇撇嘴，又捏癟了膠瓶，但膠瓶已經漏氣，沒有冒出聲音。他問，還有麼？老黃笑一笑，彷彿等著劉副局有此一問。他把剛倒成的石膏模拿出來，擺在眾人中間，指著上面相應的部分說事。⋯⋯這個鞋印，我看未必能用常用公式套算身高。現場採集的案犯鞋印，紋路有兩種，物象型、畦埂型。鞋碼都較大，套公式算，這兩個人都是一米八以上的高個。本地人普遍個矮，兩個一米八以上的高個碰在一起並不多見。真是這樣，案件反而有了重大的突破口。但從那叢灌木（老黃說話時用手指一指方向）後面取得的成趄足印可以看出來，步幅合不上這種身高。從這模型上進一步印證了，案犯是有意穿大碼子的鞋，進行偽裝，誤導刑偵方向。所以說，我們要是按常規算，鞋碼放餘量的估計肯定不準確。老黃把鞋模子舉高了一些示意眾人，接著說，案犯兩人應都是三十以上的壯年男人，足印具有這個年齡段的典型特徵，有明顯的擦痕、挑痕和秸痕。按說足印前端的蹬、挖應該很淺，但這個足印，前端幾乎不受力，向上翹起，不符規範。這一點進一步印證，

案犯的鞋超出腳碼一截，前端塞有軟物，但踩在地上是虛飄的……

那又怎樣？劉副局岔進來一句。

老黃擰開一瓶水，拖拖沓沓地喝了幾口，往下說，穿超腳碼的鞋做案，顯然不利於行走。盜車團夥的成員做案多了，即使要偽裝，要反偵破，也不會在鞋碼上做文章，給自己不方便。這起案的兩個案犯，顯然做案不多，所以在偽裝上用力太猛，太想偽裝得周全。我認為，可以和盜車團夥的案件明顯區分開，這起案件應單獨偵破。

……你也不要把話說得太滿。劉副局說話時臉皮已垂塌下來，吐字像鯽魚鼓水泡，一個個往外迸。他說，我看不妨兩條腿走路，暫且歸入系列搶車、盜車案，借市局的整體佈署，進行大規模查緝。這案件有特殊的地方，再指派專人調查。劉副局當了多年領導，這時已拿出了毋庸質疑的語氣。老黃不再往下說了，怕他當自己在將倒毛。

撤離現場時，老黃叫小崔還有另兩個年輕警員擠進一輛車，脫離大部隊一路緩慢行駛。他希望這一路上能找到別的線索。把案發現場處理完畢，再沿路尋查一番，是老黃多年形成的習慣，且屢有收穫。再說，在現場腦子狂轉半天，也需要坐在慢車上舒緩地看著沿途景物，放鬆自己。路邊的草總是亂的，有些被風吹出形狀，像用髮膠固定的髮型。有的地方，草已經開始頹敗。老黃忽然叫司機停車，他跳下車去往十丈開外的一個黑斑走去。小崔問，怎麼了？他回答，說

不清楚。就想過去看看。老黃走得不徐不疾，折回來時手裡
多了一頂帽子。那是年輕人常戴的帽子，黑色，帽舌很長，
內側貼有美特邦品牌的標識。

　　一頂帽子。小崔說。他拿過來看了看，沒有什麼特別。
老黃問他，對，一頂帽子，你看看有什麼不同？小崔就有些
緊張了，非常想一口蒙出老黃心裡的標準答案。但他端詳半
天，始終沒有看出端倪。老黃說，你肯定想深了，往淺裡
走，還不行，就把你自己的帽子脫下來比對一下。小崔照做
了。但拿自己的盤狀警帽和這頂遮陽帽做比對，又有什麼意
義？老黃也不想為難他，最後呵呵一笑，指著遮陽帽的內側
口沿說，看這裡。這頂帽子還沒浸得有腦油，肯定剛戴了不
久。小崔問，怎麼能肯定是案犯留下的呢？

　　這頂帽子一看就是正牌貨，值大幾十塊錢，估計是被風
掀掉的。要是不是案犯做案時時間倉促，哪有不把帽子撿起
來的道理？小崔在老黃一再啟發下，慢慢找到些感覺了。他
說，案子應該是在這段路做下的，這才是第一現場？小崔的
目光沿公路前後延展，灰色路面闃寂得猶如一條死蛇。老黃
沒有回答，他把帽子戴在自己頭上。這樣，他就聞到帽子裡
面逸出的爽身粉氣味。現在，頭髮剪成型後，幫顧客頭上撲
些爽身粉的理髮師，差不多都退休了。

　　在團灶，追悼會總是開得很熱鬧，這破蔽的地方，人卻
很多。老黃小崔各買一面花圈，上面寫著祭奠的文字。鋼廠

和于心亮熟識的人來了一坪，圍了好多張桌子打紙牌或者搓麻將。老黃在一個角落裡揀張凳坐下。旁邊那桌，一個打牌的人接了個電話要走，招呼老黃過去接幾圈。他說，老哥，替我打兩圈。老黃點點頭，擠到牌桌邊。這一桌的幾個人都是三級牌盲，廁所打法，每一級輸贏五角錢。老黃有點索然無味，一邊贏錢，一邊還漫無邊際地走神。

晚九點，他看見了啞巴小于。據說白天家裡人去找她，把筆架山前後翻個遍，都沒能把人翻找出來。現在她自己來了，穿得很素，眼泡子在來之前就哭紅了，有些發腫。走到于心亮的遺像前，小于開始哭泣。小于的哭聲很低，聽著有點瘆背。很多人抽出腦袋看向小于。小于很快哭塌了下去，又被親戚架起來。老黃勾下腦袋甩牌。小于哭夠了以後，慢慢踅向這個方向，在老黃剛才坐的那張椅子上坐下。老黃瞥了她一眼，她好半天才回瞥一眼，認出這是個老顧客。她抹著眼睛勉強笑一笑。轉瞬，她又恢復了哭喪的表情。

凌晨兩點，一個長魚泡眼的年輕人走進靈堂，逕自走到小于面前。那時小于趴在自己膝蓋上睡過去了，魚泡眼把她拍醒，示意她出去說話。老黃下意識把魚泡眼打量一番，最後免不了看向那人的鞋子。這也是職業習慣，老黃看一個人，目光最終會定格在對方的腳下。水泥地面太硬，剛掃過，沒有積灰，所以也沒留下鞋印。老黃砸牌的時候，眼角餘光往靈堂外面瞥去，小于已隨著魚泡眼去到看不見的地方。外面，鋼城的夜晚是巨大的，漆黑一片。

　　鋼渣這一晚很是煩亂，他後悔殺了人，不但沒搶到幾個錢，而且殺掉的那傢伙竟是小于的哥哥。鋼渣恨恨地想，這麼狹長，這麼寬闊的鋼城，事卻偏偏這麼巧合？殺人的當時，他看了看那司機的嘴臉，根本沒法和啞巴小于聯繫起來。當晚，去到停靈的地方，他叫皮絆進去把小于帶出來。小于出來後，他拽著小于沿一條胡同往深處走，皮絆知趣地消失了。在一盞路燈底下，他摘下帽子，搔了搔頭皮，用手勢詢問小于，家裡出什麼事了？小于流著淚告訴他，自己的哥哥死了。

　　鋼渣非常清楚，于心亮確實是被抹了脖子死去的。小于的眼淚不斷地溢出來。她兩眼緊閉，卻禁不住淚水。在淡白路燈光照耀下，小于緊閉的兩眼像兩道傷口，液體不斷地泌出來。鋼渣幫小于抹去眼淚，從褲袋裡掏出幾張老頭票，橫豎塞進她手裡，並說，不要太難過，還有我。小于強自笑了，把即將奪目而出的眼淚嗆回眼槽子。鋼渣被小于的微笑再次打動，把她抱到背光的地方，狠狠地吻她。他把她舌頭吐出來後，情欲已經不要命地勃發了。他打一輛車去到筆架山上，把她拽進租住的房間。一陣零亂的撫摸過後，鋼渣明顯感覺到小于的身體正在發潮，發黏。他不敢開燈，因為知道她表情必然是左右為難的，是惘然無措的。

　　漫長的做愛過程中，鋼渣聽見遠處不時有鞭炮聲響起來。也許，同一晚，偌大一個城區會有多處停靈，那鞭炮也不一定是放給于心亮的。

　　劉副局暫調市局主抓搶車盜車團夥的案件。這事下的力度很大，調查取證還順，套用開會時的俗常語，說是「取得階段性成果」應不為過。幾個主要案犯已悉數進入掌控。在市局的會議上，劉副局表明了自己態度，認為應該提前收網，不求一舉抓獲所有案犯，而是重點擊破，然後查漏補缺，到第二階段再把那堆蝦兵蟹將一個個刨出來。市局肯定了劉副局的意見，但這網口太大，甚至要跨省尋求兄弟單位聯動，前期工作必須做得扎實周密。

　　最近劉副局不大看得見人，幾乎都在外面跑聯絡工作。時而回分局了，也是一身時髦便裝，腋窩裡隨時挾著個鋥亮的皮包，看著像廣東來的商人。分局裡的人抽走一些，隨劉副局跑外線的聯絡工作。剩下的一幫警員辦起案來，都肯去老黃那裡討主意。老黃往人堆裡一站，分明就是主心骨的模樣，但他偏偏生就了閑性子，誰找他拿主意，他就說，你自己看著辦。老弟，車有車路馬有馬路，我看你肚皮裡的鬼主意比我多得多。

　　老黃把注意力放在那頂帽子上。他不事聲張，只安排三名警察去查這個事。搭幫劉副局外出，老黃得以放開手腳。揪住這細微線索摸排查找，小崔等年輕警察都覺得玄虛了些，從半路撿來的一頂帽子切入，似乎太不靠譜。鋼城說大不大，人口也上了百萬，狹長的城市被割成若干區。這頂帽子再常見不過，找起來，擺明是大海撈針。再說，帽子跟案

情有無關係，眼下根本確定不了。老黃臉上總是鈍鈍的微笑，跟他們說，未必然。事情沒做之前，是難是易沒個准。很多事做起來要比料想的難，但有些事，做起來會比料想的容易。

事情上手一做，年輕警員果然覺察到了自己的先驗意識有偏差。確認這頂帽子是美特邦品牌的正品貨以後，所有的批發市場、路邊店、地攤都可以排除了。美特邦在鋼城的專賣店有五家連鎖，找到總代理商一統計，該型號是去年上市的主款型，整個鋼城走貨量是 174 頂。有發票和收據（必須事先向店主申明是公安局辦案，與工商局無涉，店主才會亮出收據）記錄的計 51 頂。小崔打算循著發票收據先查訪那51 人，但老黃說，這 51 人先擺在一邊，進一步縮小範圍，查另外的 123 人。店主和店員循著記憶向警員描述這款帽子的買家，像羊拉屎一樣，這次想起一兩個，下次又想起一兩個，稀稀拉拉。到這階段，開始磨煉幾個警察的耐性了，他們得頻繁光顧那五家店鋪，搜集新近記起來的情況。小崔用電腦記錄下對每一個顧客的描述。這事情幹了一陣，反而能從繁瑣裡得來一些清淡的滋味。

帽子的事還沒有眉目，市局已決定近期對盜車團夥收網圍捕。所有分局都要為這事忙碌起來。劉副局已回到分局，脫下老闆裝束，重新示人以警服筆挺的模樣。老黃只好把那案子放一放，投入市局整體佈署中。

統一行動前，所有參戰警員都到市局大會議室裡集中。

場面有點像劫匪自助餐式打劫，進去的人首先取一對聯號標籤，簽上大名，其中一張標籤栓在手機天線上。接著，幾個女警員煞有介事地拿出不鏽鋼托盤，在座位間齊頭並進。大家都把手機放到托盤裡面。老黃把手機吭唧一下擱進托盤。小崔第一次看見老黃用的手機，竟然是五年前的款型，諾基亞5110，非常巨大，像個榔頭。那手機往托盤裡一放，端盤女警員的胳膊似乎都壓彎了一些。後面的警察看著托盤，忍不住嗤出聲來。老黃那手機和別的手機擱在一起，分明就是象入豬群。

　　行動那天，老黃有些打不起精神。小崔卻是一股子勁，因為動員會已經激出了他的臨戰狀態。那天晚上的行動，卻顯得寡淡，定了點去捉人、找車，感覺像在自家地裡刨紅薯一樣。老黃小崔這組負責抓一個姓全的案犯，在黃金西部大酒店二樓洗浴中心的一個包間。兩人進到裡面抓人時，重腳踹開塑鋼門，見那傢伙躺在一只農村用來修死豬的木桶裡，倚著一個姑娘，正舒服得哼哼唧唧，每個毛孔都攤開著。見有人舉著槍進來，姓全的案犯神情篤定，一派處驚不亂見多世面的模樣。等小崔挨近他身邊，他忽然臉一變，扯開嗓門嚎啕大哭起來。小崔厭惡地吐一口唾沫，覺得真他媽沒勁，神經繃緊了老半天，卻撞到這樣一頭蔫貨。

　　另一隊派往氮肥廠舊倉庫抄查的警察，得以見到非常壯觀的情景：拉開倉庫門，裡面整整齊齊堆垛著長十來丈寬四五丈高一丈餘的化肥袋子。但把表面一層化肥袋搬開，裡面

竟全是車，堆疊著碼放。車有偷來的，也有報廢的車。該團夥的信譽不蠻好，把報廢車維修一下，再噴塗翻新，拿出去當贓車賣，以次充贓，從中賺一份差額。老黃自始至終只關心一件事：有沒有于心亮的那台車。這次行動，沒有找見那車。之後個把月裡，市局順藤摸瓜擴大戰果，跨省追回了四十餘輛賣出去的贓車，這其中也沒有于心亮的羚羊3042。

慶功會如期進行，劉副局當天十分搶眼，嘴巴前面攔著或長或短的話筒，簡直像一堆柴。劉副局說了好多的話，都有些說醉了。當晚，分局的人被劉副局死活拽去K歌。老黃小崔隨了前面的車一路走，再次來到黃金西部大酒店。裡面有很多妹子，行屍走肉般來去穿梭，一眼便可瞥出來，都是賣肉的。小崔覺得這些滑稽，怎麼偏偏來這地方呢？他睃了老黃幾眼，想知道他的看法。老黃似乎沒注意小崔的臉色。話筒遞到他手上，他唱起了〈有多少苦同胞怨聲載道〉。本來是兩個人的唱段，一幫年輕的警察蛋子哪配得上腔？老黃只好一人兩角，既唱李玉和，又扮磨刀人。其實老黃看出來了，小崔心中有疑惑。他又怎麼好告訴他，這家大酒店，劉副局參著暗股。把皮條生意做到如此規模，如果沒有公安局的人參暗股，可以說，一天都開不下去。當然，老黃是聽熟人說的，也不能確定。雖然這樣的事熟人不可能胡亂開口，但老黃作為一個警察，更相信證據。

既然這次行動沒有找到于心亮的車，老黃就可以跟分局提出來，把于心亮那案子單獨辦理。這件事自然由他主抓。

他點了幾個人。其實這一撥人，早就確定了的。

這以後不久，小崔從美特邦團灶店得來一個消息，有個女啞巴也曾來買過這款型的帽子。該店員請假剛回來，她把買帽子的女啞巴記得很牢靠。要是一個正常人買一件小貨，很難記得牢靠，或者張冠李戴，本來是買褲衩卻記成了帽子。但一個女啞巴來買男式便帽，店員就留心了。女啞巴用手勢比劃著跟店員討價還價，該店員好半天才跟她說通，店裡一律不打折，這和地攤是不一樣的。店員以為啞巴若得不到打折就不會買，但她還是買了。小崔記錄著女啞巴的體貌特徵，又聽見店員說，時不時還看見那啞巴從店門前走過去。

小崔把那條記錄給老黃看，問老黃想到了誰。老黃眼也不眨，第一時間就反應出了小于。小崔也點點頭。於是老黃蹙起眉頭，說，是不是，小于買給她哥的？難道這頂帽子是戴在于心亮頭上？于心亮沒有戴帽子的習慣啊。小崔認為有這可能。他說，于心亮不是跑出租了嘛。司機一天在外面跑，都喜歡戴頂舌簷長的帽子。小于要送她哥哥一頂，完全說得過去的。

為確認那個啞巴，小崔在美特邦團灶店枯坐幾天。直到一個下雨的午後，那店員忽然在他肩頭一拍，說，就是她，就是她。循著指向，小崔果然看見了啞巴小于。回到分局，小崔認為帽子這條線索應予作廢——很明顯，小于買帽子是送給于心亮的，因此帽子是從于心亮頭上掉落的。老黃的意

思是，不忙驚動小于，觀察她一陣，看看她平時跟哪些人接觸。

　　次日，小崔按老黃的安排去了筆架山，以小于店面為原點，觀察周圍情況。對街有一棟漆黑骯髒的樓房，五層高。他爬到樓頂平台，在一間用油氈蓋頂的雜物間找了個觀察點，待在裡面向下看。在小崔看來，小于的生活最簡單不過，每天開門關門，有的晚上會去賭啤酒機。她兩天掙的錢，只夠買五六注彩。在場子裡，小于基本上是用眼睛看別人賭。有一天她押中一個單號，贏了 32 倍，其後一整天她都沒有營業，全待在場子裡，直到把錢輸光。

　　第四天，小崔看見小于搬來很多東西堆到自己店子裡。看情形，她打算吃住都在店裡，不回家了。小崔斷定小于身上不可能有什麼問題，於是他下了樓，走過街進入小于的店子，看自己能不能幫上忙。小于認得小崔，知道是哥哥的朋友，在幹警察。她把東西堆在屋子裡，不作整理，臉上掛著呆滯的表情。小崔把那頂帽子拿出來讓小于看，小于眼淚撲簌簌流了出來。不用問就知道，帽子是她送給于心亮的。她想把帽子取回去作個紀念，但小崔搖了搖頭。

　　這條線索斷了，幾個人都不免沮喪。在這件事情上，眾人花費不少時間，卻是這樣的結果。小貴忍不住說了一句，怎麼早沒想到，帽子有可能是死者戴過的。老黃沒有作聲。他自嘲地想，也許，我就懂觀察腳上的鞋呵，觀察帽子又是另一種思路了。

當晚，老黃坐在家裡，看電視沒電視，看書也看不進去，把玩著那頂帽子，發現左外側有一丁點不起眼的圓型血斑，導致帽子布面的絨毛板結起來。帽子是黑色的，沾上一丁點血跡，著實不容易辨認。他趕緊拿去市局技術科，請求檢驗，並要跟于心亮的血液樣本進行比對。他也搞不太清楚，這麼一丁點血跡能否化驗。技術科的人告訴他，應該沒問題。結果出來了，報告單基本能認定，血跡來自于心亮。老黃更懵了。屍檢顯示，于心亮的鼻頭被打爆了，另一處傷在頸右側，被致命地割了一刀。

他想，如果是于心亮自己的血，怎麼可能濺到自己的帽子上呢？血斑很圓，可以看出來是噴濺在上面的，而不是抹上去的。中間有帽檐阻隔，血要濺到那位置，勢必得在空中劃一道屈度很大的圓弧，這弧度，貝克漢姆能彈鋼琴的腳都未必踢得出來。

那天鋼渣打開房門剛要下樓，見一個人正走上來。這人顯然不是這裡的住戶，他一邊爬樓梯一邊不停地仰頭往頂上面看。這人行經鋼渣身邊時，鋼渣朝門角的垃圾簍吐一口唾沫，然後縮回房間去。他一眼看出來，這人也是個綠膠鞋——他左胯上別著傢伙，而手機明明拽在手上。鋼渣去到朝向小于理髮店的那扇窗戶前，用鏡面使陽光彎折，射進店子裡，晃動幾下。小于發覺了，剛站到門邊，鋼渣就用手勢告訴她，不要過來，晚上他會去找她。

當晚小于去到啤酒機場子，果不然，那個綠膠鞋後腳跟

來了。鋼渣愈發認定，這膠鞋是衝自己來的。直到小于離場，膠鞋還後面跟著走了一段。十一點鐘樣子，膠鞋看了看錶，離開小于，循另一條道走了。鋼渣叫皮絆在外面把風，然後把小于拽到租住的房子裡，又是一陣疾風暴雨的做愛。小于對這種事的瘋勁，總是讓鋼渣的情緒持續高漲，他喜歡被女人掏空的感覺。事畢他亮開燈，抱著她放在靠椅上，同她說話。他告訴她，自己要離開一段時間。

　　小于很難過，她覺察到鋼渣這一走時間不會短。若是兩三天的外出，他根本不會說出來。但以前兩三天的分別，也足以讓小于撕心裂肺地痛起來。她的世界沒有聲音，尤其空寂，一天也不想離開眼前這個男人。她認識他以後，很多次夢見他突然消失，像一縷青煙。她在夢裡無助地抓撈那縷青煙，但青煙仍從她指縫間輕輕飄逝。

　　小于做著手勢，焦慮地問他，你說實話，是不是以後再也不來了？鋼渣一怔，他也有這種懷疑。自己畢竟沾了命案，這一去回不回來，能一口說準麼？他跟她說，時間較長，但肯定要回來。小于的眼神乍然有了一絲崩潰，蜷曲在鋼渣懷裡，眼角發潮，喉嚨哽咽起來。他抱了她無數次，這一次抱住她，覺得她渾身特別黏乎，像糯米團子。他喜歡她的這種性情，不懂得矜持，不曉得掩飾自己的眷戀。她沒受過一丁點教育，所以天生與大部分女人不同。鋼渣卻不像以往一樣，長久地擁抱她。她打手勢問，什麼時候回來？說一個準確的時間。他想了想，燃起一枝煙。然後，他左手四指

握著，拇指翹起。這個手勢可以代表很多個意思，但鋼渣把
煙蒂作勢朝拇指尖輕輕一杵，並迅速把五個手指攤開，小于
就理解了。鋼渣打的意思，是說放鞭炮。她雙手抱拳，作慶
賀狀。標準手語裡，這就是「春節」的意思。鋼渣知道她看
明白了，用力點了點頭，嘴角掛出微笑。她破涕為笑。他繼
續打手勢說，到那一天，把店面打扮得漂亮一點，貼對子掛
燈籠，再備上一些鞭炮。到時他一定來看她。他還跟她詛
咒，如果他不來，那就……他化掌為刀，朝自己脖子上抹
去。她趕緊掰下他作成刀狀的那隻手，一個勁點頭，表示自
己相信。

　　鋼渣皮絆當晚就轉移了地方，去到相距較遠的雨田區。

　　大碇東邊的水氹村，有一個不起眼的水塘，水面不寬，
只十來畝，但塘裡的水很深。秋後一天，有個釣魚人栽到塘
裡死了，卻不見屍體浮上來。其親人給水塘承包人付了錢，
要求放乾水尋找屍體。水即將抽乾那天，水氹村像是過了
年，老老小小全聚到水塘周圍，想看看水底是怎麼個狀況。
他們在水氹生活了這麼久，從來沒見過水塘露底。再說，下
面還有一具屍體。村裡人都想看看那屍體被魚啃成什麼形狀
了。塘裡的水被上抽下排，水底不規則的形狀逐漸顯露。當
天陽光很好，塘泥一塊塊暴露出來，很快就被曬乾，呈暗白
色。屍體慢慢就出現了，頭扎在泥淤裡，腳往上面長，像一
株水生植物。水線褪下去後，屍體的腳失去浮力，一截一截

掛下來。人們正要看個仔細，注意力卻被另一件東西拽了過去。

一輛車子，車頂有箱式燈，跑出租的。

人們就奇怪了，說這人明明是釣魚時栽下去的嘛，難道是坐著車飆下去的？那這死人應該是悶在車裡啊。村支書覺悟性高，覺得裡面八成有案情，要報警。但他一時記不住號碼，問村長，是 110 還是 119？村長也記不清楚，說，隨便撥，這弟兄倆是穿連襠褲的。

這次老黃坐的車跑在前頭，最先來到水塘。一下車他就忙碌起來，拉警戒。老黃好半天才下到塘底，泥淤齊腰深。他走過去，把車牌抹乾淨看一看，正是于心亮的 3042。

從塘底上來，老黃整個人分成了上下兩截，上黑下黃，衣袖上也淨是塘泥。小崔叫他趕緊到車上脫下褲子，擦一擦。老黃依然微笑地說，沒事，泥敷養顏。他站在一輛車邊，目光朝水塘周圍逡巡，才發現村裡人都在看他，清一色掛著淺笑。老黃往自己身上看，看見兩種涇渭分明的色塊，覺得自己像一顆膠囊。同時，他心底很惋惜，這一天聚到水塘的人太多。水塘周圍的泥土是鬆軟的，若來人不多，現場保留稍好，那麼沿塘查找，可能還會看見車轍印。順著車轍，說不定會尋到另一些有價值的東西。但這麼多人，把整個塘圍都踩瓦泥似地踩了一遍，留不下什麼了。去到村裡，老黃把村長、村支書還有水塘承包人邀去一處農家飯莊，問些情況。他問，這水塘，外面知道的人多麼？村長說，每個

村都有水塘，這口塘又沒什麼特別。老黃問承包人，來釣魚的人多不多？承包人說，我這主要是搞養殖。地方太偏了，不好認路進來，只是附近幾個村有人來釣魚。再問，有沒有人看見那車開進村？村支書說，村子很少有車進來。這車肯定是半夜開來的，要不然，村裡肯定有人看見。一桌飯菜就上來了。幾個人撐起筷子，發現老黃不問問題了，有些過意不去。這幾句回答就換來一桌酒菜，似乎太佔便宜。承包人主動問，黃同志，還有什麼要問的？老黃想了想，問他，晚上怎麼不守在塘邊啊？承包人說，是這麼回事。魚已經收了一茬，剛投進魚苗，撒網也是空的，魚苗會從網眼漏掉。老黃又問，哪些人知道你剛換苗，晚上沒人守塘？承包人回答，村裡的人知道，常來釣魚的也知道。村長也想表現好一點，再答幾個問題，但老黃說，行了行了，夠多的了。然後舉起酒杯敬他們。

老黃和小崔調取水氹村及周邊七個村 20 至 50 歲男性的戶籍資料，統統篩查一遍。八個村在這個年齡段的男人，統共兩千人不到。如果小崔數月前面對這工作量，會覺得那簡直要把人壓垮。前番查帽子把他性情磨了一下，現在他覺著查兩千人的資料不算難事。小崔小朱小貴三人各花三天時間，把戶籍資料仔細過一遍，先是打五折篩出九百三十人，然後進行二道篩，在這個基礎上再打五折，篩至四百四十人左右，拿去讓老黃過目。

老黃本打算用五天時間篩人，但第二天一早，他打開的

頭一份檔案，就浮現出一個長魚泡眼的男人。老黄心裡忽然有了抵實感。他清晰記得，是在于心亮靈堂上見到過魚泡眼。那人當晚把小于叫了出去。魚泡眼叫皮文海，32歲，離異，有過偷盗入獄的記錄。老黄突然想到了小于。他想，是不是因為她是一個殘疾人，所以先驗地以為她過得比一般人單純？她與這個命案，有著什麽樣的聯繫？老黄思路暫時不很清晰，但心底得來一陣鋭痛。

筆架山他爬了許多次，一路上想著小于的刀鋒輕輕柔柔割斷鬍髭的感覺，總有一份輕鬆愜意。但這一次他步履沉重。秋天已經按近尾聲，一路更顯静謐。小于的店子没有人。老黄躑躅了一陣正要走，小于卻從旁邊一間小屋冒出來，招呼老黄。她打開店門擰亮燈。老黄這才想起小崔説過，小于把過口了的東西都搬上山了。刮鬍子時，老黄一反常態，睜圓了眼看著小于一臉悲傷的樣子。她似乎剛剛哭過，眼窩子腫了。弄完老黄的這張臉，小于又把店門關上了。她現在每天都去特教學校，請一個老師教她標準的手語。不識手語一直是小于的遺憾，老想學一學，卻老被這樣那樣的事耽擱下來。這一段時間，她忽然打定了決心。

星期天，小于照例没開店，去學手語。老黄小崔去到山上，打算在小于理髪店對面那幢樓裡找一個觀察點。花點錢無所謂，小崔上回圖省錢去頂樓雜物間找觀察點，没什麽效果。兩人在電線杆上看到了一則招租廣告，位置正是在小于理髪店對街那幢樓的一單元二層——簡直没有比這套房更好

的觀察角度了。老黃叫小崔撥電話給房主，要求看房。房東是一個禿頂的中年人。他撐開房門，裡面還沒有打掃過，原住戶的東西七零八落散在地上。他說，在你們前面，也是兩個男的租我這房。租金夠低的了，才他媽一百二，還月付。但這兩個傢伙拖欠了房錢不說，突然就拍屁股走人了。真晦氣。老黃沒有搭腔，自顧去到臨街那扇窗前，往對面看，果然看得一清二楚。房東又絮叨地說，其實他們走人了也好。我是個正經人，跟那些人渣打交道，委屈得很。他倆什麼人？租了我這房，竟然把對街那個啞巴也勾引了過來，天天在我房裡搞。……對面那個理髮的女啞巴，徹頭徹尾一個騷貨，不要去碰。

哦？老黃的眼睛亮起來，看向禿頂的房東。房東一邊說話，一邊用鞋把地上的垃圾攏成一堆。老黃覺得這房子已經用不著租了，亮出工作證，並出示皮文海的照片，問他，是不是這個人？房東看了一眼就狂點頭。老黃問，另一個人長什麼樣？房東的眼神呆滯了，說，每次付房錢，都是這個人來交，另一個我不怎麼見過。老黃問，不怎麼見過還是根本沒見過？房東說，從沒見過。老黃又問，那你怎麼知道有兩個人？房東指著皮文海的照片說，這人跟我說的，說他哥也住裡面，脾氣不好，叫我沒事別往這邊躥門。他保准月底把房錢交到我手上。又問，那他們兩個人，到底是誰和理髮的小于有接觸？房東搖搖頭，他確實不知道。

老黃當即就把屋內兩間套房搜了一遍。鋼渣心思縝密，

當然不會留下什麼物證。問題出在兩個男人都不注意衛生，屋內好久沒有打掃了，老黃得以從地面灰塵中提取幾枚足印，鞋碼超大，從印痕上看，鞋子是新買的，跟拋屍現場的鞋印吻合。皮文海的身高是一米七不到，縱是患了肢端肥大症，也不至於穿這麼大的鞋。

啞巴小于這段時間換了一個人似地，學得些啞語，整個人就有了知識女性的氣質，還去別人店裡做時髦髮型。她臉上有了憂鬱的氣色，久久不見消褪。老黃看得出來，小于愛上了一個男人，現在那男人不見了，她才那麼憂傷。他記得于心亮說過，小于離不開男人。按于心亮的理解，這分明有點賤，但實際上，因為生理缺陷，小于也必然有著更深的寂寞，需要更大劑量的撫慰。去小于那裡套問情況，老黃使了計策。他請來一個懂手語的朋友幫忙，事先合計好了，再一塊去到小于店裡刮鬍鬚。兩張臉都刮淨以後，他倆不慌著離開，坐下來和小于有一搭無一搭地閒扯。店上沒來別的顧客，小于樂得有人閒聊，再說有個還會手語。她剛學來些手語辭彙，憋不住要實際操作一番。但一旦用上規範的手語，她就不能自由發揮了，顯得特別用力，嘴巴也咿呀有聲。那朋友姓傅，以前在特教學校當老師，揣得透小于的意思。等小于不再分生以後，老傅按照老黃的佈置，猜測她的心思，問她，是不是什麼朋友離開了，所以開心不起來？小于眼睛唰地就亮了，使勁點頭。鋼渣走了，她很難碰到一眼就看穿她心思的人。老傅就支招說，你把他的照片拿出來，掛在牆

上，每天看幾眼，這樣就會好受一些。小于還沒有學到「照片」這個詞。老傅把兩手拇指、食指掐了個長方形，左右移了移，她不知道是什麼東西。老傅靈機一動，取過台子上的小鏡子照照自己，再用手一指鏡面，小于就明白了。她告訴老傅，沒有那人的照片。她顯然覺得老傅的建議能管用，臉上的焦慮紋更深了。老傅早就知道該怎麼往下說了，依計告訴小于，另有個朋友會做相片，只要你腦袋裡有這個人的模樣，他就能把腦袋裡的記憶畫成相片。小于瞪大了眼，顯然不肯信。老傅向她發誓這是真的，而且可以把那個朋友帶來。但到時候，小于要免費幫那個朋友理髮。小于就爽朗地笑了，覺得這簡直不叫交易，而是碰上了活雷鋒。

　　隔一天，老傅就把市局的人像拼圖專家帶去了。老黃也跟著去，帶著裝好程序的筆記本電腦。一路上老黃心情沉重。小于太容易被欺騙了，太缺乏自保意識，甚至擺出企盼狀恭迎每個樂意來騙她的人。既然這樣，何事還要利用她？但有些事容不得老黃想太多。他是個警察，知道命案是怎麼回事，有著怎麼樣的份量。那天風很大，車到山頂，幾個人下來，看得見一縷縷疾風的螺旋結構，在地上留下道道痕跡。進到理髮店裡，發現小于今天特意化妝了。理髮店也打掃一番，地面上的髮毛鬍渣都被掃盡。台子上插著一把駁雜的野花。

　　拼圖專家老吳打開筆記本，老傅就用手語詢問起來，先從輪廓問起，然後拓展到每個細部特徵。正好小于覺得老黃

的臉型和鋼渣有點像，就拽著老黃作比，兩手忙亂開了。老吳經驗老到，以前用手繪，或者用透明像膜粘來粘去，現在有電腦，方便多了。每個細部，無非多種可能。小于強於記憶，多調換幾次，小于就看出來哪一種最接近鋼渣的模樣。鋼渣的模樣已經刻進她的頭腦。程序裡一些設置好的圖，活脫脫就是從鋼渣的臉上取下來的。隨著拼圖漸趨成型，老黃看見小于的臉紋慢慢展開，難得地有了一絲微笑。

老黃與鋼渣只是臉廓長得像，別的部位不像。老黃只在拼圖開始時幫一會忙，後面就不管用了。他走出理髮店，信步往更高處踱去，抽煙。天開始黑了起來，他看見風在加大。他叫自己不要太愧疚，這畢竟是工作。他想，小于喜歡那個男人，是不是遭到了于心亮的反對，甚至威脅？殺人動機，也就這麼撑出來了。

裡面忽然傳來一聲悶響——其實是小于的尖叫，她尖叫時聲音也很沉悶。老黃明白，那人的模樣拼好了。在小于看來，這拼成的頭像簡直就是拿相機照鋼渣本人拍下來的。

又一次專項治理的行動佈置下來。每年，市局都要來幾次大動作，整肅不法之徒，展示市局整體作戰能力。這次行動打擊的面，除了傳統的黃賭毒非，側重點是年內呈抬頭趨勢的兩搶。所有警員統一佈署，跨區調撥。老黃負責的這個辦案組，只好暫時中斷手頭的工作。小崔覺得很不爽，工作失去了連貫性，讓人煩惱。老黃只哂然一笑，說，等有人把

你叫做老崔的時候，你就曉得，好多事根本改變不了。改變不了的事，不值得煩惱。老黃把皮文海和另一個嫌犯的頭像複印很多份，正好向市局申請，借這次行動在全市範圍內查找這兩人。老黃跟小崔說，反過來想想，這其實也是機會。老黃有這樣的能耐，以變應變，韌性十足地把自己想做事堅持下去。

老黃小崔被抽調到雨田區，那裡遠離鋼廠，高檔住宅小區密集。晚上，要輪班巡夜。把警車撂在路邊，老黃小崔便在雨田區巷道裡四處遊走，說說話，同時也不忘了拿眼光朝過往行人身上罩去。老黃眼皮垂塌，眼仁子朝裡凹，老像是沒睡醒。小崔和他待久了，知道那是表象。老黃目光厲害，說像照妖鏡則太過，說像顯微鏡那就毫不誇張。兩人巡了好幾條街弄，小崔問，看出來哪些像是搶匪麼？老黃搖了搖頭說，看不出來，他們搶人的時候我才看得出來。過一陣回到警車邊，兩人接到指揮台的命令，趕緊去往雨城大酒店抓嫖客。抓嫖這事一直有些模棱兩可，基本原則是不舉不抓。要是接了舉報不去抓，到時候被指控不作為，真的是很划不來。於是只好去抓一抓。小崔很興奮，他覺得抓嫖比打擊兩搶來勁多了。

抓嫖這種事沒有太多懸念，可以想像，門被重腳揣開以後，進到大廳舉槍暴喝一聲，場面馬上一片狼籍，伴以聲聲尖叫；一幫員警再踹開一個個老鼠洞一樣的小包間，裡面兩隻蠕動的大白鼠馬上換了種喘法，渾身篩抖。小崔自小就是

好孩子好學生，被五講四美泡大的。只有他知道，骨子裡也有惡作一把的心思，正好，惡作的心思可以借抓嫖明正言順地發洩出來。刨包間時小崔拿出百米衝刺的速度，刨得比任何人都多。收穫還是蠻大的。警察把刨出來的男男女女撥拉開，分作兩堆，在大廳裡各自靠著一側的牆蹲下，彷彿在集體撒大條。

舉報的是雨城大酒店旁邊那棟樓的一個普通女住戶。她發現十來歲的兒子老喜歡趴在陽台上朝那邊張望。她也張望了一番，原來是很多包間的布簾子不願拉下來，裡面亂七八糟的事，就像是在給自己兒子放電影。她擔心這會對兒子造成不良影響，去跟雨城大酒店的經理打商量，說簾子要拉上才是。但顧客有曝光癖，不喜歡拉簾子，經理也沒辦法。眼下房價飛漲，女住戶沒有能力學孟母三遷，只好撥個電話把雨城舉報了。

劉副局匆匆地趕來，隔老遠就衝老黃說，誤會，誤會，這是我一個熟人開的……老黃慵懶地看著他，說，呃，是嗎？他知道往下要做的事，只能是賣個人情放人。他沒必要在這枝節問題上和劉副局拗。劉副局著便裝，腋下挾著皮包。眼看事情又擺平了，劉副局吐一口濁氣，往左側那一堆女人瞟去。正好一個女人抬起頭，把劉副局看了個仔細。她嘴巴一咧，當場舉報說，警察叔叔哎，這老東西老來嫖我，我認得，我舉報。大廳裡本來嘈雜著，突然就靜了下來。在場的警察聽得分明，卻都懷疑自己聽錯了。那女人見警察都

盯著她，又嘟囔說，本來嘛，他左邊屁股上有火鉗燙的疤，像個等號。劉副局的臉唰地就青了，疾步向女人靠去。老黃來不及阻攔，劉副局飛起一腳把女人狠狠地踹在牆皮上。女人嗓子眼一堵，想要慘叫，一口氣卻憋了有七八秒鐘。老黃這才揪住劉副局。劉副局另一隻腳已經蓄了勢，止不定揣在女人哪塊地方。他嘴角抽搐地吼著，臭婊子，曉得我是誰？女人緩過神，撲過去把劉副局咬了一口。劉副局還想動手，才發現老黃力氣蠻大，把他兩隻手箍死了。其實，小崔也早站在一邊，發現老黃一人夠了，就沒動手。小崔暗自地說，這下好了，拔呀拔呀拔蘿蔔，拔了一堆小蘿蔔，竟帶出一個大蘿蔔。

過不了兩天，劉副局完好無損地出來了，雨城倒是沒有保住，停業整頓。老黃再帶著小崔出去巡夜時，發覺小崔老打不起精神，鹽醃過一樣。老黃只好安慰他說，年紀輕輕，你怕個鳥？老劉不會把你怎麼樣。

這天天還沒黑，老黃和小崔著便裝逡巡在雨田區老城廂一帶密如蛛網的街巷裡。徜徉其中，老黃有一種從容，慢慢地抽煙，慢慢踱開步子。路邊有一處廁所，小崔便意突然來臨了。他問老黃有手紙沒有。老黃把除了錢以外所有算是紙的東西都掏給他，並用指一指前面一條岔道說，我去那邊等你。岔道裡有一家雜貨店，店主很老，貨物擺得很零亂。到得店前，老黃突然想給女兒打個電話，他記起這一天是女兒生日。雜貨店的電話接不通，但計價器照跳不誤。老黃無奈

地付了八角錢。老黃只有掏出自己的手機撥號，一扭頭看見這巷子更深的地方鑽出一條漢子，長了一對註冊商標似的魚泡眼。老黃餘光一瞥，已經確認那人是誰。他這才發現褲腰上沒別小手槍——以往他都別著的，一直沒摸出來用過，以致今早上偷了懶。他朝魚泡眼皮文海走去。皮文海武高武大，身體板實，沒有手槍光靠兩隻手怕是難將他扭住。老黃來不及多想，看看手裡拽著的諾基亞，沒有一斤也有八兩重，堅固耐用。原裝外殼早就漆皮剝落，他看著幾多眼煩，前不久花三十塊錢換成個不鏽鋼的殼。魚泡眼越來越近了。對方顯然沒有察覺，走路還吹口哨。老黃沒撥號，嘴裡卻煞有介事地與空氣噓寒問暖。

兩人擦身而過時，老黃突然起勢，大叫一聲皮文海。那人果然循聲看過來。老黃揚起手機，猛然砸向對方腦袋——這時候，只要拽著比拳頭硬的東西，就盡量要省下拳頭。老黃本想砸致人昏厥的穴位，但畢竟年歲不饒人，砸偏了幾分。他趕緊往前欺一步，揚起手機再砸，這次是用手機屁股敲去的，力道用得足夠大，皮文海應聲倒在地上。

小崔循聲趕來，老遠衝著老黃喊，怎麼又跟人打架了？老黃扭頭一笑，說你看你看，地上趴著的是誰？小崔認出了那個人。老黃的老手機也光榮散架了，鐵殼脫落，部件還在地上蹦嗒著。老黃不急於把皮絆扭上警車，而是把小崔的手機拿過來撥叫指揮台，要求馬上調人手封鎖、排查這片街區。他盼著拔出蘿蔔帶出泥，兩個傢伙一齊拿下。皮絆在地

上軟成一團。將他拍醒了，老黃拿出鋼渣的頭像問他話。皮絆瞅了兩眼，又裝昏迷，不肯說話。

老黃安排小崔繼續盤問皮文海，自己則抬起頭往周圍看看。這一帶都是私房，兩層樓或者三層樓，貼著慘白的瓷磚。在瓷磚映襯下，零亂的電杆和電線暴露出來。局裡增援的人很快過來了，老黃當即進行佈置，每人拽一張鋼渣的模擬畫像，一戶一戶排查。員警們早把鋼渣的模樣記得爛熟於心，只要鋼渣一小片頭皮進入視域，肯定能順勢捋出全鬚全尾。把整個街區篦了數遍，也沒有找到鋼渣這個人。天已黑下了，皮絆被扔進車裡。隔著不鏽鋼隔柵，皮絆依然鬆散地攤在車座上。老黃看著被胡同一一吐出來的同事們，蔫頭耷腦，知道今天是逮不了那個人了。再一扭頭，往車裡睨去，皮絆嘴角似乎掛著嘲笑。

鋼渣老是不能把那顆炸彈徹底造好，但炸彈的雛型已經有了，顯現出能炸塌一整棟樓的凶相。在雨城區，為了省錢，鋼渣和皮絆共同租用一間房。皮絆對桌子上那顆鐵疙瘩過敏。他老問，鋼腦殼，你那炸彈不會抽風吧？鋼渣笑了，向他保證，這鐵疙瘩雖然差幾步沒完成，但很安全，用香煙戳都戳不燃。皮絆當時鬆了一口氣，但晚上睡覺以後惡夢連連，睡不踏實。

那天一早，皮絆爬起來就給鋼渣出主意說，鋼腦殼，你還是到郊區租農民房，一百塊錢能租上三間平房，前帶院後

帶園，你在那裡搞核爆試驗都沒人管。鋼渣把腦袋揚過來問
他，你怕了。皮絆承認說，是，老睡不著。鋼渣看看皮絆，
這幾日下來，他兩眼熬得外黑內紅，彷彿是帶聚能環那種電
池的屁股。鋼渣正想著換個地方。出租屋太過狹窄，光線也
暗，他幹起活來感到不爽。郊區有很多人去樓空的農民房。
農民舉家出去打工了，房子讓親戚看管，稍微把一點錢，就
能租下。他租了一套，把炸彈拿到裡面。關於引爆系統，他
怎麼弄都不稱心，有一兩個細節和自己的構想有差距。他這
才發現，自己竟然是個精益求精的人。

　　那天，他在郊區農民房忙活一陣，擠專線車去到雨田
區。走進巷子，天已經黑了，他聞見一股爛魚的味道。爛魚
的味道揉爛在巷子發濁的空氣裡。鋼渣腦殼皮一緊，感受到
一種不祥。他趕緊抽身往回走，快上到馬路時，看見一長溜
警車嘶鳴而過，有些車亮著頂燈，有些車則很安詳。那一
剎，他準確地猜到，皮絆肯定暴露了，被扔進剛才過去的某
輛警車裡。

　　鋼渣緩過神，慢慢才記起來，兩人的錢都攢在皮絆手
裡。平時，他把皮絆當管家婆用，省事，放心。但現在，鋼
渣暗自叫苦。他把四個兜裡的錢都掏出來看看，數了兩至三
遍，還是湊不足十塊錢。他返回郊區睡了一夜，次日用一個
蛇皮袋把未成型的炸彈裝好，再和另一個裝了衣物用具的蛇
皮袋綁在一起，掛在脖子上，看著像褡褳。他想，我也不能
在這農民房住了。皮絆雖然不知道我具體租了哪間，卻知道

大體上在這一片。誰知道他們撬不撬得開他的嘴？再次進到城裡，鋼渣忽然很想見小于一面。他搞不清楚，有多長時間沒見到可愛的小啞巴了。想起她，鋼渣心頭就一漾一漾地波動起來。鋼渣花一塊錢搭七路車，售票員讓他為兩隻蛇皮袋加買一張票。他爭吵半天，才省下一塊錢，看看車內的人，心情煩躁起來。他想，要是炸彈上了弦，不如現在就撥響它。媽的這日子過得，太沒有人樣了。想到小于，他才寧靜下來。到了筆架山，隔著老遠，鋼渣手搭蔭棚往小于的店子裡張望。那店門一直是關著的。

那一把零票，畢竟不經用，即使天天就涼水吃饅頭，第三天一早也花光了。鋼渣想著兜裡沒錢，心裡很是發虛。他甚至想，這顆炸彈，如果誰要買，說不定能值幾百塊錢哩。

這天，快中午了，鋼渣晃蕩著來到東台區。以前他沒來過這片區域，陌生，也就多有幾分安全感。有一家超市剛開張營業，銅管樂隊吹吹打打的聲音把鋼渣從老遠的地方拽了過去。人像潮水一樣往新開張的超市裡湧。鋼渣被前後左右的人挾著往超市裡去，超市拱型大門，像一張豁了牙的嘴。他忽然想起皮絆說過，超市新開張，有很多東西可以品嚐，臉皮厚點，完全可以混一頓飽食。鋼渣正要走上傳送帶，有個保安走過來把他攔住，並說，請你把包放進貯物櫃。鋼渣只有照辦。但貯物櫃小了幾寸，鋼渣沒法把蛇皮袋塞進去。那保安跟過來，想要幫鋼渣一把，試了幾個角度也塞不進去。保安說，那你擺在牆角，我幫你看著。鋼渣不願意，他

挎著蛇皮袋要走。那保安警覺地拽住蛇皮袋，拍拍未成型的炸彈，問那是什麼。鋼渣晃晃腦袋，微笑著告訴小保安，沒什麼，只不過是一顆炸彈而已。

小保安還來不及驚愕，鋼渣就已把他摁倒在地，屈起腿壓住。他迅速從蛇皮袋裡扯出兩股線，一股纏在左手拇指上，一股纏在左手中指上。然後他把小保安提起來，用右胳膊將其挾緊，作為人質。超市頓時亂作一團，所有被吸進來的人都被吐了出去。鋼渣奇怪地看著這有如退潮的景像，難以相信，這竟是由自己引發的。人退出去以後，地上丟棄著零亂的物品，包括吃食。鋼渣盡量放平目光，不往地上看。看見吃食，他肚子就會蠕動得抽搐起來。鋼渣想，必須動手了，要不然再餓上幾頓，連動手的力氣都沒有了。

本來，東台區匯佳超市的突然案件用不著老黃插手。那腦門溜光的傢伙挾持一個人質，跟圍過來的警察討價還價。他開列出來的條件之一就是，要把前幾天拎進公安局的皮絆放出來。那一圈警察沒反應過來，皮絆是誰？當天，老黃依然逡巡在雨田區的街巷，聽說東台區有案子了，腦子裡就隱隱地有預感。打電話過去問熟人，熟人說，那案犯要用人質交換一個叫皮絆的人。聽到皮絆這名字，老黃就活泛了。小崔問，怎麼啦？他分明看見老黃的眼底閃過一絲賊亮的精光。老黃說，皮絆就是皮文海。記得了麼？小崔說，什麼也不要說了，上車。

進到超市的廳裡，老黃終於看到那人。那人也一眼瞥見

了老黃。老黃進來以後，鋼渣就感受到自門洞處捲進來一股銳利的風。他眼前是呈弧狀排列的一溜綠膠鞋，他的目光得越過這些人，才看得見最後踅進來的那個老膠鞋。鋼渣用兇悍的眼神示意擋在他和老黃之間的那個年輕膠鞋挪一邊去。他只想跟老黃說話。他說，我認得你。你經常去筆架山小于那裡刮鬍子。老黃回應說，我也認得你。鋼渣說，把我的兄弟放了。你知道他是誰。老黃說，我當然知道，皮文海是我抓到的。鋼渣恨恨地說，他媽的，果然是你。

沒有回答，只有老黃一貫以來似看非看的眼神。他本該盯著鋼渣，然後兩人的眼神形成對峙——鋼渣為此做好了心理準備，一定要用眼神搶先壓制住這老膠鞋，要不然自己很快就會崩潰、完蛋。但老黃顯得不大集中得了精力，心有旁騖，目光落在一些莫名其妙的角落。

小伙子，你的炸彈有幾斤重？老黃冷不防拋去一句話。鋼渣一愣，他沒將這炸彈放在秤盤上稱過。老黃笑了，說，瓢子裡灌幾斤藥，殼子用幾斤鋼材，未必你都沒有稱過？鋼渣老半天才說，等下弄響了，你不要摀耳朵。小保安仍在瑟瑟發抖。鋼渣想，要是老這麼抖下去，自己遲早會從動地抖起來。那是很糟糕的事。他喝斥道，別抖了，你他媽別抖了。小保安非常無奈。這份上了，他不想拂逆這光頭大爺的意思，但身體就是不管不顧地抖個不停。

老黃看了看四周，他認為大廳沒必要站這麼多警察。他點了幾個面相年輕的，要他們守在外面。那幾個警察心領神

會地走出去。接下來,老黃摸出一匣香煙,不但自己抽起來,還把煙桿凌空扔去,讓別的警察接住,一齊吞吐煙霧。有那麼一兩個人,手僵了,沒接住煙。

小保安不抖了。他抖了好大一陣,已經抖不動了。但鋼渣仍在咆哮著說,別抖了,豬玀的哎不要再抖了!說完話,他才意識到人家並沒有抖,是自己腳底下傳來細密輕微的顫慄。一抬頭,他看見那老膠鞋狡黠的微笑。老膠鞋叼著煙,滿嘴煙牙充斥著揶揄的意味。鋼渣覺得不對勁,厲聲說,你往後退。別以為我沒看見,你他媽往前跨了兩步。老黃說,你看見鬼打架了,我本來就站在這裡。鋼渣有些發慍,進而也懷疑自己看錯了。他暗自地問,老膠鞋原先是站得這麼近嗎?這時他清晰地看見,老膠鞋又往前跨了一腳。他眨了眨眼,暗自地說,我沒看花眼,這老膠鞋……

老黃注意到光頭的眼神出現恍惚。他左手已經下意識地擎高了,整個暴露出來。老黃看見一股紅線纏在這人左手的拇指上,而綠線纏在同一只手的中指上。他顯然沒有精心準備好,兩股線都纏繞得粗糙,而且線頭剝除漆皮露出金屬線的部分也特別短。這使老黃的信心無端增添幾分。老黃突然發力,猛躥過去。他的眼裡,只有光頭的那隻左手。挨近了,老黃手臂陡然一長,正好捏住那隻左手的俯口。老黃用力一捏,聽見對方手骨駁動的響聲。鋼渣的手掌很厚實,也蓄滿了力氣,老黃差點沒捏住。

鋼渣錯就錯在低估了這老膠鞋的速度,還有他的握力。

老黃滿嘴煙牙誤導了鋼渣。鋼渣滿以為這老膠鞋除了一顆腦袋還能用，其他的器官都開始生鏽了。他滿以為老黃會張開黑洞洞的嘴跟他羅列一通做人的道理，告誡他坦白從寬抗拒從嚴。沒想到，這半老不老的老頭竟然先發制人，賣弄起速度來。鋼渣發現老膠鞋捏住自己的手了，來不及多想，用力要讓兩股線頭相碰。鋼渣頭皮一緊，打算在一聲巨響中與這鬼一樣的老膠鞋同歸於盡，化為齏粉。

這老膠鞋力氣大得嚇人，一隻看似乾枯的手，卻像生鐵鑄的。那一刹，老黃也驚出一頭冷汗，分明感覺到光頭手勁更大。幸好他挾持小保安耗去不少體力，而且早上似乎沒吃飽飯。

別的幾個警察手裡還挾著煙，煙捲正燃到一半。他們也沒想到，右安區過來的足痕專家老黃性子竟比年輕人還火爆，在年輕人眼皮底下玩以快制快。這好像，玩得也過於玄乎了，不符合刑偵課教案的教導啊。一眾警察趕緊把煙扔掉，把槍口杵向鋼渣那枚鋥亮的光頭。

把鋼渣帶到市局，扔進審訊室，他整個人立時有些萎頓，老半天才邁開眼皮往對面牆上睃了一眼。審訊室的牆壁從來都了無新意，雷打不動是那八個字。老黃正咂著嘴皮要說話，鋼渣卻率先開口了，問，我會死嗎？老黃不想騙他，就說，你心裡清楚。你手上有人命。鋼渣覺得老膠鞋也是個痛快人。只有痛快的人，眼神才會這樣毒辣。捱一枝煙的工夫，鋼渣就承認了殺于心亮的事。這反倒搞得老黃大是意

外。殺人的事呵！他原本憋足了勁，打算和這個光頭鏖戰幾天幾夜，抽絲剝繭，刨根問底。

為什麼要殺他？

……本不想殺他。起初我就不打算搶司機。開出租的看著光鮮，其實也他媽窮命。但我沒條件搶銀行，搶司機來得容易。鋼渣嗶起了煙，說話就放慢了。他看看眼前這老膠鞋，忽然想起來，在小于的店子裡第一次見到他，很直接就感受到一種威脅。很少有人能夠傳遞給鋼渣這樣的感覺。往下鋼渣又說，那晚上我們說要去大碇，好幾個司機都不接生意。也是的，要是我開車，見兩個男的深更半夜跑這麼遠，也不會接生意。……實在太窮了，不瞞你說，我差點就去撿破爛了，又放不下這張臉。這麼窮的光景，我他媽偏偏和一個女人搞上了。那個女人等著錢用……你也認識那女人。

老黃沒有說話，也不知道他為什麼講得這麼詳細。他以前見過的殺人犯，邏輯往往有些紊亂，說話總是磕磕巴巴。

鋼渣又說，本來也不知道要撞上哪個倒楣鬼。司機都太警醒，我跟皮絆那晚沒什麼指望了，站在三岔口抽煙，抽完了就準備回去睡覺。這時候羚羊 3042 主動開過來攬生意，問我們是不是要去大碇，還說不打表五十塊錢搞定。我看他的駕駛室，沒有裝隔柵，估計這人是新手，家裡缺錢，見到生意就撿。既然他送上門了，我們就坐進去。我沒看出來他是小于的哥哥，他倆長得不像。他媽的，既然是兄妹，就應該長得像一點。這不是開玩笑的事。

　　鋼渣要了一枝煙，抽了起來。他又説，開到半路上，我説你把錢拿出來，不為難你。這傢伙竟然當我是開玩笑，駡粗話，説他沒帶錢。我受不了這個人，他有些呆，老以為我們是在跟他尋開心。於是我照他左臉砸一拳頭。他鼻子破了，往外面噴血，這才曉得我不是開玩笑。他一腳踩死刹車想跟我打架。他身架子雖大，卻沒真正打過架。他操起水杯想砸我，我腦袋一偏，那塊車玻璃就砸碎了。我摺他幾拳，他就曉得搞不贏我。在他擺錢的地方，我只摳出三百塊不到。我叫他繼續往大碇開。他一路上老是説，把錢留一點。我有些煩躁，要是他有一千塊錢，我説不定會給他留一百。但他只有兩百多，我們已經很不划算了……

　　為什麼要殺他？你已經搶到錢了。

　　……本不想殺他，我倆臉上都粘了鬍鬚，就是為了不殺人。開著車又跑了一陣，我才發現帽子丟了，應該是從車窗掉出去的。我頭皮有幾道疤，腦門頂有個胎記，朱砂色，還圓巴巴的——我名字就叫鄒官印。我落生時，我老子以為我將來會當官。可他也不想想，他只是個挑糞淤菜的農民，我憑什麼去當官？有的路段燈特別亮，像白天一樣。我頭皮上的這些記號，想必司機都看見了。要是我長了頭髮，那還好點，但我偏偏剛刮的青頭皮，帽子又弄丟了。當時我心裡很亂，覺得還是不留活口為好。我叫他停車，拿刀在他脖子上抹一下，他就死了。皮絆沒殺人，人是我殺的。

　　然後呢？

司機的帽子和我那頂差不多。我拿過來看看，真他媽是完全一樣的，很高興，就罩在自己頭上。啞巴給我刮的青頭皮，然後給我買了帽子。要是我丟了帽子，她説不定會怪我。

原來是這樣。老黃心裡暗自揣度，是不是，小于給鋼渣買了帽子以後，覺得不錯，回頭又買了一頂一模一樣的？給情人和親哥哥買相同的帽子，是否暗合著小于某種古怪的心思？一剎那，他非常清晰地記起了小于的模樣，還有那種期盼眼神。老黃又問，你搶他的那頂帽子呢？鋼渣説，洗了，晾竹竿上，還沒收。

為什麼要洗？

畢竟是死人戴過的，想著有點晦氣，洗衣服時就順便洗了。

話問完，老黃轉身要出去，鋼渣卻把他叫住。這個粗糙的傢伙突然聲調柔和地問，老哥，現在離過年還有多久？老黃掐指算算，告訴他説，兩個多月。想到過年了？你放心，搭幫審判程序有一大堆，你能捱過這個年。鋼渣認真地説，老哥，能不能幫我一個忙？老黃猶豫了一會，説，你先説什麼事。

我答應啞巴，年三十那天晚上和她一起過。但你曉得，我去不了了。他媽的，我答應過她。到時候你能不能買點討女人喜歡的東西，替我去看她一眼？就在她店子裡。這個女人有點缺心眼，那一晚要是不見我去，急得瘋掉了也不一

定。

老黃看著鋼渣，好久拿不定主意。最後他說，到時再看吧。

技術鑑定科的人事後說，那炸彈內部構造非常精巧，專家水準，但引爆裝置的導線並沒有接好，就像地雷沒有掛弦，只能拿來嚇嚇小孩。老黃即便不捏死鋼渣的手，炸彈照樣點不燃。領導知道以後不以為然，說當時老黃可不知道那炸彈竟是個啞巴。老黃聽得一肚子晦氣，在心裡給自己打了折扣。既然做出了英勇行徑，他自然希望那時那地，險情是足斤足兩的。

破下于心亮的命案以後的那個把月還算平靜，老黃閒了下來，但沒往筆架山上去。要理髮或者刮鬍鬚，他另找一家店面，手藝也說得過去。他害怕見到小于。

十二月底的某天，接到一個老頭舉報，說有人在賣假證。問是什麼假證，那老頭說，蠻奇怪的，我帶得有一本樣品。說著他從一個塑料袋裡掏出一個紅皮本。老黃把紅皮本拿過來，封面有幾個燙金字。上面一行呈弧型排列，字體稍小，狹長：中華人民共和國國務院特赦辦；下面垂著五個大幾號的宋體字：特別赦免證。

都什麼亂七八糟？老黃被搞懵了。這連假證也夠不上，純粹臆造品嘛。打開裡面看，錯別字連篇。老頭說他昨天剛買的，花一千八百八。賣證的人說這是Ｂ證，大罪從輕小罪

從免。要是買了Ａ證，得要兩千八百八，那證作用就更大，死罪都可以從無。老頭一早拿了這證去市監獄，滿心歡喜地想把自己兒子接出來。他兒子按算還要服刑兩年，這Ｂ證一買，算下來減一天刑只合三塊錢不到，撿了天大的便宜。但獄警說這證沒用，還派個車把老頭直接送右安區分局，督促他報案。分局當即出警辦這事。老頭記性不太牢靠，繞一個多小時，終於確認地方了。老黃和另兩個警察早換了便裝，從樓道上去，拍了拍門。裡面是外地佬的聲音，誰？老黃說，介紹來的，業務。一個傢伙大咧咧地把門敞開了，還滿臉堆著笑地說，歡迎，裡面坐。老黃真想點撥他說，既然愣充國務院的，級別那麼高，就應該扳著臉，態度適當地冷漠。三個便衣都揣著看把戲的心思進到裡面，打算先聽幾個騙子天花亂墜吹一番，然後動手抓人。

没想到裡面有個熟人。啞巴小于靜靜地坐在床沿的一張矮凳上，正看著一個女騙子指手劃腳。小于瞥見了老黃，顯得很緊張，做出一串手勢。裡面的一幫人看明白了，啞巴說來人是警察。三個便衣只得把看戲的心思掐滅，當即動手，把屋裡兩男一女三個騙子全部銬上。

那一屋人全被帶進了分局。很快，老黃又把小于帶出來，放她走。小于褲兜裡裝了一沓老頭票。褲兜太淺，老黃忍不住提醒她把錢藏好。只差個把月就要過年了，滿街的扒手急瘋了似地做案。小于把錢往裡面掖了掖，怨毒地盯老黃一眼，走了。

　　老黃站在原地，雖然很冷，卻不急著進去。他覺得小于其實蠻聰明，很多事都明白。比如剛才，那女騙子吹得再玄虛，小于似乎不信——她臉上毫無喜悅。但看情況，她仍打算扔幾千塊錢買這註定没用的Ａ證。她心裡是怎麼想的呢？這當口，老黃又記起了鋼渣説的那番話。年夜眼看著近了，老黃倏忽緊張起來。

　　其後幾天，劉副局調離分局，去到省城。臨行前，他請同事一塊去吃館子。老黃不想去，但不好不去，劉副局要走了，換一個人似地，邀請誰都顯得萬分真摯，讓人難以推托。當晚果不其然喝多了。老黃頭一次看到劉副局喝醉酒的德性，跟街上蕩來蕩去的小青年差不多，哭喪著臉，一個一個地找碰杯，並且説，對不起了，兄弟！喝了酒，人就千姿百態了。劉副局跟每個人都説了對不起，還不過癮，又站在飯廳中央説，現在光吃飯不管用，明天正好休息，我弄輛車，大家找個地方狠狠地玩……去哪裡，劉副局一時没想明白，他還殘留有幾分清醒，曉得不能帶同志們去搞異性按摩。沉默一陣，忽然有個人説，去織錦洞怎樣？看了個報導，説織錦洞是全國最好的洞，二十幾位洞穴專家評出來的。劉副局拿眼光找説話的人，没找出來，嘴裡説，洞穴專家？比我劉某人還專嗎？那洞有多遠？那人説，大概四個小時。劉副局説，行，就去那裡，明天我請兄弟們去逛仙人洞。那人糾正説，劉副局，那叫織錦洞。劉副局大手一揮，説，差不多，反正都是洞。

　　本來大夥也沒當真，以為劉副局說酒話。次日一早，劉副局叫人逐家掛電話，說是緊急集合。去到分局，一輛豪華大巴已經停在門口了。老黃和小崔坐一排，感覺有點堵，相互覷了幾眼。一說話，不可避免地提到于心亮。上次也是有心去看洞，于心亮帶一大幫子人陪同，攪了局。回頭想想，那事情還近在眼前；遊洞不成，于心亮報愧的模樣也歷歷在目。這一次，朗山到岱城的高速公路修好了，車程幾乎減半，只三個多小時，車就到了織錦洞前。老黃小崔逛洞時卻把心情全丟了，純粹是那個導遊妹子的跟班。劉副局心情不錯，從洞裡出來，他又拉了這一車人去到更遠的一個縣份，請大夥去吃當地有名的心肺湯。那天本可以早點回來，但一頓心肺湯磨蹭了幾個小時，回到鋼城，又是半夜。眾人都說餓，得找一家店子吃碗米粉。好不容易找到一家店。劉副局和老黃對面坐著，一個人捧一大碗米粉，上面鋪了一層醬牛肉。一到晚上，人就特別有胃口。劉副局剛扒了幾筷子，忽然說尿憋，趕緊走了出去。街燈全熄了，大巴銀灰的外殼微微亮著。劉副局憋得不行卻找不見廁所，就繞到車後頭搞事。

　　外面風聲大了，漫天蓋地，像是飄來猛獸的嘶吼。老黃吃米粉時彷彿聽到一聲悶哼，但沒有留意。在巨大的風聲裡，別的聲音夾雜進來，容易讓人誤以為是幻聽。老黃把碗裡的油湯喝盡，才發現劉副局一直沒有回來。抬頭看看，別的人自顧啞著湯水。冬夜裡喝一碗熱騰騰的牛肉湯，會讓人

整掛大腸都油膩起來，暖和起來。老黃問他們，劉副局呢？大夥這才發現少了一個人。老黃明明聽劉副局說是尿憋，難道卻在撒大條？

老黃走出小店，大聲地衝車的方向大叫劉副局，連叫幾聲，沒見回應。老黃腦側的青筋猛地一抽，預感到出事了。繞到大巴後頭，劉副局果然躺倒在地上，看似喝醉酒的姿態，其實胸窩子上插著一把刀，刀身深入，只剩刀柄掛在外頭。老黃一驚，很快意識到要保護現場，沒有立即叫人。他獨自躡手躡腳走過去，探一探老劉的鼻息，確定他已經死僵了。

這件案子順理成章地由老黃負責偵破。有了案子，時間就會提速。年前那一個月，老黃是連軸轉忙過來的。女兒打個電話，提醒他年夜在即。老黃只有一個女兒，在老遠的城市，是否嫁人了，老黃都搞不清楚。她說今年又不能回來陪他了，有公務。老黃也樂得清閒。這麼多年了，他看得清白，女兒回來小住幾日，也是於事無補，離開以後徒增掛念。

年三十一早起來，老黃就想起鋼渣說過的話。其實他早已在這天的剝皮日曆上記下一筆：晚上去筆架山看小于。他上街，不曉得買什麼東西能討小于喜歡，就成捆地買煙花，不要放響的，而是要火焰噴起來老高的，散開了以後顏色絢爛的。晚九點，天色一片漆黑，他踱著步往筆架山上去。有些憋不住的小孩偶爾燃起一顆煙花，綻開後把夜色撕裂一

塊，旋即消失於夜空。一路上山，越往上人戶越少，越顯得冷清。路燈有的亮有的不亮，亮著的說不定哪時又暗了。他盡量延宕，不敢馬上見到小于。風聲越來越大了，他把領子豎起來。這時他開始懷疑，自己有沒有勇氣走進小于的店裡，跟她共同渡過這個年夜。她又會是什麼樣的態度？老黃甚至有幾分恨鋼渣，把這樣的事情交到自己手裡。走得近了，他便知道鋼渣和小于的約定像銅澆鐵鑄的一樣牢靠。小于果然在，簡陋的店面這一夜忽然掛起一長溜燈籠，迎風晃蕩。山頂太黑，風太大，忽然露出一間掛滿燈籠的小屋，讓人感到格外刺眼。

離小于的店面還有百十米遠，老黃就收了腳，靠著一根電杆搓了搓手。他往那邊望一望，影影綽綽，哪看得見人？點煙點了好幾次，才點燃。風太大了。老黃弄不清自己能在這電杆下挺多久，更弄不清自己最終會不會走進那間迸著暖光的理髮店。一岔神，老黃想起手頭正在辦理的案子。——本來他以為劉副局的案子應該不難辦，現場保留得很好，還找到一溜清晰的鞋印。但事情常常出離他的想像，一個月下來，竟毫無進展。劉副局生前瓜葛太多，以致他死後被懷疑的對象太多，揪花生似地一揪就拖出一大串，反而沒能圈定重點疑凶。

這個冬夜，老黃身體內突然躥過一陣衰老疲憊之感。他在冷風中用力抽著煙，火頭燃得飛快。此時此刻，老黃開始對這件案子失去信心。像他這樣經常的老警察，很少有這麼

灰心的時候。他往不遠處亮著燈籠的屋子看了一陣，之後眼
光向上攀爬，戳向天空。有些微微泛白的光在暗空中無聲遊
走，這景象使「時間」的概念在老黃腦袋中具體起來，倏忽
有了形狀。一晃神，腦袋裡仍是擺著那案子。老黃心裡明
白，破不了的滯案其實有蠻多。天網恢恢疏而不漏，那是源
於人們的美好願望。當然，疏而不漏，有點像英語中的一般
將來時──現在破不了，將來未必破不了。但老黃在這一行
幹得太久了，他知道，把事情推諉給時間，其實非常油滑，
話沒說死，等於什麼也沒有說。因為，時間是無限的。時間
還將無限下去。

潘向黎

潘向黎小傳

潘向黎，作家。1966 年 10 月生於福建泉州，少時移居上海至今。曾留學日本兩年，先後在文學雜誌和報社任編輯。現為某報首席編輯、南京大學現當代文學博士生。

著有小說集《無夢相隨》、《十年杯》、《輕觸微溫》、《我愛小丸子》、《白水青菜》和散文集《紅塵白羽》、《純真年代》、《相信愛的年紀》、《局部有時有完美》等多部。部分作品被翻譯成日文、英文、俄文、韓文、德文、希臘文。

曾以短篇小說《我愛小丸子》、《奇蹟乘著雪橇來》、《白水青菜》、《永遠的謝秋娘》連續四年（2002-2005年）登上中國小說排行榜。本人曾獲上海文化新人稱號、首屆青年文學創作獎和第十屆莊重文文學獎、第四屆魯迅文學獎等。

評委會評語

作者以女性特有的視角，從日常生活細節入手，於從容不迫之中對當代都市特殊階層的生活方式和精神狀況作了準確的描畫與深刻的反思。

白水青菜
潘向黎

　　他進門的時候，客廳裡沒有她的身影。他微微一笑，向廚房走去。她果然在，正在用飯勺攪電鍋裡的飯。她總是這樣做，盛飯之前要把電鍋裡的飯徹底攪翻一下。他曾經問為什麼，她說：「好把多餘的水分去掉，口感才好啊。」顯然她是聽見了開門的聲音。

　　飯冒著蒸汽，她的臉有一瞬隱在水氣裡。他聞到了飯香。

　　飯很香。奇怪的是，他在別的地方幾乎聞不到這種香。這是好米才有的香味。他知道她只用一個牌子的米，東北產的，很貴，因為是有機栽培。好米只是密閉著的香味，要加適量的水，浸適度的時間，然後用好的電飯煲煮，跳到保溫之後，燜合適的時間，香味才會爆發出來，毫無保留，就像一個個儲滿香膏的小瓶子打破了一樣。

　　她是他遇到的最會煮飯的女人。他這樣說過，她回答：我尊重米。

　　在他笑起來之前，她又加了一句：不過只尊重好的米。

他洗了手，坐在餐桌邊時，兩碗飯已經在桌上了，他的這邊多一個空碗，筷子照例擱在擱筷上，是一條魚的形狀。她端上來兩個青花小碟，一個碟裡是十幾粒黃泥螺，並不大，但很乾淨，一粒粒像半透明的岫玉，裡面有淡淡的墨色。一個碟裡是香菜心，嫩嫩的醬色，也是半透明。家裡的菜一向這麼簡單，因為他都是在外面吃過了，回來再吃一遍。

最後她端來一個小瓦罐。這才是他盼望的重點。馬上打開蓋子看了一眼，裡面有綠有白有紅，悅目得很。她說：「你先喝湯。」自己坐下來，開始吃飯，撥幾口飯，就一點菜心，看她吃飯的樣子，好像不用菜也可以似的。

他就自己從瓦罐裡把湯舀了小半碗。清清的湯色，不見油花，綠的是青菜，白的是豆腐，還有三五粒紅的枸杞，除了這些再也不見其他東西。但是味道真好。說素淨，又很醇厚；說厚，又完全清淡；說淡，又透著清甜；而且完全沒有一點味精、雞精的修飾，清水芙蓉般的天然。

就那麼一口，整個胃都舒服了，麻木了一整天的感官復甦，臉上的表情都變了。真是好湯！

他一連喝了兩碗，然後吃飯，就著黃泥螺和菜心，一個滑，一個脆，都是壓飯榔頭。不知不覺就把一碗飯都吃完了。他也不添，而是又釅釅地喝了一碗湯。然後把碗放下，對她笑。

她也笑，「好像在外面沒飯吃似的。」

「是沒飯吃。現在誰吃飯？」

他說的是真話。他的工作宴會應酬多，那種宴會不會有飯。總是太多的油膩、濃烈的味道轟炸味蕾，味蕾都半昏迷了，直到喝了她的湯，才緩緩醒過來。

「你的湯怎麼做的？」

她莞爾一笑，笑容裡有陽光的味道：「好嗎？」

「好。」

「那就多喝一點。」

「喝了。到底怎麼做的？人家都說老王家湯館好，我看就是那裡都喝不到這麼好的。說給我聽聽。」

「說起來——，其實也簡單，就是要有耐心。」她說。

後來，他不只一次懷念那時的生活。那種安寧，那種坐在餐座前等著妻子把瓦罐端上來的感覺，掀開瓦罐的蓋子時看到的好看的顏色，第一口湯進口，微燙之後，清、香、甘、滑……依次在舌上綻放，青菜殘存的筋脈對牙齒一點溫柔的、讓人愉快的抵抗，豆腐的細嫩滑爽對口腔的愛撫，以及湯順著食道下去，一路潺潺，一直熨貼到胃裡的舒坦。

他們的家是讓人羨慕的白金家庭。白金的意思是，既有錢又白領，這個白領的意思是泛指，指的是讀過書，有修養講規則，憑知識和智力掙錢，不是手上戴好幾個金戒指的暴發戶。

他先是吃皇糧的機關幹部，後來不願意看人臉色慢慢從

孫子熬成爺爺，早早下了海，折騰了許多行當，最後在房地產上發了，然後是網站、然後是貴族學校，他的事業像匹受驚的野馬一樣勢不可擋。

他成了本市的風雲人物，電視台人物訪談的明星，各種捐款、善事的大戶。畢竟是受過高等教育的，他的風度、談吐，贏得了矚目和好評。有一次電視台讓女白領評選全國範圍的十佳丈夫人選，他就上了榜，而且擊敗了幾個電影明星、歌星。現在的女白領真是不傻。那些又蹦又跳的男人，只能遠處看看，怎麼能近距離相處？要是她們知道他還每星期兩次開著寶馬到那所著名的大學讀哲學碩士，她們可能會發出尖叫──要多少實力才能有時間和閒心做這樣的事情啊。但是他從來沒有對外面透露過，這種事，要等人家自己無意中發現才好。越不經意越有風度，像他這樣的年紀和身份，這種選擇已經不需要經過考慮了。

他當然結了婚。都十七、八年了。妻子是她的大學同學，是初戀，而且是那種把情竇初開和愛和性和婚姻一鍋煮的關係。他們從來沒有想過兩個人還會有其他選擇，那時候也不知道要給自己多留一點時間，畢業後第二年就結了婚，然後很快就有了孩子。就是現在進了寄宿制雙語教育的培鷹學園的兒子。兒子是他們的驕傲，他不但聰明、學業優異，而且長得非常漂亮。這不能完全歸功於他，因為兒子明顯地集中了他們兩人的優點，而妻子當年也是學校裡的美女，不化妝也青翠嫩葉一樣清新可人。

因為有這樣的妻子，他對女人是不容易驚艷的。而且他知道現在的女人的漂亮已經充滿了化學的味道。

嘟嘟的出現完全是一個意外。起初他覺得這是個稚氣未脫的女孩子，像個水晶花瓶一樣好看又透明，而且不實用。等到看出她的企圖還覺得有些好笑——這不是胡鬧嗎？要不是她是他的下屬，本來可以叫他叔叔的。當然心裡還是有點高興的，很隱蔽但是很真切，這可是一個比自己小 20 歲的女孩子啊，又漂亮，而且出身很好，父親是大律師，母親是名醫，家裡本來要送她去劍橋留學的。這樣的女孩，沒有任何為了錢而接近男人的嫌疑。

起初他真的沒有什麼。因為覺得嘟嘟是一時衝動，再說他不可能破壞自己的家庭，這麼些年，妻子辭掉幹得好好的中學教師工作，專心在家相夫教子，他沒想過要辜負她。他若是辜負她，她真是什麼都沒有了，一個 40 出頭的女人，沒有工作沒有事業沒有朋友，她怎麼活？況且，許多男人成功了就另覓新歡拋棄髮妻，他不想也掉進這種俗套，犯這種通俗的常見病——他不是一般的男人，這是他對自己的要求。

起初真的沒有動心，他只是考慮怎麼讓嘟嘟少受一點傷害就退出去。但是現在的女孩子真是任性，她們想要什麼就敢大喊大叫、又哭又鬧、要死要活，他又下不了狠心把她開除掉。嘟嘟真是一個水晶花瓶，而且因為對他無望的愛，這個水晶花瓶就站到了懸崖邊上，隨時可能掉下來粉身碎骨。

最後，他只好伸手把她接住。

他不回家吃晚飯了。後來，他連晚上都不回來了。他說，實在太忙，不趕回來了。後來又說，想一個人靜靜。

她沉默，就像他每次說不回家吃飯時一樣，綿長而細密的沉默，那重量使他感到壓迫，但是不敢掛電話。最後，她說：「這樣吧，你要回來吃飯就打電話。」

他想，這等於說，如果不打電話，她就不會做好他的飯，還有那罐湯，等他回去了。那是他的家，但是從現在起，沒有他的飯了，沒有人等他了。他有點失落，但是馬上感到了巨大的輕鬆。這——太好了。她當然會有看法，也會生氣，會傷心，但是以她的性格，不可能會主動挑破、發作出來。這些年來，他一直覺得自己選對了人結婚，現在又一次這樣覺得。在愛上別人之後這樣想，也許有點荒謬，但是他就是這樣覺得。

他不喜歡租房子，他說哪怕只住三個月，我也要住在自己的房子裡，我不住別人的地方。嘟嘟欣賞地看他，說：我也是，我也是。他就說要買一套房子，全裝修的，帶全套傢俱和電器的，「只要帶上牙刷就可以住進去。」他愉快地說。嘟嘟卻不要，她說那種房子沒有風格，她不喜歡。最後她讓他住到她那裡去。

嘟嘟一個人住著兩房一廳，是父母給她買的，裝修是她自己來的，是很現代的簡約風格，但是卻比華麗更費錢的那

種。全套北歐風情傢俱加日本產的TOTO潔具，一色的白，臥室裡連地毯都是白的，這不是這個年齡應該有的氣派。看來她父母確實把她寵壞了。

嘟嘟為了歡迎他，給他買了TRUSSARDI牌的浴袍和拖鞋，她喜歡這個牌子，她說皮膚感覺到的奢華比眼睛看到的更真實。但是沒有睡衣，她說他不需要。真的，一旦上床，他們都不再需要衣服。

新鮮的愛情，新鮮的瘋狂，新鮮的住處，新鮮的氣氛，好像連他自己都成了新的。幾個月的時間過得像飛一樣。

也有問題。問題是出乎意料的小問題：他們還是會肚子餓。

他是半個公眾人物，不能到外面吃飯。嘟嘟一個人出去買肯德基，他倒是可以接受，只是覺得好笑，說：「我兒子最喜歡吃。」嘟嘟就變了臉，拒絕再買了。

只好叫外賣，從茶餐廳的簡餐到永和豆漿，從日式套餐到避風塘，從披薩到義大利通心麵，他們都叫了個遍，外賣沒有湯，他們有時喝罐裝的烏龍茶，更多的時候喝可樂。

慢慢的，吃飯成了個苦差事。因為難吃，而且他必須掩飾他對這些食物的難以下嚥。真潦草啊，有的硬梆梆的，有的乾巴巴的，有的木渣渣的。他思念一碗香香柔柔有彈性的米飯，更思念一碗熱熱潤潤讓味覺甦醒的湯，冰涼的飲料怎麼能代替湯？和他以前吃的晚餐相比，這些簡直是垃圾。

但是他不敢說。只要他一流露出不滿，嘟嘟就會生氣

──那我們出去吃啊，什麼好吃的都有！我也不喜歡吃這些！還不是因為你！或者說──我知道，你又在懷念你過去的生活了！你是不是後悔了？後悔了就明說嘛！

每次他都要冒險出去請她吃一頓飯才能平息。

吃飯成了他們的一個心病。甚至下了班在往那個甜蜜的小巢走的時候，他就在犯愁，要不要自己先到哪裡吃一點東西？不然等一下進了門就是一通昏天黑地的親熱，然後吃點吃不飽的東西，半夜又要餓醒。

按照現在流行的劃分，嘟嘟在這個城市裡應該算個真正的「小資」了。說她真正，是因為她小資得天經地義，而且不是為了在人前裝樣，她不欺暗室，別人看不見的地方更下功夫。他從來不知道一個女人可以為了享受，這樣認真把錢不當錢，這樣一絲不苟。她的內衣比外衣更貴，她基本上不化妝，但是她的保養品一套都是她一個月的工資，而且用了覺得不好就被丟在一邊。

她說：「用名牌有什麼？把過期的名牌化妝品丟掉，那種感覺才算奢侈，我喜歡！」

她也解釋為什麼這樣：「我要讓自己眼睛看的、耳朵聽的、皮膚接觸的都是好東西，這樣氣質才會好。」

嘟嘟有兩個愛好，一是健身，一是讀村上春樹。她不但有村上春樹的所有作品，而且每種都不只一本，有各種版本，他懷疑只要國內有的她都買齊了。甚至還有日文原版的，雖然她不懂日語，「我可以學啊！」她唱歌般地說。只

要有空，她就會隨手拿起一本村上春樹，隨便翻到哪一頁，開始看。看著看著，她的眉頭就會微微蹙起來，光潔的臉似乎突然長了幾歲。書架上、沙發上、床頭、甚至洗手間的梳妝檯上，都放著村上春樹，有的合著，有的打開伏著。

他看過幾次，但是都看不下去，好像是一些莫名其妙的生活片段、稀奇古怪的夢和幻境，不知道在說什麼，也不知道想說什麼。這麼亂哄哄的，真奇怪，嘟嘟在裡面看到了什麼呢？是什麼吸引了她？他沒有問，怕她根本不解釋，反而笑他落伍。嘟嘟太年輕了，她的年輕使她的一切都有一種理直氣壯，這一點讓他感到可愛，也有點怯意。

沒想到有一天，他一走進門，就看到嘟嘟因為興奮而泛著粉紅的臉。「今天有好東西吃！我給你做！」他望著她，好像她突然在說英語，雖然他能聽懂，但是一時反應不過來。她又說了一遍，他才相信自己的耳朵。這真是好消息，他能聽到的最好的消息。

他跟著嘟嘟走進廚房。眼前的廚房一掃往日的清寂，熱鬧得像個小型超市，工作檯上放著兩塊碩大的案板，嶄新的，上面擱著兩把刀，一把黑黝黝的切菜刀和一把雪亮而窄長的、帶著鋸齒的刀，旁邊還有紅的火腿、綠的黃瓜、嫩黃的乳酪，一大袋蔬菜，還有一個長麵包，還有五顏六色的罐頭，瓶裡袋裡的各種調料。這是個地震後的小型超市，一切都顯得有點凌亂，嘟嘟的頭髮上也粘了一抹可疑的黃色膏體物質，但是也顯出了熱誠，心無城府、掏心掏肺的那一種。

　　他感動地表示要幫忙，嘟嘟堅決拒絕了，要他到廳裡休息、看看報紙。她把他推到沙發上，把報紙遞到他手裡，甚至給他泡了一杯茶。他看了一下，居然是龍井，她笑著說：「剛買的。茶莊的人說是新茶。」然後她就像一個賢慧的妻子那樣進了廚房。

　　嘟嘟終於忙完了，讓他坐到餐桌邊。他急切地過去，看到了餐桌上的東西。每人一碟三明治，切成小塊的，一摞一摞的幾摞，旁邊點綴了嫩玉米芯和炸薯條。中間是一大盤紅紅的、一片混沌的東西，仔細看可以辨認出裡面有臘腸一樣的東西。唯一熟悉的東西是啤酒，麒麟一番榨。

　　嘟嘟說：「怎麼樣？」他說：「看上去很漂亮。」他決定先從容易接受的開始，就自己倒上啤酒，開始喝。嘟嘟一邊解著身上的圍裙，一邊興致勃勃地說：「這不是一般的東西，這可是村上春樹餐啊。」

　　「什麼？」他趕快把一口啤酒咽下去，問。

　　「村上春樹的小說裡寫到的美食很多，日本就成立了一個村上春樹美食書友會，根據他書裡的描寫，編了一本村上春樹食譜，讓大家分享。我今天就是按照這本食譜做的。好玩吧？沒想到吧？」

　　原來是這樣。他拿起一摞三明治，「這是什麼三明治？」

　　「黃瓜火腿乳酪三明治。《世界末日與冷酷仙境》裡生物學家的孫女做的。這個做起來很麻煩，生菜葉子要用涼水

泡，吃起來才脆。麵包片上要先塗上厚厚的黃油，不然蔬菜
裡的水分容易把麵包泡軟。最後也是我自己切的，特地買了
一把刀，切得很整齊吧？」

他吃了一口，為了躲避作出評價，就指著那盤紅紅糊糊
的東西說：「這是什麼？」

「番茄泥燉史特拉斯堡香腸。我買不到史特拉斯堡香
腸，還好書裡注明原味維也納香腸也可以，就用了維也納香
腸。主料是西紅柿丁和維也納香腸，調料是大蒜、洋蔥、胡
蘿蔔、芹菜、橄欖油、月桂油、百里香、花薄荷、羅勒、番
茄醬、鹽、胡椒、糖，我數過了，一共 13 種。本來想做蘑
菇煎蛋捲，但是那是《挪威的森林》裡的，早期作品，風格
不一樣，所以做了這個，這也是《世界末日與冷酷異境》裡
的，就是世界末日當天，他和圖書館女孩過了一夜，在她家
做的早餐。」

他心裡湧起了愛憐，但是仍然沒有動，倒是嘟嘟，把一
條香腸用餐刀切成幾段，用叉叉起一段，送進嘴裡，「哎
呀，太棒了！另類！濃烈！豐富！絕對村上春樹！」她吃
著，又喝啤酒，漸漸地眼裡泛起了迷濛，又說了一些「真是
憂鬱世界的美味情懷」、「對於揮別人生而言似乎是個不錯
的一天」之類的話，他知道，她已經進入了村上春樹的世
界，正在裡面扮演一個角色，這些都是台詞了。

他也作出毫不遲疑的樣子吃了起來。這麼難看的東西，
居然不難吃。但是想到居然要花上那麼長的時間，動用那麼

誇張的陣勢，那麼多的調料，他還是覺得有點可笑。這就叫用最村上的方式享受生活？那麼這個人的品味真成問題。不過這麼出名的作家，應該不會這麼粗糙。慢著，這個叫村上春樹的人，會不會故意戲弄這些崇拜他的人呢？這樣想，又馬上覺得有點對不起嘟嘟，於是努力往嘴裡塞進一疊三明治，馬馬虎虎地嚼幾下，急忙用啤酒把它沖下去，感覺好像自己正坐在某架國內航班的機艙裡。

什麼玩意兒呀，就是夾餡麵包片，怎麼看都是簡單對付肚子的東西，好吃？見鬼吧。搬出川端康成來也沒用。看看中國的小說家，看看《紅樓夢》，裡面寫的好吃好喝的，那才叫美食，那才叫見識！可是這些他都沒有說，因為嘟嘟忙了半天，他不能讓她傷心。何況說了她多半也不懂。

吃完這頓難忘的村上春樹餐，他最後說了一句：「以後不要這麼麻煩了。在家裡吃越簡單越舒服。」

「今天這樣不是很舒服嗎？」嘟嘟奇怪地反問。

他把嘟嘟的手抓起來，輕輕愛撫著說：「不是這樣的。真的會做的人，就是一碗白水青菜湯，吃起來就夠好了。」他說完這句話，看到嘟嘟臉上的月亮被雲遮住了，他立即知道，自己說了一句不該說的話。

他們都不願意想起一個人，一個女人。但她總是在最不經意的時候出現。就像一個狡猾的債主，從來不會攔在大路中間，讓你可以放心地開車回家，回到家門口，也不會看到有人氣勢洶洶地站在那裡。於是你鬆了一口氣，走進房間，

打開燈，卻猛然一驚，角落裡赫然站著一個人，正是躲也躲不掉的那一個。

她聽見門鈴響的時候，有一秒鐘以為是他回來了。但是她馬上知道不是。先從貓眼上往外看了看，果然不是。是一個女人。

她打開了門，一個年輕女孩出現在她面前，有著緊繃的臉頰和鮮嫩的皮膚的女孩。她用微笑的眼神發問，這個女孩子說：「叫我嘟嘟吧，我是你丈夫的朋友。」

她立即明白了。明白了這個女孩是誰。她打開門，請她進來。像一個有禮貌的女人對待丈夫的朋友那樣。嘟嘟從她臉上尋找一點情緒的流露，沒有找到。

她讓嘟嘟參觀了他們的家，但是沒有讓她看臥室。然後她們坐了下來，喝著茶，一時都找不到話題。嘟嘟說：「謝謝你接待我。其實我今天來，一是想看看你是什麼樣子的，另外就是想吃你做的飯。」看到她臉上的驚訝，嘟嘟急忙解釋：「我總聽他誇你是個高手，最簡單的菜都能做得最好吃，真的很好奇。」

她似乎有點為難，想了一下，說：「那，你就在這裡吃一點便飯好了。」

嘟嘟像一個真正的客人那樣，坐在餐桌邊等。看著女主人端上來一碗飯，兩個小碟，然後是一個瓦罐。她驚訝地睜大眼睛——就這些？女主人給她盛了一碗湯，一邊說：「平

時我們吃飯，也就是這樣。他總是自己盛湯，脾氣急。」

嘟嘟一邊聽，一邊看她的手勢表情，又注意湯的內容，簡直忙不過來。但是她還是發現女主人沒有碗筷，就問：「你不吃嗎？」她的語氣，好像她是主人。

女主人搖了搖頭。嘟嘟不知道是她不想吃，還是不願意和她一起吃，就不敢再說什麼了。

她喝了一口湯。她不假思索地「哇──！」了一聲。然後她難以置信地看看女主人，「這就是白水青菜湯？」

女主人說：「他這麼叫。」

「你能告訴我怎麼做的嗎？」嘟嘟一臉懇切，好像她正在上烹調課，面對著給她上課的老師那樣。

女主人停了一下，好像微微地歎了一口氣。然後說：「要準備很多東西。上好的排骨，金華火腿，蘇北草鷄，太湖活蝦，莫干山的筍，蛤蜊，蘑菇，有螃蟹的時候加上一隻陽澄湖的螃蟹，一切二，這些東西統統放進瓦罐，用慢火照三、四個鐘頭，水一次加足，不要放鹽，不要放任何調料。」

嘟嘟難以置信地看看面前的瓦罐，排骨？火腿？蝦？還有那麼多東西，那裡有它們的影子啊。

女主人自顧自慢慢地說：「好了以後，把那些東西都撈出去，一點碎屑都不要留。等到要吃了，再把豆腐和青菜放下去。這些東西順便能把油吸掉。」

嘟嘟倒吸了一口冷氣。這就是所謂的白水青菜湯？白

水？這個女人的心有多深啊。那個男人說的是什麼胡話？他每天享用著這樣的東西，卻認為是非常容易非常簡單就可以做出來的，他真是完全不懂自己的妻子。就在這一瞬間，嘟嘟深深地明白了眼前的這個女人，也明白了世界上，愛情和愛情之間有多大的不同。

「你每天都要弄這樣一罐湯嗎？」

「是啊。早上起來就去買菜，然後上午慢慢準備，下午慢慢燉，反正他總是回來得晚，來得及的。」

「那今天你怎麼也準備了呢？他不是……」

「你是說他沒有回來吃晚飯吧？是啊，都半年了，不過我還是每天這樣準備，說不定哪天他突然回來吃呢？再說我都習慣了，守著一罐湯，也有點事情做。」

嘟嘟整個人呆在那裡。半天，才說：「你真了不起。」

女主人愣了一下，然後失神地、輕輕地說：「他整天那麼辛苦，能讓他多喝一口湯也好啊。」她好像在自言自語，完全忘記了眼前還有一個人。

嘟嘟突然說：「你今天都告訴了我，你不怕我學會了，他永遠不回來嗎？」

女主人回過神來，看了嘟嘟一眼，笑了。那笑容，好像在說，他不是已經不回來了嗎？又好像在說，他怎麼會不回來呢？好像在責備：你這樣說是不是有點過分啊？又好像在寬容，因為這問題本身很可笑。

這樣笑完了以後，女主人輕輕地問：「你能這樣為他做

嗎？」

嘟嘟偏著頭，認真地想了想，說：「我也可以的，但是不必了。」她說完，就站起來走了，走到門口，她站住，回頭一笑，說：「我不像你。」

她走得就像她來時那樣突然，毫無徵兆。

又過去了一個月。傍晚，女人照例在廚房裡，湯罐在煤氣灶上，微微冒著熱氣。女人的目光穿過後陽台，往外看，好像看著樓下的草坪，又好像看著一個不確定的地方。

門鈴響。她應著「來了」，過去開門。她剛剛發現家裡的米快沒有了，就到那家固定的米行買了一袋米，還是那個牌子的東北大米，完全有機栽培的，價錢比普通的新米貴了五、六倍。這是米行的夥計給她送米來了。

她打開門，卻發現是他。她愣了一下，一句話脫口而出：「怎麼？忘了帶鑰匙？」

他回答：「是啊。」

她馬上回到了廚房，丟下他一個人。他不知道她這樣算是什麼意思，有點想跟進去，又覺得不妥，一時有些渾身長刺的感覺。過了一會兒，她在廚房裡說：「等一下米行的人會送米來，你接一下。」

他說：「哦。」

「還是那種米。」

「我知道。」他說。

　　米行的人來了，他接下來人手裡的米袋，隨口問道：「錢付了嗎？」夥計說：「付了付了，太太每次都先付的！」

　　他用雙手握住米袋的兩角，把它提進廚房。她說：「放這裡。」他就放下了，同時感到如釋重負。

　　這時他確定自己可以坐到餐桌邊等了。他就坐到了餐桌邊。

　　她好像看見他坐下來了，就說：「洗手去。」

　　他洗了手，坐在餐桌邊時，她端著一個大托盤過來了。他想，家裡還是有改進，她不再分幾次跑了。托盤放到桌上，裡面有兩碗飯，兩碟菜：一個是蝦仁豆腐，一個是番茄炒蛋。一個小瓦罐。這是他思念的，忍不住馬上打開蓋子看了一眼，說：「我先喝湯。」

　　他從瓦罐裡把湯舀了小半碗。還是有綠有白有紅，還是清清的湯色，不見油花。他急忙喝了一口，就那麼一口，他臉色就變了。像被人從溫暖的被窩裡一下子揪出來，又驚又氣，又希望一下子掙醒，發現是夢，好癱回到溫暖的被子裡。

　　「這是什麼湯？」他不敢吐出來，掙扎著把嘴裡的一口湯咽下去，急急地問。

　　「白水青菜湯啊。」

　　「怎麼這麼難喝？以前的湯不是這樣的！」他委屈地抗議。

她嚐了一口，然後說：「白水青菜，就是這樣的。你要它什麼味道？」

他放下調羹，審視她。她不看他，臉上沒有任何波動。她還是那麼喜歡吃飯，但是現在不像過去，好像沒有菜也吃得下去的樣子，她把蝦仁豆腐和番茄炒蛋都舀了一下，和飯拌在一起，自顧自吃起來，吃得很香。他乾脆不吃了，點起了一支煙。過去在她面前他是不抽煙的。但是現在，這些好像無所謂了。她連看都沒有看一眼。

吃完最後一口，她把所有的碗碟都收回托盤裡，然後正視著他，說：「我們家以後可能要雇一個鐘點工，我找到工作了，家裡這麼多事。」

他吃了一驚，「工作？什麼工作？」

「到烹飪學校上課。」

「你？當烹飪老師？」

「你忘了，我本來就是老師。烹飪考級我也通過了。」她說。

剛才那口難喝的湯好像又翻騰起來，他脫口而出：「這麼大的事，也不跟我商量。你現在怎麼這樣了？」話一出口，他就後悔了。他不該這樣說。理虧的人是他自己，是他對不起她，不管她做什麼他都失去了質問的權利。而且這些日子，他幾乎不回家，讓她到哪裡找他商量呢？他現在這樣說，只會給她一個狠狠反擊的機會，反擊得他體無完膚。

但是，她沒有反擊，她甚至沒有說什麼。她只是看了他

一眼。這一眼，讓他感到自己的愚蠢。那目光很清澈，但又那麼幽深迷離，好像漆黑的夜裡，四下無人的廢園子中井口竄出來的白氣，讓人感到寒意。

2003 年 5 月 19 日初稿完成　5 月 24 日改畢

郭文斌

郭文斌小傳

郭文斌，祖籍甘肅，1966 年生於寧夏西吉縣，先後就讀於固原師範、寧夏教育學院中文系、魯迅文學院。

發表作品近三百萬字。著有小說集《大年》、《吉祥如意》、《郭文斌小說精選》，散文集《空信封》、《點燈時分》、《孔子到底離我們有多遠》，詩集《我被我的眼睛帶壞》。

出版有《郭文斌論》。

短篇《吉祥如意》先後獲人民文學獎、小說選刊獎、魯迅文學獎。

散文《永遠的堡子》獲冰心散文獎。

《臘月，懷念一種花》等被收進《百年中國經典散文》、《中國詩典》等跨世紀文叢，被央視國際頻道推薦為「影響過我的文章」。

有部分作品被譯成外文。

現任銀川市文聯主席、寧夏作協副主席、《黃河文學》主編，中國作協會員。

評委會評語

優美雋永的筆調描述鄉村的優美雋永，淨化著我們日益浮躁不安的心靈。

吉祥如意
郭文斌

　　五月是被香醒來的。娘一把揭過捂在炕角瓦盆上的草鍋蓋，一股香氣就向五月的鼻子裡鑽去。五月就醒了。五月一醒，六月也就醒了。五月和六月睜開眼睛，面前是一盆熱氣騰騰的甜醅子。娘的左手裡是一個藍花瓷碗，右手裡是一把木鍋鏟。娘說，你看今年這甜醅發的，就像是好日子一樣。六月看看五月，五月看看六月，用目光傳遞著這一喜訊。五月把舌頭伸給娘，說，讓我嚐一下，看是真發還是假發。娘說，還沒供呢，端午吃東西可是要供的。五月和六月就呼的一下子從被筒裡翻出來。

　　到院裡，天還沒有大亮。爹正在往上房門框上插柳枝。五月和六月就後悔自己起得遲了。出大門一看，家家的大門上都插上了柳枝，讓人覺得整個巷子是活的。五月和六月跑到巷道盡頭，又飛快地跑回。長長的巷道裡，散發著柳枝的清香味，還散發著一種讓他們說不清的東西。霧很大，站在巷子的這頭，可以勉強看到那頭。但正是這種效果，讓五月和六月覺得這端午有了神秘的味道。來回跑的時候，六月覺

得有無數的秘密和自己擦肩而過，嚓嚓響。等他們停下來，他又分明看到那秘密就在交錯的柳枝間大搖大擺。再次跑到巷道的盡頭時，六月問，姐你覺到啥了嗎？五月說，覺到啥？六月說，說不明白，但我覺到了。五月說，你是說霧？六月失望地搖了搖頭，覺得姐姐和他感覺到的東西離得太遠了。五月說，那就是柳枝嘛，再能有啥？六月還是搖了搖頭。突然，五月說，我知道了，你是說美？這次輪到六月吃驚了，他沒有想到姐姐說出了這麼一個詞，平時常掛在嘴上，但姐把它配在這個用場上時還是讓他很意外，又十分的佩服。自己怎麼就沒有想到它呢？隨之，他又覺得自己沒有想到這個詞是對的，因為它不能完全代表他感覺到的東西。或者說，這美，只是他感覺到的東西中的一小點兒。

等他們從大門上回來，爹和娘已經在院子裡擺好了供桌。等他們洗完臉，娘已經把甜醅子和花饃饃端到桌子上了，還有乾果，淨水，在濛濛夜色裡，有一種神秘的味道，彷彿真有無數的神仙在他們看不見的地方等著享用這眼前的美味呢。

爹向天點了一炷香，往地上奠了米酒，無比莊嚴地說：

　　艾葉香，香滿堂，

　　桃枝插在大門上，

　　出門一望麥兒黃，

　　這兒端陽，那兒端陽，

　　處處都端陽。

　　艾葉香，香滿堂，

　　桃枝插在大門上，

　　出門一望麥兒黃，

　　這兒吉祥，那兒吉祥，

　　處處都吉祥。

　　……

　　接著說了些什麼，五月和六月聽不懂，也沒有記住。爹
念叨完，帶領他們磕頭。六月不知道這頭是磕給誰的。想問
爹，但看爹那虔誠的樣子，又覺得現在打擾有些不妥。但六
月覺得跪在地上磕頭的這種感覺特別的美好。下過雨的地皮
濕漉漉的，膝蓋和額頭挨到上面涼津津的，有種讓人骨頭過
電的爽。

　　供完，娘一邊往上房收供品，一邊說，先墊點底，趕快
上山采艾。說著給他們每人取了一碗底兒。然後拿過來花饃
饃，先從中間的綠線上掰開，再從掰開的那半牙中間的紅線
上掰開，再從掰開的那小半牙上的黃線上掰開，給五月和六
月每人一牙兒。他們拿在手上，卻捨不得吃。這麼好看的花
饃饃，讓人怎麼忍心下口啊。可是娘說這是有講究的，上山
時必須吃一點供品。五月問，為啥？娘說，講究嘛，一定要
問個子丑寅卯來。六月說，我就是想知道嘛。娘說，這供品
是神度過的，能抵擋邪門歪道呢。六月說，真的？娘說，當
然是真的。六月說，那我們每天吃飯都供啊。娘說，好啊，
你奶奶活著時每天吃飯就是要先供的。

　　甜醅子是莜麥酵的，不用吃，光聞著就能讓人醉。花饃饃當然不同於平常的饃饃了，是娘用乾麵打成的，裡面放了雞蛋和清油，爹用麵杖壓了一百次，娘用手團了一百次，又在盆裡餳了一夜，才放到鍋裡慢火烙的。一年才能吃一次，嚼在口裡面津津的，柔筋筋的，有些甜，又有些淡淡的鹹，讓人不忍心一下子咽到肚裡去。

　　接著，娘給他們綁花繩，說這樣蛇就繞著他們走了。六月問，為啥？娘說，蛇怕花繩。六月就覺得綁了花繩的胳膊腕上像是布下了百萬雄兵，任你蛇多麼厲害老子都不怕了。綁好花繩後，娘又給他們每人的口袋裡插了一根柳枝。有點全面武裝的味道，讓六月心裡生出一種使命感。

　　五月和六月在霧裡走著。在端午的霧裡走著。六月不停地把手腕上的花繩亮出來看。六月手腕上是一根三色花繩，在濛濛夜色裡，若隱若現，讓人覺得那手腕不再是一個手腕。是什麼呢，他又一時想不清楚。六月想請教五月。可當他看見五月時，就把要問的問題給忘了。因為五月在把弄手裡的香包。六月一下子就崩潰了。他把香包給忘在枕頭下面了。六月看著五月手裡的香包，眼裡直放光。六月的手就出去了。五月發現手裡的香包不見了，一看，在六月手上。六月看見五月的臉上起了煙，忙把香包舉在鼻子上，狠命地聞。五月看見，香氣成群結隊地往六月的鼻孔裡鑽，心疼得要死，伸手去奪，不想就在她的手還沒有變成一個「奪」

時，六月把香包送到她手上。五月盯著六月的鼻孔，看見香氣像蜜蜂一樣在六月的鼻孔裡嗡嗡嗡地飛。五月把香包舉在鼻子前面聞，果然不像剛才那麼香。再看六月，六月的鼻孔一張一張，蜂陣只剩下一個尾巴在外面了。五月想罵一句什麼話，但看著弟弟可憐的樣子，又忍住了。就在這時，香包再次到了六月手裡。六月一邊往後跳，一邊把香包舉在鼻子前面使勁地聞，鼻孔一下一下張得更大了，窯洞一樣。五月被激怒了，一躍到了六月的面前，不想就在她的手剛剛觸到六月的手時，香包又回到她手裡。

嘿嘿。五月被六月惹笑了。這時的六月整個兒變成了一個大大的鼻子，癱在那裡，一張一合。五月的心裡又生起憐憫來。反正肥水沒流外人田，要不就讓他再聞聞吧。就把香包伸給弟弟。不想六月卻搖頭。五月說，生姐姐氣了？六月說，沒有，香氣已經到我肚子裡了。五月說，真的？六月說，真的。五月說，你咋知道到了肚子裡？六月說，我能看見。五月說，到了肚子裡多浪費。六月想想，也是，一個裝屎的地方，怎麼能夠讓香委屈在那兒呢。要不呵出來？五月說，呵出來也浪費了。

我可以呵到你鼻子裡啊。六月為自己的這一發明興奮不已。五月也覺得這是一個好主意，就把嘴大張了，蹲在六月的面前。六月就肚皮用力，把香氣一下一下往姐姐鼻孔裡擠。

但六月卻突然停了下來。六月看見，姐姐閉著眼睛往肚

裡咽氣的樣子迷人極了。那香氣就變成一個舌頭，在五月的額頭上親了一下。

媽喲，蛇。五月跳起來。六月向四周看了看，說，沒有啊。五月說，剛才明明有個蛇信子在我頭上舔了一下。六月說，大概是蛇仙。五月說，你看見是蛇仙？六月點了點頭。五月問，蛇仙長什麼樣兒？六月說，就像香包。五月看了看手裡的香包，說，難怪你這麼喜歡它，原來它成仙了。

做香包講究用香料。五月和六月專門到集上去買香料。五月說，她要選最香最香的那種。要把六月的鼻子香炸。六月說，把我的鼻子香炸有啥用，我又不是你女婿。五月說，反正香炸再說。二人樂顛顛地向集上走去。

集上的香料可多了。五月到一個攤上拿起一種聞聞，到一個攤上拿起一種聞聞，從東頭聞到西頭，又從西頭聞到東頭，把整個街都聞遍了，還是確定不下來到底哪一個最香，拿不定主意買哪一種。五月犯愁了。這時，過來了一個比五月大的女子選香料，五月的眼睛就跟在她的手上。五月問六月，你看這個人像不像是新媳婦？六月看了看，屁股圓圓的，辮子長長的，像。五月說，那她買的，肯定是最香的。五月就照剛才那個新媳婦買的買了。

山上有了人聲，卻看不見人。五月和六月被罩在霧裡，就像還沒有出生。六月覺得今天的霧是香的。不知為何，六月想起了娘。你說娘現在幹啥著呢？六月問。五月想了想

說，大概做甜糕呢。六月說，我咋看見娘在睡覺呢。五月
說，你還日能，還千里眼不成，咋就看見娘在睡覺呢。六月
說，真的，我就看見娘在睡覺呢。五月說，那你說爹在幹啥
呢？六月說，爹也在睡覺呢。五月說，我們走時他們明明起
來了，咋又睡覺呢。六月說，爹像是正在給娘呵香氣呢。五
月說，難道爹也把娘的香包給叼去了？六月說，大概是吧。

　　突然，六月說，那是我的香包。說著往回跑。五月一
躍，像老鷹抓雞似的把六月抓在手裡，說，你走了，我咋
辦？六月說，我拿了香包就回來。五月看了看六月，解下脖
子上的香包給六月，說，我把我的給你。六月猶豫著，沒有
動手。五月就親自給六月戴上。六月看見，胸前沒有了香包
的五月一下子暗淡下來，就像是一個被人摘掉了花的花稈
兒，看上去可憐兮兮的。但他又沒有力量把它還給五月。六
月想，人怎麼就這麼喜歡香呢？是鼻子喜歡還是人喜歡呢？

　　然後他們去挑花繩兒。街上到處都是花繩兒，這兒一綹
那兒一綹的，讓人覺得這街是誰的一個大手腕。六月和五月
每人手裡攥著兩角錢，蜜蜂一樣在這兒嗅嗅，在那兒聞聞，
還是捨不得花。直到集快散了，他們才不得不把那兩角錢花
出去。他們的手裡各拿著五根花繩兒。那個美啊，簡直能把
人美死。

　　路上，六月問五月，你說，誰的新媳婦最漂亮？五月
說，你的啊。六月說，好好說啊。五月說，你說呢？六月
說，要說，肯定是街的新媳婦最漂亮啊。五月一驚，看著六

月，問，為啥？六月說，他的一個大胳膊上就戴了那麼多的花繩兒，腔子上戴了那麼多的香包，身上有那麼多的香料，你說不是他還能是誰？五月把眼睛睜得像銅鑼一樣，貼向六月的臉，笑了一下，說，怪死了怪死了，你咋會有這樣一個奇怪的想法，街咋能娶新媳婦，要是街娶了新媳婦，那該是怎樣的一個女子才配呢？六月說，你就配啊，我知道你想配呢。五月哈哈哈地大笑起來。那姐就是這個世界上最幸福的人了。六月說，那我就是街的大舅舅了。五月說，那我們就有用不完的花繩和香包了。

霧仍然像影子一樣隨著他們。六月的目光使勁用力，把霧往開頂。霧的罩子就像氣球一樣被撐開。在罩子的邊兒上，六月看見了星星點點的人。六月給姐說，你看，他們早已經上山了。五月說，這些掃店猴，還扇得早得很。說著，二人加快了腳步，幾乎跑起來。

到了一個地埂下，六月說，這不是艾嗎？五月上前一看，果然是艾。一株株艾上沾著露水豆兒，如同一個個悄悄睜著的眼睛。五月看了看山頭，說，他們咋就沒有看見？六月說，他們是沒有往腳下看。五月說，他們為啥就不往腳下看？六月說，他們沒有想起往腳下看。五月覺得六月說得對，欣賞地看著六月說，你咋就想起往腳下看？六月說，我本來也想著山頂呢，我也不知道咋就往腳下看了一下。五月說，山上那些人多冤枉。六月說，但我還是想上山。五月問，為啥，這裡不是有艾嘛？六月說，我想看大家採艾，我

也想和大家一起採。五月說，那姐採你看不就行了？六月說，你一個人採，有啥看頭。五月說，可是萬一路上碰上一條蛇呢？六月說，我們不是綁了花繩兒嗎？我們不是吃過供了的花饃饃了嗎？五月說，那就到山頂吧。五月想，其實她也想到山頂呢。人怎麼就那麼喜歡到山頂上去呢？腳下明明是有艾的，卻非要上到山頂去。

五月縫香包時，六月就欺負她。噢噢，給她女婿縫香包著呢。噢噢，給她女婿縫香包著呢。五月追著打六月。六月一邊跑一邊說，養個母雞能下蛋，找個幹部能上縣。但五月總是追不上六月。這連她自己都奇怪。平時，她可是幾步就一把把六月壓到地上了。後來，她發現自己其實是有私心的。她就是不想追上。她只是喜歡那個追。說穿了，是喜歡六月一邊跑一邊這麼喊。羞死了，羞死了。六月跑一跑，停下來，把屁股撅給五月，用手拍拍。跑一跑，停下來，把屁股撅給五月，用手拍拍。五月就真羞了，就裝作生氣的樣子回到屋裡，把門關上，任六月怎麼敲也不開。六月就在外面給她一遍又一遍地下話，一遍又一遍地保證不再欺負她。五月就好開心。她喜歡六月這樣哄她。之前，每當六月欺負她，她總是像貓撲老鼠一樣抓住他，擰他耳朵，聽他告饒。但現在她不喜歡那樣了。她覺得這樣躲在門後聽六月下話，感覺真是美極了。

上到半山腰，六月就跟不上了。六月說，姐慢點行嗎，我走不動了。五月回頭一看，笑笑。這時，五月發現霧的罩

子破了一條口子，從口子裡看去，村子像個香包一樣躺在那裡。五月的舌頭上就泛起一種味道，那是娘捂在盆裡的甜醅子。五月想回家了。但艾還沒有採上呢。這是一年的吉祥如意呢。五月就叫六月快走。不想，六月索性蹲下了。

哎喲，蛇。五月突然叫了一聲，跑起來。六月在後面拼命追。不一會兒就超過五月，跑在前面，並且一再回頭催姐快跑啊。跑了一會兒，五月的腿就不聽話了，就索性一屁股坐在路上，出著粗氣大笑。六月回頭，看見五月坐在那裡大笑，上氣不接下氣地問，你真看見蛇了？五月說，真看見了。六月說，蛇是啥樣的？五月說，就像個你。六月說，才像你呢，你就是一條美女蛇。五月說，你不是說一點都走不動了嗎，咋跑起來還比姐快。六月就看見他的心被五月的話劃開了一條縫兒。是啊，當時明明走不動了嘛，怎麼姐一聲蛇，自己反而就跑到姐前面去了呢？

哎喲，你看蛇。五月卻坐在那裡不動。六月裝作真的樣子跑了幾步。回頭看五月，五月還是坐在那裡不動。五月說，娘說了，蛇是靈物，只要你不要傷牠，牠是不會咬人的。娘說，真正的毒蛇在人的心裡。六月說，娘胡說呢，人的心裡咋能有毒蛇呢。五月說，娘還說，人的心裡有無數的毒蛇呢，它們一個個都懂障眼法，連自己都發現不了呢。六月就信了，就在心裡找。找了半天，也沒有找到。最後，他發現問題不是有沒有蛇，而是他壓根就不知道心在哪裡。問五月。五月也說不上來。六月的心裡就有了一個問題。

　　娘說香包要縫成心型，心肩上吊三色穗子，心尖上吊五色穗子。一般情況下，每年的香包都是沒有過門的新媳婦做好了讓人送給婆家的。六月家沒有沒過門的新媳婦，就只能是娘和姐姐自己做了。這讓五月六月心裡多少有些遺憾。但五月比六月看得遠，五月說，其實沒關係，娘年輕的時候不也是咱們家的新媳婦嘛。六月一下子對五月佩服得不得了。六月說是啊，可是她是誰的新媳婦呢？五月都笑死了。五月說，你說是誰的？六月想了想，沒有想出個所以然來。五月說，爹啊，你這個笨蛋，娘是爹的新媳婦啊，還能是別人的不成？六月恍然大悟。經五月這麼一說，六月突然覺得娘和爹之間一下子有意思起來。還有五月，今年已經試手做了兩個香包了。娘說，早學早惹媒，不學沒人來。五月就紅著臉打娘。娘說，男靠一個好，女靠一個巧，巧是練出來的。五月就練。一些小花布就在五月的手裡東拼拼西湊湊。

　　但六月很快就忘了這個問題。因為五月真的看見了蛇。六月從五月的臉色上看到，這次姐不是騙他。五月既迅速又從容地移到六月身邊，把六月抱在懷裡，使勁抓著六月的手，然後用嘴指給六月看身邊的草叢。六月就看見了一個圓。姐弟二人用手商量著如何辦。六月說，我們的手腕上不是綁了花繩兒了嗎，我們不是吃過供過的花饃饃了嗎？五月說，娘不是說只要你不傷牠牠就不會傷你嗎？六月說，娘不是說真正的蛇在人的心裡嗎？難道草叢就是人的心？或者說人的心就是草叢？五月說，人心裡的那是毒蛇，說不定眼前

的這條不是毒蛇呢。這樣說著時，六月的身子激靈了一下，
接著，他的小肚那兒就熱起來。五月瞥了一眼六月。六月的
臉上全是蛇。

就在這時，那圓開始轉了，很慢，又很快。當他們終於
斷定，牠是越轉越遠時，五月和六月從對方身上，聞到了一
種香味，一種要比香包上的那種香味還要香一百倍的香味。
直到那圓轉到他們認為的安全地帶，五月和六月的目光相
碰，然後變成了水，在兩個地方流淌，一處是手心，一處是
六月的褲管。

娘教五月如何用針，如何戴頂針。五月第一次體會到了
用頂針往布裡頂針的快樂，把針穿過布的快樂，把兩片布連
成一片的快樂。五月縫時，六月趴在炕上看。真是奇怪，這
麼細的一個針，屁股上還有一個眼兒，能夠穿過去線，那線
在針的帶領下，能夠穿過去布，那布經線那麼一繞一繞，就
連了起來，最後變成娘說的「心」。有意思。手就癢了。就
向姐要針線。拿我也試試嘛。娘說，男孩子不能拿針的。六
月問，為啥？娘笑著說，男孩子要拿大針呢。六月問，啥叫
大針？娘說，等你長大就知道了。六月復又躺在炕上，在心
裡描繪那個大針。有多大呢？五月戴的是娘的頂針，有些
大，晃晃蕩蕩的，針就不防滑脫，頂到肉裡去，血就流出
來。五月疼得齜牙咧嘴。六月急著給她找布包。娘卻沒事一
樣。娘說，這一開始，就得流些血。六月就覺得娘有些不近
人情。再看娘手中的針，簡直就像是她乾兒子一樣聽話。它

在娘手裡怎麼就那麼服帖呢？

　　山頂就要到了，五月和六月從未有過地感覺到「大家」的美好。每一個人看上去都是那麼可愛。即使是那些平時他們憎惡得瞅都不願意瞅一眼的人。六月給五月說了自己的這一發現，六月悄悄說，我咋現在就看著德成不憎惡呢。五月悄悄地說，我也是。

　　噢噢，噢噢，你看六月像不像一個新女婿。德成說。大家說，像極了。德成說，還領著一個新媳婦呢，脖子裡還掛著紅呢。六月有些羞，又有些氣，卻沒有發火。五月說，我們剛才看見蛇了。地生說，真的？六月自豪地說，當然是真的。地生說，別吹牛了，如果真看見，早尿褲襠了。六月的臉就紅了。五月護短說，你才尿褲襠呢，如果是你，說不定都嚇死了。地生說，如果是我，我就把牠抓了燒著吃。五月說，吹老牛。地生說，不信你找一個來試試啊。白雲說，閉上你的臭嘴，我奶奶說，蛇可靈呢，它能聽見呢。我奶奶還說，蛇是不咬善門中的人的。地生問，啥叫善門中的人？白雲說，就是一輩子做好事的人家，還不吃肉，不吃有臭味的東西。白雲接著說，我奶奶說，那時村子裡發生蛇患，人們晚上想方設法關緊門窗，蛇也常常鑽到被窩裡，有許多人都被蛇咬死。唯獨李善人每晚開著門睡大覺，蛇卻從來不去找他。六月說，真的？我奶奶說，千真萬確，說著，白雲上前拿起六月的香包看。

　　喜歡就送你吧。六月沒有想到自己會說出這麼大方的一

句話。白雲驚訝地看著六月，就像是發現太陽從西邊出來了。六月接著說，喜歡就送給你。白雲說，真的？五月咳嗽了幾聲。不想六月還是說，真的。說著拿下來給白雲。白雲遲疑著接過，有點擔當不起的樣子，又有點不相信這是真的樣子。

噢噢，白雲是六月媳婦。噢噢，白雲是六月媳婦。

地生和德成拍著手喊。太陽就從六月和白雲的臉上升起來了。

爹讓六月春香料。六月拿起石杵一春，香料就搗蛋地跳出來。五月說，讓我試試吧。爹說，女孩子不能幹這個活的。五月問，為啥？爹說，不為啥。五月的嘴就撅起來了。不為啥又為啥不讓人春。爹拿過杵給六月示範。那香料一點兒也不搗蛋了。六月再試，它們還是跳出來。五月說，就那麼點香料，都讓六月糟蹋完了。爹一邊往石窩子裡揀跳到地上的香料，一邊說，爹剛學時，也是這樣，得摸索，說不清的。六月聽爹剛學時也是這樣，就大了膽子春，直春得香料在石窩子裡亂開花。春著春著，那香料就服帖了。六月奇怪，當你小心翼翼地春時，它反倒要跳，可當你不管它三七二十一，不怕它跳時，它反倒不跳了。這一發現讓六月激動得頭皮一陣陣過電，像是誰伸手一下子把他心裡好多窗子都打開了。六月看五月，五月一臉的羨慕。六月就又心疼姐姐。有些事你是永遠不能幹的。突然，六月發現這家裡是分著兩派的，爹和他是一派，娘和姐是一派。你看，這娘教姐

學針，卻不讓他學。這爹教他拿杵，卻不讓姐拿。莫非這杵，就是娘說的大針？

五月無望地看著六月舂香料，終於覺得這事和自己無緣，就拿了花布開始縫香包。隨著六月杵子的一上一下，屋子裡漸漸地充滿了香味兒。

霧漸漸散去。山上的人們一點點清晰起來，就像是一個個魚浮出水面。六月東瞅瞅，西瞅瞅，心裡美得有些不知所措。六月向山下看去，村子像個貓一樣臥在那裡。一根根炊煙貓鬍子一樣伸向天空。娘和爹還在睡覺嗎？娘和爹多可惜啊，不能看到這些快要把人心撑破了的美。

不覺間，太陽從東山頂探出頭來，就像一個香包兒。山也過端午呢，山也戴香包呢。六月想。再看大家時，大家就像聽到太陽的號令似的一齊伏在地上割艾了。六月問五月，為啥不等到太陽曬會兒把艾上的露水曬乾了再採？五月說，這艾就要趁太陽剛出來的一會兒採，這樣採到的艾既有太陽蛋蛋，又有露水蛋蛋。這太陽蛋蛋是天的兒子，露水蛋蛋是地的女兒，它們兩人全時，才叫吉祥如意。六月奇怪五月怎麼把太陽和露水說成蛋蛋。蛋蛋是娘平時用來叫他們的。姐姐這樣一說，六月就蹲下來，拿出籃子裡的刃子準備採艾。但是六月卻下不了手。一顆顆瑪瑙一樣的露珠蛋兒被陽光一照，讓人覺得它不再是露珠，而是一個個太陽崽子。六月一下子明白了五月為啥要用蛋蛋來稱呼太陽和露珠兒。這樣，一刃子下去，就會有好幾個太陽蛋蛋死掉。五月說，你發什

麼愣，還不趁著露珠蛋蛋剛醒來趕快採。六月說，我下不了
手。五月問，為啥？六月說，我覺得這露珠兒太可憐了。五
月就撲哧一聲笑了，我還以為是你覺得艾可憐呢，真是個二
愣，這露珠兒有什麼可憐的，你不採，太陽一出來，它們也
得死，它們就是這麼個命。但是它們又沒有死，明天早上，
它們又會活過來。六月想想也是。接著心裡升起對五月姐的
崇拜來。他沒有想到姐會說出這麼大的道理來。

　　但六月還是下不了手。五月又笑了，說，如果你覺得它
們可憐，你可以先把它們搖掉啊，讓它躺到地裡慢慢睡去，
你再動手啊。六月覺得這個主意好，就動手搖。不想又把六
月的心搖涼了。這一搖，讓六月看見了一個個美的死去原來
是這樣簡單的一件事。他第一次感到了這美的不牢靠。而讓
這些美死去的，卻是他的一隻手。六月看了看他的于，突然
覺得它不單單是一隻手，它的裡面還藏著一些深不可測的東
西，是什麼呢？他又一時想不明白。但他又不甘心，這分明
是我自己的手，怎麼連自己都看不明白呢？六月第一次對自
己開始懷疑起來。

　　六月開始採艾。採著採著，就把露珠兒的問題給忘了，
把手的問題也忘了。六月很快沉浸到另外一種美好中去。那
就是採。刃子貼地割過去，艾乖爽地撲倒在他的手裡，像是
早就等著他似的。六月想起爹說，採艾就是採吉祥如意，就
覺得有無數的吉祥如意撲到他懷裡，潮水一樣。

　　一山的人都在採吉祥如意。

多美啊。

娘教五月如何往香包裡放香料：把香料均勻地撒在新棉花上，然後把棉花裝進香包裡，然後封口。娘說，這樣香包就既是鼓的，又是香的。六月問娘，為啥要鼓？娘笑笑說，就你問題多，你說為啥要鼓？六月說，叫我姐說。五月說，又不是我問的問題。六月說，鼓了五月女婿喜歡。五月就打六月。娘笑得嘴都合不上了。六月說，我看地地對我姐有意思呢。娘說，是嗎，讓地地做你姐夫你願意嗎？六月說，不願意，他又不是幹部。娘說，那你長大了好好讀書，給咱們考個幹部。六月說，那當然。等我考上幹部後，就讓我姐嫁給我。五月一下子用被子蒙了頭。娘哈哈哈地大笑。六月說，就是嘛，我爹常說，肥水不流外人田，我姐姐為啥要嫁給別人家？娘說，這世上的事啊，你還不懂。有些東西啊，恰恰自家人占不著，也不能占。給了別人家，就吉祥，就如意。所以你奶奶常說，捨得捨得，只有捨才能得，越是捨不得的東西越要捨，這老天爺啊，就樹了這麼一個理兒。六月說，這老天爺是不是老糊塗了。娘說，他才不糊塗呢。

等地娘娘把她的女兒全部從艾上收去時，大家開始收刃。六月站起來，看見姐姐的花襖子被露水打得像個水簾。姐姐把他採的艾拿過去，用草繩束了，給他。然後用草擦刃子上的泥。太陽照在擦淨的刃面上，撲閃撲閃的。姐姐翻了一下刃面，那撲閃就到了她的臉上。不知為何，六月覺得這時的姐姐就像一株艾。如果她真是一株艾，那麼該由誰來採

呢？六月被自己的這一想法嚇了一跳。這一採，不就等於死了嗎？可是，大家分明認為死是一件吉祥的事呢，要不怎麼會有一山頭的人採艾呢？六月又不懂了。

路上，六月看到別人採的艾要比他們姐弟採的多得多，就覺得他們家小孩太少了。六月突然想到，爹和娘咋不上山採艾呢？問姐姐。姐姐說，因為爹和娘不是童男童女。六月問，啥叫童男童女？姐姐想了想說，大概就是銅做的吧？六月覺得不對，分明是肉，怎麼說是銅做的。六月問，不是銅做的為啥就不能採艾？五月說，不知道，爹這樣說的，你看，這上山採艾的，都是童男童女。六月的腦瓜轉了一下。不對，這童男童女，是沒有當過新娘和新郎的人。五月被六月的話驚了一下，回頭看路後邊的人，發現真是這麼回事。看六月，六月的神情是一個等待。五月用一個攬的動作表達了她的誇獎。六月就感到了一種童男童女的自豪和美好，也感到了一種不是童男童女的遺憾。

范小青

范小青小傳

范小青，女，蘇州人。78年初考入蘇州大學中文系，82年畢業留校任文藝理論教師，85年調入江蘇省作家協會從事專業創作。現為江蘇省作家協會黨組副書記、副主席，全國政協委員，中國作協全委會委員。

80年起發表文學作品，以小說創作為主，著有長篇小說十七部，代表作有《女同志》、《赤腳醫生萬泉和》等，中短篇小說二百餘篇，代表作有《城鄉簡史》等，另有散文隨筆電視劇本等，電視劇代表作有《費家有女》、《幹部》等。共創作字數一千多萬字。有多種小說被譯成英、法、日、韓等文字。長篇小說《城市表情》獲全國第十屆〈五個一工程〉獎，短篇小說《城鄉簡史》獲第四屆魯迅文學獎。

評委會評語

作者的出色想像力和精巧構思，凸現了當代城鄉變革中的人性複雜性，體現了短篇小說藝術可能達到的廣闊度與深刻性。

時間簡史
范小青

　　自清喜歡買書。買書是好事情，可是到後來就漸漸地有了許多不便之處，主要是家裡的書越來越多。本來書是人買來的，人是書的主人，結果書太多了，事情就反過來了，書擠佔了人的空間，人在書的縫隙中艱難棲息，人成了書的奴隸。在書的世界裡，人越來越渺小，越來越壓抑，最後人要奪回自己的地位，就得對書下手了。怎麼下手？當然是把書處理掉一部分，讓它騰出位置來。這位置本來是人的。

　　自清的家屬特別興奮，她等了許多年終於等到了這一天，對於擺滿了家裡的書，她早就欲除它們而後快。在自清的決心將下未下、猶猶豫豫的這些日子裡，她沒有少費口舌，也沒有少花心思，總之是變著法子盡說書的壞話。家裡的其他大小事情，一概是她做主的，但唯一在書的問題上，自清不肯讓步，所以她也只能以理服人，再以事實說話。她拿出一些毛料的衣服給他看，毛料衣服上有一些被蟲子蛀的洞，這些蟲子，就是從書裡爬出來的，是銀灰色的，大約有一釐米長短，細細的身子，滑起來又快又溜，像一道道細小

的閃電，它們不怕樟腦，也不怕敵殺死，什麼也不怕，有時候還成群結隊大搖大擺地在地板上經過，好像是展示實力。後來自清的家屬還看到報紙上有一個說法，一個家庭如果書太多，家庭裡的人常年呼吸在書的空氣裡，對小孩子的身體不好，容易患呼吸道疾病，自清認為這種說法沒有科學性，但也不敢拿孩子的身體來開玩笑。就這樣，日積月累，家屬的說服工作，終於見到了成效，自清說，好吧，該處理的，就處理掉，屋裡也實在放不下了。

處理書的方法有許多種，賣掉，送給親戚朋友，甚至扔掉。但扔掉是捨不得的，其中有許多書，自清當年是費了許多心思和精力才弄到手的，比如有一本薄薄的書，他是特意坐火車跑到浙江的一個小鎮上去覓來的，這本書印數很少，又不是什麼暢銷書，專業性比較強，這麼多年下來，自清從來沒有在別的地方看到過它，現在它也和其他要被處理的書躺在了一起。自清看到了，又捨不得，又隨手揀了回來，他的家屬說，你這本也要揀回來那本也要揀回來，最後是一本也處理不掉的。家屬的話說得不錯，自清又將它丟回去，但心裡有依依惜別隱隱作痛的感覺。這些書曾經是他的寶貝，是他的精神支柱，一些年過去了，他竟要將它們扔掉？自清下不了這樣的手。家屬說，你捨不得扔掉，那就賣吧，多少也值一點錢。可是賣舊書是三錢不值兩錢的，說是賣，幾乎就是送，尤其現在新書的書價一翻再翻，賣舊書卻仍然按斤論兩，更顯出舊書的賤，再加上收舊貨的人可能還會剋扣分

量，還會用不標準的秤砣來坑蒙欺騙。一想到這些書像被捆紮了前往屠宰場的豬一樣，而且還是被堵住了嘴不許號叫的豬，自清心裡就有說不出的難過，算了算了，他說，賣它幹什麼，還是送送人吧。可是誰要這些書呢，自清的小舅子說，我一張光碟就抵你十個書屋了，我要書幹什麼？也有一個和他一樣喜歡書的人，看著也眼饞，家裡也有地方，他倒是想要了，但他的老婆跟自清的家屬不和，說，我們家不見得窮得要揀人家丟掉的破爛。結果自清忍痛割愛的這些書，竟然沒個去處。

正好這時候，政府發動大家向貧困地區的學校捐贈書籍或其他物資，自清清理出來的書，正好有了去處，捆紮了幾麻袋，專門雇了一輛人力車，拖到扶貧辦公室去，領回了一張榮譽證書。

時隔不久，自清發現他的一個帳本不見了。自清有記帳的習慣，從很早的時候就開始了，許多年堅持下來，每年都有一本帳本，記著家裡的各項收入和開支。本來記帳也不是一件很特別的事，許多家庭裡都會有一個人負責記帳，也是常年累月堅持不變的。但自清的記帳可能和其他人家還有所不同，別人記帳，無非就是這個月裡買了什麼東西，用了多少錢，再細緻一點的，寫上具體的日期就算是比較認真的記法了。總之，家庭記帳一般就是單純的記下家庭的收入和開銷，但自清的帳本，有時候會超出帳本的內容，也超出了單純記帳的意義，基本上像是一本日記了，他不僅像大家一樣

記下購買的東西和價錢，記下日期，還會詳細寫下購買這件
東西的前因後果，時代背景，周邊的環境，當時的心情，甚
至去那個商店，是怎麼去的，走去的，還是坐公交車，或者
是打的，都要記一筆，天氣怎麼樣，也是要寫清楚的，淋沒
淋著雨，曬沒曬著太陽，路上有沒有堵車，都有記載，甚至
在購物時發生的一些與他無關、與他購物也無關的別人的小
故事，他也會記下來。比如某年某月某日的一次，他記下了
這樣的內容：下午五時二十五分，在魚龍菜場買魚，兩條鯽
魚已經過秤，被扔進他的菜籃子，這時候一個巨大的劈雷臨
空而降突然炸響，嚇得魚販子奪路而逃，也不收魚錢了，一
直等到雷雨過後，魚販子不知從哪裡冒了出來，自清再將魚
錢付清，以為魚販子會感動，卻不料魚販子說，你這個人，
頂真得來。好像他們兩個人的角色是倒過來的，好像自清是
魚販子，而魚販子是自清。這樣的帳本早已經離題萬里了，
但自清不會忘記本來的宗旨，最後記下：購買鯽魚兩條，重
六兩，單價：5元/斤，總價：3元。這樣的帳本，有點喧賓
奪主的意思，記帳的內容少，帳外的內容多，當然也有單純
記帳的，只是寫下，某年某月某日某時在某某街某某雜貨店
購買塑料臉盆一只，藍地綠花，荷花。價格：1元3角5分。

但是自清的帳本，雖然內容多一些雜一些，卻又是比較
隨意的，想多記就多記一點，想少寫就少寫一點，心情好又
有時間就多記幾筆，情緒不高時間不夠就簡單一點，也有簡
單到只有自己能夠看得懂的，比如：手：175元。這是繳納

的手機費，換一個人，哪怕是他的家屬，恐怕也是看不懂的。甚至還有過了幾年後連他自己都看不懂的內容，比如：南吃：97元。這個「南吃」，其實和許許多多的帳本上的許許多多內容一樣，過了這一年，就沉睡下去了，也許永遠也不會再見世面的，但偏偏自清有個習慣，過一段時間，他會把老帳本再翻出來看看，並沒有什麼目的，也沒有什麼意義，甚至談不上是憶舊什麼的，只是看看而已，當他看到「南吃」兩個字的時候，就停頓下來，想回憶起隱藏在這兩個字背後的歷史，但是這一小片歷史躲藏起來了，就躲藏在「南吃」兩個字的背後，怎麼也不肯出來，自清就根據這兩個字的含義去推理，南吃，吃，一般說來肯定和吃東西有關，那麼這個南呢，是指在本城的南某飯店吃飯？這本帳本是五年前的帳本，自清就沿著這條線去搜索，五年前，本城有哪些南某飯店，他自己可能去過其中的哪些？但這一條路沒有走通，現在的飯店開得快也關得快，五年前的飯店現在已經沒有人記得清楚了，再說了，自清一般出去吃飯都是別人請他，他自己掏錢請人吃飯的次數並不多，所以自清基本上否定了這一種可能性。那麼「南吃」兩字是不是指的在帶有南字的外地城鄉吃飯，比如南京，比如南潯，比如南方，比如南亞，比如南非等等，採取排除法，很快又否定了這些可能性，因為自清根本就沒有去過那些地方，他只去過一個叫南塘灣的鄉鎮，也是別人請他去的，不可能讓他埋單吃飯。自清的思路阻塞了，他的兒子說，大概是你自己寫了錯

別字，是難吃吧？這也是一條思路，可能有一天吃了一頓很難吃的飯，所以記下了？但無論怎麼想，都只能是推測和猜想，已經沒有任何的記憶更沒有任何的實物來證明「南吃」到底是什麼，這九十多塊錢，到底是用在了什麼地方。好在這樣的事情並不多，總的說來，自清的記帳還是認真負責的。

　　自清的帳本裡有許多帳目以外的內容，但說到底，就算是這樣的帳本，也並沒有什麼重大的意義，甚至也沒有什麼實際的作用。自清的初衷，也許是想用記帳的形式來約束自己的開銷花費，因為早些年大家的經濟都比較拮据，總是要想盡一切辦法節約用錢，記帳就是辦法之一，許多人家都這麼辦。而實際上是起不到多大作用的，該記的帳照記，該花的錢還是照花，不會因為這筆錢花了要記帳，就不花它了。所以，很多年過去了，該花的錢也花了，甚至不該花的也花了不少，帳本一本一本地疊起來，倒也壯觀，唯一的用處就是在自清有閒心的時候，會隨手抽出其中一本，看到是某某年的，他的思緒便飛回這個某某年，但是他已經記不清某某年的許多情形了，這時候，帳本就幫助他回憶，從帳本上的內容，他可以想起當年的一些事情，比如有一次他拿了1986年的帳本出來，他先回想1986年是一個什麼樣的年頭，但腦子裡已經沒有具體的印象了，帳本上寫著，86年2月，支出部分。2月3日支出：16元2角（酒：2元，肉皮：1元，韭菜：8角，點心：1元，蜜棗：1元3角，油麵筋：4角，

素鷄：8角，花生：5角，盆子：8元4角。）在收入部分記著：1月9日，自清月工資：64元。

　　當年的帳本還記得比較簡單，光是記帳，但只是看看這樣的帳，當年的許多事情就慢慢地回來了，所以，當自清打開舊帳本的時候，總是一種淡淡的個人化的享受。

　　如果一定要找出一點實際的作用，在自清想來，也就是對下一代進行一點傳統教育，跟小孩子說，你看看，從前我們是怎麼過日子的，你看看，從前我們過個年，就花這一點錢。但對自清的孩子來說，似乎接受不了這樣的教育，他幾乎沒有錢的概念，就更沒有節約用錢的想法，你跟他講過去的事情，他雖然點著頭，但是目光迷離，你就知道他根本沒有聽進去。

　　自清開始的時候可能是因為經濟條件差，收入低，為了控制支出才想到記帳的，後來條件好起來，而且越來越好，自清夫妻倆的工作都不錯，家庭年收入節節攀升，孩子雖然在上高中，但一路過來學習都很好，肯定屬於那種替父母扒分的孩子，以後讀大學或者出國學習之類都不用父母支付大筆的費用，家裡新房子也有了，還買了一輛車，由家屬開著，條件真的不錯，完全沒有必要再記帳。更何況，這些帳本既沒有什麼實際的用處，卻又一年一年地多起來，也是佔地方的，自清也曾想停止記帳這一習慣，但也只是想想而已，他做不到，別說做不到不記帳，就算只是想一想，也覺得不行。一想到從此以後就再也沒有帳本了，心裡就立刻會

覺得空蕩蕩的，好像丟失了什麼，好像無依無靠了，自清知道，這是習慣成自然。習慣，真是一種很可怕的力量。

那就繼續記帳吧。於是日子就這樣一年一年地過去了，帳本又一本一本地增加出來，每年年終的那一天，自清就將這一年的帳本加入到無數個年頭匯聚起來的帳本中，按年份將它們排好，放在書櫥裡下層的櫃子裡，這是不要公示於外人的，是自己的東西。不像那些買來的書，是放在書櫥的玻璃門裡面的格子上，是可以給任何人看的，還是一種無言無聲的炫耀。大家看了會說，哇，老蔣，十大藏書家，名不虛傳。

現在自清打開書櫥下面的櫃門，就發現少了一本帳本，少的就是最新的一本帳本。年剛剛過去，新帳本還剛剛開始使用，去年的那本還揣著溫度的鮮活的帳本就不見了。自清找了又找，想了又想，最後他想到會不會是夾在舊書裡捐給了貧困地區。

如果是捐給了貧困地區，這本帳本最後就和其他書籍一樣，到了某個貧困鄉村的學校裡，學校是將這些捐贈的書統一放在學校，還是分到每個學生手上，這個自清是不知道的。但是自清想，這本帳本對貧困地區的孩子來說，是沒有用處的，它又不是書，又沒有任何的教育作用，也沒有什麼知識可以讓人家學的，更沒有樂趣可言，人家拿去了也不一定要看，何況自清記帳的方式比較特別，寫的字又是比較潦草的字，鄉下的小孩子不一定看得懂，就算他們看得懂，對

他們也沒有意義，因為與他們的生活和人生根本是不搭界的。最後他們很可能就隨手扔掉了那本帳本。

但是對於自清來說，事情就不一樣了，少了這本帳本，自清的生活並不受影響，但他的心裡卻一陣一陣地空蕩起來，就覺得心臟那裡少了一塊什麼，像得了心臟病的感覺，整天心慌慌意亂亂。開始家屬和親友還都以為他心臟出了毛病，去醫院看了，醫生說，心臟沒有病，但是心臟不舒服是真的，不是自清的臆想，是心因反應。心因反應雖然不是氣質性病變，但是人到中年，有些情緒性的東西，如果不加以控制和調節，也可能轉變成具體的真實的病灶。

自清坐不住了，他要找回那本丟失的帳本，把心裡的缺口填上。自清第二天就到扶貧辦公室去，他希望書還沒有送走，但是書已經送走了。幸好辦公室工作細緻，造有花名冊，記有捐書人的單位和名字，但因為捐贈物物多量大，不僅有書，還有衣物和其他物品，光造出來的花名冊就堆了半房間。辦公室的同志問自清誤捐了什麼重要的東西，自清沒有敢說實話，因為工作人員都很忙，如果知道是找一本家庭的記帳本，他們會覺得自清沒事找事，給他們添麻煩。所以自清含糊地說，是一本重要的筆記本，記著很重要的內容。工作人員耐心地從無數的花名冊中替他尋找，最後總算找到了蔣自清的名字。自清還希望能有更細緻的記錄，就是每個捐贈者捐贈物品的細目，如果有這個細目，如果能夠記下每一本書的書名，自清就能知道帳本在不在這裡，但工作人員

告訴他，這是不可能的，其實就算他們不說，自清也已經認識到這一點。也就是說，自清在花名冊上找到自己的名字，名字後面的備註裡寫著「捐書一百五十二冊」，就是這件事情的結局了。至於自清的書，最後到了哪裡，因為沒有記錄，沒人能說清楚。但是大方向是知道的，那一批捐贈物質，運往了甘肅省，還有一點也是可以肯定的，自清的書和其他許許多多的捐贈物品一樣，被捆紮在麻袋裡，塞上火車，然後，從火車上拖下來，又上了汽車，也許還會轉上其他運輸工具，最後到了鄉間的某個小學或中學裡，在這個過程中，它們的命運是不可知，是不確定的，麻袋與麻袋堆在一起，並沒有誰規定這一袋往這邊走那一袋往那邊走，搬運過程中的偶然性，就是它們的命運，最後它們到了哪裡，只是那一頭的人知道，這一頭的人，似乎永遠是不能知道的。

其實這中間是有一條必然之路的，雖然分拖麻袋的時候會有各種可能性，但每一個麻袋畢竟是有它的去向的，自清的麻袋也一定是走在它自己的路上，路並沒有走到頭。如果自清能夠沿著這條路再往前走，他會走到一個叫小王莊的地方。這個地方在甘肅省西部，後來小王莊小學一個叫王小才的學生，拿到了自清的帳本，帶回家去了。

王才認得幾個字，也就中小那點水平，但在村子裡也算是高學歷了，他這一茬年齡的男人，大多數不認得字，王才就特別光榮，所以他更要督促王小才好好唸書，王才對別人說，我們老王家，要通過王小才的唸書，改變命運。

　　捐贈的書到達學校的那一天，並沒有分發下來，王小才回來告訴王才，說學校來了許多書，王才說，放在學校裡，到最後肯定都不知去向，還不如分給大家回家看，小孩可以看，大人也可以看。人家說，你家大人可以看，我們家大人都不識字，看什麼看。但是最後校長的想法跟王才的想法是一致的，他說，以前捐來的那些書，到現在一本也沒有了，與其這樣，還不如分給你們大家帶回去，如果願意多看幾本書，你們就互相交換著看吧。至於這些書應該怎麼分，校長也是有辦法的，將每本書貼上標號，然後學生抽號，抽到哪本就帶走哪本，結果王小才抽到了自清的那本帳本。帳本是黑色的硬紙封皮，誰也沒有發現這不是一本書，一直到王小才高高興興地把帳本帶回家去，交給王才的時候，王才翻開來一看，說，錯了，這不是書。王才拿著帳本到學校去找校長，校長說，雖然這不是一本書，但它是作為書捐贈來的，我們也把它當做書分發下去的，你們不要，就退回來，換一本是不可能的，因為學校已經沒有可以和你們交換的書了，除非你找到別的學生和他們的家長願意跟你們換的，你們可以自由處理。但是誰會要一本帳本呢，書是有標價的，幾塊，十幾塊，甚至有更厚更貴重的書，書上的字都是印出來的，可帳本是一個人用鋼筆寫出來的，連個標價都沒有，沒人要。王才最後鬧到鄉的教育辦，教育辦也不好處理，最後拿出他們辦公室自留的一本《淺論鄉村小學教育》，王才這才心滿意足地回家去。

　　那本帳本本來王才是放在鄉教育辦的，但教育辦的同志說，這東西我們也沒有用，放在這裡算什麼，你還是拿走吧。王才說，那你們不是虧了麼，等於白送我一本書了。教育辦的同志說，我們的工作都是為了學生，只要學生喜歡，你儘管拿去就是。王才這才將書和帳本一起帶了回來。

　　可這教育辦的書王才和王小才是看不懂的，它裡邊談的都是些理論問題，比如說，鄉村小學教育的出路，說是先要搞清楚基礎教育的問題，但什麼是基礎教育問題，王才和王小才都不知道，所以王才和王小才不具備看這本書的先決條件。雖然看不懂，但王才並不洩氣，他對王小才說，放著，好好地放著，總有你看得懂的一天。丟開了《淺論鄉村小學教育》，就剩下那本帳本了。王才本來是覺得占了便宜的，還覺得有點對不住鄉教育辦，但現在心情沮喪起來，覺得還是吃了虧，拿了一本看不懂的書，再加上一本沒有用的城裡人記的帳本，兩本加起來，也不及隔壁老徐家那本合算，老徐家的孩子小徐，手氣真好，一摸就摸到一本大作家寫的人生之旅，跟著人家走南闖北，等於免費周遊了一趟世界。王才生氣之下，把自清的帳本提過來，把王小才也提過來，說，你看看，你看看，你什麼臭手，什麼霉運？王小才知道自己犯了錯，耷拉著腦袋，但他的眼睛卻斜著看那本被翻開的帳本，他看到了一個他認得出來但卻不知其意的詞：香薰精油。王小才說，什麼叫香薰精油？王才愣了一愣，也朝帳本那地方看了一眼，他也看到了那個詞：香薰精油。

　　王才就沿著這個「香薰精油」看下去了，他無論如何也想不到，他這一看，就對這本帳本產生了強烈的興趣，因為帳本上的內容，對他來說，實在太離奇了。

　　我們先跟著王才看一看這一頁帳本上的內容，這是 2004 年的某一天中的某一筆開支：午飯後毓秀說她皮膚乾燥，去美容院做測試，美容院推薦了一款香薰精油，7 毫升，價格：679 元。毓秀有美容院的白金卡，打七折，為 475 元。拿回來一看，是拇指大的一瓶東西，應該是洗過臉後滴幾滴出來按在臉上，能保濕，滋潤皮膚。大家都說，現在兩種人的錢好騙，女人和小人，看起來是不假。

　　王才看了三遍，也沒太弄清楚這件事情，他和王小才商榷，說，你說這是個什麼東西。王小才說，是香薰精油。王才說，我知道是香薰精油。他豎起拇指，又說，這麼大個東西，475 塊錢？他是人民幣嗎？王小才說，475 塊錢，你和媽媽種一年地也種不出來。王才生氣了，說，王小才，你是嫌你娘老子沒有本事？王小才說，不是的，我是說這東西太貴了，我們用不起。王才說，呸你的，你還用不起呢，你有條件看到這四個字，就算你福分了。王小才說，我想看看 475 塊的大拇指。王才還要繼續批評王小才，王才的老婆來喊他們吃飯了，她先餵了豬，身上還圍著餵豬的圍裙，手裡拿著豬用的勺子，就來喊他們吃飯，她對王才和王小才有意見，她一個人忙著豬又忙著人，他們父子倆卻在這裡瞎白話。王才說，你不懂的，我們不是在瞎白話，我們在研究城

裡人的生活。

王才叫王小才去向校長借了一本字典，但是字典裡沒有「香薰精油」，只有香蕉香腸香瓜香菇這些東西，王才咽了一口口水，生氣地說，別唸了，什麼字典，連香薰精油也沒有。王小才說，校長說，這是今年的最新版本。王才說，賊日的，城裡人過的什麼日子啊，城裡人過的日子連字典上都沒有。王小才說，我好好唸書，以後上初中，再上高中，再上大學，大學畢業，我就接你們到城裡去住。王才說，那要等到哪一年。王小才掰了掰手指頭，說，我今年五年級，還有十一年。王才說，還要我等十一年啊，到那時候，香薰精油都變成臭薰精油了。王小才說，那我就更好好地唸書，跳級。王才說，你跳級，你跳得起來嗎，你跳得了級，我也唸得了大學了。其實王才對王小才一直抱有很大希望的，王小才至少到五年級的時候，還沒有辜負王才的希望，王才也一直是以王小才為榮的，但是因為出現了這本帳本，將王才的心弄亂了，他看著站在他面前拖著兩條鼻涕的王小才，忽然就覺得，這小子靠不上，要靠自己。

王才決定舉家遷往城裡去生活，也就是現在大家說的進城打工，只是別人家更多的是先由男人一個人出去，混得好了，再回來帶妻子兒子。也有的人，混得好了，就不回來了，甚至在城裡另外有了妻子兒子，也有的人，混得不好，自己就回來了。但王才與他們不同，他不是去試水探路的，他就是去城裡生活的，他決定要做城裡人了。

　　說起來也太不可思議，就是因為帳本上的那四個字「香薰精油」，王才想，賊日的，我枉做了半輩子的人，連什麼叫「香薰精油」都不知道，我要到城裡去看一看「香薰精油」。王才的老婆不同意王才的決定，她覺得王才發瘋了。但是在鄉下老婆是做不了男人的主的，別說男人要帶她進城，就是男人要帶她進牢房下地獄，她也不好多說什麼。王小才的態度呢，一直很曖昧，他只覺得心裡慌慌的，亂亂的，最後他發出的聲音像老鼠那樣吱吱吱的，他說，我不要去，我不要去。可是王才不會聽他的意見，沒有他說話的餘地。

　　王才說走就走，第二天他家的門上就上了一把大鐵鎖，還貼了一張紙條，欠誰誰誰 3 塊錢，欠誰誰誰 5 塊錢，都不會賴的，有朝一日衣錦還鄉時一定如數加倍奉還，至於誰誰誰欠王才的幾塊錢，就一筆勾銷，算是王才離開家鄉送給鄉親們的一點心意。王才貼紙頭的時候，王小才說，如數加倍是什麼意思？王才說，如數就是欠多少還多少，加倍呢，就是欠多少再加倍多還一點。王小才說，那到底是欠多少還多少還是加倍地還呢。王才說，你不懂的，你看看人家的帳本，你就會懂一點事了。其實王小才還應該捉出王才的另一些錯誤，比如他將一筆勾銷的「銷」寫成了「消」，但王小才沒有這個水平，他連「一筆勾消」這四個字還是第一次見到。

　　除了衣服之外，王才一家沒有帶多餘的東西，他們家也

沒有什麼多餘的東西，只有自清的那本帳本，王才是要隨身帶著的，現在王才每天都要看帳本，他看得很慢，因為裡邊有些字他不認得，也有一些字是認得的，但意思搞不懂，就像香薰精油，王才到現在還不知道它是什麼。

在車上王才看到這麼一段：「週日，快過年了，街上的人都行色匆匆，但精神振奮，面帶喜氣。下午去花鳥市場，雖天寒地凍，仍有很多人。在諸多的種類中，一眼就看中了蝴蝶蘭，開價 800 元，還到 600 元，買回來，毓秀和蔣小冬都喜歡。擱在客廳的沙發茶几上，活如幾隻蝴蝶在飛舞，將一個家舞得生動起來。」

後來王才在車上睡著了，他做了一個夢，夢見一隻蝴蝶對他說，王才，王才，你快起來。王才急了，說，蝴蝶不會說話的，蝴蝶不會說話的，你不是蝴蝶。蝴蝶就笑起來，王才給嚇醒了，醒來後好半天心還在亂跳，最後他忍不住問王小才，你說蝴蝶會說話嗎？王小才想了想，說，我沒有聽到過。

這時候，他們坐的車已經到了一個火車小站，在這裡他們要去買火車票，然後坐火車往南，往東，再往南，再往東，到一個很遠的城市去。中國的城市很多，從來沒有出過門的王才，連東南西北也搞不清的王才，怎麼知道自己要到哪個城市呢？毫無疑問，是自清的帳本指引了王才，在自清的帳本的扉頁上，不僅記有年份，還工工整整地寫著他們生活的城市的名稱。他寫道：自清於某某年記於某某市。

　　在這裡停靠的火車都是慢車，它們來得很慢，在等候火車到來的時候，王才又看帳本了，他想看看這個記帳的人有沒有關於火車的記載，但是翻來翻去也沒有看到，最後王才啪地打了一下自己的嘴巴，說，你真蠢，人家是城裡人，坐火車幹什麼？鄉下人才要坐火車進城。其實自清最後還是去了一趟甘肅。當然，他是借出差之便。他和王才一家走的是反道，他先坐火車，再坐汽車，再坐殘疾車，再坐驢車，最後在甘肅省的西部找到了小王莊，也找到了小王莊小學，最後也知道了自己的帳本確實是到了小王莊小學，是分到了一個叫王小才的學生手裡，王小才的家長還對此有意見，還跑到學校來論理，最後還在鄉教育辦拿了另一本書作補償。自清這一趟遠行雖然曲折卻有收穫，可是他來晚了一步，王小才的父親帶著他們全家進城去了。他們坐的開往火車站的汽車與自清坐的開往鄉下的汽車，擦肩而過，會車的時候，王才正在看自清的帳本，而自清呢，正在車上構思當天的帳本記錄內容。但他在車上的所有構思和最後寫下的已經不是一回事了，因為在車上的時候，他還沒有到達小王莊。

　　這一天晚上，自清在小旅館裡，借著昏暗的燈火，寫下了以下的內容：「初春的西部鄉村，開闊，一切是那麼的寧靜悠遠，站在這片土地上，把喧囂混雜的城市扔開，靜靜地享受這珍貴的平和。我到小王莊小學的時候，校長不在學校，他正在法庭上，他是被告，學校去年搶修危房的一筆工程款，他拿不出來，一直拖欠著。校長當校長第四個年頭，

已經第七次成為被告。中午時分，校長回來了，笑眯眯地對我說，對不起，蔣同志，讓你等了。他好像不是從法庭上下來。平靜，也許是因為無奈，也許是因為窮困，才平靜。我說，校長，聽說你們欠了工程款，校長說，本來我們有教育附加費，就一直寅吃卯糧，就這麼挪下去，撐下去，現在取消了教育附加費，挪不著了，就撐不下去了。我說，撐不下去怎麼辦？校長說，其實還是要撐下去的，學校總是要辦的，學生總是要上學的，學校不會關門的，蔣同志你說對不對。面對貧困的這種坦然心態，在日新月異的城市裡是很難見著的。今天的開支：旅館住宿費：3 元，殘疾車往：5 元（開價 2 元），驢車返：5 元（開價 1 元），早飯：2 角。玉米餅兩塊，吃下一塊，另一塊送給殘疾車主吃了。晚飯：5 角。光麵三兩。午飯：5 角（校長說不要付錢，他請客，還是堅持付了，想多付一點，校長堅決不收），和小學生一起吃，白米飯加青菜，還有青菜湯。王小才平時也在這裡吃，今天他走了，不知道今天中午他在哪裡吃，吃的什麼。」

自清最後在王小才家的門上，看到了那張紙條，字寫得歪歪扭扭，自清以為就是那個分到他的帳本的小學生寫的，卻不知道這字是小學生的爸爸寫的，雖然王小才已經念到五年級，他的爸爸王才才四年級的水平，平時家裡的文字工作，都是由王小才承擔的，但這一回不同了，王才似乎覺得王小才承擔不起這件事情，所以由他出面做了。

　　自清最終也沒有找回自己丟失的帳本，但是他的失落的心情卻在長途的艱難的旅行中漸漸地排除掉了，當他站到那座低矮的土屋前，看到「一筆勾消」這四個字的時候，他的心情忽然就開朗起來，所有的疙疙瘩瘩，似乎一瞬間就被勾銷掉了，他徹底地丟掉了帳本，也丟掉了神魂顛倒坐臥不寧的日子。於是，他放放心心地出完這趟公差，索性還繞道西安遊覽了兵馬俑和黃帝陵。

　　自清從大西北回來，看到他家隔壁鄰居的車庫裡住進了一戶外來的農民工家庭。在自清住的這個社區裡，家家都有車庫，有些人家並沒有買車，也或者車是有的，但那是公車，接送上下班後，車就走了，不停在他家，這樣車庫就空了出來，有的人家就將車庫出租給外來的人住。

　　這個農民工就是王才。王才做的是收舊貨的工作，所以他和小區裡的人很快就熟悉起來。天氣漸漸地熱了，有一天自清經過車庫門口，看到王才和他的妻子在太陽底下捆紮收購來的舊貨，他們滿頭大汗，破衣爛衫都濕透了。小區裡有一隻寵物狗在衝著他們叫喊，小狗的主人要把小狗牽走，還罵了牠，王才說，不要罵牠，牠又不懂的。狗主人說，不懂道理的狗東西。王才說，沒事的，牠跟我們不熟，熟了就不叫了，狗都是這樣的。下晚的時候，自清又經過這裡，他看到他們住的車庫裡，堆滿了收來的舊貨，密不透風，自清忍不住說，師傅，車庫裡沒有窗，晚上熱吧？王才說，不熱的。他伸手將一根繩線一拉，一架吊扇就轉起來了，呼呼作

響。王才說，你猜多少錢買的？自清猜不出來。王才笑了，說，告訴你吧，我揀來的，到底還是城裡好，電扇都有得揀。自清想說什麼卻沒有說得出來，王才又說，城裡真是好啊，要是我們不到城裡來，哪裡知道城裡有這麼好，菜場裡有好多青菜葉子可以揀回來吃，都不要出錢買的。王才的老婆平時不大肯說話的，這時候她忽然說，我還揀到一條魚，是活的，就是小一點，魚販子就扔掉了。自清說，可是在鄉下你們可以自己種菜吃。王才說，我們那地方，盡是沙土，也沒有水，長不出糧食，蔬菜也長不出來，就算有菜，也沒得油炒。自清從他們說話的口音中，感覺出他們是西部的人，但他沒有問他們是哪裡人。他只是在想，從前老話都說，金窩銀窩，不如自家的狗窩，但是現在的人不這麼想了，現在背井離鄉的人越來越多了。

王才和自清說話的時候，是盡量用普通話說的，雖然不標準，但至少讓人家能聽懂大概的意思，如果他們說自己的家鄉話，自清是聽不懂的。後來他們自己就用家鄉話交流了，王小才從民工子弟學校放學回來的時候，王才跟王小才說，我叫你到學校查字典你查了沒有？王小才說，我查了，學校的大字典有這麼大，這麼厚，我都拿不動。王才說，蝴蝶蘭是什麼呢？王小才說，蝴蝶蘭就是一種花。王才說，賊日的，一朵花也能賣這麼多錢，城裡到底還是比鄉下好啊。

這些話，自清都沒有聽懂，但他聽出了他們對生活的滿意。後來他們還說到了他的帳本，他們感謝這本帳本改變了

他們的生活，讓他們從貧窮的一無所有的鄉下來到繁華的樣樣都有的城市。自清也一樣沒有聽懂，他也不知道現在王才每天晚上空閒下來，就要看他的帳本，而且王才不僅看自清的帳本，王才自己也漸漸地養成了記帳的習慣。王才記道：「收舊書 35 斤，每斤支出 5 角，賣到廢品收購站，每斤 9 角，一出一進，淨賺 4 角×35 斤，等於 14 元整。到底城裡比鄉下好。這些舊書是住在樓上那個戴眼鏡的人賣的，聽説他家的書多得都放不下了，肯定還會再賣。我要跟他搞好關係，下次把秤打得高一點。」

一個星期天，王小才跟著王才上街，他們經過一家美容店，在美容店的玻璃櫥窗裡，王才和王小才看到了香薰精油，王小才一看之下，高興地喊了起來，哎嘿，哎嘿，這個便宜哎，降價了哎，這瓶 10 毫升的，是 407 塊錢。王才説，你懂什麼，牌子不一樣，價格也不一樣，便宜個屁，這種東西，只會越來越貴，王小才，我告訴你，你鄉下人，不懂就不要亂説啊。

次仁羅布

次仁羅布小傳

　　次仁羅布，1965 年生於西藏拉薩。1981 年考入西藏大學藏文系，獲藏文文學學士學位。1986 年大學畢業，先後在西藏昌都地區縣中學、西藏自治區郵電學校任教；之後在西藏日報社工作，2005 年調西藏文聯《西藏文學》編輯部工作。

　　2004 年參加魯迅文學院第四屆高級研討班。2008 年擔任第七屆茅盾文學獎評委。小說《殺手》2006 年被《小說選刊》轉載，入選年度短篇小說和小說排行榜，被譯成韓語。2010 年，小說《殺手》獲西藏第五屆珠穆朗瑪文學獎金獎。中篇小說《界》2008 年獲第五屆西藏新世紀文學獎。2009 年小說《阿米日嘎》、《放生羊》發表於《芳草》雜誌，被《小說選刊》和《小說月報》分別選載。《阿米日嘎》還入選年度中國短篇小說集和中國短篇小說精選，獲「中國小說學會 2009 年度小說排行榜」和「首屆『茅台盃』《小說選刊》年度大獎（2009）排行榜」；《放生羊》入選「2009 年中國當代最新作品排行榜」，被譯成韓語。2009 年獲中國當代文學研究會和中國當代少數民族文學研究會「第七屆全國當代少數民族文學研究創作新秀獎」。

評委會評語

　　這是一個關於祈禱與救贖的故事。藏族老人在放生羊身上寄託了對亡妻的思念與回憶。他對羊的憐愛、牽掛與照顧，充實了每一天的日常作息，從此心變得溫柔，夢變得香甜。小說中流淌著悲憫與溫情，充盈著藏民族獨特的精神氣質。

放生羊
次仁羅布（藏族）

　　你形銷骨立，眼眶深陷，衣裳襤褸，蒼老得讓我咋舌。

　　湖藍色的髮穗在你額際盤繞，枯枝似的右手伸過來，粗糙的指肚滑過我褶皺的臉頰，一陣刺熱從我臉際滾過。我微張著嘴，心裡極度難過。「你怎麼成了這副樣子？」我憂傷地問。你黑洞般的眼眶裡，湧出幾滴血淚，顫顫地回答：「我在地獄裡，受著無盡的折磨。」你把藏裝的袖子脫掉，撩起襯衣的一角。啊，佛祖呀，是誰把你的兩個奶子剜掉了？血肉模糊的傷口上蛆蟲在蠕動，鮮紅的血珠滾落下來，腐臭味鑽進我鼻孔。我的心抽緊，悲傷地落下淚水。「你在人世間，幫我多祈禱，救贖我造下的罪孽，儘早讓我投胎轉世吧。」你說。我握住你冰冷的手，哽咽著放在我的胸口，想讓起伏跳動的心焐熱這雙手。「我得走了，雞馬上要叫。」你的臉上佈滿驚恐地說。「這是城裡，現在不養雞了，你聽不到雞叫聲。」我剛說，你的手從我的手心裡消融，整個人像一縷煙霧消散。

　　「桑姆──」我大聲地喊你。

這聲叫喊，把我從睡夢中驚醒，全身已是汗涔涔。睜眼，濃重的黑色裹著我，什麼都看不清，心臟擊鼓般敲打。我坐起來，啪地打開電燈。藏櫃、電視、暖水瓶、木碗等在燈光下有了生命，它們精神爽朗地注視著我。你卻不見了，留給我的是噩夢。不，是托夢，是你托給我的夢。剛才的一幕，就像真實發生的事情，讓我惴惴不安。一急，我的胃部疼痛難忍，用手壓住喘粗氣。不久，疼痛慢慢消失，我又被那個夢纏繞。

你去世已經十二年了，這十二年裡你一直沒有投胎，這，我真的不曾想像過。你離開塵世後，我依舊每天都去轉經，依舊逢到吉日要去拜佛，依舊向僧人和乞丐布施，難道說我做得還不夠嗎？讓你一直受苦，我的心裡很難受。今早我到大昭寺為你去燒斯乙，再去四方各小廟添供燈，幫你祈求盡早投胎轉世。我已經沒有了睡意，拉開窗簾向外張望，外面一片漆黑。窗玻璃上映現一張瘦削褶皺的面龐，衰老而醜陋，這就是此時的我了。我離死亡是這麼的近，每晚躺下，我都不知道翌日還能不能活著醒來。孑然一身，我沒有任何的牽掛和顧慮，只等待著哪天突然死去。我抬頭看牆上的掛鐘，才早晨五點，離天亮還有兩個多小時。我起床，把手洗淨，從自來水管裡接了第一道水，在佛龕前添供水，點香，合掌祈求三寶發慈悲之心，引領你早點轉世。

我把供燈、哈達、白酒等裝進布兜包裡出門。在路燈的照耀下我去轉林廓，一路上有許多上了年紀的信徒撥動念

珠，口誦經文，步履輕捷地從我身邊走過。白日的喧囂此刻
消停了，除了偶爾有幾輛車飛速奔馳外，只有喃喃的祈禱聲
在飄蕩。唉，這時候人與神是最接近的，人心也會變得純淨
澄澈，一切禱詞湧自心底。你看，前面一位白髮蒼蒼的老婦
人，一步一叩首地磕等身長頭；再看那位搖動巨大瑪呢的老
頭，身後有隻小哈巴狗歡快地追隨，一路撒下嗦玲玲的鈴
聲。這些景象讓我的心情平靜下來，看到了希望的亮光。桑
姆，你聽著，我會一路上祈求蓮花生大師，讓他指引你走向
轉世之路。「退松桑皆古如仁不其，歐珠哀達帝娃親卜霞，
巴皆哀嘶堆兌扎不最，索娃帝所盡給露度歲……嗡拜載古如
拜麥索底哄……」

　　你看，天空已經開始泛白，布達拉宮已經矗立在我的眼
前了。山腳的孜廓路上，轉經的人如織，祈禱聲和桑煙徐徐
飄升到空際。牆腳邊豎立的一溜金色瑪呢桶，被人們轉動得
呼呼響。走累的我，坐在龍王潭裡的一個石板凳上，望著人
們匆忙的身影，虔誠的表情。坐在這裡，我想到了你，想到
活著該是何等的幸事，使我有機會為自己為你救贖罪孽。即
使死亡突然降臨，我也不會懼怕，在有限的生命裡，我已經
鍛煉好了面對死亡時的心智。死亡並不能令我悲傷、恐懼，
那只是一個生命流程的結束，它不是終點，魂靈還要不斷地
輪迴投生，直至二障清淨、智慧圓滿。我的思緒又活躍了起
來。一隻水鷗的啼聲，打斷了我的思緒。

　　布達拉宮已經被初升的朝霞塗滿，時候已經不早了，我

得趕到大昭寺去拜佛、燒斯乙。

　　大昭寺大殿裡，僧人用竹筆蘸著金粉，把你的名字寫在了一張細長的紅紙上，再拿到釋迦牟尼佛祖前的金燈上焚燒。那升騰的煙霧裡，我幻到了你憔悴、扭曲的面孔。我的胸口猛地發硬，哽得有些喘不過氣來。「斯乙已經燒好了，你在佛祖面前虔誠地祈禱吧！」僧人説。我捂著胸口，把供燈遞到僧人手裡，爬上白鐵皮包裹的階梯，將哈達獻給佛祖，腦袋抵在佛祖的右腿上為你祈求。

　　我又去了四方的各個寺廟，給護法神們敬獻了白酒和紙幣。等我全部拜完時，時間已經臨近中午。這才發現我又渴又餓，走進了一家甜茶館。這裡有很多來旅遊的外地人，他們穿那種寬鬆的、帶有很多包的衣服。其中，有個來旅遊的女孩子，坐到我的身旁，央求我跟她合影。我笑著答應了。等我吃完麵喝完茶時，那些來旅遊的人還很開心地交談著，我悄然離開了。

　　出了甜茶館，我走進一個幽深的小巷裡，與一名甘肅男人相遇。他留著山羊鬍，戴頂白色圓帽，手裡牽四頭綿羊。我想到他是個肉販子。當甘肅人從我身邊擦過時，有一頭綿羊卻駐足不前，臉朝向我咩咩地叫喚，聲音裡充滿哀戚。我再看綿羊的這張臉，一種親切感流遍周身，彷彿我與它熟識久矣。甘肅人用勁地往前拽，這頭綿羊被含淚拖走。一種莫名的衝動湧來，我下意識地喊了聲，「餵——」甘肅人驚懼地回頭望著我。「這些綿羊是要宰的嗎？」我湊上前問。

「這有問題嗎?」甘肅人機警地反問道。我把念珠掛到脖子上,蹲下身撫摩這頭剛剛還咩咩叫的綿羊。它全身戰慄,眼睛裡密佈哀傷和驚懼,羊糞蛋不能自禁地排泄出來。我被綿羊的恐懼所打動,一腔憐憫蓬勃欲出。為了救贖桑姆的罪孽,我要買回即將要被宰殺的這頭綿羊。「多少錢?」我問。「什麼?」甘肅人被我問得有點糊塗。「這頭綿羊多少錢?」我再次問。「不賣。」「我一定要買。我要把它放生。」我說。甘肅人先是驚訝地望著我,之後陷入沉思中。燦爛的陽光盛開在他的臉上,臉蛋紅撲撲的。他說:「我尊重你的意願,也不要賺錢,就給個三百三。」他能改變想法,著實讓我高興,我立刻掏出衣兜裡的錢交給了他。甘肅人把錢揣進衣兜裡,牽繩遞到了我手裡。他牽著其他綿羊走了。

「你這頭綿羊跟我有緣,我把你放生,是因為你上上輩子積下的德今生有回報。」我自然地把綿羊稱為了你。你沒有理會我的話,衝著其他綿羊的背影又叫喚起來。甘肅人頭都沒有回,他和其他綿羊消失在小巷的盡頭。我為那些即將被剝奪去的生命惋惜,取下脖子上的念珠,為那三隻綿羊祈禱。我和你的身上塗抹著金燦的陽光,這陽光卻無法驅散我們心頭的隱憂。「我的錢只夠救你,想想我們還要過日子呢。」我說。你抬起了頭,我看到一汪清澈的淚水溢滿你眼眶。我再次蹲下來,撫摩你毛茸茸的身子,上面還沾著雜草碎石。真是奇怪,我的腦子裡把桑姆和你混合成了一體,從你的身上聞到了桑姆的氣息,是那種汗臭和髮香混雜的氣

味。這種久違的氣息，刺激著我的感官，讓我對你滋生出百般的愛憐來。我把臉埋進你的毛叢裡，掉下了喜悅的淚水。幽深的小巷裡，我和你相擁著，我為冥冥之中的這種註定而喜泣。

我帶你回到了四合院，鄰居們驚奇地望著我，小孩們興奮地跑來圍觀。「爺爺，這是你的綿羊嗎？」「是我的。」「它吃什麼呢？」「草和蔬菜。」「……」

這個下午為了你，我把窗戶底下清掃了一遍，把很多撿來捨不得丟掉的垃圾全給扔了。你一直用疑惑的目光注視我，粉色的鼻翼不時嚅動。我對你說，「你的窩被我騰了出來，今後你就要在此度過餘生。」你聽過我的話，眼睛依舊盯著我。我想你沒有聽懂我的話。

時針在奔跑，它把太陽送到了西邊的山后。我先要給你去買些吃的。從八廓街通往清真寺的小巷裡，晚上有很多擺攤賣菜的四川人，我從一個菜攤上買了十斤白菜，再要了一些丟掉的爛菜葉子，回到家切碎餵給你。你顯得很優雅，低垂著頭，一小口一小口地咀嚼，不時用你那晶亮的眼睛對視我一下。你的眼神變得柔和了些，但不時還有猶豫和驚恐閃現。我心滿意足地衝著你呵呵笑。我喜歡你一身的白毛和敏感的雙眼。你這頭綿羊，為了你我把今天下午的那頓酒都忘了去喝。唉，一下午轉眼就消失了，要是以往時間漫長得讓我不知所措。

這一晚，我睡得很不踏實，心裡老是惦記著你，醒來過

三次，每次都要開門去看你。每次你都睡得很沉，在地上佝僂著身子，小腦袋縮在胸前，一副惹人愛憐的模樣。桑姆的睡覺姿勢也跟你差不多，你倆是何等的相像啊！我蹲在你的身旁，久久注視著你，心裡充滿溫馨。

醒來，四合院裡已經有人走動，還聽到去上學的小孩叫鬧聲。

我睡過頭了，急忙起來。

我解開套繩，牽你去轉林廓時，你咩咩地叫喊，四蹄結結實實地抵在石板上，身子向後縮。來到院子中央打水的鄰居見這般情景，過來幫我推你。你拗不過我們，只能順從地跟在我的身後。我們倆穿過小巷走到了拉薩河邊，碧藍的江水一路陪伴我們，清風飄搖我滄桑的白髮。翻越覺布日山時，你又跟我拗起來，死活不上陡峭的山坡。幾個轉經人從後面推你，我從前面拽。這樣僵持一陣後，我的全身出汗濕透，你快把我的體力全耗掉了。疲憊的我憤怒地吼：「你再這樣，我就把你送回甘肅人那裡！」你的眼睛裡拂過一絲驚懼，腦袋低沉下去，再也不看我一眼。「別急，你第一次帶它來轉經，可能有點害怕。」「讓它休息一下，我們幫你。」「它怕了，看，身子都在抖。」七八個人圍攏過來，站在爬山的狹窄小道上議論開了。風馬旗在徐風中輕輕飄揚，發出微微的聲響；刻瑪呢石的人，盤腿坐在路邊，在岩石板上叮叮咣咣地雕刻六字真言。有個老太婆從自己的包裡，抓點揉好的糌粑坨，送到了你的嘴邊。你濕漉漉的鼻翅兒

嚅動，伸出舌頭舔舐糌粑。「可憐的綿羊，你是被放生的，誰都不會傷害你，用不著害怕。」老太婆說著撫摩你的頭。老太婆的手，輕輕地敲擊你的背部，你順從地向山坡上走去。我匆忙牽著繩走在前面。人們的念經聲嗡嗡地在背後響起。

　　沒有一會兒，我們來到倉瓊甜茶館，我把你拴在門口，讓服務員給你一些菜葉吃。她們從廚房拿些菜葉子去餵你。一名服務員跑進來問我：「準備放生嗎？」「是放生羊。」我回答。「那你該給它穿耳，或身上塗顏料。」服務員又說。「這些我知道。只是它剛買回來，再說我也不會穿耳。」「明天你帶它過來，我幫你穿耳。」一位喝茶的老頭插話說。他穿氆氌藏裝，白色的鬍鬚直抵胸前。「那太好了。謝謝您。」我向他表示感激。他說給綿羊穿耳，是他的一個絕活，綿羊不會感到一點疼痛。他的自信，使我踏實了很多。「把你的包給我，我給你裝點菜葉子。」服務員拿走了我的背包。

　　我背上滿滿當當的布兜包，領你從小昭寺門口過。街道兩旁的店子開門營業了，嘈雜的音樂直沖天際，不時還能聽到減價處理的叫喊聲。我突然想帶你去小昭寺，讓你拜拜覺沃米居多吉（釋迦牟尼佛），爭取來世有個好的去處。我們穿越桑煙的繚繞，進了小昭寺大門，你用奇異的目光審視。有位僧人擋住了我們，不讓你進寺廟裡，說你會弄髒佛堂的。我向他懇求，說你是昨天剛買來的，是要放生的。他最

終允許你進去。我提醒你，好好拜佛，用心祈求。你順從地跟隨我，你的目光落在慈祥的神佛和面目猙獰的護法神上，一種膽怯的虔誠表現出來，身子微弓，步伐輕柔。我從你的眼神裡，發現你是一頭很有靈性的綿羊，相信你跟著我會積很多的功德，這些以小積多的功德，最終會給你好的報應。

我倆坐在小昭寺院子裡，曬著暖暖的陽光休息。空氣裡瀰漫桑煙和酥油的氣味，不時傳來緩慢的鼓聲，它們讓我們的心遠離浮躁，變得安靜。我對你說：「你們羊都是好樣的，知道嗎？松贊干布建設大昭寺時，是山羊背土填湖，立下了頭等功勞。現在大昭寺裡還供奉著一頭山羊。」你聽完我的話，把下巴抵在我的大腿上。我用手指撓你下巴，你歡喜地眯上了眼睛。我知道你的身子很髒，羊毛都有些發黑，我們回到家我給你洗澡。

你在自來水管底乖巧地站著，銀亮的水從你的背脊上迸碎，化成珠珠水滴，落進下水管道裡。我赤腳給你打肥皂，十個指頭穿行在茸茸的捲毛裡，從頸項一直遊弋到肚皮底，你的舒服勁我的指頭感受著。水管再次擰開，銀亮的水順羊毛落下時變得很渾濁。我再次打肥皂，再次沖洗，你呀白得如同天空落下的雪，讓我的眼睛生疼。唉，十幾年前，桑姆還健在的時候，我都是這樣幫桑姆洗頭，桑姆白淨的脖子也在陽光下這般地刺眼。那種甜蜜的時日，在我的記憶裡已經空白了很長很長。此刻，我又彷彿尋找到了那種甜蜜。我們坐在自家的窗戶下，我用梳子給你梳理羊毛。你把身子貼近

我，用腦袋摩挲我的胸口。你那彎曲的羊角，抵得我瘦弱的胸口發痛，我只得趕緊制止。我回屋取來酥油，把它塗抹在你的羊角上，上面的紋路愈發地清晰。你的到來，使我有忙不完的活，使我有了寄託和牽掛，使桑姆的點點滴滴又鮮活在我的記憶裡。我再不能像從前一樣，每天下午到酒館裡喝得酩酊大醉，我要想著你，想到要給你餵草呢。

我口渴難忍，提著塑料桶去買青稞酒。回到家，我坐在一張矮小的木凳上，身披夕陽，一邊看你一邊喝酒。你站在面前，用桑姆慣用的那種羞怯、溫情的眼神凝望著我。這種眼神，剝去了歲月在我心頭堆砌的滄桑，心開始變得溫柔起來。還有這酒，怎麼落到肚子裡，變成香甜的了？以往喝酒，怎麼沒有嚐出香甜的餘味呢？這是不是心境的變遷引來的，我真說不準。我一口一口地喝，這種香甜從舌苔上慢慢擴散向腦際，整個人被這種香甜沉溺。

這一夜我睡得很死，沒有一個夢境出現。

你的兩隻耳朵被鋼針蘸著清油穿了孔，繫上了紅色的布條，這樣你就顯得引人注目。

桑姆，為了讓你盡早投胎轉世，我天天帶著放生羊去轉經。這頭綿羊現在被我視如你了。

桑姆，你現在再沒有出現在我的夢裡，我不知道你現在的境況，有可能的話你再給我托一次夢吧。

現在，人們每天都能看到我和潔白的綿羊，順著林廓路去轉經。你耳朵上的紅色布條，脊背中央點綴的紅色顏料，

向人們昭示著今生你要平安地度過，直到生老病死。

我帶著你已經轉了近一個月的林廓，你也熟悉了轉經路上的一切。從今天開始我不再拴你了，我們相跟著去轉經。我背上布兜包，裡面裝著我的茶碗和油炸果子，手裡撥動念珠。我走走停停，看你是不是緊跟在我的身後。需要橫穿馬路時，我牽著你過，免得車子把你給撞了。路上我遇到熟人，跟他們嘮叨時，你駐足站在我的身旁。認識的人都説：「年扎啦，你做了一件了不起的善事，你會有好報的。」「這頭綿羊懂人性啊！」「年扎啦，給它脖子上拴個鈴鐺，你就用不著老回頭。」「遇到你，是這頭綿羊的福分。」這些話讓我聽了心裡樂滋滋的，你的到來我一直認定是前世註定的一個緣，桑姆剛托夢，你和我就不期而遇了，哪有這麼巧合的事情？我進倉瓊茶館，你從門簾縫裡擠進來，鑽到桌子下面。「你待在外面，不能進來。」我對你喊。你蜷縮在桌子底，毫不理會我的叫喊。茶客們看著我，會心地微笑。「就讓它躺在那裡，它又不占位置。」服務員説。我沒有再趕你，我從布兜包裡掏出茶杯，擱在桌子上，再伸手取出油炸果子，掰碎了餵你。你用舌頭把油炸果子捲進嘴裡，用牙齒嚓嚓地嚼碎。我把甜茶喝了個飽，你卻靜靜地躺著，腦袋隨著進進出出的人擺動。「南邊的三怙主殿正在維修，聽說缺人手，要是誰能去幫忙，那功德無量。」有個中年人跟旁邊的茶客説。這句話讓我很振奮，我想這是一個多好的機會，我要去義務勞動。我把杯子裡的那點剩茶倒掉，用毛巾

把杯子擦乾淨，裝進了布兜包裡。我一起身，你機敏地從地上爬起來，一同出茶館門，走到喧囂的大街上。你已經不再注意周圍的熱鬧了，一門心思地跟在我的身邊。我們穿過熱鬧的小巷，回到了四合院裡。

　　我把你拴在窗戶底下，從麻袋裡拿些乾草，攔在掉了瓷的臉盆裡；再用另一個盆，從自來水管裡給你接上清水。你望著這兩個盆，没有表現出飢渴的樣子，只是清澈的眼睛裡露出疲態來。你把四蹄關節一彎，臥躺在地上，耳朵輕輕地甩動。我知道你已經很累了，該讓你休息一下。我進屋脱了鞋，把濕透的鞋墊放在窗台上，讓陽光曬乾，自己盤腿坐在床上。我在思想，為了桑姆該給三怙主殿捐多少錢，怎樣才能讓他們把我留在工地上。藏族人都知道，米拉日巴為了救贖自己的殺生罪孽，拜瑪爾巴為師，用艱辛的勞動洗滌惡業，即使背部生瘡化膿，手足割破，也咬著牙堅持，他最後得道了。為了桑姆有個好的去處，我捐五百元錢，再勞動一個月，為桑姆減輕一些惡業。這樣想著，不知不覺中黑色的幕布把整個院子給罩住了。明天還要早起，現在我該入睡了。

　　一陣踢門聲，把我驚醒。我匆忙坐起來，往門口喊：「是誰？」門不敲了，外面很安静。我猜不出誰會這麼早來敲門，難道是鄰居生病了？「餵，是誰？」我喊著把燈給打開了。嗵嗵地又再敲，而且敲的聲音比先前更重更急促了。褲子套在腿上，我急忙去開門。掀開門簾，借著燈光看，一個人都没有。稍一低頭，看見你依在黑色的門套上，抬起腦

袋咩咩地叫喚。緊張一下從我的頭腦裡消失,原來是你在敲門,催促我趕緊起床去轉經。我嘴裡罵你幾句,心裡卻很是高興。我給佛龕添了供水,燒了香。之後給你餵了些乾草,然後我們一路去轉經。路燈下的水泥板人行道,把你的蹄音振出來,嗒嗒的足音伴隨我的誦經聲,一切顯得是如此的和諧。當我們走到功德林時,天空落下毛毛細雨,我們倆加快腳步,去找避雨的地方。雨下大了,劈劈啪啪地砸下來,人行道和馬路上開始積水。我的鞋裡灌進了水,你的身子被水澆透。前面有人喊:「過來,避雨。」我和你向一家餐館的大門斗拱底跑去。這裡已經聚了七八個人,絕大部分是來轉經的。你可能太冷了,身子直往裡面拱。站在最裡面躲雨的小伙子,踢了你一腳。你什麼反應都沒有。旁邊的一位老太婆忍不住,開始罵這個小伙子。「没有看到這是頭放生羊嗎?你還要踢它,畜生都不如。」小伙子剛要發作,其他的轉經人都一同訓斥他。他看清了自己的處境,跑進了大雨裡,繼續趕路。「這些年輕人,没有一點憐憫之心,活著跟牲畜一樣。」「可能喝了一晚上的酒。現在才回去呢。剛才我還聞到他一身的酒氣。」「一代不如一代。」我們待在斗拱底,聽他們發出感慨,希望這雨盡早停下來。半個多小時後,雨變小了,我們又繼續去轉經。

我們濕漉漉地來到了南邊的三怙主殿,找到了管事的僧人。我把錢捐給他,希望他留我們兩個在這裡當小工。他很爽快地答應了我們的請求,說:「除午飯殿裡供應外,還要

供應兩次茶。」聽到這個消息，我很高興，這一天我就忙著
裝土、和泥。你卻被我拴在了三怙主殿階梯旁。回家我給你
用布縫了個褡褳，翌日你背著褡褳運土運沙，來回往返不
停，用自己的汗水建設殿堂。僧人們都說：「這頭綿羊，活
生生地給我們演繹建造大昭寺時的一幕。」

我倆在三怙主殿義務勞動了二十三天，後頭的活路我們
倆一點都幫不上忙，那是畫師們的事情，他們要在牆上畫壁
畫。結束工作後的第四天，三怙主殿的管事派了一名僧人，
他推一輛手推車，送來了六袋鮮草和舍利藥丸。我遵從他的
指示，把藥丸浸泡在水裡。每次逢到吉日，我們兩個喝上幾
口。偶爾，我用這聖水幫你清洗眼睛。

每天早晨你都要敲門弄醒我，然後你走在前頭，我緊隨
其後。我路遇熟人，你會只顧往前走，到時候選個舒適的地
方，站在那裡等待我。到了茶館，你會鑽到我常坐的那個桌
子底下，喝茶的人一見你，趕忙端著杯子，坐到別的位置上
去，把地方騰給我們。人們都認識你了。

初夜我夢到了桑姆。你走在一條雲遮霧繞的山間小道
上，表情恬淡、安詳，走起路來從容穩健。後來你變得有些
模糊，彷彿又幻成了另外一個人。我笑了，在夢境裡我露出
了白白的牙齒。這種喜悅使我睡醒過來。我端坐在床上，解
析這個夢。我想你可能離開了地獄的煎熬，這從你的安詳表
情可以得到證明，夢境的後頭你變得模糊起來，只能說明你
已經轉世投胎了。這麼想著我很興奮，於是睡意全無了。到

了下半夜，我的胃部一陣疼痛，額頭上沁出了顆顆汗珠。我想，這樣疼的話，今天可能轉不了經。那你怎麼辦？又想，這胃病，頂多會疼個個把小時，之後會沒有事的。我起床吃了幾粒治胃病的藏藥，又躺進被窩裡。當你踹門時，那酸溜溜的疼痛依然駐留在我胃上，它不會讓我走動的。你踹門的力度加強了，我只能硬撐著走到門口，把門打開，給你解了套繩。「我病了，你自己去轉，轉完趕緊回來。」我對你說。你仰頭凝望我，等待我一同出門。我只得牽你到大門口，而後推你往前走。你回頭怔怔地望著我。我向你揮揮手，示意向前走。你明白了我的意思，扭頭向小巷的盡頭走去，留下一陣清脆的蹄音，消失在小巷的盡頭。

我躺在被窩裡等著疼痛消失。

太陽光照到了窗台上，我躺在被窩裡開始擔心起你來。這種焦慮，讓我心急如焚，忘卻疼痛。我穿上衣服，出門尋找你。這疼痛讓我頭上冒汗，腳挪不動，只能坐在大門口，背靠門框上。疼痛減弱了些，我的眼光瞟向巷子盡頭時，你一身的白烙在我的眼睛裡。你從巷子的盡頭不急不慢地走來，偶爾駐足向四周觀察一番。你自己都能去轉經了，我喜極而泣。我堅持站立起來，等待你靠近。我把你拴在窗戶下，拿些乾草餵你。唉，又一陣鑽心的疼痛襲上來，我只能蹲下身，用手頂住發疼處。「年扎大爺，你怎麼啦？」「到醫院去看病！」「你的臉色怪嚇人的，我們送你去醫院。」……鄰居們圍過來，堅持要送我到醫院去。我犟不過他們，

只能到醫院去檢查。醫生要我住院，說病得不輕。我卻堅持不住院，說給我打個鎮痛的針就行。鄰居們也堅持要我住院，說：「三頓飯，我們輪流給你送。」我很感激，但我不能住院。醫生把幾個鄰居叫到了外面，進來時個個臉色凝滯而呆板。我從他們的臉上窺視到我的病情，已經到了無法救治的地步。「醫生，我孤寡一人，你就把病情告訴我吧！」我向醫生央求。「您太累了，需要待在醫院康復。」醫生說。「您就實話告訴我吧，我剛才從鄰居們的眼神裡知道我的病情很嚴重。」「別亂想了，病不重，你在醫院裡先住上。」鄰居們好言相勸。「醫生，您把病情單給我看看，即使是最壞的結果，我也能平靜地接受。」醫生的眼光落到了鄰居們的臉上，鄰居們低下頭，誰都不吭一聲。「我無兒無女，只能自己拿主意，你就給我看吧。」醫生很無奈地把病情單遞給了我。胃癌。這兩個字跳入了我的眼睛裡，心抖顫了一下。我想到時日不多了，要是我死了，你——放生羊該怎麼辦？這種牽掛讓我的心情變得複雜起來，開始有些動搖了。我發現，面對死亡，我做不到無牽無掛。我盯著醫生，問：「我還能支持多久？」醫生回答：「不好說。配合治療的話，比不治療活得要久一些。」我不能住院，一旦住院，每天往我體內要灌輸很多藥水，那樣我有限的時間全部耗掉在醫院裡了。再不可能天天去轉經，去拜佛，那樣我的身體沒有垮掉之前，心靈會先枯竭死掉。「醫生，今天給我打個鎮痛的藥。回去，我把家裡的事情處理一下，明天過來住

院。」我為了逃脫，開始跟醫生撒謊。醫生可能看出了我的伎倆，勸我道：「別拿自己的命來開玩笑。」我說了很多保證的話，才得以離開醫院。

綿羊見鄰居們扶著我回來，急忙從地上爬起來，向我靠過來。這不爭氣的眼淚，頓時嘩嘩流下來，把我的老臉濺濕了。桑姆也是這樣被我們從醫院裡抱回來的，最後那口氣是在自家的房子裡斷的。我這樣流淚多不好，鄰居們會以為我貪生怕死呢。他們把你推在一邊，將我護送到房間裡。我看到了你潮濕的眼睛，低垂下去的腦袋。鄰居們圍著我，勸我第二天去住院。有些還跑回家，給我送來了雞蛋、酥油、牛肉。他們還向我承諾，一定看好帶好餵好放生羊。這句話貼我的心，使纏繞我的擔心減輕了不少。鄰居們怕我累著，陸續回了各自的家。

我把窗簾拉上，打開電燈。胃還是有一點輕微的灼痛感。我把你領到屋子裡，自己坐在了木床上。你臥躺在我的腳旁，抬頭凝視著。我身子前傾，給你撓癢。你愜意地眯上了眼睛。「我不知道自己什麼時候會突然死去，活著的日子裡，我會帶你做很多的善事，這樣你可以消除惡業，來世有個好的去處。即使我死了，你也會被院子裡的人代養，直到老死。今生，我們倆把前世的緣續了下來，來世或幾世之後還會接著續下去。」我動情地給你說。你彷彿聽懂了我的話，站起來把兩隻前蹄搭在我的腿上，眼眶裡閃耀淚花。我抱住你的脖子，盡情地哭泣。你濕潤的呼吸在我的耳邊流

動，猶如桑姆的氣息，它讓我的情緒平穩下來。「我在祈求眾生遠離災荒、戰亂，遠離病痛折磨的同時，也會給你祈求來世生在富貴人家，來世遇上慈祥父母，來世再與佛法相遇……」我跟你說了很多的話，好像自己真的明天就要死去一樣。外面傳來幾聲狗吠，這才知道時間已經很晚了，我和你該休息了。我把你牽回到院子裡，讓你早點睡覺。

我沒有去住院，一種緊迫感促使我從這一天開始，帶你去各大寺廟拜佛，逢到吉日到菜市場去買幾十斤活魚，由你馱著，到很遠的河邊去放生。那些被放生的魚，從塑料口袋裡歡快地游出，擺動尾巴鑽進河邊的水草裡，尋不見蹤影。幾百條生命被我倆從死亡的邊緣拯救，讓它們擺脫了恐懼和絕望，在藍盈盈的河水裡重新開始生活。我和你望著清澈的河水，那裡有藍天、白雲的倒影。清風拂過來，水面蕩起波紋，藍天白雲開始飄搖；柳樹枝舞動起來，發出沙沙的聲響；河堤旁綠草萋萋，幾隻蝴蝶蹁躚起舞。我和你神清氣爽，心裡充滿慈悲、愛憐。我盤腿坐在河邊，打開那桶青稞酒，慢慢地啜飲。手裡的念珠飛快地轉動，念珠磕碰的輕微聲響，讓我的心靈寧靜。你悠閒地低頭啃草，偶爾豎立耳朵，警覺地注視呼嘯奔駛的汽車。太陽落山之前，我和你慢騰騰地回家去。

這年的夏末，措門林寺裡活佛在講法。我帶你去聽法時，寺院院子裡黑壓壓地坐滿了人，我和你緊靠著坐在角落裡。活佛講法時，你豎著耳朵安安靜靜地臥躺在地上，眼睛

時不時地瞟向法座上的活佛。待累了，你走向人群後面，轉悠一圈，用不了多長時間，又回到我的身旁。看到你的這種表現，人們除了驚訝，還對你產生了憐惜之情。以後的每一天裡，許多來聽法的人會給你帶些鮮草、蔬菜來，他們把這些堆放在你的面前，撫摩著你的背，說：「跟佛有緣，一定會有善的結果。」寺院的僧人們對你格外地開恩，允許你進入廟堂拜佛、轉經，還給你賞了掛在耳朵上的紅布條。

　　我和你每天都忙個不停，時間轉眼到了中秋。這當中，我的胃雖有疼痛，但沒有先前那般厲害了。桑姆再也沒有托夢給我，但願你已投胎成人。我對桑姆的牽掛稍稍一鬆懈，發現對放生羊的牽掛與日俱增，擔心自己死掉後沒有人照顧你，怕你受到虐待，怕你被人逐出院子。這種煩惱一直縈繞在我的頭腦裡，促使我努力多活幾年。每天我都要祈禱三寶，讓我在塵世多待些時日。趁著中秋時節，我想帶你去林廓路上磕一圈長頭。我跟你說這件事時，你的眼睛裡充滿了渴望。我給你重新縫了個褡褳，給我做了個帆布圍裙，這樣我們算準備停當了。

　　天，還沒有發亮，黑色卻一點一點地褪去，漸漸變成淺灰色。我一步一磕，行進速度非常緩慢。你慢騰騰地走在我的身邊，不時用眼睛瞟我。你背上的褡褳左側裝著一小袋糌粑和一瓶茶，右邊裝了一把白菜和一塑料罐水。當陽光照耀時，我和你已經磕到了朵森格路南端。一輛輛大巴車開過

來，停在路邊，車上下來國內外來的遊客。他們一見到我們倆，圍攏過來，照相機劈劈啪啪地照個没完。我匍匐在地上又起來，走兩步，接著跪拜在地上。你馱著東西，跟在我的身邊。有些遊客給我們施捨錢幣，我把錢收了，合掌說：「謝謝！」這些錢哪天我們捐給寺廟吧。我們磕著頭把他們甩在了身後。我只祈求三寶保佑我多活些時日，讓我能夠陪伴你久長一些。

　　午飯，我們坐在馬路邊吃的。我盤腿坐在人行道上，從褡褳裡給你拿出白菜，掰碎了放在你的嘴下。你太餓了，幾口就把它吃完了。我乾脆把整坨白菜丟在你的面前，自己開始倒茶揉糌粑。路過的行人不免回頭看我們，之後匆忙離開。我再給你餵了幾坨糌粑，把水倒進塑料袋裡，讓你喝了個飽。我們倆在樹蔭底躺下休息。馬路上飛駛的汽車和流動的人群，不能讓我們完完全全地放鬆休息，嘈雜聲使人的心懸吊。我們又開始磕起了長頭，毒辣的陽光讓我汗流浹背，滾燙的水泥板燙得我胸口發熱。可這一切算得了什麼，我要堅持一路磕下去。

　　翌日，我們又從昨天停頓的地方開始磕長頭。發現，身邊有幾十個磕長頭的人，從穿著來看，他們一定來自遙遠的藏東。在嚓啦嚓啦的匍匐聲中，我們一路前行，穿越了黎明。朝陽出來，金光嘩啦啦地灑落下來，前面的道路霎時一片金燦燦。你白色的身子移動在這片金光中，顯得愈加純淨和光潔，似一朵盛開的白蓮，一塵不染。

喬 葉

喬葉小傳

喬葉，女，漢族。河南省修武縣人。中國作家協會會員，河南省文學院專業作家，河南省作家協會副主席。

出版散文集《坐在我的左邊》、《天使路過》等十部，小說專著《我是真的熱愛你》、《雖然，但是》等七部。在《人民文學》、《收穫》等刊物發表長中短篇小說八十餘萬字，多篇作品被《小說選刊》、《小說月報》等刊物及多部年度小說選本轉載。曾獲第十二屆莊重文文學獎、第五屆華語文學傳媒大獎「最具潛力新人獎」、第十二屆《小說月報》「百花獎」、第八屆《十月》文學獎、第三屆《北京文學》中篇小說獎、首屆《人民文學》新浪潮小說獎以及「2006名家推薦中國原創小說年度大獎」等多個文學獎項。被中國青年作家批評家論壇推選為 2006 年度青年作家。

評委會評語

《最慢的是活著》透過奶奶漫長堅韌的一生，深情而飽滿地展現了中華文化的家族倫理形態和潛在的人性之美。祖母和孫女之間的心理對峙和化芥蒂為愛，構成了小說奇特的張力；如怨如慕的綿綿敘述，讓人沉浸於對民族精神承傳的無盡回味中。

最慢的是活著
喬葉

1

那一天，窗外下著不緊不慢的雨，我和朋友在一家茶館裡聊天，不知怎的她聊起了她的祖母。她說她的祖母非常節儉。從小到大，她只記得祖母有七雙鞋：兩雙厚棉鞋冬天裡穿，兩雙厚布鞋春秋天裡穿，兩雙薄布鞋夏天裡穿，還有一雙是桐油油過的高幫鞋，專門雨雪天裡穿。小時候，若是放學早，她就負責燒火。只要灶裡的火苗躥到了灶外，就會挨奶奶的罵，讓她把火壓到灶裡去，說火焰撲棱出來就是浪費。

「她去世快二十年了。」她說。

「要是她還活著，知道我們這麼花著百把塊錢在外面買水說閒話，肯定會生氣的吧？」

「肯定的，」朋友笑了，「她是那種在農村大小便的時候去自家地裡，在城市大小便的時候去公廁的人。」

我們一起笑了。我想起了我的祖母。──這表述不準確。也許還是用她自己的話來形容才最為貼切：「不用想，

也忘不掉。釘子進了牆，鏽也鏽到裡頭了。」

　　我的祖母王蘭英，1920 年生於豫北一個名叫焦作的小城。焦作盛產煤，那時候便有很多有本事的人私營煤窯。我曾祖父在一個大煤窯當帳房先生，家裡的日子便很過得去。一個偶然的機會，曾祖父認識了祖母的父親，便許下了媒約。祖母十六歲那年，嫁到了焦作城南十里之外的楊莊。楊莊這個村落由此成為我最詳細的籍貫地址，也成為祖母最終的葬身之地。2002 年 11 月，她病逝在這裡。

2

　　我們一共四個兄弟姊妹，性別排序是：男，女，男，女。大名依次是小強、小麗、小傑、小讓。家常稱呼是大寶、大妞、二寶、二妞。我就是二妞李小讓。小讓這個名字雖是最一般不過的，卻是四個孩子裡唯一花了錢的。因為命硬。鄉間說法：命有軟硬之分。生在初一十五的人命夠硬，但最硬的是生在二十。「初一十五不算硬，生到二十硬似釘。」我生於陰曆七月二十，命就硬得似釘了。為了讓我這釘軟一些，媽媽說，我生下來的當天奶奶便請了個風水先生給我看了看，風水先生說最簡便的做法就是在名字上做個手腳，好給老天爺打個馬虎眼兒，讓他饒過我這個孽障，從此逢凶化吉，遇難成祥。於是就給我取了讓字。在我們方言裡，讓不僅有避讓的意思，還有柔軟的意思。

　　「花了五毛錢呢。」奶奶說，「夠買兩斤雞蛋的了。」

「你又不是為了我好。還不是怕我妨了誰剋了誰！」

這麼說話的時候我已經上了小學，和她頂嘴早成了家常便飯。這頂嘴不是撒嬌撒癡的那種，而是真真的水火不容。因為她不喜歡我，我也不喜歡她。——當然，身為弱勢，我的選擇是被動的：她先不喜歡我，我也只好不喜歡她。

親人之間的不喜歡是很奇怪的一種感覺。因為在一個屋簷下，再不喜歡也得經常看見，所以自然而然會有一種溫暖。尤其是大風大雨的夜，我和她一起躺在西裡間。雖然各睡一張床，然而聽著她的呼吸，就覺得踏實，安恬。但又因為確實不喜歡，這低凹的溫暖中就又有一種高凸的冷漠。在人口眾多川流不息的白天，那種冷漠引起的嫌惡，幾乎讓我們不能對視。

從一開始有記憶起，就知道她是不喜歡我的。有句俗語：「老大嬌，老末嬌，就是別生半中腰。」但是，作為老末的我卻沒有得到過她的半點嬌寵。她是家裡的慈禧太后，她不嬌寵，爸爸媽媽也就不會嬌寵，就是想嬌寵也沒時間，爸爸在焦作礦務局上班，媽媽是村小的民辦教師，都忙著呢。

因為不被喜歡，小心眼兒裡就很記仇。而她讓我記仇的細節簡直俯拾皆是。比如她常睡的那張水曲柳黃漆大床。那張床是清朝電視劇裡常見的那種大木床，四周鑲著木圍板，木板上雕著牡丹荷花秋菊冬梅四季花式。另有高高的木頂，頂上同樣有花式。床頭和床尾還各嵌著一個放鞋子的暗櫃，幾乎是我家最華麗的傢俱。我非常嚮往那張大床，卻始終沒

有在上面睡的機會。她只帶二哥一起睡那張大床。和二哥只間隔三歲，在這張床的待遇上卻如此懸殊，我很不平，一天晚上，便先斬後奏，好好地洗了腳，早早地爬了上去。她一看見就著了急，把被子一掀，厲聲道：「下來！」

我縮在床角，說：「我占不了什麼地方的，奶奶。」

「那也不中！」

「我只和你睡一次。」

「不中！」

她是那麼堅決。被她如此堅決地排斥著，對自尊心是一種很大的傷害。我哭了。她去拽我，我抓著床欄，堅持著，死活不下。她實在沒有辦法，就抱著二哥睡到了我的小床上。那一晚，我就一個人孤零零地占著那張大床。我是在哭中睡去的，清早醒來的第一件事，就是接著哭。

　　她毫不掩飾自己對男孩子的喜愛。誰家生了兒子，她就說：「添人了。」若是生了女兒，她就說：「是個閨女。」兒子是人，閨女就只是閨女。閨女不是人。當然，如果哪家娶了媳婦，她也會說：「進人了。」——這一家的閨女成了那一家的媳婦，才算是人。因此，自己家的閨女只有到了別人家當媳婦才算人，在自己家是不算人的。這個理兒，她認得真真兒的。每次過小年的時候看她給灶王爺上供，我聽得最多的就是那一套：「……您老好話多說，賴話少言。有句要緊話可得給送子娘娘傳，讓她多給騎馬射箭的，少給穿針

引線的。」騎馬射箭的，就是男孩。穿針引線的，就是女孩。在她的意識裡，兒子再多也不多，閨女呢，就是一門兒貼心的親戚，有事沒事走動走動，百年升天腳蹬蓮花的時候有這雙手給自己梳頭淨面，就夠了。因此再多一個就是多餘——我就是最典型的多餘。她原本指望我是個男孩子的，我的來臨讓她失望透頂：一個不爭氣的女孩身子，不僅占了男孩的名額，還占了個男孩子的秉性，且命那麼硬。她怎麼能夠待見我？

做錯了事，她對男孩和女孩的態度也是截然不同。要是大哥和二哥做錯了事，她一句重話也不許爸爸媽媽說，且原因充分：飯前不許說，因為快吃飯了。飯時不許說，因為正在吃飯。飯後不許說，因為剛剛吃過飯。剛放學不許說，因為要做作業。睡覺前不許說，因為要睡覺……但對女孩，什麼時候打罵都無關緊要。她就常在飯桌上教訓我的左撇子。我自會拿筷子以來就是個左撇子，幹什麼都喜歡用左手。平時她看不見就算了，只要一坐到飯桌上，她就要開始管教我。怕我影響大哥二哥和姐姐吃飯，把我從這個桌角攆到那個桌角，又從那個桌角攆到這個桌角，總之怎麼看我都不順眼，我坐到哪裡都礙事兒。最後通常還是得她坐到我的左邊。當我終於坐定，開始吃飯，她的另一項程序就開始了。

「啪！」她的筷子敲到了我左手背的指關節上。生疼生疼。

「換手！」她說，「叫你改，你就不改。左耳朵進，右

耳朵出！」

「不會。」

「不會就學。別的不學這個也得學！」

知道再和她犟下去菜就被哥哥姐姐們夾完了，我就只好換過來。我咕嘟著嘴巴，用右手生疏地夾起一片冬瓜，冬瓜無聲無息地落在飯桌上。我又艱難地夾起一根南瓜絲，還是落在了飯桌上。當我終於把一根最粗的蘿蔔條成功地夾到嘴邊時，蘿蔔條卻突然落在了粥碗裡，粥汁兒濺到了我的臉上和衣服上，引得哥哥姐姐們一陣嬉笑。

「不管用哪隻手吃飯，吃到嘴裡就中了，有什麼要緊。」媽媽終於說話了。

「那怎麼會一樣？將來怎麼找婆家？」

「我長大就不找婆家。」我連忙說。

「不找婆家？娘家還養你一輩子哩。還給你扎個老閨女墳哩。」

「我自己養活自己，不要你們養。」

「不要我們養，你自己從石頭縫裡蹦出來的？自己給自己餵奶長這麼大？」她開始不講邏輯，我知道無力和她抗爭下去，只好不做聲。

下一次，依然如此，我就換個花樣回應她：「不用你操心，我不會嫁個也是左撇子的人？我不信這世上只我一個人是左撇子！」

她被氣笑了：「這麼小的閨女就說找婆家，不知道

羞！」

「是你先説的。」

「哦，是我先説的。咦——還就我能先説，你還就不能説。」她得意洋洋。

「姊妹四個裡頭，就你的相貌稀肖她，還就你和她不對路。」媽媽很納悶，「怪哩。」

3

後來聽她和姐姐聊天我才知道，她小時候娘家的家境很好，那時我們李家的光景雖然不錯，和她王家卻是絕不能比的。他們大家族枝枝杈杈四五輩共有四五十口人，男人們多，家裡還雇有十幾個長工，女人們便不用下地，只是輪流在家做飯。她們這一茬女孩子有八九個，從小就大門不出，二門不邁，只是學做女紅和廚藝。家裡開著方圓十幾里最大的磨坊和粉坊，養著五六頭大牲口和幾十頭豬。農閒的時候，磨坊磨麵，粉坊出粉條，牲口們都派上了用場，豬也有了下腳料吃，豬糞再起了去壯地，一樣也不耽擱。到了趕集的日子，她們的爺爺會駕著馬車，帶她們去逛一圈，買些花布，頭繩，再給她們每人買個燒餅和一碗羊雜碎。家裡哪位堂哥娶了新媳婦，她們會瞞著長輩們偷偷地去聽房，當然也常常會被發現。一聽見爺爺的咳嗽聲，她們就會作鳥獸散，有一次，她撒丫子跑的時候，被一塊磚頭絆倒，磕了碗大的一片黑青。

　　嫁過來的時候，因為知道婆家這邊不如娘家，怕姑娘受苦，她的嫁妝就格外豐厚：帶鏡子和小抽屜的臉盆架，雕花的衣架，紅漆四屜的首飾盒，一張八仙桌，一對太師椅，兩個帶鞋櫃的大樟木箱子，八床緞子面棉被……還有那張水曲柳的黃漆木床。

　　「一共有二十抬呢。」她說。那時候的嫁妝是論「抬」的。小件的兩個人抬一樣，大件的四個人抬一樣。能有二十抬，確實很有規模。

　　說到興起，她就會打開樟木箱子，給姐姐看她新婚時的紅棉褲。隔著幾十年的光陰，棉褲的顏色依然很鮮艷。大紅底兒上起著淡藍色的小花，既喜悅，又沉靜。還有她的首飾。「文革」時被破四舊的人搶走了許多，不過她還是偷偷地保留了一些。她打開一層層的紅布包，給姐姐看：兩支長長的鳳頭銀釵，因為時日久遠，銀都灰暗了。她說原本還有一對雕龍畫鳳的銀鐲子，三年困難時期，她響應國家號召向災區捐獻物資，狠狠心把那對鐲子捐了。後來發現戴在了一名村幹部的女兒手上。

　　「我把她叫到咱家，哄她洗手吃饃，又把鐲子拿了回來。他們到底理虧，沒敢朝我再要。」

　　「那鐲子呢？」

　　「賣了，換了二十斤黃豆。」

　　她生爸爸的時候，娘家人給她慶滿月送的銀鎖，每一把都有三兩重、一尺長，都佩著繁繁瑣瑣的銀鈴和胖胖的小銀

人兒。她說原先一共有七把，破四舊時，被搶走了四把，就只剩下了三把，後來大哥和二哥生孩子，生的都是兒子，她就一家給了一把。姐姐生的是女兒，她就沒給。

「你再生，要生出來兒子我就給你。」她對姐姐說，又把臉轉向我，「看你們誰有本事先生出兒子。遲早是你們的。」

「得了吧。我不要。」我道，「明知道我最小，結婚最晚。根本就是存心不給我。」

「你說得沒錯，不是給你的，是給我重外孫子的。」她又小心翼翼地裹起來，「你們要是都生了兒子，就把這個鎖回回爐，做兩個小的，一人一個。」

偶爾，她也會跟姐姐聊起祖父。

「我比人家大三歲。女大三，抱金磚。」她說，她總用「人家」這個詞來代指祖父。「我過門不多時，就亂了，煤窯廠子都關了，你太爺爺就回家閑了，家裡日子一天不如一天。啥金磚？銀磚也沒抱上，抱的都是土坷垃。」

「人家話不多。」

「就見過一面，連人家的臉都沒敢看清，就嫁給人家了。那時候嫁人，誰不是暈著頭嫁呢？」

「和人家過了三年，哪年都沒空肚子，前兩個都是四六風。可惜的，都是男孩兒呢。剛生下來的時候還好好兒的，都是在第六天頭上死了，要是早知道把剪刀在火上烤烤再剪

臍帶就中，哪兒會只剩下你爸爸一個人？」

後來，「人家」當兵走了。

「八路軍過來的時候，人家上了掃盲班，學認字。人家腦子靈，學得快……不過，世上的事誰說得準呢？要是笨點兒，說不定也不會跟著隊伍走，現在還能活著呢。」

「哪個人傻了想去當兵？隊伍來了，不當不行了。」她毫不掩飾祖父當時的思想落後，「就是不跟著這幫人走，還有國民黨呢，還有雜牌軍呢，哪幫人都饒不了。還有老日呢。」——老日，就是日本鬼子。

「老日開始不殺人的。進屋見了咱家供的菩薩，就趕忙跪下磕頭。看見小孩子還給糖吃，後來就不中了，見人就殺。還把周歲大的孩子挑到刺刀尖兒上耍，那哪還能叫人？」

老日來的時候，她的臉上都是抹著鍋黑的。

「人家」打徐州的時候，她去看他，要過黃河，黃河上的橋散了，只剩下了個鐵架子。白天不敢過，只能晚上過。她就帶著爸爸，一步一步地踩過了那條漫長的鐵架子，過了黃河。

「月亮可白。就是黃河水在腳底下，嘩啦啦地嚇人。」

「人家那時候已經有通信員了，部隊上的人對我們可好。吃得也可好，可飽。住了兩天，我們就回來了。家屬不能多住，看看就中了。」

那次探親回來，她又懷了孕，生下了一個女兒。女兒白

白胖胖，面如滿月，特別愛笑。但是，一次，一個街坊舉起孩子逗著玩的時候，失手摔到了地上。第二天，這個孩子就夭折了。才五個月。

講這件事時，我和她坐在大門樓下。那個街坊正緩緩走過，還和她打著招呼。

「歇著呢？」

「歇著呢。」她和和氣氣地答應。

「不要理她！」我氣惱她無原則地大度。

「那還能怎麼著？帳哪能算得那麼清？她也不是蓄心的。」她歎氣，「死了的人死了，活著的人還得活著。」

後來，她收到了祖父的陣亡通知書。「就知道了，人没了。那個人，没了。」

「聽爸爸説，解放後你去找過爺爺一次。没找到，就回來了。回來時還生了一場大病。」

「哦。」她説，「一個人説没就没了，一張紙就説這個人没了，總覺得不真。去找了一趟，就死心了。」

「你是哪一年去的？」

「五六年吧。五六五七，記不清了。」

「那一趟，你走到了哪兒？」

「誰知道走到了哪兒。我一個大字不識的婦女，到外頭知道個啥。」

4

因為是光榮烈屬，建國後，她當上了村裡的第一任婦女主任，婦女主任應該是黨員。組織上想發展她入黨，她猶豫了，聽說入黨之後還要交黨費，還要參加各種各樣的活動和會議，她更猶豫了。覺得自己作為一個寡婦，從哪方面考慮都不合適。「我能管好我家這幾個人就中了，哪兒還有力氣操那閒心。」她說。

她謝絕了。但是後來時興人民公社大食堂，她以烈屬身份要求去當炊事員。

「還不是為了能讓你爸爸多吃二兩。」她說。

隨著我們這幾個孩子的降生，家裡的生活越來越緊巴。在生產隊裡的時候，因為孩子們都上學，爸爸媽媽又上班，家裡只有她一個勞力掙工分，年終分配到的糧食就很少，顆顆貴似金。肯定不夠吃，得用爸爸的工資在城裡再買。這種狀況使得她對糧食的使用格外細膩。她說有的人家不會過，麥子剛下來時就猛吃白麵，吃到過了年，沒有多少白麵了，才開始吃白麵和玉米麵雜捲的花饃。後來花饃裡的白麵也吃不上了，就只好吃純黃的窩窩頭，逢到賓來客往，還得敗敗興興地去別人家借白麵。到了收麥時節，這些人家拿到地裡打尖兒的東西也就只有窩頭。收麥子是下力氣活兒，讓自己家的勞力吃窩頭，這怎麼說得過去呢？簡直就是丟人。她從來沒有丟過這種人。從一開始她就隔三差五讓我們吃花饃，

早晚飯是玉米麵粥，白麵只有過年和收麥時才讓吃得盡興些。過年蒸的白麵饃又分兩種，一種是純白麵饃，叫「真白鴿」。主要用於待客。另一種是白麵和白玉米麵摻在一起做的，看起來很像純白麵饃，叫「假白鴿」。主要用於自家吃。

「人過留名，雁過留聲。客人當然得吃好的。」她說，「自己家嘛，填坑不用好土。——也算好土了。」

雜麵條也是我們素日經常吃的。也分兩種：綠豆雜麵和白豆雜麵。綠豆雜麵是綠豆、玉米、高粱和小麥合在一起磨的。白豆雜麵是白豆、小麥和玉米合在一起磨的。雜麵粗糙，做不好的話豆腥味兒很大。她卻做得很好吃。一是因為搭配比例合理，二是在於最後一道工序：麵熟起鍋之後，她在勺裡倒一些香油，再將蔥絲、薑絲和蒜瓣放在油裡熱炒，炒得焦黃之後將整個勺子往飯鍋裡一燜，只聽刺啦一聲，一股濃香從鍋底湧出，隨即滿屋都是油亮亮香噴噴。

那時候沒法子吃新鮮蔬菜，一到春天就青黃不接，她就往稀飯裡放榆葉、黑槐葉、曲曲菜、馬齒莧、薺菜和灰灰菜，還趁著四季醃各種各樣的醬菜：春天醃香椿，夏天醃蒜苗，秋天醃韭菜、辣椒、芥菜，冬天醃蘿蔔和黃菜。僅就白菜，她就又分出三個等級，首先是好白菜，圓滾滾，瓷丁丁。其次是樣子好看卻不瓷實的，叫青乾白菜。最差的是只長了些幫子的虛棵白菜。她讓我們先吃的是青乾白菜，然後是好白菜。至於虛棵白菜，她就放在鍋裡煮，高溫去掉水分

之後，再掛在繩子上晾乾，這時的白菜叫做「燒白菜」。來年春天，將燒白菜再回鍋一煮，就能當正經菜吃。有幾年春天，她做的這些燒白菜還被人收購過，一斤賣到了三毛錢。

「它們餵人，人死了埋到地下再餵它們。」每當吃菜的時候，她就會這麼說。

一切東西對她來說似乎都是有用的：玉米衣用來墊豬圈，玉米芯用來當柴燒。洗碗用的泔水。她從來不會隨隨便便地潑掉，不是拌雞食就是拌豬食。我家要是沒雞沒豬，她就提到鄰居家，也不管人家嫌棄不嫌棄。「總是點兒東西，扔掉了可惜。」她說。內衣內褲和襪子破了，她也總是補了又補。而且補的時候，是用無法再補的那些舊衣的碎片。「用舊補舊，般配得很。」她說。我知道這不是因為般配，而是她覺得用新布補舊衣就糟蹋了新布。在她眼裡，破布也分兩種，一種是純色布，那就當孩子的尿布，或者給舊衣服當補丁。另一種是花布，就縫成小小的三角，三角對三角，拼成一個正方形，幾十片正方形就做成了一個花書包。

路上看到一塊磚、一根鐵絲、一截塑料繩，她都要拾起來。「眼前沒用，可保不準什麼時候就用上了。寧可讓東西等人，不能讓人等東西。」她說。

「你奶奶是個仔細人哪。」街坊總是對我們這麼感歎。

這裡所說的仔細，在我們方言中的含義就是指「會過日子」，也略微帶些形容某人過於吝嗇的苛責。

她還長年織布。她說，年輕時候，只要沒有什麼雜事，每天她都能卸下一匹布。一匹布，二尺七寸寬，三丈六尺長。春天晝長的時候，她還能多織丈把。後來她學會了織花布，將五顏六色的彩線一根根安在織布機上，經線多少，緯線多少，用哪種顏色，是要經過周密計算的。但不管怎麼複雜，都沒有難倒她。五十年前，一匹白布的價是七塊兩毛錢，一匹花布的價是十塊六毛錢。她就用這些長布供起了爸爸的學費。

紡織的整個過程很繁瑣：紡，拐，漿，落，經，鑲，織。織只是最後一道。她一有空就坐下來摩挲那些棉花，從紡開始，一道一道地進行著，慢條斯理。而在我童年的記憶中，每每早上醒來，和鳥鳴一起湧入耳朵的，確實也就是唧唧復唧唧的機杼聲。來到堂屋，就會看見她坐在織布機前。梭子在她的雙手間飛魚似的傳動，簡潔明快，嫻熟輕盈。

生產隊的體制裡，一切生產資料都是集體的，各家各戶都沒有棉花。她能用的棉花都是買來的，這讓她很心疼。一到秋天，棉花盛開的時節，我和姐姐放學之後，她就派我們去摘棉花。去之前，她總要給我們換上特製的褲子，口袋格外肥大，告訴我們：「能裝多少是多少。」我說：「是偷吧？」她就「啪」地打一下我的腦袋。

後來，她織的布再也賣不動了，再後來，那些布把我們家的箱箱櫃櫃都裝滿了，她的眼睛也不行了，她才讓那架織布機停下來。

她去世那一年，那架織布機散了。

5

小學畢業之後，我到鎮上讀初中。三里地，一天往返兩趟，是需要騎自行車的。爸爸的同事有一輛半舊的二十六英寸女車，爸爸花了五十塊錢買了下來，想要給我騎。卻被她攔住了。

「三里地，又不遠。我就不信會把腳走大了。」

「已經買了，就讓二妞騎吧。」

「她那笨手笨腳的樣兒，不如讓二寶騎呢。」此時我的二哥正在縣裡上高中。他住校，兩週才回家一次。我可是每天兩趟要去鎮上的啊。

爸爸不說話了。我深感正不壓邪，於是決定要為自己的權利作鬥爭。一天早上，我悄悄地把自行車推出了家門。誰知道迎頭碰上了買豆腐回來的她，她抓了我一把，沒抓住，就扭著小腳在後面追起來。我飛快地蹬啊，蹬啊。騎了一段路，往後看了看，她不追了，卻還停在原地看著我。

我知道這輛車我大約只能騎一次了，頓時悲憤交加。沿路有一條小河，水波清澈，淺不沒膝，這時候，一個衣扣開了，我懶得下車，便騰出左手去整衣服，車把只靠右手撐著，就有些歪。歪的方向是朝河的。待整好衣服，車已經靠近河堤的邊緣了，如果此時糾正，完全不會讓車出軌。鬼使神差，我突然心生歹意，想：反正這車也不讓我騎，乾脆大

家都別騎吧。這麼想著，車就順著河堤衝了下去。——在衝下去的一瞬間，我清楚地記得，我還往身後看了看，她還在。一陣失控的跌撞之後，我如願以償地栽進了河裡。河水好涼啊，河草好密啊，河泥好軟啊。當我從河裡爬起來時，居然傻乎乎地這麼想著，還對自己做了個鬼臉。

那天上學，我遲到了。而那輛可愛的自行車經過這次重創之後，居然又被修車師傅耐心地維修到了勉強能騎的地步。我騎著它，一直騎到初中畢業。

很反常的，她沒有對此事做出任何評論，看來是被我的極端行為嚇壞了。我居然能讓她害怕！這個發現讓我又驚又喜。於是我乘勝追擊，不斷用各種方式藐視她的存在和強調自己的存在，從而鞏固自己得之不易的家庭地位。每到星期天，凡是有同學來叫我出去玩，我總是扔下手中的活兒就走，連個招呼都不跟她打。村裡若是演電影，我常常半下午就溜出去，深更半夜才回家。若是得了獎狀回來，我就把它貼在堂屋正面毛主席像的旁邊，讓人想不看都不成。如果還有獎品，我一定會在吃晚飯的時候拿到餐桌上炫耀。每到此時，她就會漫不經心地瞟上一眼，淡淡道：「吃飯吧。」

她仍是不喜歡我的。我很清楚。但只要她能把她的不喜歡收斂一些，我也就達到了目的。

初中畢業之後，我考上了焦作市中等師範學校。按我的本意，是想報考高中的，但她和爸爸都不同意。理由是師範只需要讀三年就可以參加工作，生活費和學費還都是國家全

額補助的，而上高中不僅代價昂貴且前程未卜。看著我忿忿不平的樣子，爸爸最後安慰我說，師範學校每年都組織畢業生參加高考。只要我願意，也可以在畢業那年參加高考。於是去師範學校報到那天我帶上了一摞借來的高中舊課本。我暗暗發誓：一定要考上大學。

　　但是，畢業那年，我沒有參加高考。我已經不願意上大學了。我想盡早工作，自食其力。因為我師範生活的最後一年冬天，我沒有了父親，我知道自己面臨的首要任務就是養活自己。

　　大約是為了好養，父親是個女孩子名，叫桂枝。小名叫小勝。奶奶一直叫他小勝。第一次看見父親的照片成了遺像，我在心裡悄悄地叫了一聲「小勝」，突然覺得，這個名字和我們兄弟姊妹四個的名字排在一起非常有趣：小強小麗小傑小讓，而他居然是小勝。聽起來他一點兒也不像我們的父親，而像我們的長兄。

　　父親是患胃癌去世的。父親生前，我叫他爸爸。父親去世之後，我開始稱他為父親。──一直以為，父親，母親，祖母這樣隆重的稱謂是更適用於逝者的。所以，當我特別想他們的時候，我就在心裡稱呼他們：爸爸，媽媽，奶奶。一如他們生前。至於我那從來未曾謀面的祖父，還是讓我稱他為祖父吧。

　　如果用一個字來形容奶奶對於父親這個獨子的感覺，我

想只有這個字最恰當：怕。從懷著他開始，她就怕。生下來，她怕。是個男孩，她更怕。祖父走了，她獨自拉扯著他，自然是怕。女兒夭折之後，她尤其怕。他上學，她怕。他娶妻生子，她怕。他每天上班下班，她怕。——他在她身邊時，她怕自己養不好他。他不在她身邊時，她怕整個世界虧待他。

父親是個孝子，無論她說什麼，他都俯首貼耳。表面上是他怕她，但事實上，就是她怕他。

沒辦法。愛極了，就是怕。

從父親住院到他去世，沒有一個人告訴奶奶真相。她也不提出去看，始終不提。我們從醫院回來，她也不問。一個字兒都不問。我們主動向她報喜不報憂，她也只是靜靜地聽著，最多只答應一聲：「噢。」到後來她的話越來越少，越來越少。父親的遺體回家，在我們的哭聲中，她始終躲著，不敢出來。等到入殮的時候，她才猛然掀開了西裡間的門簾，把身子擲到了地上，叫了一聲：「我的小勝啊——」

這麼多天都沒有說話，可她的嗓子啞了。

6

我回到了家鄉小鎮教書。這時大哥已經在縣裡一個重要局委擔任了副職，成了頗有頭臉的人物。姐姐已經出嫁到離楊莊四十多里的一個村莊，二哥在鄭州讀財經大學。偌大的院子裡，只有我，媽媽和她三個女人常住。父親生病期間，

母親信了基督教。此時母親也已經退休，整天在信徒和教堂之間奔走忙碌，把充裕的時間奉獻給了主。家裡剩下的，常常只有我和她。——不，我早出晚歸地去上班，家裡只有她。

至今我仍然想像不出她一個人在家的時光是怎麼度過的。只知道她一天天地老了下去。不，不是一天天，而是半天半天地老下去。每當我早上去上班，中午回來的時候，就覺得她比早上要老一些。而當我黃昏歸來，又覺得她比中午時分更老。本來就不愛笑的她，更不笑了。我們兩個默默相對地吃完飯，我看電視，她也坐在一邊，但是手裡不閑著。總要幹點兒什麼：剝點兒花生，或者玉米。坐一會兒，我們就去睡覺。她睡堂屋西裡間，我睡堂屋東裡間。母親回來睡東廂房。

每當看到她更老的樣子，我就會想：照這樣的速度老下去，她最終會變成什麼樣呢？一個人，每天每天都會老，最終會老到什麼地步呢？

她的性情比以往也有了很大改變。不再串門聊天，也不允許街坊鄰居們在我家久坐。但凡有客，她都是一副木木的樣子，說不上冷淡，但絕對也談不上歡迎。於是客人們就很快訕訕地走了。我當然知道這是因為父親的緣故，就勸解她，說她應該多去和人聊聊，轉移轉移情緒。再想有什麼用？反正父親已經不在了。她拒絕了。她說：「我沒養好兒子，兒子走到了我前邊兒，白髮人送黑髮人，老敗興。他不

在了，我還在。兒子死了，當娘的還到人跟前舉頭豎臉，我沒那心勁兒。」

她硬硬地說著。哭了。我也哭了。我擦乾淚，看見淚水流在她皺紋交錯的臉上，如雨落在旱地裡。這是我第一次那麼仔細地看著她哭。我想找塊毛巾給她擦擦淚，卻始終沒有動。即使手邊有毛巾，我想我也做不出來。我和她之間，從沒有這麼柔軟的表達。如果做了，對彼此也許都是一種驚嚇。

父親的遺像，一直朝下扣在桌子上。

有一天，我下班早了些，一進門就看見她在摸著父親那張扣著的遺像。她說：「上頭我命硬，下頭二妞命硬。我們兩頭都剋著你，你怎麼能受得住呢？是受不住。是受不住。」

我悄悄地退了出去。又難過，又委屈。原來她一直是這麼認為的！原來她還是一直這麼在意我的命硬，就像在意她的。——後來我才知道，她生於正月十五。青年喪夫，老年喪子，她的命是夠硬的。但我不服氣。我怎麼能服氣呢？父親得的是胃癌，和我和她有什麼關係？！我們並沒有偷了父親的壽，為什麼要自己給自己栽臟？我不明白她這麼做只是因為無法疏導過於濃郁的悲痛，只好自己給自己一個說法。那時我才十八歲，我怎麼可能明白呢？不過，值得安慰的是，我當時什麼都沒說。我知道我的委屈和她的悲傷相比，

沒有發作的比重。

　　工資每月九十八元，只要發了我就買各種各樣的吃食和玩意兒，大包小包地往回拿。我買了一把星海牌吉他，月光很好的晚上就在大門口的石板上練指法。還買了錄音機，洗衣服做飯的時候一定要聽著費翔和鄧麗君的歌聲。第一個春節來臨之前，我給她和媽媽各買了一件毛衣。每件四十元。媽媽沒說什麼，喜滋滋地穿上了，她卻勃然大怒。——我樂了。這是父親去世後，她第一次發怒。

　　「敗家子兒！就這麼會花錢！我不穿這毛衣！」

　　「你不穿我送別人穿。」我說，「我還不信沒人要。」

　　「貴巴巴的你送誰？你敢送？」她說著就把毛衣藏到了箱子裡。那是件帶花的深紅色對襟毛衣。領子和袖口都鑲著很古典的圖案。

　　九十八元的工資在當時已經很讓鄉裡人眼紅了，卻很快就讓我失去了新鮮感。孩子王的身份更讓我覺得無趣。第二個學期，我開始遲到，早退，應付差事。校長見我太不成體統，就試圖對我因材施教。他每天早上都站在學校門口，一見我遲到就讓我和遲到的學生站在一起。我哪能受得了這個，掉頭就回家睡回籠覺。最典型的一次，是連著遲到了兩週，也就曠工了兩週。所有的人都拿我無可奈何，而我卻不自知——最過分的任性大約就是這種狀況了：別人都知道你的過分，只有你不自知。

　　每次看到我回家睡回籠覺她都一副憂心忡忡的神情：一個放著人民教師這樣光榮的職業卻不好好幹的女孩子，她在鬧騰什麼呢？她顯然不明白，似乎也沒有興致去弄明白。她只是一到週末就等在村頭，等她的兩個孫子從縣城和省城回來看她。——她的注意力終於在不知不覺間從父親身上分散到了孫子們身上。每到週末，我們家的飯菜就格外好：豬頭肉切得細細的，烙餅攤得薄薄的，粥熬得濃濃的。然而只要兩個哥哥不回來，我就都不能動。直到過了飯時，確定他們不會回來了，她才會說：「吃吧。」

　　我才不吃呢。假裝看電視，不理她。

　　「死丫頭，這麼好的飯你不吃，不糟蹋東西？」

　　「又不是給我做的，我不吃。」

　　「不是給你做的，給狗做的？」

　　「可不是給狗做的嗎？」我伶牙俐齒，一點兒也不饒她，「可惜你那兩隻狗跑得太遠，把家門兒都忘了。」

　　有時候，實在閑極無聊，她也會和我講一些家常話。話題還是離不開她的兩個寶貝孫子：大哥如何從小就愛吃糖，所以外號叫李糖迷。二哥小時候如何胖，給他擦屁股的時候半天都掰不開屁股縫兒……也會有一些關於姐姐的片段，如何乖巧，如何懂事。卻沒有我的。

　　「奶奶，」我故意說，「講講我的唄。」

　　「你？」她猶豫了一下，「沒有。」

「好的沒有，壞的還沒有？」

「壞的嗎，倒是有的。」她笑了。講我如何把她的鞋放在蒸饃鍋裡和饅頭一起蒸，只因她說她的鞋子乾淨我的鞋子髒。我如何故意用竹竿打東廂房門口的那棵棗樹，只因她說過這樣會把棗樹打死。我如何隔三差五地偷個雞蛋去小賣店換糯米糕吃，還仔細叮囑老闆不要跟她講。其中有一件最有趣：一次，她在門口買涼粉，我幫她算帳，故意多算了兩毛錢。等她回家後，我才追了兩條街跟那賣涼粉的人把兩毛錢要了回來。她左思右想覺得錢不夠數，也去追那賣涼粉的人，等她終於明白真相時，我已經把兩毛錢的瓜子嗑完了。

我們哈哈大笑。沒有猜忌，沒有成見，沒有不滿。真真正正是一家人在一起拉家常的樣子。她嘴裡的我是如此頑劣，如此可愛。這是我萬萬沒有想到的。

但這種和諧甚至是溫馨的時光是不多的。總的來說我和她的關係還是相當冷漠。有時會吵架，有時會客氣，──一個人隨著年齡的增長也會獲得某種自然而然的程度加深的尊重，她對我的客氣顯然是基於這點。

我的工作狀態越來越糟糕。學年終考，我的學生考試成績在全鎮排名中倒數第一。平日的邋遢和成績的恥辱構成了無可辯駁的因果關係，作為誤人子弟的敗類我不容原諒。終於在一次全校例行的象徵性的應聘選舉中，我成了實質性落聘的第一人。懲罰的結果是把我發配到一個偏遠的村小教

書。我當然不肯去，也不能再在鎮裡待下去，短暫的考慮之後我決定停薪留職。之前一些和我一樣不安分當老師的師範同學已經有好幾個南下打工，我和他們一直保持著聯繫。

正猶豫著怎麼和她們開口，一件事加速了我的進程。那天，我起得早，走到廚房門口，聽見媽媽正在低聲埋怨她：「……你要是當時叫大寶給她跑跑關係，留到縣裡，只怕她現在也不會弄得這麼拾不起來。」

「她拾不起來是她自己軟。能怨我？」

「絲瓜要長還得搭個架呢。一個孩子，放著關係不讓用，非留在身邊。你看她是個翅膀小的？」

「那幾個白眼狼都跑得八竿子打不著，不留一個，有個病的災的去指靠誰？」

——一切全明白了。原來還是奶奶作祟，在清晨明媚的陽光中，我氣得腦門發漲。我推開廚房的門，目光如炬，聲音如鐵，鏗鏘有力地向她們宣言：「我也是個白眼狼！別指靠我！我也要走了！」

7

我一去三年沒有回家，只是十天半月往村委會打個電話，讓村長或村支書向她們轉達平安，履行一下最基本的告知義務。三年中，我從廣州到深圳，從海口到三亞，從蘇州到杭州，從瀋陽到長春，推銷過保險，當過售樓小姐，在飯店賣過啤酒，在咖啡館磨過咖啡，當然也順便談談戀愛，經

歷經歷各色男人。後來我落腳到了北京，應聘在一家報社做記者。

人在江湖飄，哪能不挨刀。吃過幾次虧、碰過幾次壁之後，我才明白，以前在奶奶那裡受的委屈，嚴格來說，都不是委屈。我對她逢事必爭吵，逢理必爭，從來不曾「受」過，哪裡還談得上委和屈？真正的委屈是笑在臉上哭在心裡的。無處訴，無人訴，不能訴，不敢訴，得生生悶熟在日子裡。

這最初的世事磨練讓我學會了察言觀色，看菜下碟。學會了在第一時間內嗅出那些不喜歡我的人的氣息，然後遠遠地離開他們。如果迫不得已一定要和他們打交道，我就羽毛乍起，如履薄冰。我知道，某種意義上講，他們就是我如影隨形的奶奶。不同的是，他們會比奶奶更嚴厲地教訓我，而且不會給我做飯吃。而在那些喜歡我的人面前，我在受寵若驚視寵若寶的同時也是小心翼翼的。生怕失去了這些喜歡，生怕失去了這些寵。——在我貌似任性的表徵背後，其實一直長著一雙膽怯的眼睛。我怕被這個世界遺棄。多年之後我才悟出：這是奶奶送給我的最初的精神禮物。可以說，那些日子裡，她一直是我的鏡子，有她在對面照著，才使得我眼明心亮。她一直是我的鞭子，有她在背上抽著，才讓我不敢昏昏欲睡。她讓我知道：這個世界上，總會有人不喜歡你，你會成為別人不愉快的理由。你從來就沒有資本那麼自負，自大，自傲。從而讓我懷著無法言喻的隱忍、謙卑和自省，

以最快的速度長大成人。

我開始想念她們。奇怪，對奶奶的想念要勝過媽媽。但因記憶裡全是疤痕的硬，對她的想也不是那種柔軟的想。和朋友們聊起她的時候，我總是不自覺地忿怨著她的封建、自私和狹隘，然後收穫著朋友們的安慰和同情。終於有一次，一位朋友溫和地斥責了我，她說：「親人總是親人。奶奶就是再不喜歡你，也總比擦肩而過的路人對你更有善意。或許她只是不會表達，那麼你就應該去努力理解她行為背後的意義。比如，她想把你留在身邊，也不僅僅是為了養老，而是看你這麼淘氣、叛逆，留在身邊她才會更安心。再比如，她嫌你命硬，你怎麼知道她在嫌你的時候不是在嫌自己？她自己也命硬啊。所以她對待你的態度就是在對待她自己，對自己當然就是最不客氣了。」

她對待我的態度就是在對待她自己？朋友的話讓我一愣。

我打電話的頻率開始密集起來。一天，我剛剛打通電話，就聽見了村支書粗糙的罵聲：「他娘的，你媽病啦！住院啦！你別滿世界瘋跑啦！趕快攢著你掙的票子回來吧！」

三天之後，我回到了楊莊。只看到了奶奶。父親有病時似乎也是這樣：其他人都往醫院跑，只有她留守在家裡。我是在大門口碰到她的，她拎著垃圾斗正準備去倒。看見我，她站住了腳。神情是如常的、素淡的，似乎我剛剛下班一

樣。她問：「回來了？」

我說：「哦。」

媽媽患的是腦溢血。症狀早就顯現，她因為信奉主的力量而不肯吃藥，終於小疾釀成大患。當她出院的時候，除了能維持基本的吃喝拉撒之外，已經成了一個廢人。

媽媽病情穩定之後，我向報社續了兩個月的假。是，我是看到她和媽媽相依為命的淒涼景象而動了鐵石心腸，不過我也沒有那麼單純和孝順。我有我的隱衷：我剛剛發現自己懷了孕。孩子是我最近一位男友的果實，我從北京回來之前剛剛和他分手。

我悄悄地在鄭州做了手術，回家靜養。因為瞞著她們，也就不好在飲食上有什麼特別的講究和要求。三代三個女人坐在一起，雖然我和她們有十萬八千里的隔閡，也免不了得說說話。媽媽講她的上帝耶穌基督主，奶奶講村裡的男女莊稼豬雞狗。我呢，只好把我經歷的世面擺了出來。我翻閱著影集上的照片告訴她們：廈門鼓浪嶼，青島嶗山，上海東方明珠，杭州西湖，深圳民俗村和世界之窗……指著自己和民俗村身著盛裝的少數民族演員的合影以及世界之窗的微縮模具，我心虛而無恥地向她們誇耀著我的成就和膽識。她們只是默默地看著，聽著，沒有發問一句。這在我的意料之中。我知道自己已經大大超越了她們的想像——不，她們早已經不再對我想像。我在她們的眼睛裡，根本就是一個怪物。

講了半天，我發現聽眾只剩下了奶奶。

「媽呢？」

「睡了。」她說，「她明兒早還要做禮拜。」

「那，咱們也睡吧。」我這才發現自己累極了。

「你喝點兒東西吧。」奶奶說，「我給你沖個雞蛋紅糖水。」

這是坐月子的女人才會吃的食物啊。我看著她。她不看我，只是顛著小腳朝廚房走去。

報社在河南沒有記者站。續假期滿，我又向報社打了申請，請求報社設立河南記者站，由我擔任駐站記者。在全國人民過分熱情的調侃中，河南這種地方一向都很少有外地人愛來，我知道自己一請一個準兒。果然，申請很快就被批准了，我在鄭州租了房子，開始了新一輪的奔波。每週我都要回去看看媽媽和她。出於慣性，我身邊很快也聚集了一些男人。每當我回老家去，都會有人以去鄉下散心為名陪著我。小汽車是比公共汽車快得多，且有面子。我任由他們捧場。

對這些男人，媽媽不言語，奶奶卻顯然是不安的。開始她還問這問那，後來看到我每次帶回去的男人都不一樣，她就不再問了。她看我的目光又恢復到了以前的憂心忡忡。其實在她們面前，我對待那些男人的態度相當謹慎。我把他們安頓在東裡間住，每到子夜十二點之前一定回到西裡間睡覺。奶奶此時往往都沒有睡著。聽著她幾乎靜止的鼻息，我在黑暗中輕輕地脫衣。

「二姐，這樣不好。」一天，她說。

「沒什麼。」我含糊道。

「會吃虧的。」

「我和他們沒什麼。」

「女人，有時候由不得自己。」

似乎有些談心事兒的意思了。難道她有過除祖父之外的男人？我好奇心陡增，又不好問。畢竟，和她之間這樣親密的時機很少。我不適應。她必定也不適應——我聽見她咳嗽了兩聲。我們都睡了。

日子安恬地過了下來。這是我期望已久的日子：有自由，有不菲的薪水，有家鄉的溫暖，有家人的親情，還有戀愛。在外奔波的這幾年裡，我習慣了戀愛。一個人總覺得淒冷，戀愛就是靠在一起取暖。身邊有男人圍著，無論我愛不愛他們，心裡都是踏實的、受用的。雖然知道這踏實是小小的踏實，受用是小小的受用，但，有總比沒有要好。

「沒事不要常回來了。我和你媽都挺好的。不用看。」終於有一天，她說。

「多看看你們還有錯啊。我想回來就回來。」我說。

「要是回來別帶男人，自己回來。」

「為什麼？不過是朋友。」

「就因為是朋友，所以別帶來。要是女婿就儘管帶。」她說，「你不知道村裡人說話多難聽。」

「難聽不聽。幹嘛去聽！」我火了。

「我在這村裡活人活了五六十年，不聽不中。」她說，「你就別丟我的人了！」

「一個女人沒男人喜歡，這才是丟人呢！」

「再喜歡也不是這麼個喜歡法。」她說，「一個換一個，走馬燈似的。」

「多了還不好？有個挑揀。」

「眼都花了，心都亂了。好什麼好？」

「我們這時候和你們那時候不一樣。你就別管我的事了。」

「有些理，到啥時候都是一樣的。」

「那你說說，該是個什麼喜歡法？」我挑釁。

她沉默。我料定她也只能沉默。

「你守寡太多年了。」我猶豫片刻，一句話終於脫口而出，「男女之間的事情，你早就不懂了。」

靜了片刻，我聽見她輕輕地笑了一聲。

「沒男人，是守寡。」她語調清涼，「有了不能指靠的男人，也是守寡。」

「怎麼寡？」我坐起來。

「心寡。」她說。

我怔住。

8

我和她之間再次陷入了冷戰期。我長時間地待在鄭州，

很久才回去一次。回去的時候，也不再帶男人。我開始正式考慮結婚問題。一考慮這個問題，我就發現奶奶是多麼正確：因為經歷太多，我已經不知道什麼人適合和我結婚。我面前的男人琳琅滿目，花色齊全，但當我想要去捉住他們時，卻發現哪個都沒有讓我付帳的決心。

我確實是心寡。

其間有個男孩子，各方面條件都很不錯，要說結婚，似乎也是可以的。但我拒絕了他的求婚，主要原因當然是不夠愛他，次要原因則是不喜歡他的媽媽。那個老太太是一個落魄的高幹遺孀，大手大腳，頤指氣使，驕橫霸道。她經常把退休金花得光光的，然後讓孩子們給她湊錢買漂亮衣服和名貴首飾。她的口頭禪是：「吃好的，買貴的。人就活一輩子，不能委屈自己！」

是，這話沒錯。人能不委屈自己的時候是不該委屈自己。我也是這樣。可我就是不喜歡她這個腔調，就是不喜歡她這個做派，就覺得她不像個老人。一個老人，怎麼能這樣沒有節制呢？怎麼能這麼揮霍無度呢？怎麼能這麼沒有老人的樣子呢？——忽然明白，我心目中的老人標準，就是我生活在豫北鄉下的奶奶。如果她和我的奶奶有那麼些微一樣，我想，我一定會加倍心疼她，寵她，甚至會為此加重和她兒子結婚的砝碼。但她不是我的奶奶。我的奶奶不是這樣。我不能和這樣的老人在一起生活。

常常如此：我莫名其妙地看不慣那些神情自得生活優越

的老人，一聽到他們說什麼夕陽紅、黃昏戀、出國遊，上什麼藝術大學，參加什麼合唱團，我心裡就難受。後來，我才明白：我是在嫉妒他們。替奶奶嫉妒他們。

兩年之後，當我再帶男人回去的時候，只固定帶了一個。後來，我和那個男人結了婚。用奶奶的話，那個男人成了我的丈夫。他姓董。

和董認識是在一個飯局上。那個飯局是縣政府為在省城工作的本籍人士舉辦的例行慰問宴。也就是定期和這些人聯絡一下感情，將來有什麼事好讓這些人都出力的意思。所謂「養兵千日，用兵一時」，這飯局就是養兵的草料。那天，我去得最晚。落座時只剩下了一個位置。右邊是董，左邊是一個女人。互相介紹過之後，我對左邊的女人說：「對不起，我是左撇子，可能會讓你不方便。」對方還沒有反應，董馬上站起來對我說：「我和你換換吧。」

他坐在了我的左邊。吃飯期間聊起家常，他告訴我他大學畢業後工作沒有著落，就留在鄭州做了一家報社的記者。偶爾回縣城看看退休的父母。和我一樣，他也只是個應聘記者。

「好聽的說法是隨時會跳槽。」他說。

「不好聽的說法是隨時會被炒。」我說。

我們相視而笑。有多少像我們這樣貌似齊整的流浪者啊。沒有錦衣，就自己給自己造一件錦衣。見到生客就披

上，見到自己人就揪下。

　　後來我問董對我初次的印象如何，董說：「長相脾氣都在其次。我就是覺得你特別懂事。」

　　「懂事？」我吃驚。啞然失笑。第一次聽到有人這麼評價我，「何以見得？」

　　「我吃過的飯局千千萬，見過的左撇子萬萬千，僅僅為自己是左撇子而向自己左手位道歉的人，你是第一個。」

　　只有懂事的人才能看到別人的懂事。活到一定的年紀，懂事就是第一重要的事。天造地設，我和董一拍即合。關係確定之後，我把他帶了回去，向奶奶和母親宣告。奶奶第二天就派大哥去打聽董的家世，問得清清白白，無可挑剔之後，才明確點了頭，同意我和董結婚。

　　「這閨女這般好命，算修成正果了。」她說，「真是人憨天照顧。」

　　媽媽什麼也做不了，奶奶就開始按老規矩為我準備結婚用品：龍鳳呈祥的大紅金絲緞面被，粉紅色的鴛鴦戲水繡花枕套，雙喜印底的搪瓷臉盆，大紅的皂盒，玫瑰紅的梳子……紡織類的物品一律縫上了紅線，普通生活用品一律繫上了紅繩。做這一切的時候，她總是默默的。和別人說起我的婚事時，她也常常笑著，可是那笑容裡隱隱交錯著一種抑制不住的落寞和黯然。

　　兩親家見面那天，奶奶作為家長發言，道：「二妞要說也是命苦。爹走得早，娘只是半個人。我老不中用，也管不

出個章程，反正她就是個不成材，啥活計也幹不好，脾氣還傻倔。給了你們就是你們的人，小毛病你們就多擔待，大毛病你們就嚴指教。總之以後就是你們多費心了。」

公公婆婆客氣地笑著，答應著，我再也坐不住，出了門。忍了好久，才沒讓淚滾出來。

婚禮那天清早，我和女伴們在裡間化妝試衣，她和媽媽在外面接待著絡繹不絕的親友。透過房門的縫隙，我偶爾會看見她們在人群中穿梭著，分散著糖果和瓜子。她們臉上的神情都是平靜的，安寧的，也顯示著喜事應有的笑容。我略略地放了心。

隨著樂曲的響起和鞭炮的驟鳴，迎親的花車到了。按照我們的地方風俗，嫁娘要在堂屋裡一張鋪著紅布的椅子上坐一坐，吃上幾個餃子，才能出門。我坐在那張紅布椅上，端著餃子，一眼便看見奶奶站在人群後面，她的目光並不看我，可我知道這目光背後還有一雙眼睛，全神貫注地凝聚在我的身上。我把餃子放進口裡，和著淚水咽了下去。有親戚絮絮地叮囑：「別噎著。」

到了辭拜高堂的時候了，親戚們找來她和媽媽，讓她們坐在兩張太師椅上。我和董站在她們面前。周圍的人都沉默著。——我發現往往都是這樣，在男方家拜高堂時是喧嚷的、熱鬧的，在女方家就會很寂靜、很安寧。而這僅僅是因為，男方是拜，女方是辭拜。

「姑娘長大成人了，走時給老人行個禮吧。」一位親戚

說。

我們鞠下躬去。在低頭的一瞬間，我看見她們的腳——尤其是奶奶的腳。她穿著家常的黑布鞋，白襪子，鞋面上還落了一些瓜子皮的碎末兒。這一刻，她的雙腳似乎在微微地顫抖著，彷彿有一種什麼巨大的東西壓在她的身上，讓她坐也不能坐穩。

我婚後半年，媽媽腦溢血再次病發，離開了人世。

遺像裡的母親怎麼看都不像母親。這感覺似曾相識——是的，遺像裡的父親曾經也讓我感覺不像是父親，而像我們的長兄。原諒我，對於母親，我也只覺得她是一個姊妹。我們的長姊。而且因為生了我們，便成了最得寵的姊妹。父親和奶奶始終都是擔待她的。他們對她的擔待就是：家務事和孩子們都不要她管，她只用管自己這份民辦教師的工作。柴米油鹽，人情世故，母親幾乎統統不懂。看著母親甩手掌櫃做得順，奶奶有時候也會偷偷埋怨：「那麼大的人了！」但是，再有天大的埋怨，她也只是在家裡背著母親唸叨唸叨，絕對不會讓家醜外揚。

因為他們的寵，母親單純和清淺的程度幾乎更接近於一個少女，而遠非一個應該歷盡滄桑的婦人。說話辦事毫無城府，直至已經年過半百，依然在不經意間流露出一些濃重的孩子氣。——多年之後，我才明白，自己其實也是有些羨慕她的孩子氣的。這是她多年的幸福生活儲蓄出來的性格利

息。

父親像長兄，母親像長姊。這一切，也許都是因為奶奶太像母親了。

母親去世的時候，奶奶哭得很痛。淚很多。我知道，她把對父親的淚也一起哭了出來。──這淚水，過了六年，她才通過逐漸消腫的心，盡情釋放了出來。

「對不起，也許我的命真是太硬了。」辦完喪事之後，我看著父親和母親的遺像，在心裡默默地說，「這輩子家裡如果還有什麼不幸的事，請讓我自己剋自己。下輩子如果我們還是一家人，請你們做我的兒女，一起來剋我。」

9

母親的喪事之後，報社又進行了機構改革，河南記者站被撤併，我不想服從調配去外省，於是順理成章地失了業，打算分娩之後再找工作──我已經懷孕三個月了。我們都勸奶奶去縣城：大哥二哥和我都在縣城有了家，照顧她會很方便。可她不肯。

「這是我的家。我哪兒都不去。你們忙你們的，不用管我。」她固執極了。

沒辦法，只有我是閒人一個。於是就回到了老家，陪她。

那是一段靜謐的時光。兩個女人，也只能靜謐。

　　正值初夏，院子裡的兩棵棗樹已經開始結豆一般的青棗粒，每天吃過晚飯，我和她就在棗樹下面閑坐一會兒。或許是母親的病逝拓寬了奶奶對晚輩人死亡的認知經驗，從而讓她進一步由衷地臣服於命運的安排；或許是母親已經去和父親做伴，讓她覺得他們在那個世界都不會太孤單，她的神情漸漸呈現出一種久遠的順從、平和與柔軟，話似乎也比以往多了些。不時地，她會講一些過去的事：「……大躍進時候，村裡成立了縫紉組。我是組長。沒辦法，非要我當，都說我針線活兒最好，一些難做的活兒就都到了我手裡。一次，有人送來一雙一寸厚的鞋底，想讓縫紉組的人配上幫做成鞋，誰都說那雙鞋做不成，我就接了過來。晚上把鞋捎回了家，坐在小板凳上，把鞋底夾在膝蓋中間，彎著上身，可著力氣用在右手的針錐上，一邊扎一邊撚，扎透一針跟扎透一塊磚一樣。扎透了眼兒，再用戴頂針的中指頂著針冠，穿過錐孔，這邊兒用大拇指和食指尖捏住針頭，把後邊帶著的粗線再一點一點地拽出來……這雙鞋做成之後，成了村裡的鞋王。主家穿了十幾年也沒穿爛。」

　　「那時候，有人追你嗎？」

　　「我又沒偷東西，追我幹啥？」她很困惑。

　　我忍不住笑了：「我的意思是，有沒有人想娶你。」

　　她也笑了。眼睛盯著地。

　　「有。」她說，眼神渙散開來，「那時候還年輕，也不醜……你爸要是個閨女，我也能再走一家。可他是個小子，

是能給李家頂門立戶的人，就走不得了。」這很符合她重男輕女的一貫邏輯，──她不能容忍一個男孩到別人屋簷下受委屈。

睡覺之前，她習慣洗腳。她的腳很難看，是纏了一半又放開的腳。大腳趾壓著其他幾個腳趾，像一堆小小的樹根扎聚在一起，然而這樹根又是慘白慘白的，散發著一種莫名其妙的恐怖氣息。

「怎麼纏了一半呢？怕疼了吧！」我好奇，又打趣她，「我一直以為你是個挺能吃苦的人哩。」

「那滋味不是人受的。小腳一雙，眼淚一缸……是四歲那年纏上的。不裹大拇哥，只把那四個腳指頭纏好，壓到大拇哥下頭。用白棉布裹緊……為啥用白棉布？白棉布澀啊，不會鬆動。這麼纏上兩三年，再把腳面壓彎，彎成月亮一樣，再用布密縫……疼呢。肉長在誰身上誰疼唄。白天纏上，到了晚上放放，白天再纏，晚上再放。後來疼得受不了了，就自己放開了，說啥都不再纏。」她羞赧地笑了，「我娘說我要是不纏腳，就不讓我吃飯，我就不吃。後來還是她害怕了，撬開了我的嘴，給我餵飯。我奶奶說我要是不纏腳就不讓我穿鞋。不穿就不穿，我就光著腳站到雪地裡。……到底她們都沒扛過我。不過，」她頓了頓，「我也遭到了報應，嫁到了楊莊。我這樣的腳，城裡是沒人要的，只能往鄉下嫁，往窮裡嫁。我那姊妹幾個，都比我嫁得好。」

「你後悔了？」

「不後悔。就是這個命。要是再活一遍，也還是纏不成這個腳。」她說。

有時候，她也讓我講講。

「說說外頭的事吧。」

我無語。說什麼呢？我不知道該說什麼。轉了這麼一大圈，又回到這個小村落，我忽然覺得：世界其實不分什麼裡外。外面的世界就是裡面的世界，裡面的世界就是外面的世界，二者從來就沒有什麼不同。

偶爾，街坊鄰居誰要是上火頭疼流鼻血，就會來找她。她就用玻璃尖在他們額頭上扎幾下，放出一些黑黑的血。要是有不滿周歲的孩子跌倒受了驚嚇，也會來找她，她就把那孩子抱到被驚嚇的地方，在地上畫個圓圈，讓孩子站進去，嘴裡喊道：「倒三圈兒，順三圈兒。小孩魂兒，就在這兒。拽拽耳朵筋，小魂來附身。還了俺的魂，來世必報恩。」然後喊著孩子的名字問：「來了沒有？」再自己回答：「來了！來了！」

有一次，給一個孩子叫過魂後，我聽見她在院子裡逗孩子猜謎語。孩子才兩歲多，她說的謎語他一個都沒有猜出來。基本上她都在自言自語：「……俺家屋頂有塊蔥，是人過來數不清。是啥？……是頭髮。一母生的弟兄多，先生兄弟後有哥。有事先叫兄弟去，兄弟不中叫大哥。是啥？……

是牙齒。紅門樓兒，白插板兒，裡面坐個小耍孩兒。是啥？是舌頭。還有一個最容易的：一棵樹，五把杈，不結籽，不開花，人人都不能離了它。是啥？……這都猜不出來呀……」

這是手。我只猜出了這個。

我的身子日益笨重起來，每天早上起床，她都要瞄一眼我的肚子，說一句：「有苗不愁長呢。世上的事，就屬養孩子最見功。」

董也越來越不放心，隔三差五就到楊莊來看我，意思是想要我回縣城去。畢竟那裡的醫療條件要好得多，有個意外心裡也踏實。但這話我無法說出口。她不走，我就不能離開。我知道她不想走，那我也只能犟著。終於犟到夏天過去，我懷胎七月的時候，她忍不住了，說：「你走吧。跟你公公婆婆住一起，有個照應。」

「那你也得走。」我說，「你要是不想跟哥哥們住，我就再在縣城租個房子，咱倆住。」

「租啥房子，別為我作驚作怪的。」她猶豫著，終於鬆了口，「我又不是沒孫子。我哪個孫子都孝順。」

她把換洗的衣服打了個包裹，來到了縣城，開始在兩個哥哥家輪住。要按大哥的意思，是想讓奶奶長住他家的。但是大嫂不肯，說：「萬一奶奶想去老二家住呢？我們不能霸著她呀。人家老二要想盡孝呢？我們也不能攔著不讓啊。」

這話說得很圓，於是也就只有讓奶奶輪著住了。這個月在大哥家，那個月在二哥家，再下一個月到大哥家。

她不喜歡被輪著住。我想，哪個正常的老人都不會喜歡被輪著住。──這真是一件殘酷的事，是兒女們為了均等自己的責任而做出的最自私最惡劣的事。

「哪兒都不像自己的家。到哪家都是在串親戚。」她對我說。

有我在，她是安慰的。我經常去看她，給她零花錢，買些菜過去，有時我會把她請到我家去吃飯。每次說要請她去我家，她都會把臉洗了又洗，頭髮梳了又梳。她不想在我公婆跟前顯得不體面。在我家無論吃了什麼平凡的飯菜，她回去的表情都是喜悅的。能被孫女請去做客，這讓她在孫媳婦面前，也覺得自己是體面的。──我能給予她的這點辛酸的體面，是在她去世之後，我才一點一點回悟出來。

10

在大哥家的日子讓她這輩子的物質生活到達了豐盛的頂端：在席夢思床上睡覺，在整體浴室洗澡，在真皮沙發上看電視，時不時就下館子吃飯。大哥讓她吃什麼，她就吃什麼。大哥讓她喝什麼，她就喝什麼。當著他們，她只說：「好。」大哥很是欣慰和自豪，甚至為此炫耀起來。他認為自己盡孝的方式也在與時俱進。我不止一次聽他說：「奶奶說她喜歡萬福飯店的清蒸鱸魚。」「奶奶說她喜歡雙貴酒樓

的太極雙羹。」

　　我不信。悄悄問她，她抿嘴一笑：「哪兒能記住那些花哨名兒，反正都好吃。」不過，對日本豆腐她倒是印象深刻：「啥日本豆腐，我就不信那豆腐是日本來的。從日本運到這兒，還不餿？」

　　夏天，大哥家裡的空調轟轟地響著。他們一出門，她就把空調關了。

　　「冬天不冷，夏天不熱，就不是正經日子。」她說。

　　「熱不著也凍不著，不是福氣嗎？」我問。

　　「冬天就得冷，夏天就得熱。」她說，「不是正經日子，就不是正經福氣。」

　　吃著大棚裡種出來的不分時節的蔬菜，她也會嘮叨：「冬天就該吃白菜，夏天就該吃黃瓜。冬天的黃瓜，夏天的白菜，就是沒味兒。」

　　「你知道這些菜有多貴嗎？」

　　「是吃菜，又不是吃錢。」她說，「再貴也還是沒味兒。」

　　看到大嫂二嫂都給兒子們買名牌服裝，她就教訓我：「越是嬌兒，越得賤養。這麼小的孩子，吃上不耽誤就中，穿上可別太慣了。一年一長個子，穿那麼好有什麼用。」

　　「你就只會說我，怎麼不說她們？」我說，「吃柿子揀軟的捏！」

　　「看你這個柿子多軟呢。」她不由得笑了，「好話得說

給會聽的人。媳婦的心離我百丈遠，只能説給閨女聽。」

「你的好話還不就這幾句？我早就背會了。」

「好文不長，好言不多。背會了没用，吃透了才中。」

……

那天，小侄子的隨身聽在茶几上放著，她突然有些不好意思地指了指，問我這是做什麼用的。我説可以聽音樂。她害羞地沉默著，我明白過來，連忙去找磁帶，找了半天，都没有合適的。只好放了一盤貝多芬的《命運》。

聽了大約十幾分鐘，她把耳機取了下來。

「好聽。」她説，「就是太涼。」

她也看電視。有時候，我悄悄地走進大哥家，就會看見她中規中矩地坐在那台三十四英寸的大彩電面前，静静地看著螢幕，很專注的樣子。邊看她邊自言自語。

「這嗓子真亮堂。一點兒都不費力。」是宋祖英在唱歌。

「可不是，那時候穿的就是這衣裳。」畫面上有個女人穿著旗袍。

「哎呀，咋又死了個人？」武俠片。

大哥回來，看的都是體育節目。她也跟著看。一邊歎息：滑冰的人在冰上滑，咋還穿那麼少？不凍得慌？那麼多人拍一個球，咋就拍不爛？誰負責掏錢買球？開始我們還解釋得很耐心，後來發現這些問題又衍生出了新的問題，簡直

就是一個無窮無盡的連環套，不由得就有些氣餒，解釋的態度就敷衍起來。她也就不再問那麼多了。

1998 年「法蘭西之夏」世界盃，我天天去大哥家和他們一起看球。二哥也經常去。哥哥們偶爾會靠著她的肩膀或是枕在她的腿上撒撒嬌。——她現在唯一的作用似乎只是無條件地供我們撒嬌。多年之後，我才明白：能容納你無條件撒嬌的那個人，就是你生命裡最重要的人。她顯然也很享受哥哥們的撒嬌。球賽她肯定是看不懂的，卻也不去睡，在我們的大呼小叫中，她常常會很滿足地笑起來。

看到球員跌倒，她會說：「疼了吧？多疼，快起來吧。」

慢鏡頭把這個動作又回放了一遍，她道：「咋又跌了一下？」

球進了網，她說：「多不容易。」

慢鏡頭回放，她又道：「你看看，說進就又進了一個。」

我們大笑，對她解釋說這是慢鏡頭回放，是為了讓觀眾看得更清楚些。

「哦，不算數啊。」她不好意思地笑了，「這我哪兒懂。」

剛才進球的過程換了個角度又放了一遍慢鏡頭。

「看看，又進了。又進了。」她說。聽我們一片靜默，她忐忑起來，「這個算數不算數？」

　　住了一段時間，她越來越多地被摻和到兩個哥哥各自的夫妻矛盾中。——真是奇怪，我婚後的生活倒很太平。這讓我覺得，每個人都有不安分的毒，這毒的總量是恆定的，不過是發作的時機不同而已。這事不發那事發，此處不發彼處發，遲不發早發，早不發遲發，早早遲遲總要發作出來才好。我是早發類的，發過就安分了。哥哥們和姐姐卻都跟我恰恰相反。一向乖巧聽話的姐姐在出嫁後著了魔似的非要生個男孩，為此東躲西藏狼狽不堪，懷了一個又一個，流產了一次又一次，現在已經有了兩個女孩，那個兒子的理想還沒有實現。大哥仕途順利，已經由副職提成了正職，重權在握，趨奉者眾，於是整天笙歌艷舞，夜不歸宿，嫂子常常為此猜疑，和他嘔氣。二哥自從財經學院畢業之後，在縣城一家銀行當了小職員，整天數錢的他顯然為這些並不屬於自己的錢而深感焦慮，於是他整天謀算的就是怎麼掙錢。他謀算錢的方式就兩種，一是炒股，二是打麻將。白天他在工作之餘慌著看股市大盤，一下班就忙著湊三缺一，和二嫂連句正經話都懶得說，二嫂為此也是怨聲載道。

　　沒有父母，奶奶就是家長。她在哪家住，哪家嫂子就向她嘮叨，然後期望她能夠發發威，改改孫子們的毛病。她也說過哥哥們幾次，自然全不頂用，於是她就只有自嘲：「可別說我是佘太君了，我就是根五黃六月的麥茬，是個等著翻進土裡的老根子。」

　　我每去看她，她就會悄悄地對我講：這個媳婦說了什麼，那個媳婦臉色怎樣。她的心是明白的，眼睛也是亮的。但我知道不能附和她。於是一向都是批評她：「怎麼想那麼多？哪有那麼多的事？」

　　「哼，我什麼都知道。」她很不服氣，「我又沒瞎，你怎麼叫我假裝看不見？」

　　「你知道那麼多有什麼用？你懂不懂人有時候應該糊塗？」終於，有一次，我對她說。

　　「我懂，二妞。」她黯然道，「可世上的事就是這樣，想糊塗的人糊塗不了，想聰明的人難得聰明。」

　　「這麼說，我奶奶是糊塗不了的聰明人了？」我逗她。她撲哧一聲笑了。

　　最後一次孕前檢查，醫生告訴我是個男孩。婆家弟兄三個裡，董排行最小。前兩個哥哥膝下都是女孩。

　　「這回你公公總算見到下輩人了。」奶奶很有些得意地說。

　　兒子滿月那天，她和姐姐哥嫂們一起過來看我，薄棉襖外面罩著那件帶花的深紅色對襟毛衣。我剛上班那年花四十元給她買的這件毛衣，幾乎已經成了她最重要的禮服。她給了兒子一個紅包。

　　「放好。錢多。」她悄悄說。

　　等她走後，我把這個紅包拿了出來，發現除了一張一百

元，還有一張十元。——那一百元一定是哥哥們給她的，那十元一定是她自己的私房錢。

我握著那張皺巴巴的十元錢，終於落了淚。

11

兒子一歲的時候，我找到了一份新工作，被聘為北京一家旅遊雜誌駐河南記者站的記者。雜誌社要求記者站設在鄭州，那就必須在鄭州租房子。我把這點意思透露給奶奶，她歎了口氣：「又跑那麼遠哪。」

和董商量了一下，我決定依然留在縣城，陪她。董在鄭州的租住地就當成我的記者站處所，他幫我另設了一個信箱，替我打理在鄭州的一切事務。如果需要我出面，我就去跑幾天再回來。

工作進展得很順利。因為打著旅遊的牌子，可以免費到各個景區走走，以採訪為藉口遊玩一番。最一般的業績每月也能賣出幾個頁碼，運氣好的時候甚至可以拉到整期專刊的版面。日子很是過得去，很對我的胃口。閒時還能去照顧照顧奶奶，好得不能再好了。

彷彿是為了應和我留下來的決定，不久，她就病了，手顫顫巍巍的，拿不起筷子，繫不住衣扣。把她送到醫院做了CT，診斷結果是腦部生了一個很大的瘤，雖然是良性的，卻連著一個大血管，還壓迫著諸多神經，如果不做手術切除，她很快就會不行。然而若要做，肯定又切不乾淨。我們

兄弟姊妹四個開了幾次會，商量到底做不做手術──她已經七十九歲，做開顱手術已經很冒險。總之，不做肯定是沒命。做了呢，很可能是送命。

我們去徵求她的意見。

「我的意思，還是回家吧。」她說，「我不想到了了還光頭拔腦，破葫蘆開瓢的，多不好。到地底下都沒法子見人。」

「你光想著去地底下見人，就沒想著在地面上多見見我們？」我笑。

「我不是怕既保不了全屍又白費你們的錢嗎？你們的錢都不是好掙的。」

「我們四個供你一個，也還供得起。」大哥說。

「那，」她猶豫著，「你們看著辦吧。」

兩週的調養之後，她做了開顱手術，手術前，她果然被剃了光頭。她自言自語道：「唉，誰剃頭，誰涼快。」

「奶奶。」我喊她。

「哦。」

「你知不知道現在很多女明星都剃了光頭？你趕了個潮流呢。」

「我不懂趕啥潮流。」她笑，「我知道這是趕命呢。」

被剃頭時她閉著眼躺著的樣子，非常乖，非常弱。像個孩子。

瘤子被最大程度地取了出來。手術結束後，醫生說，理

論上講，瘤根兒復發的速度很慢，只要她的情緒不受什麼大的刺激，再活十年都沒有問題。她的心臟狀況非常好，相當於二三十歲年輕人的心臟。

我們輪流在醫院照顧她。大哥的朋友，二哥的朋友，我的朋友，姐姐的親戚，都來探望，她的病房裡總是一番欣欣向榮的景象。大約從來沒有以自己為中心這麼熱鬧過，一次，她悄悄地對我說：「生病也是福。沒想到。」

總共兩個月的術後恢復期。到後一個月，哥哥們忙，就很少去醫院了。嫂子們自然也就不見了蹤影，醫院裡值班最多的就是我和姐姐。姐姐的兒子剛剛半歲，三個孩子，比不上我閑，於是我就成了老陪護。

「二妞，」她常常會感歎，「沒想到借上你的力了。」

「什麼沒想到，你早就打算好了。當初不讓大哥調我去縣裡，想把我拴在腳邊的，不是你是誰？」我翻著眼看她，「這下子你可遂了心了。」

「死牙臭嘴！」她罵，「這時候還拿話來嘔我。」

漸漸地，她能下床了。我就扶她到院子裡走走，說些小話。有一次，我問她：「你有沒有？」

「有啥？」

「你知道。」

「我知道？」她迷惑，「我知道個啥？」

「那一年，我們吵架。你說有了不能指靠的男人，也是

守寡⋯⋯」

「我胡說呢。」她的臉紅了，「沒有。」

「別哄我。我可是個狐狸精。」

「還不是你爺爺。」她的臉愈發紅了。這說謊的紅看起來可愛極了。

「我不信。」我拖長了聲音，「你要再不說實話，我可不伺候你了。」

她沉默著，盯著腳下的草。很久，才說：「是個在咱家吃過派飯的幹部，姓毛⋯⋯」

「毛幹部。」

「別喊。」她的臉紅成了一塊布，彷彿那個毛幹部就站在了眼前。然後她站了起來，「唉，該吃飯了。」她拍拍肚子，「餓了。」

她是在夜晚關燈之後，接著講的。

那是在 1956 年底，縣裡在各鄉籌建高級農業生產合作社，派了許多工作組下來。村裡人誰都想要工作組到自己家裡吃派飯，一是工作組的人都是上頭下來的，多少有些面子。自家要是碰到了什麼事，好跟他張口。二是工作組的人在哪家吃飯都不白吃，一天要交一斤糧票：早上三兩，中午四兩，晚上三兩。還有四毛錢：早上一毛錢，中午和晚上各一毛五。這些錢糧工作組的人是吃不完的，供派飯的人家就可以把餘額落了，賺些小利。

她原來沒想去爭，只等著輪。「可等來等去發現輪到自

總是你小改奶奶那幾個強勢的人家。我心裡就憋屈了。」她說。那天，她在門口，看見村長領著一個戴眼鏡的人往村委會走，就知道又要派飯了。她就跟了去，小改已經等在那裡了。一見她來，劈頭就說：你一個寡婦家，還是別攬這差事吧。

「我一聽就惱了。我就說：我一個寡婦家怎麼啦？我為啥當的寡婦？我男人是烈士，為革命掉的腦袋！我是烈屬！為革命當的寡婦！我行得正，走得端，不怕是非！我就要這派飯！我能完成任務！」

話到這份兒上，他們也只好把這派飯給了她。派飯期是兩個月，吃住都在一起。

「有白麵讓他吃白麵，有雜麵讓他吃雜麵。我盡量做得可口些。過三天他就給我交一回帳。怕我推辭，他就把糧票和錢壓在碗底兒。他也是迂，我咋會不要呢？……開始話也不多，後來我給他漿洗衣裳，他也給我說些家常，慢慢地，心就稠了……」

再後來，縣裡建了耐火材料廠，捆耐火鋼磚的時候需要用稻草繩，正好我們村那一年種了稻，上頭讓村民們搓稻草繩支援耐火廠，每家每天得交二十斤。那些人口多的家戶，搓二十斤鬆鬆的，奶奶手邊兒沒人，交這二十斤就很艱難。

「到了黃昏，他在村裡辦完了事，就替我把稻草領回來，先洇上水，洇上水草就潤了，有韌勁了，不糙了，好搓。吃罷了飯，他就過來幫我搓草繩。到底是男人的手，搓

得有勁兒，搓得快……」

「搓著搓著，你們倆就搓成了一根繩？」

「死丫頭！」她笑起來。

我問她有沒有人發現他們的事，她說有。那時候家家都不裝大門，聽窗很容易。發現他們秘密的人，就是小改。她記掛著沒搶到派飯的仇，就到村幹部那裡告了他們的黑狀。他們自然是異口同聲地否認。

「他不慌不忙地對大夥兒說：你們聽我姓毛的一句話，這事絕對沒有！你小改奶奶說：你姓毛的有啥了不起！說沒有就沒有？你就不會犯錯誤？這可讓他逮住了把柄，他紅頭漲臉地嚷：你說姓毛的有啥了不起？毛主席還姓毛呢！你說毛主席有啥了不起？你說毛主席也會犯錯誤？我看你就是個現行反革命！一句話把你小改奶奶嚇得差點兒跪下，再也不敢提這茬了。」她輕輕地笑出來，「看他文縐縐的，沒想到還會以蠻要蠻。也對，有時候，人不蠻也得蠻呢。」

「還懷過一個。」沉默了很久，她又說。

我怔住。

「那該怎麼辦啊？」半天，我才問。

「那一年，就說去打探你爺爺的信兒了，出去了一趟。做了。」

原來她說那一年去找爺爺，就是為了這個。

「那他知道不知道？」

「沒讓他知道。」她說。她也曾想要去告訴他，卻聽村

幹部議論，說他因在「大鳴大放」的時候向上頭反映說一個月三十斤糧食不夠吃，被定性是在攻擊國家的糧食統購統銷政策，成了右派，正在被批鬥。她知道自己不能說了。

「他知道了又咋的？白跟著受驚嚇。」

「你就不怕自己有個三長兩短？」

「富貴在天，生死由命。不想那麼多。」

「你不恨他？」

「不恨。」

「你不想他？」

「不想。」

「要是不想早就忘了，」我說，「還記得這麼真。」

「不用想，也忘不掉。」她說，「釘子進了牆，鏽也鏽到裡頭了。」

「你們倆要是放到現在⋯⋯」我試圖暢想，忽然又覺得這暢想很難進行下去，就轉過臉問她，「是不是覺得我們現在的日子特別好？」

「你們現在的日子是好。」她笑了笑，「我們那時的日子，也好。」

我再次怔住。

12

她去世後的第二年，一天，我去幫婆婆領工資，正趕上一幫老人的工資戶頭換了代理銀行，所有儲戶都需要重新填

詳細資料。其實也没幾項，但對於那些得戴著花鏡才能看清
字跡的老人們來説，就很是瑣碎辛苦。先是一個老人讓我幫
著填，我就填了。結果一發而不可收，很多老人都擠過來讓
我幫忙。在人群中，有個老人也遞來了身份證。我一看，他
姓毛。1920 年出生。

「你當年下過鄉吃過派飯？」

「你咋知道？」他説，「你認得我？」

「不認得，冒猜的。」我説，「你在哪裡下過鄉？」

「高村，馬莊，五里源……」

「楊莊去過嗎？」

「去過。」

……

我没再問，他也没再説，他看著我的臉。一眼，又一
眼。我規規矩矩地給他填好表，雙手遞給他。

「謝謝。」他説。

「謝謝。」我也在心裡説。我就是想感謝他。哪怕就是
因為奶奶為他墮過胎，流過產，我也想感謝他。哪怕他不是
那個人，僅僅因為他姓毛，我也想感謝他。

13

她很快就恢復了健康。住院費是兩萬四。每家六千。聽
到這個數字，她沉默了許久。

「這麼多錢，你們換了一個奶奶。」

生活重新進入以前的軌道。她又開始在兩家輪住，但她不再念叨嫂子們的閒話了——每家六千這筆鉅款讓她噤聲。她覺得自己再嘮叨嫂子們就是自己不厚道。同樣的，對兩個孫女婿，她也覺得很虧欠。

「你們幾個嘛，我好歹養過，花你們用你們一些是應該的。人家我沒出過什麼力，倒讓人家跟著費心出錢。過意不去。」

「你的意思是說，我以後也不該孝敬公婆？」我說，「反正他們也沒有養過我。」

「什麼話！」她喝道。然後，很溫順地笑了。

冬天，家裡的暖氣不好，我就陪她去澡堂洗澡，一週一次。我們洗包間。她不洗大池。她說她不好意思當著那麼多人赤身露體。我給她放好水，很燙的水。她喜歡用很燙的水，說那樣才痛快。然後我幫她脫衣服。在脫套頭內衣的時候，我貼著她的身體，幫她把領口撐大，內衣便裹著一股溫熱而陳腐的氣息從她身上瀰漫開來。她露出了層層疊疊的身體。這時候的她就開始有些局促，要我忙自己的，不要管她。最後，她會趁著我不注意，將內褲脫掉。我給她擦背，擦胳膊，擦腿，她都是願意的。但是她始終用毛巾蓋著肚子，不讓我看到她的隱秘。穿衣服的時候，她也是先穿上內褲。

對於身體，她一直是有些羞澀的。

剛剛洗過澡的身體，皮膚表層還含著水，有些澀，內衣往往在背部捲成了卷兒，對於老人來說，把這個卷兒拽展也

是一件很吃力的事。我再次貼近她的身體，這時她的身體是溫爽的，不再陳腐，卻帶著一絲極淡極淡的清酸。

冬天過去，就是春天。春天不用去澡堂，就在家裡洗。一週兩次。夏天是一天一次，秋天和春天一樣是一週兩次，然後又是春天。日子一天天過去，平靜如流水。似乎永遠可以這樣過下去。

但是，這個春天不一樣了。大哥和二哥都出了事。

大哥因為瀆職被紀檢部門執行了「雙規」，一個星期沒有音訊。大嫂天天哭，天天哭。我們就對奶奶撒謊說他們兩口子在生氣，把她送到了二哥家。一個月後，大哥沒出來，二哥也畏罪潛逃。他挪用公款炒股被查了出來。二嫂也是天天哭，天天哭。我又把奶奶送到了姐姐家。

她終於不用輪著住了。

三個月後，哥哥們都被判了刑。大哥四年，二哥三年。我們統一了口徑，都告訴奶奶：大哥和二哥出差了，很遠的差，要很久才能回來。

「也不打個招呼。」她說。

一個月，兩個月，她開始還問，後來就不問了。一句也不問。她的沉默讓我想起父親住院時她的情形來。她怕。我知道她怕。

她沉默著。沉默得如一尊雕塑。這雕塑吃飯，睡覺，穿衣，洗臉，上衛生間……不，這雕塑其實也說話，而且是那

種最正常的説。中午，她在門口坐著，鄰居家的孩子放學
了，蹦蹦跳跳地喊她：

「奶奶。」

「哦。」她説，「你放學啦？」

「嗯！」

「快回家吃飯。」

孩子進了家門，她還在那裡坐著。目光沒有方向，直到
孩子母親隨後過來。

「奶奶還不吃飯啊？」——孩子和母親都喊她奶奶，是
不合輩分規矩的，卻也沒有人説什麼，大家就那麼自自然然
地喊著，彷彿到了她這個年歲，從三四歲到三四十歲的人喊
奶奶都對。針對她來説，時間拉出的距離越長，晚輩涵蓋的
面積就越大。

「就吃。」奶奶説，「上地了？」

「噯。」女人搬著車，「種些白菜。去年白菜都貴到三
毛五一斤了呢。」

「貴了。」奶奶説，「是貴了。」

話是沒有一點問題，表情也沒有一點問題，然而就是這
些没問題的背後，卻隱藏著一個巨大無比的問題：她説的這
些話，似乎不經過她的大腦。她的這些話，只是她活在這世
上八十多年積攢下來的一種本能的交際反應。是一種最基礎
的應酬。説這些話的時候，她的魂兒在飄。飄向縣城她兩個
孫子的家。

　　我當然知道。每次去姐姐家看她，我都想把她接走。可我始終沒有。我怕。我把她接到縣城後又能怎麼樣呢？我沒辦法向她交代大哥和二哥，即使她不去他們家住，即使我另租個房子給她住，我也沒辦法向她交代。我知道她在等我交代。——當然，她也怕我交代。

　　2002 年麥收後的一個星期天，我去姐姐家看她。她不在。鄰居家的老太太說她往南邊的路上去了。南邊的路，越往外走越靠近田野。剛下過雨，田野裡麥茬透出一股霉濕的草香味。剛剛出土的玉米苗葉子上閃爍著翡翠般的光澤。我走了很久，才看見她的背影。她慢慢地走著。路上還有幾分泥濘，一些坑坑窪窪的地方還留著不少積水——因為經常有農民開拖拉機從這條路上軋過，路面被損害得很嚴重。我看見，她在一個小水窪前站定，沉著片刻，準確地跨了過去。她一個小水窪一個小水窪地跨著，像在做著一個簡單的遊戲。她還不時彎腰俯身，撿起散落在路邊的麥穗。等我追上她的時候，她手裡已經整整齊齊一大把了。

　　「別撿了。」我說。

　　「再少也是糧食。」

　　「你撿不淨。」

　　「能撿多少是多少。」

　　於是我也彎腰去撿。我們撿了滿滿四把。奶奶在路邊站定，用她的手使勁兒地搓啊，搓啊，把麥穗搓剩下了光潔的

麥粒。遠遠地，一個農民騎著自行車過來了，她看著手掌裡的麥粒，說：「咱這兩把麥子，也擱不住去磨。給人家吧。給人家。」

我從她滿是老人斑的手裡接過那兩把麥粒。麥粒溫熱。

那天，我又一次去姐姐家看她。吃飯的時候，她的手忽然抖動了起來，先是微微的，然後越來越快，越來越劇烈。我連忙去接她的碗，粥汁兒已經在霎時間灑在了她的衣服上。

她的腦瘤再次復發了。長勢兇猛。醫生說：不能再開顱了，只能保守治療。——就是等死。

奶奶平靜地說：「回家吧。回楊莊。」

出了村莊，視線馬上就會疏朗起來。闊大的平原在面前徐徐展開。玉米已經收割過了，此時的大地如一個柔嫩的嬰兒。半黃半綠的麥苗正在出土，如大地剛剛萌芽的細細的頭髮，又如凸繡在大地身上的或深或淺的睡衣的圖案。是的，總是這樣，在我們豫北的土地上，不是麥子，就是玉米，每年每年，都是這些莊稼。無論什麼人活著，這些莊稼都是這樣。它們無聲無息，只是以色彩在動。從鵝黃、淺綠、碧綠，深綠，到金黃，直至消逝成與大地一樣的土黃。我還看見了一片片的小樹林。我想起春天的這些樹林，陽光下，遠遠看去，它們下面的樹幹毛茸茸地聚在一起，修直挺拔，簡直就是一枚枚排列整齊的玉。而上面的樹葉則在陽光的沐浴下閃爍著透明的笑容。有風吹來的時候，它們晃動的姿態如

一群嬉戲的少女。是的，少女就是這個樣子的。少女。她們是那麼溫柔，那麼富有生機。如土地皮膚上的晶瑩絨毛，土地正通過她們潔淨換氣，順暢呼吸。

我和奶奶並排坐在桑塔納的後排。我在右側，她在左側。我沒有看她。始終沒有。不時有幾片白楊的落葉從我們的車窗前飄過。這些落葉，我是熟悉的。這是最耐心的一種落葉。從初秋就開始落，一直會落到深冬。葉面上的棕點很多，有些像老年斑。最奇怪的是，它的落葉也分男女：一種落葉的葉邊是彎彎曲曲的，很是妖嬈嫵媚。另一種落葉的葉邊卻是簡潔粗獷，一氣呵成。如果拿起一片使勁兒地嗅一嗅，就會聞到一股很濃的青氣。

「到了。」我聽見她說。是的，楊莊的輪廓正從白楊樹一棵一棵的間距中閃現出來，越來越近，越來越近。

14

那些日子，我和姐姐在她身邊的時間最久。無論對她，對姐姐，還是對我，似乎只有這樣才最無可厚非。三個血緣相關的女人，在擁有各自漫長回憶的老宅裡，為其中最年邁的那個女人送行，沒有比這更自然也更合適的事了。

她常常在昏睡中。昏睡時的她很平靜。胸膛平靜地起伏，眉頭平靜地微蹙，唇間平靜地吐出幾句含混的囈語。在她的平靜中，我和姐姐在堂屋相對而坐。我看著電視，姐姐在昏暗的燈光下一邊打著毛衣一邊研究著編織書上的樣式，

她不時地把書拿遠。我問她是不是眼睛有問題，她說：「花
了。」

「才四十就花了？」

「四十一了。」她說，「沒聽見俗話？拙老太，四十
邊。四十就老了。老就是從這些小毛病開始的。」她搖搖脖
子，「明天割點豆腐，今天東院嬸子給了把小蔥，小蔥拌豆
腐，就是好吃。」

我的姐姐，就這樣老了。我和姐姐，也不過才差八歲。

她在裡間叫我們的名字，我們跑過去，問她怎麼了。她
說她想大便。她執意要下床。我們都對她說，不必下床。就
在床上拉吧。——我和姐姐的力氣併在一起，也不能把她抱
下床了。

「那多不好。」

「你就拉吧。」

她沉默了片刻。

「那我拉了。」她說。

「好。」

她終於放棄了身體的自尊，拉在了床上。這自尊放棄得
是如此徹底：我幫她清洗。一遍又一遍。我終於看見了她的
隱秘。她蒼老的然而仍是羞澀的隱秘。她神情平靜，隱秘處
卻有著緊張的皺褶。我還看見她小腹上的妊娠痕，深深的，
一彎又一彎，如極素的淺粉色絲緞。輕輕揉一揉這些絲緞，
就會看見一層一層的紋絡潮湧而來，如波浪尖上一道一道的

峰花。——粗暴的傷痕，優雅的比喻，事實與描述之間，是否有著一道巨大的溝壑？

我給她清洗乾淨，鋪好褥子，鋪好紙。再用被子把她的身體護嚴，然後我靠近她的臉，低聲問她：「想喝水嗎？」

她搖搖頭。

我突然為自己虛偽的問話感到羞愧。她要死了。她也知道自己要死了，我還問她想不想喝水。喝水這件事，對她的死，是真正的杯水車薪。

但我們總要幹點什麼吧，來打發這一段等待死亡的光陰，來打發我們看著她死的那點不安的良心。

她能說的句子越來越短了。常常只有一兩個字：「中」，「疼」，「不吃」。最長的三個字，是對前來探望的人客氣，「麻煩了」。

「嫁了。」一天晚上，我聽見她囈語。

「誰嫁？」我接著她的話，「嫁誰？」

「嫁了。」她不答我的話，只是嚴肅地重複。

我盯著黑黝黝的屋頂。嫁，是女人最重要的一件事。在這座老宅子裡，有四個女人嫁了進來，兩個女人嫁了出去。她說的是誰？她想起了誰？或者，她只是在說自己？——不久的將來，她又要出嫁。從生，嫁到死。

嫂子們也經常過來，只是不在這裡過夜。哥哥們不在，她們還要照顧孩子，作為孫媳婦，能夠經常過來看看也已經

抵達了盡孝的底線。她們來的時候，家裡就會熱鬧一些。我們幾個聊天，打牌，做些好吃的飯菜。街坊鄰居和一些奶奶輩的族親也會經常來看看奶奶。奶奶多數時間都在昏睡，——她昏睡的時間越來越長了。她們一邊看著奶奶，一邊聊著各種各樣的話題，偶爾會爆發出一陣歡騰的笑聲。笑過之後又覺得不恰當，便再陷入一段彌補性的沉默，之後，她們告辭。各忙各的事去。

奶奶正在死去，這事對外人來說不過是一個應酬。——其實，對我們這些至親來說，又何嘗不是應酬？更長的，更痛的，更認真的應酬。應酬完畢，我們還要各就各位，繼續各自的事。

就是這樣。

祖母正在死去，我們在她熬煎痛苦的時候等著她死去。我甚至懷疑自己是否曾經惡毒地暗暗期盼她早些死去。在污穢、疼痛和絕望中，她知道死亡已經挽住了她的左手，正在緩緩地將她擁抱。對此，她和我們——她的所謂的親人，都無能為力。她已經沒有未來的人生，她必須得獨自面對這無盡的永恆的黑暗。而目睹著她如此掙扎，時日走過，我們卻連持久的傷悲和純粹的留戀都無法做到。我們能做到的，就是等待她的最終離去和死亡的最終來臨。這對我們彼此都是一種折磨。既然是折磨，那麼就請快點兒結束吧。

也許，不僅是我希望她死。我甚至想，身陷囹圄的大哥和二哥，也是想要她死的。他們不想見到她。在人生最狼狽

最難堪最屈辱的時刻，他們不想見到奶奶。他們不想見到這個女人，這個和他們之間有著最溫暖深厚情誼的女人。這個曾經把自己的一切都化成奶水餵給他們喝的女人，他們不能面對。

這簡直是一定的。

奶奶自己，也是想死的吧？先是她的丈夫，然後是她的兒子，再然後是她的兒媳，這些人在她生命裡上演的是一部情節雷同的連續劇：先是短暫的消失，接著是長久的直至永遠的消失。現在，她的兩個孫子看起來似乎也是如此。面對關於他們的不祥祕密，我們的謊言比最薄的塑料還要透明，她的心比最薄的冰凌還要清脆。她長時間的沉默，延續的是她面對災難時一貫的自欺，而她之所以自欺，是因為她知道：自己再也經不起了。

於是，她也要死。

她活夠了。

那就死吧。既然這麼天時，地利，人和。

反正，也都是要死的。

我的心，在那一刻冷硬無比。

在楊莊待了兩週之後。我接到董的電話，他說豫南有個景區想要搞一個文化旅遊節，準備在我那家雜誌上做一期專刊。一期專刊我可以拿到八千塊錢提成，是一筆不小的數目。奶奶的日子不多了。我知道。或許是一兩天，或許是三

四天，或許是十來天，或許是個把月。但我不能在這裡等。她的命運已經定了，我的命運還沒有定。她已經接近了死亡，而我還沒有。我正在面對活著的諸多問題。只要活著，我就需要錢，所以我要去。

就是這樣明確和殘酷。

「奶奶，」我盡力讓自己的聲音明朗和喧鬧一些，「跟你請個假。」

「哦。」她答應著。

「我去出個短差，兩三天就回來。」

「去吧。」

「那我去啦。」

「去吧。」

三天後，我回來了。凌晨一點，我下了火車。縣城的火車站非常小，晚上覺得它愈發地小。董在車站接我。

「奶奶怎樣？」

「還好。」董說，「你還能趕上。」

我們上了三輪車。總有幾輛人力三輪此時還候著，等著接這一班列車的生意。車到影劇院廣場，我們下來，吃宵夜。到最熟悉的那家燴麵攤前，一個伙計正在藍紫色的火焰間忙活著。這麼深冷的夜晚，居然還有人在喝酒。他在炒菜。炒的是青椒肉絲，裡面的木耳肥肥大大的。看見我們，他笑道：「坐吧。馬上就好。」

他的眼下有一顆黑痣。如一滴髒兮兮的淚。

　　回到家裡，簡單洗漱之後，我們做愛。董在用身體發出請求的時候，我不假思索地就接受了。他大約是覺得歉疚，又輕聲問我是否可以，我知道他是怕奶奶的病影響我的心情。我說：「沒什麼。」

　　我知道我應該拒絕。我知道我不該在此時與一個男人歡愛，但當他那麼親密地擁抱著我時，我卻無法拒絕，也不想拒絕。我也想在此時歡愛。我發現自己此時如此迫切地需要一個男人的溫暖，從外到裡。還好，他是我丈夫，且正在一丈之內。這種溫暖名正言順。

　　奶奶，我的親人，請你原諒我。你要死了，我還是需要掙錢。你要死了，我吃飯還吃得那麼香甜。你要死了，我還喜歡看路邊盛開的野花。你要死了，我還想和男人做愛。你要死了，我還是要喝匯源果汁嗑洽洽瓜子擁有並感受著所有美妙的生之樂趣。

　　這是我的強韌，也是我的無恥。

　　請你原諒我。請你，請你一定原諒我。因為，我也必在將來死去。因為，你也曾生活得那麼強韌，和無恥。

15

　　第二天早上，我趕到楊莊，奶奶的神志出現了將近半個小時的清醒——這是她生前最後一次清醒。有那麼一小會兒，房間裡沒有一個人。我靜靜地守著她，像一朵花綻放一樣，我看見她的眼睛慢慢睜開了。我俯到她的眼前，她的眼

睛定定地看著我。眼神如水晶般純透、無邪，彷彿一雙嬰兒
的眼睛。

她就那麼定定地看著我，好像我是她的母親。

「我回來了。」我說。

「好。」她說。她的胸膛有力地鼓動了幾下，似乎是在
積攢力氣。然後，她清晰地說：「嫁了。」

「誰？」

「讓她們，」她艱難地說，「嫁了。」

我驀然明白：她是在說兩個嫂子。我的大愚若智的奶
奶，她以為她的兩個孫子已經死了。她要兩個嫂子改嫁。她
怕她們和她一樣年紀輕輕就守寡。

我不由得笑了。原來，對她撒謊沒有一點兒必要。在她
猜測的所有謎底中，事實真相已經是一種足夠的仁慈。

我把嘴巴靠近她的耳朵。我喊：「奶奶。」

「哦，」她最後一次喊我，「二妞。」

「你別擔心。」我說，「他們都沒有死。」

她的眼睛一下子亮得嚇人。

「他，們，兩，個，都，好，好，的。」我一字一字地
說。

她不說話，眼睛裡的光暗了下去。我知道她是在懷疑
我。用她最後的智慧在懷疑我。

「他，們，都，不，聽，話。犯，了，錯，誤。被，
關，起，來，了。」我說，「教，育，教，育，就，好，

了。」

慢慢地，奶奶的嘴角開始溢出微笑。一點一點，那微笑如蜜。

「好。」她說。然後她抬起手，指了指床腳的樟木箱子。我打開，在裡面找出了一個白粗布包袱，裡面整整齊齊地疊放著一套壽衣。寶石藍底兒上面繡著仙鶴和梅花的圖案，端莊絢麗。壽衣旁邊，還有一捆細麻繩。孝子們繫孝帽的時候，用的都是這樣的細麻繩。

下午四點四十五分，奶奶停止了呼吸。

那些日子實在說不上悲痛。習俗也不允許悲痛。她虛壽八十三，是喜喪。有親戚來弔唁，哭是要哭的，吃也還要吃，睡也還要睡，說笑也還是要說笑。大嫂每逢去睡的時候還要朝著棺材打趣：「奶奶，我睡了。」又朝我們笑：「奶奶一定心疼我們，會讓我們睡的。」

棺材是兩個，一大一小。大的是她，小的是祖父。祖父的棺材裡只放了他的一套衣服。他要和奶奶合葬，用他的衣冠。靈桌上的照片也是兩個人的，放在一起卻有些怪異：祖父還停留在二十八歲，奶奶已經是八十三歲了。

守靈的夜晚是難熬的。沒有那麼多床可睡，男人們就打牌，女人們就聊天。有時候她們會講一些奶奶的事。大嫂是聽大哥說的：小時候的冬天彷彿特別冷，每天早上起床的時候，奶奶都會把大哥的衣服拿到火上烤熱，然後合住，盡力

不讓熱氣跑出來，她緊著步子跑到他的床邊，笑盈盈地說：
「大寶，快起來，可熱了，再遲就涼了。」大哥賴著不肯
起，她就把手伸到被子裡去胳肢他，一邊胳肢還一邊唸叨：
「小白雞，撓草垛，吃有吃，喝有喝……」好不容易打發他
穿好了衣服，就把他抱到挨著煤灶砌著的炕床上，再從溫缸
裡舀來水，給他洗臉。然後再餵他飯吃。溫缸就是煤灶旁邊
嵌著的一個小缸，缸裡裝著水，到了冬天，這缸裡的水就著
爐灶的熱氣，總是溫的。

二嫂說的自然是二哥的事，她說二哥小時候很膽小，每
當在外面被人欺負了，就哭著回家喊奶奶，邊喊邊說：「奶
奶，你快去給我報仇啊。」她還講了二哥小時候跟奶奶睡大
床的事，說因為奶奶不肯讓我睡大床，二哥為此得意了很久。

「那時候你是不是有老大意見？」二嫂問。

「沒意見沒意見。」我說，「我要是在她棺材邊還抱怨
小時候的事，她會半夜過來捏我鼻子的。」

她們就都笑了。笑聲中，我看著靈桌上的照片，驀然發
現，二哥的面容和年輕的祖父幾乎形同一人。

因為是烈屬，村委會給奶奶開了追悼會。追悼會以重量
級的辭藻將她歌頌了一番，說她愛國愛家，遵紀守法，和睦
相鄰，處事公允。說她的美德比山高，她的胸懷比海寬，她
的品格如日照，她的情操比月明。這大而無當的總結讓我們
又困惑又自豪，誤以為是中央電視台在發送訃告。

追悼會後是家屬代表發言。家屬就是我們四個女人，嫂子們都推辭説和奶奶處的時候沒有我和姐姐長，不適合做家屬代表。我和姐姐裡，只有我出面了。我説我不知道該説什麼，姐姐道：「你是個整天闖蕩世界的大記者，你都不會説，那我去説？」

眾目睽睽之下，我只好站了出來。大家都静静地候著，等我説話。等我以祖母家屬的身份説話。我卻説不出話來。人群越發地静，到後來是死静，我還是説不出一個字。我站在她的遺像前，像一個木偶。

「説一句。」主持喪禮的知事人説，「只説一句。」

於是，我説：「我代表我的祖母王蘭英，謝謝大家。」

然後，我跪下來，在知事人的指揮下，磕了一圈頭。回到靈棚裡，一時間，我有些茫然。我剛才説了句什麼？我居然代表了我的祖母，我第一次代表了她。可我能代表她嗎？我和她的生活是如此不同，我怎麼能夠代表她？

——但是，且慢，難道我真的不能代表她嗎？揭開那些形式的淺表，我和她的生活難道真的有什麼本質不同嗎？

我看著一小一大兩個棺材。他們不像是夫妻，而像是母子。我看著靈桌上一青一老兩張照片。也不像是夫妻，而是母子。——為什麼啊，為什麼每當面對祖母的時候，我就會有這種身份錯亂的感覺？會覺得父親是她的孩子，母親是她的孩子，就連祖父都變成了她的孩子？不，不止這些，我甚至覺得村莊裡的每一個人，走在城市街道上的每一個人，都

像是她的孩子。彷彿每一個人都可以做她的孩子，她的懷抱適合每一個人。我甚至覺得，我們每一個人的樣子裡，都有她，她的樣子裡，也有我們每一個人。我們每一個人的血緣裡，都有她。她的血緣裡，也有我們每一個人。──她是我們每一個人的母親。

不，還不止這些。與此同時，她其實，也是我們每一個人的孩子，和我們每一個人自己。

16

這些年來，我四處遊歷，在時間的意義上，她似乎離我越來越遠，但在生命的感覺上，我卻彷彿離她越來越近。我在什麼地方都可以看見她，在什麼人身上都可以看見她。她的一切細節都秘密地反芻在我的生活裡，不知道什麼時候就會奇襲而來，把我打個措手不及。比如，我現在過日子也越來越仔細。洗衣服的水捨不得倒掉，用來涮拖把、沖馬桶。比如，用左手拎筷子吃飯的時候，手背的指關節上，偶爾還是會有一種暖暖的疼。比如，在豪華酒店赴過盛宴之後，我往往會清餓一兩天腸胃，輕度的自虐可以讓我在想起她時覺得安寧。比如，每一個生在 1920 年的人都會讓我覺得親切：金嗓子周璇，聯合國第五任秘書長佩雷斯‧德奎利亞爾，義大利導演費里尼……。

那天，我在一個縣城的小街上看到一個穿著偏襟衣服的鄉村老婦人，中式盤扣一直繫到頸下，雪白的襪子，小小的

腳，挨著牆慢慢地認真地走著。我湊上前，和她搭了幾句話。

「您老高壽？」

「八十有六。」

我飛快地在腦子裡算著，如果奶奶在，她比奶奶大還是小。

「您精神真好啊。」

「過一天少一天，熬日子吧。坐吃等死老無用。」

那天，我採訪到了安徽歙縣的牌坊村，七座牌坊依次排開，蔚為壯觀。導遊小姐給我們講了個寡婦守節的故事，其實也都聽說過：一個壯年失夫的少婦每到深夜便撒一百銅錢於地，然後摸黑一一撿起，若有一枚找不到，就決不入睡。待撿齊後，神倦力竭，才能乏然就寢——只能用乏然，而不能用安然。

我微笑。這個少婦能夠以撒錢於地的方式來轉移自己和娛樂自己，生活狀況還是不錯的。而我的祖母，這位最沒有生計來源的農婦，她尚没有這種遊戲的資本和權利。一個又一個漫漫長夜，用來空落落地懷想和抒情，這對她來說是太奢侈了，她和自己遊戲的方式多麼經濟實惠：只有織布。只有那一匹又一匹三丈六尺長二尺七寸寬的白布。

那天，我在圖書館查閱資料，翻到一本關於小腳的書，著作者叫方絢，清朝人。書名叫《香蓮品藻》，說女人小腳有三貴，一曰肥，二曰軟，三曰秀。說腳的美醜分九品：神

品上上，妙品上中，仙品上下，珍品中上，清品中中，艷品中下……還說了基本五式：蓮瓣，新月，和弓，竹蔭，菱角。而居然那麼巧，在這層書架的下一格，我又隨便抽到一本歷史書，讀到這樣一條消息：「……光緒十三年（公元1887年），七月，梁啟超、譚嗣同、汪康年、康廣仁等發起成立全國性的不纏足會。不纏足會成為戊戌變法期間爭女權、宣導婦女解放的重要團體，它影響深遠，直至民國以後。」

那天，我正讀本埠的《大河報》，突然看見一版廣告，品牌的名字是「祖母的廚房」。一個金髮碧眼滿面皺紋的老太太頭戴廚師的白帽子，正朝著我回眸微笑。內文介紹說，這是剛剛在金水路開業的一家以美國風味為主的西餐廳。提供的是地道的美式菜品和甜點：鮮嫩的烤鮭魚，可口的三明治，美味的茄汁烤牛肉，香滑誘人的奶昔，焦糖核桃冰激凌……還有絕仕的比薩，用的是特製的烤爐，燃料是木炭。

我微笑。我還以為會有烙饃、蔥油餅、小米粥，甚至醃香椿。多麼天真。

那天，我在上海的淮海路閒逛，突然看到一張淡藍色的招牌，上面是典雅的花體中英文：祖母的衣櫃「Grandmother's Wardrobe」——中式服裝品牌專賣店 Brand Monopolized Shop of the Chinese Suit，貼著櫥窗往裡看，我看見那些模特——當然不是祖母模特——她們一個比一個青春靚麗——身上樣衣的打折款額：中式秋冬坎肩背心，兔毛鑲邊，一百三十九元。石榴半吐紅中繡花修身中式秋衣，一百六十元……

「小姐，請進來吧，喜歡什麼可以試試。」服務生溫文
爾雅地招呼道。

我搖搖頭，慢慢向前走去。

還會有什麼是以祖母命名的呢？祖母的鞋店，祖母的包
行，祖母的首飾，祖母的書店，祖母的嫁妝……甚或會有如
此一網打盡的囊括：祖母情懷。而身為祖母的那些女人也許
永遠也不會知道，她會成為一種商業標誌，成為懷舊趣味的
經典代言。

當然，這也沒什麼不好。

我只微笑。

我的祖母已經遠去。可我越來越清楚地知道：我和她的
真正間距從來就不是太寬。無論年齡，還是生死。如一條
河，我在此，她在彼。我們構成了河的兩岸。當她堤石坍塌
順流而下的時候，我也已經洄到對岸，自覺地站在了她的舊
址上。我的新貌，在某種意義上，就是她的陳顏。我必須在
她的根裡成長，她必須在我的身體裡復現，如同我和我的孩
子，我的孩子和我孩子的孩子，所有人的孩子和所有人孩子
的孩子。

——活著這件原本最快的事，也因此，變成了最慢。生
命將因此而更加簡約、博大、豐美、深邃和慈悲。

這多麼好。

國家圖書館出版品預行編目資料

魯迅文學獎作品選 . 1, 短篇小說卷 . -- 初版. --
臺北市：人間, 2013. 11
436 面：15×21 公分

ISBN 978-986- 6777-66-0（平裝）

857.61   102023222

魯迅文學獎作品選 1
短篇小說卷

出版者　人間出版社

發行人　呂正惠

社長　林怡君

地址　台北市長泰街 59 巷 7 號

電話　02-2337-0566

郵撥帳號　11746473 人間出版社

排版印刷　龍虎電腦排版股份有限公司

電話　02-8221-8866

登記證　局版台業字第三六八五號

初版　2013 年 11 月

定價　新台幣 350 元